# WINTERS ERLÖSUNG

WINTER BLACK SERIE: BAND 3

MARY STONE

*Übersetzt von*

NORBERT STÖBE

Erstellt mit Vellum

*Meinem Mann.*

*Danke für deine Bereitschaft, dich um unser Zuhause und seine vielen Bewohner zu kümmern, während ich meinem Traum folge.*

## DESCRIPTION

Der Preacher mordet wieder ...

Der Serienkiller, der Winters Eltern abgeschlachtet hat, ist wieder da und lässt eine Blutspur hinter sich zurück. Special Agent Winter Black hat sich ihr Leben lang auf diesen Moment vorbereitet. Sie ist entschlossen, den Mann zu stellen, der ihr alles genommen hat, und das Rätsel um ihren verschwundenen kleinen Bruder zu lösen – um jeden Preis.

Obwohl man sie vom Fall abgezogen hat, findet Winter schon bald heraus, dass der Preacher seine Opfer nicht zufällig auswählt.

Er hat es auf sie abgesehen.

In seiner Vorstellung tötet er Winter immer wieder. Und mit jedem neuen Mord hinterlässt er eine fromme Botschaft, wie sie schauerlicher nicht sein könnte.

Als der Wahnsinnige eine Kollegin in seine Gewalt bringt,

versucht Winter verzweifelt, ihn aufzuspüren, bevor er abermals einen Menschen tötet, der ihr nahesteht.

*Winters Erlösung*, der dritte Band von Mary Stones Thriller-Serie um Winter Black, ist eine atemberaubende Reise in den Kopf eines Psychopathen und den der Frau, die er hassen gelehrt hat.

# 1

Tala Delosreyes überlebte die düsteren Prophezeiungen ihrer Mutter.

Als sie zehn war, glaubte Talas Mutter ernsthaft, sie werde ihre Kindheit nicht durchstehen. Schon als junges Mädchen war Tala zu furchtlos und eigensinnig. Ein Adrenalinjunkie, hieß es. Sie fuhr bis ins Teenageralter BMX-Räder und nahm sogar an einem Red-Bull-Wettbewerb teil, ohne sich einen einzigen Knochen zu brechen.

Auch als sie das Teenageralter überstanden hatte und Anfang zwanzig war, sah ihre Mutter keinen Grund für gesteigerten Optimismus. Unter Tränen lamentierte sie, ihre Tochter werde jung sterben, wenn sie im reifen Alter von fünfundzwanzig Jahren der New Yorker Feuerwehr beitrete. Aber Tala überlebte 9/11. Und nicht nur das, sie gehörte zu den wenigen glücklichen Feuerwehrleuten, die in den Jahren nach der Katastrophe keine schweren gesundheitlichen Folgen zu verzeichnen hatten.

Trotzdem warnte Talas Mutter, sie werde keine vierzig werden, wenn sie sich bei der Metropolitan Police von Washington D.C. bewerbe. Mit einundvierzig erhielt Tala die

Tapferkeitsmedaille, weil sie eine Schießerei in der Nähe der Washington Mall verhindert hatte. Der Präsident der Vereinigten Staaten überreichte ihr die Medaille persönlich, während ihre Mutter an ihrer Seite in ein Taschentuch schluchzte.

Fortan verzichtete ihre Mutter auf weitere Prophezeiungen.

Das hätte sie besser nicht getan.

„SCHON WAS VOR nach der Arbeit?"

Braeden Carpenter gab sich mit einem Nein niemals zufrieden, aber nervig war er nicht. Mit seinen großen braunen Augen und seinem ernsten Gesicht war er zu süß, um zu nerven. Zu Braeden Carpenters Pech hatte Tala jedoch eine feste Regel: Sie datete keine Kollegen.

Dieser Mann aber brachte sie in Versuchung.

„Ich habe was vor, nur leider bist du nicht dabei, Brae." Um ihren Worten die Schärfe zu nehmen, schenkte Tala ihm ein strahlendes Lächeln und schlüpfte in die schwere Jacke. Sie zog ihren dicken Zopf unter dem Kragen hervor und ergriff die Handtasche. „Ich treffe meine Mom. Sie hat mich mit Rindfleisch-Kaldereta geködert. Sie meint, ich hätte sie in letzter Zeit vernachlässigt."

Braeden nahm seinen Rucksack in die Hand und folgte ihr zum Eingang der Wache. „Ich glaube, diese Kaldereta würde mir schmecken", sagte er hoffnungsvoll.

Der Dezemberwind riss Talas Lachen mit sich fort. „Du kannst doch Kaldereta nicht von Kawalie unterscheiden."

Er grinste ungeniert. „Wer weiß, am Ende bin ich Experte für die philippinische Küche?" Als sie skeptisch eine Braue hob, lachte er und zuckte mit der Schulter. „Ich weiß, dass da Rindfleisch drin ist. Und wenn deine Mutter es zubereitet, schmeckt es bestimmt großartig."

„Vielleicht nächstes Mal", sagte Tala. Kaum hatte sie es ausgesprochen, wurde ihr klar, dass es ihr ernst damit war. „Meine Mutter mag keine Veränderungen. Ich muss sie erst darauf vorbereiten, dass ich einen Mann zum Essen mitbringe."

Sie hatte ihren alten Dodge Durango erreicht und zog mit durchfrorenen Fingern den Schlüsselbund aus der Tasche. Die Temperatur lag knapp über null, doch wegen des Winds fühlte es sich kälter an. Obwohl Braes Wagen neben ihrem stand, machte er keine Anstalten einzusteigen, sondern kam näher und hielt mit seinen breiten Schultern die eisigen Böen ab.

„*Maligayang Pasco,* Officer Delosreyes", wünschte er ihr auf Tagalog. Sein Akzent klang bezaubernd.

Er setzte sein Grübchenlächeln auf, von dem es ihr in den Zehen kribbelte, seit er im Juni zur Einheit gekommen war, und neigte sich vor, um sie zu küssen. Sie hatte keine Gelegenheit mehr, zurückzuweichen oder zu überlegen, ob sie ihn küssen *wollte*. Seine warmen, festen Lippen nahmen sie zu sehr in Beschlag. Wie lange war es eigentlich her, dass sie mit Josh Schluss gemacht hatte? Zwei Jahre? Drei?

Braes Lippen berührten ihren Mund nur für einen Moment, da wich er schon wieder zurück und zwinkerte. „Vielleicht reden wir über das Essen, wenn du aus dem Urlaub zurück bist."

„Vielleicht", erwiderte sie ein wenig atemlos. „Frohe Weihnachten."

Vielleicht, dachte Tala während der Heimfahrt, sind manche Kollegen gar keine so üblen Dates. Sie hatte das Gefühl, dass ihr in Braeden Carpenters Fall sogar ihre Mutter beipflichten würde.

# 2

Ich ging in der Wohnung umher, um ein Gefühl für die junge Frau zu bekommen, die hier lebte. Ich ließ mir Zeit und hatte meinen Spaß, doch ich bewegte mich so schwungvoll wie lange nicht mehr. Ich verspürte eine gewisse Vorfreude. Es war eine gute Idee gewesen, meinen Ruhestand zu beenden.

Ich nahm das Jesuskind aus der Krippe und hielt es hoch, um es mit der Zweistärkenbrille genauer zu untersuchen. Das Porzellangesicht war makellos und heiter. Kinder strahlen ja eine solche Reinheit aus. Jedenfalls die Jungen.

Die blauen Augen des Gottessohns erwiderten meinen Blick ohne jeden Tadel. Er wusste, dass ich eine Mission hatte. Ich wusste, dass er sie billigte.

Ich legte das Jesuskind in die Krippe zurück und ging weiter. Kein Weihnachtsbaum, fiel mir auf, doch eine Polizistin war vermutlich zu beschäftigt, um viel Zeit zuhause zu verbringen. Vielleicht lebte ihre Familie in der Nähe. Sie hatte eine hübsche Wohnung, doch sie wirkte nicht heimelig. Es gab ein paar Möbelstücke aus hellbraunem Holz, einen Fernseher und einen Beistelltisch. Kein Nippes, wie meine

Momma sich ausgedrückt hätte, und keine persönlichen Habseligkeiten. Mit Ausnahme der Weihnachtskrippe.

Das bedeutete, sie war vermutlich religiös. Das würde sie auch nicht retten.

Ich schritt durch den Flur, fuhr mit den behandschuhten Fingern an der Wand entlang. Keine Familienfotos. Doch ich wusste schon, dass die Frau eine Einzelgängerin war. Ich beobachtete sie seit mehreren Tagen. Um ihre Angewohnheiten kennenzulernen. Um ein Gefühl für sie zu bekommen.

Mein Schultergelenk knackte, als ich zur billigen Deckenleuchte hochlangte und den Schirm löste. Ich musste die LED-Birne nur ein paar Mal drehen, da ging schon das Licht aus. Ohne hinzusehen brachte ich den Plastikschirm wieder an.

Dann wechselte ich ins Schlafzimmer. Hier würde der ganze Spaß stattfinden. Ich konnte es gar nicht erwarten, ihren hübschen dunklen Zopf zu lösen und das Haar auf dem Kissen auszubreiten. Ich wollte wissen, ob es wirklich so weich und glänzend war, wie es aussah. „Wenn es aber für die Frau eine Schande ist, dass sie das Haar abgeschnitten hat oder geschoren ist, soll sie sich bedecken", betete ich zu dem Foto der Frau auf dem Nachttisch. Dann wandte ich den Blick ab. Religiös oder nicht, sie war eine Sünderin. Genau wie alle anderen.

Und wie alle anderen würde sie dafür Sühne leisten.

Ich ließ die alte Werkzeugtasche aus Baumwolle, die ich geschultert hatte, zu Boden gleiten und setzte mich aufs Bett. Ich prüfte die Matratze, indem ich mehrmals auf und ab federte. Sie war so fest, dass das Kopfende kein Geräusch an der Wand machte. Wie viele Männer hatten das wohl vor mir festgestellt?

Sünder. Ich hatte sie gründlich satt.

Es war eine Weile her, dass ich eine Sünderin getauft hatte. Mein Pimmel war nicht mehr der Alte, doch wenigstens würden die Nachbarn mich nicht hören, wenn ich ihn auf die Probe stellte. „Zerschmettere sie mit meinem Schwert", murmelte ich, als ich die Birne der Nachttischlampe losschraubte. „Taufe sie mit meinem Wasser." Obwohl mir klar war, dass der Herr meine Überlegungen nicht billigen würde, kicherte ich über meinen Scherz, jedoch nur kurz.

Das Scharren eines Schlüssels im Schloss lenkte mich ab. Ich war froh, dass sich meine Augen an die Dunkelheit in der Wohnung gewöhnt hatten, und stellte mich in eine noch dunklere Ecke, als die Tür mit einem leisen Quietschen geöffnet wurde.

Meine Herzfrequenz verdoppelte sich, und zu meiner Bestürzung wurde ich tatsächlich ein wenig nervös. Meine letzte erfolgreiche Mission war lange her, doch die Unsicherheit, die ich verspürte, gefiel mir nicht. Ganz und gar nicht.

Als ich mich auf einen Stuhl setzte, knarrte das Holz nur leise unter meinem Gewicht.

Berufen zu sein, ist wie Fahrrad fahren, rief ich mir ins Bewusstsein. Man verlernt es nicht.

Die Tasten der Alarmanlage piepten, als die Frau den Code eingab. Ich grinste. Vermutlich hatte sie von ihrem mageren Gehalt einen Mordspreis für das Ding bezahlt. Aber wenn der Einbrecher sechsundzwanzig Jahre lang Alarmanlagentechniker war, können alle Tastaturen, Knöpfe und Kameras der Welt nichts ausrichten.

Ich nahm die Pistole aus der Werkzeugtasche und legte sie auf den Nachttisch. Wenn die Frau an ihrem letzten Tag ihre Routine nicht änderte, würde ich die Pistole nicht brauchen, doch es würde nicht schaden, wenn sie sie sah.

Dann wartete ich darauf, dass sie herüberkam.

Ich spitzte die Ohren und hörte das Rascheln ihrer Jacke und ein Klicken, möglicherweise die Tür der Kammer, in der sie ihre warmen Sachen aufhängte. Sie war ein Gewohnheitsmensch und legte immer erst ihre Arbeitsklamotten an der Tür ab, bevor sie sich im Schlafzimmer etwas Bequemeres anzog.

Heute war es nicht anders.

Ich stellte mir vor, wie sie den Kühlschrank öffnete. Hörte das Klirren von Flaschen. Tief durchatmend, glaubte ich beobachten zu können, dass sie sich vorbeugte und ein Bier aus dem Kühlschrank nahm.

Dafür würde ich sie später bestrafen. Alkohol zu trinken, schickte sich nicht für eine Frau.

Sie trank Miller Lite. Meine Marke. Als ich sie das im Lebensmittelladen kaufen sah, wusste ich, dass sie mein nächstes Opfer werden würde. Es war ein Zeichen. Genau wie das hübsche dunkle Haar, das sie zum Zopf geflochten hatte. Sie war dazu bestimmt, bestraft zu werden, und Gott hatte mich auserwählt. Sonst hätte er nicht dafür gesorgt, dass sie mir über den Weg lief.

Die Kühlschranktür fiel zu. Ich schloss reflexhaft die Augen und atmete lautlos ein. Die Flasche wurde mit einem Zischen geöffnet. Sie nahm einen großen, durstigen Schluck, und legte dabei vermutlich den dunkelhaarigen Kopf in den Nacken. Doch ich sah nicht ihr sonnengebräuntes, ein wenig exotisch wirkendes Gesicht vor mir.

Sondern das von Winter. Das meines Mädels.

# 3

Zum Feierabend war Tala immer ein bisschen ausgelassen zumute.

Sie gestattete sich ein Bier und pfiff auf die Kalorien, während sie die Sorgen des Tages abstreifte. Das Gewicht des Gürtels um ihre Hüfte verschwand. Die Last ihres Jobs, die man ihr kaum jemals dankte, wurde ihr von den Schultern genommen. Heute fielen die Sorgen noch etwas schneller von ihr ab als sonst. Noch immer sah sie Braedens Grübchen vor sich. Noch immer spürte sie seine Lippen auf ihren.

Sie leckte sich die Lippen, um festzustellen, ob der Kuss nachwirkte, schmeckte aber nur Bier.

Tala stellte die Flasche auf die Arbeitsfläche und knöpfte die Uniform auf. Sie zog das Hemd unter dem Hosenbund hervor und ließ es offen über dem weißen Tanktop herabhängen.

Es war erst zwanzig vor sechs. Sie hatte noch Zeit, sich bequeme Leggings und ein T-Shirt anzuziehen und die allabendlichen Yoga-Übungen zu praktizieren, bevor sie zum Haus ihrer Mutter fuhr. Verabredet waren sie um halb sieben. Solange sie nur auftauchte, war es ihrer Mom egal, ob sie aussah wie eine Pennerin.

Erst als Tala das Flurlicht einschalten wollte, hatte sie den flüchtigen Eindruck, dass etwas nicht stimmte. Es wurde nicht hell.

Sie drückte den Lichtschalter erneut. Wenn die Birne durchgebrannt war, hätte sie einen Lichtblitz sehen müssen. Aber konnten die neuen LED-Leuchten überhaupt durchbrennen? Sie ließ sich ihre gute Stimmung nicht vermiesen, obwohl sie sich sagte, dass hier ein Problem mit der Elektrik vorlag und der Wartungsdienst dafür sechs Wochen brauchen würde. Tala ging weiter.

Auch die Schlafzimmerbeleuchtung ging nicht an.

Ein Stromausfall war das nicht. Der Kühlschrank lief. War vielleicht ein Schalter durchgebrannt?

Sie wurde von Unbehagen erfasst, doch sie verdrängte den kindischen Anflug von Angst vor der Dunkelheit.

Zum Teufel mit den Wintermonaten, in denen die Sonne so früh unterging. Zum Teufel mit den lichtundurchlässigen Vorhängen. Im Schlafzimmer war es stockfinster. Sie tastete nach der Nachttischlampe. Sie brauchte einen Moment, bis sie den Schalter gefunden hatte, und warf einen Bilderrahmen um. Er schlug weich auf dem Teppich auf, und dann nahm sie hinter ihrem Rücken das Rascheln einer Bewegung wahr.

Sie hatte keine Gelegenheit zu reagieren.

Zwischen Talas Schulterblättern flammte ein sengender Schmerz auf, ihre Muskeln spannten sich an. Sie ächzte leise, während ihre Gliedmaßen sich verkrampften, und spürte, dass sie aufgefangen wurde, als sie zusammenbrach.

Sie wusste gleich, was das war … schwielige Hände.

Wenn die Muskeln krampften, fiel das Nachdenken schwer. Der Kopf reagierte so. Während der Ausbildung hatte sie drei Mal die Wirkung eines Tasers am eigenen Leib gespürt, deshalb wusste sie, womit sie es zu tun hatte.

Im Fallen vergegenwärtigte sie sich, was sie an jenem schrecklichen Tag gelernt hatte. Der Körper versteifte sich, wenn er fünfundfünfzigtausend Volt bewältigen wollte – was nicht tödlich war, aber ausgesprochen unangenehm -, und die meisten Menschen wurden handlungsunfähig und flippten geistig aus, bis der Taser abgeschaltet wurde.

Zu Talas Enttäuschung stellte sie keine Ausnahme dar.

Dem Elektroschock wehrlos ausgeliefert, verstrichen die Sekunden quälend langsam. Zehn. Zwanzig. Sie glaubte schon, das sei das Ende, ihr Herz würde schlappmachen. Eine solche Tortur war zu viel für ihren Körper. Sie konnte nur hoffen, dass es schnell gehen würde, doch da wurde der Taser plötzlich abgeschaltet.

„Schei…ße", stöhnte sie. Selbst das war eine unbewusste Reaktion.

Jemand fasste ihr grob unter die Achseln, während sie zuckte und krampfte und sich bemühte, ihre Motorik wieder unter Kontrolle zu bekommen.

„Damen sollten nicht fluchen."

Eine fast beiläufige Bemerkung, vorgebracht mit tonloser Stimme, deren Akzent auf den tiefen Süden verwies.

„Dafür muss ich dich bestrafen, Winter."

*Winter?*

Tala versuchte zu sprechen. Sie bemühte sich sehr. Ihr war klar, dass sie mit dem Mann reden musste. Verhandeln. Flehen. Weinen. Was auch immer. Um sich Zeit zu erkaufen und damit sie für dieses Monstrum menschlicher wurde.

Als sie jedoch den Mund öffnete, kamen nur seltsame Laute hervor.

„Schhhh …", machte der Mann, kaum mehr als ein Lufthauch. „Es gibt keinen Grund, das ewige Leben zu fürchten.

Ich werde dich vor den irdischen Sünden retten und dich in den Himmel bringen."

Der Mann war wahnsinnig.

Sie öffnete wieder den Mund, bot ihre ganze Willenskraft auf.

„Bitte ..."

Als die Kontakte, die sich in ihren Rücken drückten, erneut unter Strom gesetzt wurden, als sie sich zusammenkrümmte und mit den Zähnen knirschte, begriff Officer Tala Delosreyes, dass ihre Zeit auf Erden abgelaufen war. Und noch etwas wurde ihr klar. Sie würde nicht im Dienst sterben, sondern in ihrer Wohnung – als Opfer eines Raubtiers.

# 4

Es fing wieder an.

Wie eine giftige Spinne war der Preacher aus dem dunklen Loch hervorgekommen, in dem er sich ein Jahrzehnt lang versteckt hatte, nachdem er ihre Familie zerstört hatte.

In den dunkelsten Stunden der Nacht, bevor sie schweißgebadet erwachte, sah Winter bisweilen das Gesicht ihrer Mutter. Jeanettes dunkelblaue geweitete Augen erwiderten überrascht und vorwurfsvoll Winters Blick.

*Wo ist dein Bruder?*, schienen sie zu fragen. *Du solltest doch auf Justin aufpassen.*

Ihre Mom sagte nie etwas, nicht einmal im Traum. In jenen dunklen, unbewussten Momenten hatte der Preacher ihr die Kehle aufgeschlitzt und die Stimmbänder durchtrennt. Im Alter von vierzehn Jahren hatte ein Therapeut Winter erklärt, sie werde nie wieder die Stimme ihrer Mom hören, nicht einmal unbewusst. Das sei die dauerhafte Strafe des Traumas, das vom Anblick ihrer getöteten Eltern herrühre.

Die Bremslichter von Noahs großem rotem Truck leuchteten vor ihr auf dem Highway warnend auf.

Winter schüttelte sich innerlich und nahm Gas weg. Sie musste sich aus ihrem eigenen Kopf heraushalten. Aiden lag vielleicht falsch. Es war noch zu früh, um sagen zu können, ob der aktuelle Mord vom Preacher begangen worden war oder ob der Tathergang lediglich Ähnlichkeiten aufwies.

Würde man einen Bibelvers finden? Oder wenigstens ein Kreuz an der Wand, grob gezeichnet mit dem Blut des Opfers?

Sie öffnete einen Spalt weit das Fenster und ließ die kalte Luft hereinströmen, die nach Auspuffgasen und feuchter Fahrbahn roch. Vor ihnen erstreckte sich die Fahrzeugkolonne anscheinend meilenweit. Alle wollten nach Richmond hinein. Die Rücklichter glommen im hartnäckigen Nebel, der sich einfach nicht lichtete. Es ging auf zwei Uhr nachmittags zu, doch dem grauen Himmel nach zu schließen, hätte es auch früh am Morgen sein können.

Es war Weihnachten, dachte sie gereizt. All diese Menschen hätten daheim bei ihren Familien sein sollen, anstatt die I-95 zu verstopfen. Während der Verkehr sich quälend vorwärtsschob, nagte der Frust an Winter.

Aiden Parrish, der Chef der FBI-Abteilung für Verhaltensanalyse, hatte am Morgen angerufen und mit der Nachricht von einem Mord Winters und Noahs friedlichen Ferienaufenthalt bei ihren Großeltern unterbrochen. Obwohl er sich noch immer von einer Schussverletzung am Bein erholte, hatte Aiden versprochen, sich mit ihnen im Büro in Richmond zu treffen, wenn Max, der zuständige Special Agent der dortigen Abteilung für Gewaltverbrechen, sie über den Fall unterrichtete.

Sie wollten sich baldmöglichst treffen. Sie waren bereits anderthalb Stunden unterwegs, und Winter konnte nicht länger warten. Sie blickte zur nächsten Ausfahrt und schätzte, dass sie etwa eine Viertelmeile entfernt lag. Als Noahs Wagen langsam zum Vordermann aufschloss, riss sie das Lenkrad nach rechts und zwängte sich zwischen seinem Truck und der Fahrbahnbegrenzung aus Beton hindurch. Ohne sich am Hupen der anderen Fahrer und dem Kies, der mit metallischem Ping gegen den Unterboden ihres Honda Civic ratterte, zu stören, fuhr Winter vom Highway ab. Mit einem Blick bat sie Noah, der noch im Stau feststeckte, um Nachsicht. Noah würde sich über das riskante Manöver ärgern, doch er würde auch verstehen, was die Verzögerung bei ihr auslöste. Noah war nicht nur ein FBI-Kollege. Noah war ein Freund.

Und der einzige Mensch auf der ganzen Welt, der ihre Geheimnisse kannte.

Die Zwölf-Mann-Abteilung für Gewaltverbrechen war wegen der Ferien nur spärlich besetzt. Winter musste sich zurückhalten, um im Gang zwischen den Arbeitsnischen nicht zu rennen. Die Besprechung hatte bereits begonnen, und sie wollte so wenig wie möglich verpassen.

Sie bemerkte, dass ihr Noahs breitschultrige Silhouette folgte. Also hatte sie gar keinen großen Vorsprung herausgeholt. Als sie die Tür des Besprechungsraums aufdrückte, schaute Max, der laut von seinem Laptop abgelesen hatte, überrascht hoch.

„Was machen Sie denn hier, Black?“, knurrte er mit seiner rauen Stimme, die breiten grauen Augenbrauen finster zusammengezogen.

Winter erstarrte und schaute sich um. Noah wirkte erschöpft und angespannt. Mit seinen grünen Augen musterte er sie mitfühlend. Bree, die andere Agentin ihrer Einheit, wirkte erstaunt. Aidens Miene aber fiel ihr besonders auf. Seine patrizischen Gesichtszüge wirkten gefasst, um seine Lippen spielte ein kühles Lächeln, doch etwas in seinem Blick weckte ihr Unbehagen.

Eine gewisse Wachsamkeit. Wollte er bloß sehen, wie sie zurechtkam, wenn sich ihr die Gelegenheit bot, ihren Albtraum zu fassen?

„SSA Parrish hat mich angerufen", antwortete Winter und blickte Aiden herausfordernd an. Seine Miene veränderte sich nicht.

Max warf Aiden einen unheilschwangeren Blick zu. Offenbar war er nicht besonders glücklich, sie hier anzutreffen, und Winters Intuition meldete sich mit einem Prickeln. Irgendetwas stimmte hier nicht. Es musste doch allen klar sein, dass das ihr Fall sein würde.

Max nickte ungehalten. „Na schön. Nehmen Sie Platz, Agent Black."

Winter setzte sich neben Bree, die sie freundlich anlächelte. „Frohe Weihnachten, wie?", flüsterte sie.

Winter gab keine Antwort, erwiderte aber das Lächeln, wenn auch schwach. Sie mochte Bree. Vor einigen Monaten hatten sie in einem Team am selben Fall zusammengearbeitet. Es war Winters erster Fall, nachdem man sie und Noah direkt von Quantico eingestellt hatte.

Brees freundliche, zugewandte Art war eine wirkungsvolle Tarnung für ihre hellwache Intelligenz und ihre analytische Denkweise. Jeder, der den Fehler machte, diese Frau zu unterschätzen, sei es wegen ihrer überschäumenden Art oder ihres guten Aussehens, brauchte nur ein paar Minuten mit ihr zu verbringen, um den Irrtum einzusehen.

Max schob seine Zweistärkenbrille die Nase hoch und fixierte Winter über den Laptop hinweg, doch sie ließ sich nicht einschüchtern. Max Osbourne verhielt sich manchmal wie ein Idiot, war aber in Ordnung.

„Ich fasse für die Nachzügler kurz zusammen", brummte er. „Wir haben ein weibliches Opfer, vierundvierzig, aus

Washington, D.C. Sie wurde vor zwei Tagen in ihrer Wohnung ermordet. Keine Verdächtigen. Als der Ermittlungsleiter die Informationen bei ViCAP eingab, ging die rote Fahne hoch. Bestimmte Merkmale der Tat stimmen mit einem unserer Serienkiller überein, der längere Zeit inaktiv war. Mit dem Preacher."

Winter spürte, dass man sie ansah, und fixierte unverwandt das Blatt Papier, auf dem sie sich Notizen machte. Sie sprach nicht über ihre Vorgeschichte, doch sie war kein Geheimnis. Noah wusste Bescheid. Aiden Parrish hatte die Ermittlungen zur Ermordung ihrer Familie geleitet. Bree war vermutlich ebenso im Bilde wie alle anderen in ihrer eng verbundenen Einheit, aber sie hatten keine Fragen gestellt, und außer mit Noah hatte sie mit niemandem über ihre blutige Vergangenheit gesprochen.

Die Ermordung ihrer Familie war in den Medien ausgeschlachtet worden und hatte monatelang Schlagzeilen gemacht, und Winter war ein eher seltener Vorname. Außerdem arbeitete sie beim FBI. Der Hintergrundcheck, dem man sie unterzogen hatte, war gründlich gewesen, zurückhaltend formuliert. Alle Informationen, die nicht Gegenstand der NBC-Nachrichten gewesen waren, konnten vom FBI mühelos gefunden werden.

„Das Opfer, Officer Tala Delosreyes", fuhr Max fort, „ist kurz nach Beendigung der Schicht nach Hause gekommen und wollte anschließend bei ihrer Mutter zu Abend essen. Als Delosreyes nicht kam, wandte die Mutter sich an die Polizei. Zunächst ging man von einer Überreaktion aus, doch als ein Officer, der eigentlich dienstfrei hatte, nach ihr schaute, stellte er fest, dass die Wohnungstür unverschlossen war und offen stand."

Winter hielt mit Schreiben inne. Die Erinnerung an die offene Wohnungstür ihrer Eltern blitzte auf. Der bleiche, weiße Arm, der vom Bett herabhing und fast den Boden berührte. Die kleine Lache unter dem Zeigefinger, die immer größer wurde, da ständig Blut nachtropfte.

„Den Spuren am Körper nach zu schließen, hat der Tatverdächtige Delosreyes mit einem Taser überwältigt. Sie wurde gefesselt und misshandelt. Die Fesselspuren an den Handgelenken deuten darauf hin, dass sie sich gewehrt hat."

Auch Jeanette Black hatte Fesselspuren an den Handgelenken gehabt. Die Druckstellen waren grellrot gewesen. Winter stellte sich vor, dass ihre Mutter ihre Schreie unterdrückte, während sie mit den Fesseln kämpfte, weil sie Justin nicht aufwecken wollte. Sein Zimmer lag dem Elternschlafzimmer gegenüber.

In den letzten Momenten ihres Lebens war sie vermutlich ebenso still gewesen wie ihr ganzes Leben lang.

„Die Kehle wurde ihr durchgeschnitten."

Erst als Max innehielt, wurde Winter bewusst, dass sie laut gesprochen hatte. Sie senkte den Blick und wurde rot. Papiergeraschel war zu hören.

„Was hat er hingeschrieben?", fragte Noah und lenkte die allgemeine Aufmerksamkeit auf sich. Winter atmete aus.

„Denn wir wissen, dass der Mensch durch Werke des Gesetzes nicht gerecht wird, sondern durch den Glauben an Jesus Christus", sagte Max, ohne einen Blick auf seine Notizen zu werfen. „Galater 2, 16."

Winter schrieb mit und starrte die Worte auf dem Papier an. Es quälte sie, dass der Mann, der ihre Familie umgebracht hatte, glaubte, er befinde sich im Recht.

„Ich reiche jetzt die Fallunterlagen herum. Da stehen alle Details drin." Sein Tonfall war barscher als gewöhnlich, und Winter schaute hoch. Er hatte den Blick auf sie gerichtet, und sie fragte sich, ob er ihr die blutigen Details, die ihr so bekannt vorkommen würden, ersparen wollte.

„Stafford." Bree, die neben Winter saß, spannte sich an. „Sie leiten die Ermittlung. Dalton, Sie stehen ihr zur Seite.

Ziehen Sie so viele Leute hinzu wie nötig. Auch zwei SSA-Leute von Parrishs Abteilung stehen zu Ihrer Verfügung. Halten Sie mich auf dem Laufenden. Officer Delosreyes war kein durchschnittlicher Cop. Ihrer Akte können Sie entnehmen, dass sie eine verfluchte Heldin war. Wir stellen alle nötigen Ressourcen bereit. Entlassen. Black, Sie bleiben noch."

Winter schaute blinzelnd hoch. Noah vermied es, ihr in die Augen zu schauen, und packte seinen Laptop ein. Bree bat mit einem Blick um Verzeihung und wandte sich zur Tür.

Was, zum Teufel?

Ungläubig musterte sie Max, doch Max funkelte Aiden an, der sich umständlich erhob.

„Rufen Sie mich an, falls Sie etwas brauchen." Aiden ignorierte Max' niederträchtigen Blick. „Ich fahr nach Hause."

Er sagte das zu ihrem Boss, doch Winter hatte den Eindruck, die Bemerkung sei an sie gerichtet. Sie sah ihn nicht an, als er zur Tür ging. Sie war damit beschäftigt, SAC Osborne niederzustarren. Eindeutig bereitete ihm die Situation Unbehagen.

„Parrish hat Sie hinzugezogen, ohne sich mit mir abzusprechen. Ich wollte Sie nicht dabeihaben." Max nahm kein Blatt vor den Mund. „Sie sind nicht mit dem Fall befasst."

Winter beherrschte sich, um nicht reflexartig zu reagieren. Sie durfte es nicht riskieren, gefeuert zu werden. Sie musste Max davon überzeugen, dass er falsch lag. Als er fortfuhr, biss sie sich auf die Lippen.

„Ich weiß, weshalb Sie FBI-Agent geworden sind." Sein Tonfall wurde sanfter. Mit ernster Miene nahm er die Brille ab, klappte sie zusammen und legte sie behutsam vor sich ab. „Auch wenn ich kein Profiler wie Parrish bin, verstehe ich durchaus, weshalb Sie unbedingt zum FBI wollten."

„Dann", sagte sie, und ihre Stimme klang erstickt in ihren

Ohren, „sollten Sie es genauso verstehen, dass ich mitmachen will."

Max fuhr sich über seinen sich lichtenden grauen Bürstenschnitt. Er machte den Eindruck, er bedaure seine Entscheidung, und musterte sie mitfühlend. „Das geht nicht. Sie sind zu nah dran."

„Und wenn schon!", platzte sie heraus. „Vermutlich ist niemand *dichter* an ihm dran. Ich bin die einzige Person, die der Preacher leben gelassen hat. Es wäre dämlich, wenn Sie das nicht nutzen würden." Er lief rot an im Gesicht, und sie bedauerte ihre Wortwahl. Sie schaltete einen Gang zurück und fuhr in leiserem Ton fort. „Ich kann ihn schnappen. Sie müssen mir die Chance dazu geben, Max."

„Beantworten Sie mir eine Frage", sagte er im Befehlston und nagelte sie mit Blicken auf ihrem Sitz fest. „Nehmen wir an, ich lasse Sie mitmachen. Sie sind bereits eine begabte Ermittlerin. Und Sie haben recht, es zeichnet Sie aus, dass Sie das einzige überlebende Opfer sind. Nehmen wir an, Sie spüren den Scheißkerl auf und stehen dem Mann gegenüber, der Ihre Familie abgeschlachtet hat. Wären Sie tatsächlich fähig, ihm Handschellen anzulegen und eine Rechtsbelehrung durchzuführen?"

Winter öffnete den Mund, um ihm die Antwort zu geben, die er hören wollte.

Dann stellte sie es sich vor. Das Gesicht des Mannes aus ihrer Vision. Das harmlos wirkende Lächeln in dem rundlichen Gesicht mit dem akkurat gestutzten weißen Bart. Die großväterliche Erscheinung mit dem sich lichtenden Haar, so einnehmend, als wäre er dafür geschaffen, Opfer mit einem einzigen Blick zu beruhigen.

Die schwarzen Augen tief und unergründlich. Leer und tot. Bar jeden schlechten Gewissens.

Sie würde diesen bösartigen, gewissenlosen Scheißkerl ohne zu zögern töten.

Max war klar, was ihr Schweigen bedeutete.

„Wir dürfen die Ermittlungen nicht durch emotionale Entscheidungen gefährden, die uns vor Gericht in Teufels Küche bringen würden. Wir müssen sicherstellen, dass das Monstrum tatsächlich vor Gericht landet. Das Gesetz ist unsere Aufgabe. Also, beantworten Sie meine Frage."

„Ich würde mich für seine Verurteilung einsetzen. Glauben Sie nicht, dass ich mich dementsprechend zurückhalten würde? Und peinlich genau den Regeln folge?" Das klang schwach, und ihr sank der Mut, als sie merkte, wie Max dichtmachte.

„Sie können mir nicht versprechen, dass Sie den Preacher nicht töten und Rache nehmen werden für Dutzende von Opfern, sondern ihn am Leben lassen und dem unvollkommenen Justizsystem übergeben werden."

Das war keine Frage. Kalte Taubheit breitete sich in ihr aus. Damit war Winters Schicksal besiegelt.

„Sie haben recht. Ich würde ihn nicht über seine Rechte aufklären. Ich würde den Scheißkerl ausweiden."

# 5

„Könnt ihr euch mal einen Moment konzentrieren? Wir haben einen großen Fall bekommen und sollten besser anfangen, uns damit zu beschäftigen." Brees Bemerkung war gewürzt mit Humor. „Es ist etwas zu spät, um zu stressen. Wir haben noch nicht mal die Akte gelesen."

„Darum geht's nicht." Noah brachte es nicht fertig, sich zu setzen. Er konnte sich auch nicht konzentrieren. Er lehnte an der Wand und blickte den Flur entlang. Die Tür des Besprechungsraums war noch immer geschlossen. „Ihr seid vor mir gekommen. War davon die Rede, dass Agent Black nicht zu dem Fall hinzugezogen werden soll?"

Was nicht seine größte Sorge war. Es könnte durchaus sein, dass Winter gerade ihren Job loswurde.

Er hatte sich bislang keine Gedanken darüber gemacht, was passieren würde, wenn der Preacher aus der Deckung kam. Die Ermordung der Familie Black lag ein Jahrzehnt zurück. Seitdem hatte man keinen einzigen Fall mit dem berüchtigten Serienkiller in Verbindung gebracht. Insgeheim hatte er gehofft, der Typ sei tot. Alles wäre einfacher gewesen. Zumal für Tala Delosreyes und deren Angehörige, dachte er und verzog das Gesicht. Und für alle zukünftigen Opfer.

„Als ich dazukam, herrschte eine merkwürdige Spannung zwischen Parrish und Osbourne", sagte Bree. „Sie hatten eine ziemlich hitzige Auseinandersetzung, aber bei meinem Eintreten hörten sie damit auf." Sie schnitt eine Grimasse. „Ich war enttäuscht, dass ich nicht mitgekriegt hatte, weshalb sie sich zofften. Das war bestimmt interessant. Osbourne ist ein erfahrener Agent, der sich nichts gefallen lässt. Parrish wirkt berechenbar, und irgendwie habe ich den Eindruck, dass mit ihm nicht gut Kirschen essen ist."

Noah bemerkte, dass Winter im Besprechungsraum aufstand. Sie beugte sich über den Tisch vor, und er hörte, wie sie lauter wurde. Er zuckte zusammen. Wenn sie so weitermachte, würde sie tatsächlich noch gefeuert werden.

Brees Gesichtsausdruck wurde milder. „Sie konnte nicht erwarten, dass man ihr den Fall gibt."

Er blickte sie an, mehr als nur ein bisschen schuldbewusst. „Du weißt Bescheid?"

Sie erhob sich und ging um die Trennwand herum. „Alle wissen Bescheid. Wenn man Tag für Tag in einem so kleinen Team zusammenarbeitet, kann man so was nicht geheim halten."

„Da hast du wohl recht."

„Und du kannst auch nichts daran ändern. Sie muss allein damit fertigwerden."

Bree schaute ihn mitfühlend an. Ihre braunen Augen leuchteten, ihr glattes kaffeebraunes Gesicht wirkte jung, obwohl sie älter war als er. Vermutlich war sie Ende dreißig oder Anfang vierzig.

„Du hast sie gern", konstatierte Bree.

„Winter und ich sind Freunde", gab Noah zu.

Bree hob eine Braue. „Freunde, die Weihnachten miteinander verbringen, aber jeder für sich im Wagen fahren?"

„Ihre Großeltern haben mich eingeladen." Er wollte nicht so abwehrend klingen, doch seine Stimme hatte einen drohenden Unterton. Sie war neugierig.

Bree lächelte. „Klar. Und du verbringst deinen Urlaub ihnen zuliebe dort."

Bree nahm mehr wahr, als ihm recht war.

Ehe Noah etwas erwidern konnte, flog die Tür des Besprechungsraums auf und knallte mit einem hohlen Geräusch gegen die Wand. Jackson, Ramirez und Sandovar, die anderen drei Agents, die an Weihnachten arbeiteten, streckten wie Erdhörnchen den Kopf über die Trennwand ihrer Arbeitsnische, um zu sehen, was da los war.

Winter marschierte auf den Flur. Ihre dunkelblauen Augen blitzten, ihre Wangen waren vor Zorn gerötet. Noah hätte sie gern angesprochen, ihr etwas gesagt. Am liebsten hätte er sich dafür entschuldigt, dass man ihn einem Fall zugeteilt hatte, den sie immer als den ihren betrachtet hatte, doch sie ging wortlos an ihnen vorbei. Weil sie Tränen in den Augen hatte, schwieg er. Sie wollte bestimmt nicht, dass er oder Bree sie bemerkten.

Max Osbourne verließ kurz darauf den Besprechungsraum und wandte sich zu seinem Büro. Er schritt energisch aus, seine Miene war verdüstert. Diesen Gesichtsausdruck hatte Max immer dann, wenn er auf dem Kriegspfad war.

„Wetten, dass Parrish gleich einen unangenehmen Anruf bekommt?", sagte Bree. „Oder glaubst du, Max wird ihn nach Feierabend verkloppen?"

Zum ersten Mal, seit er Fredericksburg am frühen Nachmittag hinter sich gelassen hatte, grinste Noah. Er würde glatt dafür bezahlen, dabei zusehen zu dürfen, wie Aiden Parrish eins aufs Maul kriegte. Noch mehr hätte er dafür gezahlt, ihm selber eine zu verpassen.

. . .

Noah klopfte an Winters Wohnungstür. Eigentlich hatte er mit einer Abweisung gerechnet, und es überraschte ihn, dass sie gleich öffnete. Sie trug Jeans, Lederstiefel und Lederjacke, die Tasche hatte sie geschultert. Sie war blass, wirkte aber gefasst.

„Hast du einen Moment Zeit?"

„Nur einen Moment. Ich wollte gerade los."

Sie machte ihm Platz und ließ ihn ein. Er war schon oft in ihrer Wohnung gewesen. Sie war nicht viel anders als seine, die ein paar Schritte weiter den Flur entlang lag. Der gleiche Schnitt. Die gleichen IKEA-Möbel. Trainingsgeräte im Esszimmer anstelle eines Tischs. Leere Pizzakartons auf der Arbeitsfläche der Küche.

Ihre Wohnungen dokumentierten, wer sie waren. Federal Agents, die ihre gesamte Energie in den Job steckten und kaum Zeit für andere Beschäftigungen hatten.

Sie setzte sich auf ihr billiges Sofa, faltete die Hände im Schoß und schaute darauf hinunter. Der dunkle Zopf rutschte ihr über die herabhängende Schulter.

„Das passt nicht zu dir." Jetzt, da er sie so niedergeschlagen erlebte, verkniff er sich die zurechtgelegten Bemerkungen. „Du siehst aus wie ein geprügelter Hund, Liebes."

Winter hob ruckartig den Kopf und funkelte ihn an. „Weshalb bist du gekommen, Noah? Um mir zu sagen, dass du mit Osbourne geredet hast? Dass du mir einen Platz im Ermittlungsteam verschafft hast?"

Er seufzte. Langte in die Tasche und holte ein Kartenspiel hervor. Lehnte sich zurück und musterte sie aufmerksam. Die Karten rauschten, als er sie energisch mischte.

„Nein. Osbournes Entschluss steht fest."

Ihre düstere Miene verdüsterte sich noch mehr.

„*Kann* ich irgendwas für dich tun?"

„Nein."

Sie machte ihn wahnsinnig. Er war es gewohnt, dass

Winter jede Herausforderung akzeptierte. Dass sie sich über die Gepflogenheiten hinwegsetzte und die Dinge nahm, wie sie kamen. Dass sie mit ihrer einzigartigen Sichtweise ihren Scheiß bewältigte, ohne sich ablenken zu lassen. Im Moment wirkte sie blass und schemenhaft. Als könnte ein Windhauch sie umwerfen.

Die meiste Zeit über war sie ein Rätsel, doch Noah wusste, welche Knöpfe man drücken musste, um an sie heranzukommen.

„Hör mal, ich weiß, wie dir zumute ist." Er schlug bewusst einen etwas herablassenden, bevormundenden Ton an. Nötig gewesen wäre es nicht. ‚Ich weiß, wie dir zumute ist' war abgedroschen, niemals zutreffend und rief garantiert eine Reaktion hervor.

Winter schnellte hoch und explodierte.

„Du hast *keine Ahnung*, wie ich mich fühle, Dalton! Ich bin seit meinem dreizehnten Lebensjahr darauf fixiert. *Deshalb* bin ich hier. Was zum Teufel habe ich aus meinem Leben gemacht, wenn ich bei der Verhaftung nicht dabei sein kann?"

„Mag sein, dass die Festnahme des Preachers zu Anfang dein Endziel war", erklärte Noah. „Aber du hast das College als eine der Besten abgeschlossen. Du hast in Quantico die besten Noten bekommen und wurdest gleich nach dem Abschluss eingestellt. Deshalb bist du hier. Du bist dafür geschaffen."

Sie raufte sich das Haar. „Das zählt nicht. Das ist alles unwichtig."

„Es zählt. Es zählt für die Frauen, die von dem Serienvergewaltiger, den du geschnappt hast, brutal überfallen wurden. Es zählt für die Familien, die von einem seelenlosen Kindsmörder mit Geld und Versprechungen als Versuchskaninchen geködert wurden. Es zählt für Agent Ming und für mich und für alle, mit denen du zusammenarbeitest."

„Aber ich …"

Allmählich wurde er sauer. „Hör auf, dich selbst zu bemitleiden, Winter. Es gab keinen vernünftigen Grund anzunehmen, dass Osbourne dich einbeziehen würde. Du wärst dabei eine Bürde. Welcher Anwalt würde die Jury nicht darauf hinweisen, dass eine FBI-Agentin in einem Interessenkonflikt stand? Und zwar weil der Preacher ihre eigene Familie ermordet hat? Du würdest den Ermittlungserfolg gefährden."

„Ist mir egal." Mit verkniffenem Mund marschierte sie auf und ab. „Das steht mir zu."

„Das ist Blödsinn." Er hörte mit Mischen auf und spannte ein Gummiband ums Kartenspiel. Dann stand er auf, näherte sich mit zwei großen Schritten Winter und fasste sie bei den Armen.

„Lass mich das erledigen. Lass mich ihn schnappen."

Sie versuchte sich loszumachen, doch er hielt sie mit sanftem Druck fest.

„Du kannst das nicht über die offiziellen Kanäle. Das weiß ich. Lass mich es tun."

Winter hörte auf, sich zu wehren, doch ihre Augen funkelten noch immer.

„Wir sind Freunde, Noah. Gute Freunde. Ich schließe nicht leicht Freundschaft. Du willst über Gefährdung reden? Spiel nicht bei mir den weißen Ritter, denn ich brauche keinen, und ich würde dir das übelnehmen."

„Du musst dich fernhalten, sehr fern", entgegnete er. „Du bist das einzige überlebende Opfer des Preachers, der möglicherweise schon seit Jahrzehnten mordet. Glaubst du, er ist sich dessen nicht bewusst? Was willst du tun? Den Lockvogel spielen?"

Sie gab keine Antwort, aber er konnte in ihrem Gesicht lesen. Genau das hatte sie vor.

Einen Moment lang wallte Zorn in ihm hoch, doch Noah

seufzte und ließ ihn – und Winter – los. Er trat einen Schritt zurück, bevor er dem Drang nachgab, sie zur Vernunft zu bringen.

„Denk rational. Bei deiner letzten Begegnung mit ihm bist du im Koma gelandet. Jetzt leidest du an dieser … Migräne, oder was zum Teufel das ist. Vorher hattest du die nicht. Als hätte er ein Mal hinterlassen, das dir dauernd zu schaffen macht. Eine Wunde, die nicht verheilt. Wer auch immer ihn stellt, muss in der Lage sein, persönliche Gefühle von professionellen Überlegungen zu trennen. Du kannst das nicht."

Ihre Miene wurde abweisend, ihre tiefblauen Augen wurden eiskalt. „Du hast mich seit unserer ersten Begegnung ziemlich gut kennengelernt. Ich hätte erwartet, dass du mich verstehst."

„Das tue ich." Sie entglitt ihm. „Ich verstehe dich. Aber es ist unmöglich."

„Hast du dich für mich eingesetzt?"

Er zögerte nicht mit der Antwort. „Nein."

„Ist dir der Gedanke gekommen, dass wir das Problem umschiffen könnten? Dass ich als inoffizielle Assistentin fungiere?"

Daran hatte er auch schon gedacht. Und hatte den Gedanken verworfen. Obwohl ihm klar war, dass er womöglich etwas zerstören würde, musste er es aussprechen. „Ich *lasse* dich nicht mitmachen. Ich will, dass du dich von ihm möglichst weit fernhältst."

Er meinte zu hören, wie die Bindung, die zwischen ihnen entstanden war, zersplitterte wie ein Eiszapfen, der auf dem Pflaster zerschellt.

„Dann gibt es wohl nichts mehr zu sagen, oder?" Ihre Stimme klang tonlos. Sie ging zur Tür und öffnete sie ihm. „Lebwohl, Noah."

Es klang so endgültig.

Als er zu seinem Wagen ging, sagte sich Noah, dass er es schon wieder richten könnte. Das war nicht das Ende seiner Beziehung zu Winter. Sie würden es hinkriegen. Aber vorher musste er den Preacher schnappen.

Außerdem sagte er sich, dass er ein verdammter Lügner war.

# 6

Als Noah gegangen war, ließ Winter sich wieder aufs Sofa sinken und legte die Hände um den Kopf.

Zum Teufel mit ihm. Er war ja so chauvinistisch, so überbeschützend, so *texanisch*.

Noah war seit Quantico ihr Schatten gewesen. Hatte mit ihr gewetteifert. War ihr nicht von der Seite gewichen. Hatte sie geneckt. Mit ihr geflirtet. Ihr den Rücken gestärkt, wenn sie ihn brauchte. Hatte sie zum Lachen gebracht und sie gleich darauf so sehr provoziert, dass sie ihn boxte. Er war halt … Noah. Mit seiner fürsorglichen Art und seinem großen Ego brachte er sie zur Weißglut. Ständig versuchte er, sie mit seinem Grübchengrinsen und seinen schalkhaften grünen Augen zu bezirzen.

Verdammt noch mal, *das* hatte heute funktioniert.

In letzter Zeit war er nicht mehr bloß Noah gewesen. Sondern ein Freund, auf den sie sich verlassen konnte, der erste in der traurigen Abfolge ihrer Bekanntschaften. Er war ein sexy, einfühlsamer, lustiger Typ und der denkbar beste Partner.

Aber jetzt … hatte sie einen Grund mehr, den Preacher zur Rechenschaft zu ziehen. Wegen des Falls war nicht nur ihre Freundschaft, sondern vielleicht noch viel mehr in die Brüche gegangen.

Winter seufzte und erhob sich, tigerte rastlos in ihrem Wohnzimmer auf und ab. Die billigen Jalousien vor der Schiebetür schwangen hin und her, wenn sie vorbeikam. Noah gegenüber hatte sie die Wahrheit gesagt. Wenn sie nicht den Preacher jagen durfte, dann war all ihre Arbeit umsonst gewesen.

Sie musste es schaffen, dem Team zugeteilt zu werden. Eine andere Option gab es nicht.

Andernfalls konnte sie ebenso gut kündigen. Aus dem FBI ausscheiden.

Obwohl ihr bei dem Gedanken die Luft wegblieb. Sie konnte sich das nicht vorstellen. Für ihre Berufswahl hatte es ein einziges Motiv gegeben. Rache. Aber sie war eine *gute* Special Agent. Sie hatte Verdächtige gefasst, die ihre Kollegen niemals geschnappt hätten. Sie wusste etwas, das sie niemals wissen würden. Ohne sie wären die Fälle, an denen sie mitgearbeitet hatte, vielleicht nie gelöst worden.

Die Ironie dabei war, dass sie das vermutlich dem Preacher zu verdanken hatte.

In der Tatnacht hatte sie ihre Eltern nur einen Augenblick lang tot in den Betten liegen sehen. Dann hatte sie einen so heftigen Schlag auf den Kopf abbekommen, dass der Täter sie für tot gehalten hatte.

Winter hatte monatelang im Koma gelegen. Als sie daraus erwachte, verfügte sie über eine gesteigerte Beobachtungsgabe. Manchmal konnte sie erkennen, ob ein Gegenstand mit einem Gewaltverbrechen in Verbindung stand. Dann wieder sah sie kurze Momentaufnahmen von Ereignissen vor sich, die stattgefunden hatten oder in Kürze stattfinden würden.

Für eine Ermittlerin waren dies nützliche Gaben, doch sie gingen einher mit starken Kopfschmerzen, Bewusstseinstrübung und Nasenbluten.

Die Beobachtungsgabe und die Sensitivität waren zuerst aufgetreten. Für die Ärzte und Psychologen war sie ein faszinierendes Rätsel gewesen. Man hatte sie mit CT- und MRT-Geräten gescannt, sie unermüdlich analysiert und befragt, bis es ihren trauernden Großeltern reichte und sie nach Fredericksburg umzogen, wodurch die Behandlung komplett beendet wurde.

Ihre anderen Fertigkeiten zeigten sich erst später, auf dem College. Gegenstände identifizieren zu können, die mit Straftaten in Verbindung standen, war eine großartige Sache. Dass diese Gabe nur sporadisch auftrat und mit bewusstseinstrübenden Anfällen einherging, war nicht so toll.

Als sie an ihre Migräne dachte, versuchte Winter sich zu beruhigen. Sie hatte bereits Spannungskopfschmerzen und hatte sich schon früher gefragt, ob sie unter Stress für Visionen empfänglicher wurde. Jetzt, da die Schultermuskeln am Halsansatz sich verknotet hatten und ihr der Kopf dumpf pochte, flehte sie das Universum praktisch an, diese Theorie zu testen.

Sie legte die Jacke ab und hängte sie über die Stuhllehne. Heute war sie sowieso nicht in der Verfassung auszugehen. Sie öffnete den Kühlschrank. Eigentlich hatte sie keinen Hunger, was gut war, da die Essensvorräte sich auf ein paar verschrumpelte Weintrauben und einen Karton Joghurt mit vermutlich abgelaufenem Haltbarkeitsdatum beschränkten. Stattdessen nahm sie eine Flasche Rolling Rock heraus.

Als sie den Kronkorken ploppen ließ, wurde ihr bewusst, dass sie sie für den Fall aufbewahrt hatte, dass Noah vorbeikam. Wann war er zu einem festen Bestandteil ihres Lebens geworden? Sie hatte immer einen Tunnelblick gehabt. Das

Ziel stets vor Augen. Als sie einen Schluck von dem bitter schmeckenden Bier nahm, begriff sie, dass ein Besuch Noahs künftig eher unwahrscheinlich war.

Sie ließ die fast volle Flasche in die Spüle fallen, wo sie scheppernd auf der Seite landete. Gelbliche Flüssigkeit schäumte hervor, roch säuerlich nach Hefe. Der Geruch wurde stärker und setzte ihr zu, so dass sie zusammenzuckte.

Plötzlich empfand sie den Biergeruch als widerlich, penetrant und erstickend. Sie schnappte nach Luft. Dann rollte der Schmerz über sie hinweg wie ein Tsunami. Ihr wurde dunkel und gleichzeitig gleißend hell vor Augen, wie bei einem überbelichteten Foto.

Winter brach zusammen und knallte mit der Stirn gegen die Kante der laminatbeschichteten Theke, doch sie nahm es nicht wahr.

WINTER RISS die Augen auf und atmete scharf ein. Eine sanfte Stimme mit Südstaatenakzent hallte in ihrem Kopf nach.

„Das passiert, wenn Damen Alkohol trinken."

Ihr hob sich der Magen, und sie wälzte sich auf dem Boden der schmalen Kochnische auf die Seite. Sie zog die Knie an die Brust, schloss die Augen und zählte langsam, versuchte zu verhindern, dass sie sich übergab.

Diesmal war es schlimmer. Anders.

Irgendwie hatte sie die Handfesseln gespürt. Sie schob die kalten Hände in die Achselgruben. Sie hatte nicht gesehen, wie Tala Delosreyes mit rauen Stricken ans Bett gefesselt worden war. Sie hatte es gespürt.

Außerdem hatte sie das Gesicht des Killers gesehen. Erneut.

Als sie sich wieder kräftiger fühlte, richtete sie sich auf

und stolperte ins Bad. Die Kopfschmerzen und die Übelkeit hatten sich verflüchtigt, doch vor dem Spiegel schnitt Winter eine Grimasse.

Ihre Augen waren geweitet und umschattet und wirkten gehetzt, ihr Gesicht war blass, fast durchscheinend. Über dem Wangenknochen bildete sich ein dunkler Bluterguss. Beim Aufprall war die Haut aufgeplatzt, und Blut war ihr ins Haar gelaufen und zu einer klebrigen Masse geronnen. Auch im Gesicht hatte sie Blut, das teilweise noch feucht war. Tränen hatten salzige Spuren auf den Wangen hinterlassen, und ihre Augen waren vom Weinen verquollen.

Sie sah aus wie das traumatisierte Opfer einer Naturkatastrophe.

Mit einem kühlen Waschlappen entfernte sie die schlimmsten Spuren der Erfahrung. Die Abschürfung im Gesicht war so tief, dass sie erneut zu bluten begann, als sie sie abtupfte. Sie brachte ein Klammerpflaster auf, damit war das erledigt. Es würde eine Narbe zurückbleiben, doch das war ihr egal.

Ihr Herz klopfte dringlich, was sie daran erinnerte, dass sie etwas erledigen musste. Sofort.

Im Schlafzimmer zog sie ein sauberes graues T-Shirt an und schlüpfte in die Jacke. Sie schulterte die Kuriertasche und wandte sich zur Tür, hielt vor der Kochnische aber inne.

*Wohin wollte sie?*

Sie lehnte sich an den Türrahmen und schloss die Augen, bemühte sich, ihren instinktiven Drang, sich in Bewegung zu setzen und schnell zu handeln, unter Kontrolle zu bringen. Noah würde sich nicht für sie einsetzen. Max hatte sie ausgeschlossen. Nach dem Eindruck, den sie im letzten Jahr von seiner Persönlichkeit gewonnen hatte, waren seine Entscheidungen in Granit gemeißelt, sobald er sie getroffen hatte.

Sie musste bei dem Fall mit einsteigen. Nicht wegen ihrer Eltern oder ihres verschleppten kleinen Bruders. Auch nicht wegen ihrer alten Großeltern, die noch immer trauerten. Nicht weil es ihr darum gegangen wäre, das Gespenst zu fangen, das im Laufe der Jahre Dutzende Menschen ermordet hatte, oder wegen der Hinterbliebenen.

Sondern weil sie die Angst von Tala Delosreyes empfunden hatte.

Das war etwas anderes gewesen, als die Spuren des blutigen Bacchanals eines Serienkillers zu begutachen. Das Blut und den Verlust an Menschenleben in ihren Visionen konnte sie verarbeiten. Es war verstörend und grauenhaft und übertraf den schlimmsten Slasher-Film, denn die Szenen wirkten so real wie in Technicolor. Sie hatten sich tatsächlich ereignet. Sie hatte sie mit allen Details gesehen, als wäre sie dabei gewesen, doch damit kam sie klar.

Diese letzte Erfahrung war vollkommen anders gewesen. Winter hatte reale Atemnot verspürt. *Ihre* Handgelenke hatten sich wundgescheuert und bluteten. *Ihr* Herz hatte im Brustkasten so angstvoll geklopft wie das eines eingesperrten Vogels. Winter hatte in Talas Körper gesteckt. In ihrem Kopf.

Sie konnte den schalen Altmänneratem des Preachers riechen. Sie konnte sich Talas Mutter vorstellen, eine kleine dunkeläugige Philippina mit freundlichem Lächeln und nervösen Händen. Sie hatte das Gesicht des Mannes gesehen. Rundlich, mit einnehmenden Lachfältchen, sandfarbenem Haar und einem klugscheißerischen, jugendlichen Grinsen. Sie wusste nicht, wer er war, doch Tala hatte in den Momenten vor ihrem Tod an ihn gedacht.

Winter war in der Vision keine Beobachterin gewesen. Sie hatte mit dem Opfer den Kopf geteilt. Einen kurzen Augenblick lang war sie tatsächlich Tala gewesen. Eine furchtlose Frau und ein Adrenalinjunkie, die unglaublichen selbstlosen Einsatz gezeigt hatte. Ein harter Typ, der bis zum Ende stark geblieben war und sich gegen die Fesseln gewehrt hatte, bis der Killer ihr mit dem Messer die Kehle aufgeschlitzt hatte. Tala war heldenhaft gestorben.

Die tiefe Trauer um Officer Delosreyes, die Winter empfunden hatte, als sie auf dem Küchenboden zu sich gekommen war, hatte sie bis ins Mark erschüttert.

Sie musste den Frauenmörder schnappen, bevor er weitere Leben auslöschte. Und Max hatte recht: Sie würde es nicht auf eine Festnahme anlegen. Winter würde ihn nicht schonen. Nach ihrer Episode hatte sie den Boden nicht gesäubert. Der Anblick des Blutes war erschreckend – als hätte sie es mit ihrer Vision heraufbeschworen.

Doch es war ihr Blut. Sie war ohnmächtig geworden und zusammengebrochen und hatte geblutet. Langsam steckte Winter den Schlüsselbund wieder in die Tasche und nahm das Handy heraus.

Noah hatte sich öfters besorgt gezeigt wegen des unberechenbaren Auftretens ihrer ‚Migräne'. Es widerstrebte ihr, nicht selbst zu fahren, und sie gab ihm nur ungern recht, aber sie konnte von Glück sagen, dass bislang nichts passiert war. Sie durfte ihr Glück nicht überstrapazieren. Die letzte Episode hatte sich nicht angekündigt. Laut Noah entsprach das der Epilepsie: Wenn sie einen Anfall bekäme, könnte sie nicht mehr fahren. Obwohl ihr dabei unwohl war, bestellte sie ein Uber-Taxi.

Während sie den Küchenboden säuberte und auf das Taxi wartete, überlegte sie, wie sie mit SSA Parrish umgehen sollte. Er und Cassidy Ramirez, die Vizedirektorin der FBI-Behörde von Richmond, hatten den Preacher nicht gefasst. Bree hatte zwölf Jahre Erfahrung als Agent vorzuweisen, und Noah war ein erfahrener Polizist gewesen, bevor er sich beim FBI beworben hatte, doch das würde nicht genügen. Auch sie würden es nicht schaffen, das sagte ihr ihr Instinkt.

Winter musste Aiden dazu bringen, sich dafür einzusetzen, dass sie an den Ermittlungen beteiligt wurde. Andernfalls musste sie es allein durchziehen.

# 7

Sie hatte ihn nicht angerufen, doch er erwartete sie. Tatsächlich war er überrascht, dass sie nicht schon eher gekommen war.

Aiden sah aus dem Fenster seiner Wohnung im obersten Stock auf die nasse Straße hinunter. Es herrschte wenig Verkehr, die meisten Leute waren vermutlich zu Hause, feierten mit ihrer Familie Weihnachten oder blieben wegen des schlechten Wetters daheim. Die Straßenlaternen zeichneten sich als trübe Lichtinseln im kalten dichten Nebel ab.

Scheinwerferkegel durchschnitten die Düsternis, und ein grauer Minivan hielt vor dem Gebäude. Eine groß gewachsene, schlanke Gestalt stieg aus. Sie war noch weit entfernt, doch Aiden reagierte trotzdem auf Winters blasses ovales Gesicht und das schwarze Haar, welches das Licht der Straßenlaternen zu absorbieren schien.

Er erwartete ein hartes Gespräch und spannte die Muskeln an. Ein stechender Schmerz durchzuckte seinen Oberschenkel und erinnerte ihn daran, dass er sich noch in Genesung befand. Geistesabwesend massierte er den verkrampften Muskel, während er beobachtete, wie Winter sich der Eingangstür näherte.

Er hatte keine Ahnung, weshalb sie für die Fahrt gezahlt hatte, obwohl sie normalerweise mit ihrem ramponierten Honda Civic überallhin fuhr, doch er war erleichtert darüber. Er hätte ihr davon abgeraten, sich in ihrem Zustand hinters Steuer zu setzen. Offenbar war sie zum selben Schluss gelangt und ging das Risiko nicht ein. Damit war er aus dem Schneider. Er hatte sich nicht darauf gefreut, diese spezielle Diskussion mit ihr zu führen, doch jetzt war sie überflüssig geworden.

Er hatte versucht, sich von ihr emotional zu distanzieren, doch alte Gewohnheiten waren hartnäckig.

Er verdrängte das Thema, nahm im Sessel Platz und entlastete sein verletztes Bein, während er auf ihr Eintreffen wartete. Der Portier teilte ihm mit, sie sei unterwegs.

Als sie anklopfte, kippte er den Rest des Scotchs und stellte das Glas auf den Tisch. Vom Verlauf des Gesprächs hing viel ab. Er lächelte grimmig.

„Herein."

Sie trat ein, jedoch ohne die Vertrautheit, die sich in den vergangenen Monaten eingestellt hatte. Nach der Entlassung aus dem Krankenhaus hatte sie ihn fast jeden Abend besucht.

Heute näherte sie sich langsam, als rechnete sie mit einer Falle. Sie zog die schwarze Jacke aus und hängte sie über die Rückenlehne eines der Barhocker vor der Küchentheke. Der Geruch regenfeuchter Kleidung ging von ihr aus.

Ihre Miene war angespannt, gestresst, und ihre dunkelblauen Augen wirkten gehetzt. Unter dem rechten Auge hatte sie einen frischen Bluterguss mit einem Pflaster abgedeckt. Er unterdrückte eine spontane Aufwallung von Mitgefühl.

„Was führt Sie an einem solchen Abend zu mir?", fragte Aiden stattdessen leicht sarkastisch.

Sie ließ sich ihm gegenüber in einem Sessel nieder. Nicht neben ihm wie sonst, wenn sie mit ihm chinesisches Fastfood gegessen und ihn über ihren aktuellen Fall informiert hatte. Nicht nur er war auf Distanzierung bedacht.

„Sie müssen mich reinbringen."

Er verschränkte die Finger und lehnte sich zurück. Aiden schüttelte langsam den Kopf. „Es tut mir wirklich leid, wie es heute gelaufen ist. Ich fürchte, Max' Entschluss steht fest. Ich habe Sie zu der Besprechung eingeladen, weil ich dachte, ich könnte ihn umstimmen." Er zuckte mit den Schultern. „Ich habe mich geirrt."

Sie kniff misstrauisch die Augen zusammen und musterte ihn unverwandt. „Weshalb habe ich dann das Gefühl, dass Sie mich anlügen?"

Er musste sich in Acht nehmen. Sie verfügte über eine ausgeprägte Intuition und eine schnelle Auffassungsgabe.

„Weshalb sollte ich lügen? Ich weiß, wie viel Ihnen das bedeutet." Er streckte die Hand zu dem Regal neben dem Tisch aus und ergriff ein Blatt Papier. Er hielt es hoch und beobachtete ihr Gesicht.

„Hätten Sie mir das gegeben, wenn Sie nicht glauben würden, dass ich Ihnen helfen will?"

Das Porträt des Preachers sah aus wie das eines professionellen Künstlers. Winter hatte ihm verschwiegen, dass die Zeichnung von ihr stammte und weshalb sie sich so sicher war, dass sie den Preacher zeigte, doch Aiden hatte die Ähnlichkeit mit dem Killer keinen Moment lang in Zweifel gezogen. Die Bleistiftzeichnung zeigte einen etwa sechzigjährigen Mann mit gestutztem weißem Bart. Er hatte ein faltenloses, harmlos wirkendes Gesicht und trug eine Brille. Die dunklen Augen hinter den dicken Gläsern wirkten nahezu gierig. Das Gesicht eines lieben Opas mit dem Blick eines unbarmherzigen Raubtiers.

„Und was haben Sie damit angefangen, seit ich es Ihnen gegeben habe?", fragte Winter mit leiser Stimme.

Aiden lächelte, ein Zucken der Lippen. „Ihr Vertrauen ist ziemlich flüchtig, oder?"

„Sie hatten Zeit genug, mir zu sagen, was Sie herausgefunden haben, seit mein Team die Presley-Morde abgeschlossen hat. Anschließend hatte ich Urlaub, aber soweit ich mich erinnern kann, hatten Sie noch nie ein Problem damit, mich anzurufen."

Sie bezog sich auf die Anrufe, die er in Teenagerzeiten bei ihr gemacht hatte. Nach der Ermordung ihrer Familie, als er noch jünger und idealistischer gewesen war, hatte er sich in seiner Eigenschaft als Ermittlungsleiter verantwortlich für sie gefühlt und jahrelang ein Auge auf sie gehabt. Einerseits um Abbitte dafür zu leisten, dass er ihre Erwartungen enttäuscht hatte, aber auch, um sie zu schützen. Sie war das einzige überlebende Opfer des Preachers gewesen.

Er bewunderte ihre Taktik. Indem sie ihn an ihre frühere Beziehung erinnerte, kitzelte sie sein Schuldgefühl wach und legte den Boden für ein Gegenargument. Er tat so, als ließe er sich ihre Worte durch den Kopf gehen, und zog das Schweigen in die Länge.

„Ich habe nichts Neues", sagte er schließlich. „Aber etwas Brauchbares."

Winter konnte ihre Anspannung anscheinend nur mit Mühe bändigen. Ohne ihre Position zu verändern, neigte sie sich vor und stützte die Ellbogen auf die Knie. Der Zopf fiel ihr über die eine Schulter und streifte ihre gefalteten Hände.

„Sie wollen Osbourne übergehen? Sich an ADD Ramirez wenden?"

Aiden schüttelte mit bedauernder Miene den Kopf. „Ramirez würde auch nicht nachgeben." Das stimmte. Er brauchte nicht mit Cassidy zu reden, um zu wissen, dass sie mit Max Osbourne einer Meinung wäre. Außerdem hatte er nicht die Absicht, Winter an den Ermittlungen der Abteilung für Gewaltverbrechen zu beteiligen.

Doch er musste ihr einen Köder unter die Nase halten. Das war der schwierige Teil.

„Wie wäre es, wenn ich Ihnen Zugang zu meinen persönlichen Akten geben würde? Zu Informationen, Fallnotizen, handschriftlichen Dokumenten, die die Abteilung für Gewaltverbrechen noch nicht zu Gesicht bekommen hat?" Er sah sie vielsagend an. „Es wäre Ihre Sache, ob Sie die Informationen weitergeben."

Winters Miene war undurchdringlich. Sie lehnte sich zurück, so dass ihr Kopf sich auf einmal außerhalb des Lichtkreises der Tischleuchte befand. Als sie das Wort ergriff, lag ihr Gesicht im Schatten. Obwohl er ein erfahrener Beobachter menschlichen Verhaltens war, konnte er nicht erkennen, was sie dachte.

„Und was würde für Sie dabei rausspringen?", sagte sie beiläufig. Ihre Körpersprache verriet nichts. „So bewundernswert Ihr Charakter auch sein mag, SSA Parrish, haben Sie doch immer das Endspiel im Blick. Wären Sie ganz uneigennützig, hätten Sie mir bereits alles gegeben, was Sie haben. Bei Ihnen ist ein Geschenk nicht nur ein Geschenk."

„Manchmal ist das so", murmelte er und dachte an das spontane Geschenk, das er ihr in der Woche gemacht hatte, bevor sie Fredericksburg verlassen hatte. Ein Fehler.

„Nehmen wir an, dass ich bei diesem Fall richtig liege."

„Ich will Sie."

Diese Bemerkung ließ sie zusammenfahren. Winters Augen weiteten sich. Er rief sich in Erinnerung, dass das hier unbedingt notwendig war, und senkte ein wenig die Stimme. Sie durfte die Fassung nicht zurückgewinnen. Er musste die Entwicklung, die ihre Beziehung in den vergangenen Monaten genommen hatte, die Gefühle, die sie für ihn entwickelt haben mochte, nutzen.

„Ich meine", stellte Aiden mit honigsüßer Stimme klar, „ich will Sie in der Abteilung für Verhaltensanalyse haben."

Winter verhielt sich bereits ganz still, doch jetzt schien sie vollends zu erstarren. Als sie antwortete, klang ihre Stimme frostig. „Ich glaube, das haben Sie schon einmal versucht, Parrish. Vielleicht weniger kreativ."

Er lächelte gewinnend. „Und es ist nicht gut gelaufen. Ich hatte damals die falschen Beweggründe. Jetzt glaube ich …"

„Es ist mir egal, was Sie glauben. Ich möchte Sie daran erinnern, wie das geendet hat." Sie sprach jetzt klar und prononciert, damit er sie auch wirklich verstand. Winter neigte sich vor, so dass er das kalte blaue Feuer in ihren Augen sehen konnte. „Eher kündige ich beim FBI, als dass ich hinter einem Schreibtisch hocke. Besonders dann, wenn *Sie* das Sagen haben", setzte sie hinzu. „Ich habe meine Meinung dazu nicht geändert."

„Ich mache Ihnen keinen Vorwurf", erwiderte er ruhig und beschwichtigend, ohne sich anmerken zu lassen, dass sie ihn verletzt hatte. „Wäre ich in Ihrer Lage, würde ich das genauso sehen. Kündigen Sie unbedingt beim FBI. Mit Ihrer Begabung könnten Sie den Preacher aufspüren. Jagen Sie ihn. Töten Sie ihn." Aiden hielt inne, zog das Schweigen in die Länge. „Aber zu meinen Bedingungen würden Sie mehr in die Hand bekommen als bloß eine Zeichnung. Sie hätten ein vollständiges psychologisches Täterprofil. Beweise. Sie wären fähig, ihn zu schnappen, bevor er wieder untertaucht. Vielleicht würden Sie ihn aufspüren, bevor er sich ein weiteres Opfer sucht."

Selbstverachtung war der Genugtuung nachgeordnet, stellte er fest, als er ihr Gesicht beobachtete. Er machte darin Hass, Versuchung, strategische Überlegung aus. Bald würde sich darin die Resignation abzeichnen, mit der er rechnete.

Doch das Schweigen zog sich hin. Er wusste um dessen

Bedeutung bei Verhandlungen, doch Winter war so still, dass es ihn nervös machte.

„Ich gebe Ihnen ein Jahr." Sie schaute nicht hoch.

„Entweder auf Dauer oder gar nicht." Irritiert bemerkte er, dass er die Luft anhielt. Er nahm die Versetzungsdokumente in die Hand, die er bereits aufgesetzt hatte. Seine Hand zitterte leicht, was ihn ärgerte. Als er ihr den Papierstapel entgegenstreckte, war sie ruhiger.

Vielleicht doch kein Köder. Aber es blieb ihr nichts anderes übrig, sie musste zu ihm kommen.

„In Ordnung." Sie erhob sich und musterte ihn scharf. Obwohl sie sich reingelegt fühlte, riss sie ihm die Papiere aus der Hand. Das letzte rosige Nachleuchten der Heldenverehrung war endlich ausgelöscht. Jetzt sah sie den Mann, der er war, und nicht mehr den FBI-Agenten, den sie zu Teeniezeiten verehrt hatte. Ohne ein weiteres Wort wandte sie sich zur Tür. Sie fiel hinter ihr so fest ins Schloss, dass die Glasschale auf dem Flurtisch klirrte.

Ein normaler Mensch hätte jetzt ein schlechtes Gewissen gehabt. Aiden lächelte fast, als er sich mühsam erhob und zur Hausbar ging. Er empfand Genugtuung. Jedenfalls überwiegend.

In der Küche tat er Eis ins Glas und nahm ein Medikamentenfläschchen von der Theke. Das Norco mit Scotch runterzuspülen, entsprach zwar nicht den ärztlichen Empfehlungen, doch während er darauf wartete, dass der Raum sich angenehm verschleierte, hoffte Aiden, dass auch der Schmerz verschwimmen würde, den er in Winters Augen gesehen hatte.

Er dachte an das erste Mal, als er einen solchen Schmerz ausgelöst hatte.

Winter war eine hoch gewachsene Jugendliche gewesen und hatte ihr Haar damals offen getragen. Obwohl sie sich hinter diesem schimmernden schwarzen Vorhang versteckte und mit schwarzen Stiefeln, Jeans und grauem Kapuzenshirt verkleidete, war ihr die Verletzlichkeit, die sie hinter der ängstlichen Teenagerfassade zu verbergen suchte, deutlich anzusehen.

Als er in dem Restaurant auftauchte, in dem ihre Großeltern ihren siebzehnten Geburtstag feiern wollten, entdeckte Beth McAuliffe ihn als Erste. Sie kniff ihre scharfen Augen zusammen, in ihrem Gesicht zeichneten sich Abneigung und Argwohn ab. Er konnte es ihr nicht verdenken. Er personifizierte das Versagen des FBI, den Mörder der Familie ihrer Enkelin zu fassen. Winters Großvater Jack, ein schroffer, geradliniger alter Bursche, musterte ihn mit undurchdringlicher Miene.

Winters Gesichtsausdruck aber hellte sich auf, als sie von der Speisekarte aufsah. Er reichte ihr sein Geschenk, das er eingepackt hatte, bevor er von Richmond hierhergefahren war.

Beth lud ihn freundlich, aber vermutlich widerwillig ein und winkte der Kellnerin ab. Er nahm am Tisch Platz. Er würde nicht lange bleiben. Er störte das Familientreffen. Weckte Erinnerungen, die bei Winters Geburtstag fehl am Platze waren.

Winter riss mit kindlicher Gier das Papier auf und öffnete die Schachtel. Als sie die Plüschkatze im Studententalar erblickte, wurde ihr Grinsen breiter. Der Schatten, der auf ihr gelegen hatte, lichtete sich für einen Moment, und sie sah aus wie eine ganz normale Jugendliche. Ohne den Makel, der nach ihrer Begegnung mit dem Tod zurückgeblieben war.

„Sie sind ja so berechenbar, Parrish“, spöttelte Winter. Ihr Augen leuchteten, ihr Lächeln vertiefte sich. „Gefällt mir.“ Trotz ihres sarkastischen Tonfalls rieb sie die Wange am weichen Fell der Katze.

„Es ist noch ein bisschen früh“, räumte er ein, „aber Sie

werden die Highschool abschließen, ehe Sie sich versehen. Alles Gute zum Geburtstag, Kleine."

Aiden streckte spontan die Hand aus und zauste ihr liebevoll das Haar.

Das Funkeln in ihren Augen erlosch. Ihr Lächeln verflüchtigte sich, sie lehnte sich zurück. Und legte das Plüschtier in die Schachtel.

„Danke." Winter ergriff erneut die Speisekarte, ihre Knöchel traten weiß hervor. Das Haar fiel ihr ins Gesicht.

Mist. Er begriff sogleich, was er getan hatte. Und er war nicht der Einzige. Beth biss sich auf die Lippe und musterte mitfühlend Winters gesenkten Kopf. Jack zuckte zusammen, suchte Augenkontakt mit Aiden und schüttelte den Kopf.

Beschämt nahm er zu einer Ausrede Zuflucht und entfernte sich.

Nach diesem Desaster stellte er seine regelmäßigen Anrufe ein. Ihm war unwohl bei dem Gedanken, dass er einer Halbwüchsigen das Herz gebrochen hatte, ohne Rücksicht auf ihre schwärmerischen Gefühle.

Aiden hatte zu der Zeit an seiner Doktorarbeit in Psychologie gearbeitet. Der hartnäckige Selbstekel und seine Unfähigkeit, elementare menschliche Emotionen zu deuten, hinderten ihn daran, ihr weitere Geburtstagsgeschenke zu schicken oder sie zu besuchen. Obwohl er jeden direkten Kontakt vermied, bekam er hin und wieder noch zuversichtlich klingende E-Mails von ihr. Irgendwann erhielt er eine Einladung zu ihrer Abschlussfeier. Er antwortete nicht darauf.

Zum Ende der Feier wurde sie auf ihn aufmerksam. Winter hatte die Unbeholfenheit abgelegt und wirkte viel reifer als achtzehn. Die E-Mails hatten vor Monaten aufgehört, und sie nickte ihm lediglich zu. Ihre Großeltern bemerkten ihn nicht einmal.

Anschließend hatte er sporadisch aus der Ferne mit ihr

Kontakt, jedoch immer seltener. Irgendwann verschwand Winter von seinem Radar. Damals führte er eine ernsthafte Beziehung, doch sie nahm ein schlechtes Ende. Fortan konzentrierte er sich auf seine Karriere und arbeitete für seine Beförderung. Aiden fand ein neues Ziel, und er allein wusste, dass ihm der Preacher-Fall noch immer nachging.

Bis ihn eines Tages aus heiterem Himmel Beth McAuliffe anrief. Mit sorgenvoller Stimme teilte sie ihm mit, Winter habe es ernst gemeint, als sie mit fünfzehn sagte, sie wolle zum FBI. Sie sei im Begriff, einen zweifachen Master-Titel zu erwerben, und rede davon, sich in Quantico zu bewerben. Beth forderte ihn verklausuliert auf, es ihr auszureden.

Und so war er abermals in Winters Leben aufgetaucht. Das war er Beth schuldig. Doch er hatte nicht erwartet, dass sie mit dreiundzwanzig so … erwachsen sein würde. Sie wirkte entschlossen, aufgeweckt und weniger verletzlich als früher. Falls sie ihm noch übelnahm, dass er sie vor all den Jahren in Verlegenheit gebracht hatte, ließ sie es nicht durchblicken. Stattdessen sprach sie begeistert über ihre Pläne. Sie hatte es sich in den Kopf gesetzt, beim FBI zu arbeiten.

Sie hatte sich verändert. Auch er hatte sich verändert, doch Winter hatte es nicht bemerkt. Er hatte ihr keine Gelegenheit dazu gegeben.

Er war nicht mehr der junge FBI-Agent, den sie gekannt hatte. Er war nicht mehr idealistisch und optimistisch und wollte die Welt nicht mehr zu einem besseren Ort machen, indem er einen Verbrecher nach dem anderen fasste. Er war egoistisch und skrupellos geworden. Beherrscht. Er war in seiner Abteilung die Karriereleiter hochgeklettert, hatte aber ein Auge auf Ramirez' Stelle als Vizedirektorin geworfen. Ob seine ehemalige Kollegin befördert wurde – oder ausschied –, war ihm egal.

Aiden ließ sich nichts davon anmerken. Als er Winter wieder auf dem Radar hatte, entdeckte er ihre Geheimnisse.

Er hatte keine Hemmungen, sie zu seinem Vorteil zu nutzen. Wenn er sie bei der Verhaltensanalyse unterbrachte, würde sie am Schreibtisch sitzen und wäre in Sicherheit.

Das hatte den zusätzlichen Vorteil, dass sie ihre erstaunliche Intuition dazu einsetzen würde, prägnante Täterprofile zu erstellen und die gesamte Erfolgsquote zu steigern. Wenn ihm das half, den angepeilten Posten zu bekommen, umso besser.

Winter bei sich zu haben, würde den einzigen Schandfleck in seiner Akte tilgen. Sie würde den Preacher aufspüren. Als er ihr sagte, dass er ihr das zutraue, hatte er nicht gelogen. Er war sicher, dass sie es schaffen konnte.

Aiden aber wollte nicht zulassen, dass Winter den Killer im Alleingang stellte. Stattdessen würde er sie dazu benutzen, um sich dem Killer zu nähern, und diese hässliche Geschichte beenden, die schon vor Jahren hätte abgeschlossen werden sollen.

# 8

Noah hatte den blutigsten, schaurigsten Tatort seiner Berufslaufbahn erst vor einem Monat in Augenschein genommen. Heidi Presley, eine bösartige Psychopathin, deren Ziel es war, der Welt ihren Stempel mit einer Mordserie nach historischem Vorbild aufzuprägen, hatte bei einem ihrer Opfer die Beherrschung verloren. Anstatt den Mann einfach nur zu exekutieren, war sie von ihrer üblichen Vorgehensweise abgewichen und hatte ihn im Zorn getötet.

Im Anschluss daran hatte Heidi den Leichnam verstümmelt, wobei das Blut auf Decke, Boden und Wände des Hotelzimmers spritzte. Als sie ihre Rachegelüste befriedigt hatte, war sie gegangen und hatte sein Gedärm auf dem Flur fast sieben Meter weit mitgeschleift. Das Opfer hatte sie auf dem Bett liegen lassen, bis zur Unkenntlichkeit zerfleischt.

Mit dem letzten Tatort des Preachers konnte ihr Gemetzel nicht mithalten. Die Ähnlichkeiten beschränkten sich darauf, dass das Opfer jeweils im Bett getötet worden war. Die Unterschiede waren erschreckend.

Detective Bardo, ein hagerer graubärtiger Mann Ende fünfzig, geleitete sie zum Apartment 218. Seine Miene war grimmig, und er blieb zunächst wortkarg. Viel gab es auch nicht zu sagen. Noah hatte gewusst, dass es schlimm sein würde. Bree hielt sich schweigend in seiner Nähe, als sie vor der Tür Handschuhe und Schuhüberzieher anlegten.

Sie waren vorgewarnt. Sie hatten die Berichte zu Officer Delosreyes gelesen. Es war unmöglich, sich vom Opfer zu distanzieren, denn sie kannten ihre Vorgeschichte und hatten ein Gefühl für sie als Person entwickelt. Dazu kam, dass die Polizisten vor Ort keinen Hehl daraus machten, dass sie um sie trauerten.

Zuerst nahmen sie den überwältigenden metallischen Geruch wahr. Er erinnerte Noah an den fleischverarbeitenden Betrieb, in dem sein Großvater in der Jagdsaison Hirsche zerlegt hatte.

Neben ihm schluckte Bree hörbar, ganz blass im Gesicht.

„Wenn Sie sich übergeben müssen, tun Sie's draußen!", fauchte Bardo. „Das ist immer noch ein Tatort."

„Ich habe mich noch *nie* an einem Tatort übergeben", entgegnete Bree ruhig. „Das wäre respektlos gegenüber dem Opfer."

Der aggressive Gesichtsausdruck des Detectives wurde ein wenig weicher, weil er begriff, dass es ihr ernst damit war. Er nickte beinahe freundlich und geleitete sie zum Schlafzimmer an der Hinterseite der Wohnung.

Auch Noah hatte sich noch nie an einem Tatort übergeben, aber diesmal fehlte nicht viel.

Anders als Presley hatte der Preacher Tala nicht im Zorn getötet. Er war bei seinem Zerstörungswerk gründlich vorgegangen. Sorgfältig. Hingebungsvoll.

Die sterblichen Überreste hatte man bereits obduziert, doch die weißen Laken und die knallgelbe Daunendecke, auf denen sie gelegen hatten, waren steif und dunkel verfärbt. Noah verzog das Gesicht. Ein Mensch hatte etwa sieben

Liter Blut. So wie es hier aussah, hätte man meinen können, der Täter habe einen Extravorrat mitgebracht.

Laut vorläufigem Untersuchungsbericht war die durchgeschnittene Kehle die Todesursache gewesen. Daher rührte aber nur ein Teil des Blutverlusts, den das Opfer erlitten hatte. Rituelle Post-mortem-Verstümmelung war verantwortlich für den Rest. Die Wände waren in säuberlichen Zeilen beschriftet. Die Beschriftung begann an der einen Seite des Raums und setzte sich auf den beigefarbenen Wänden bis zur anderen Zimmerseite fort. Die Worte und Sätze waren aus tropfenden roten Buchstaben zusammengesetzt, ein Bibelvers, der dem geistig verwirrten Täter kristallklar vor Augen gestanden hatte.

„Wie viele Stunden braucht man dafür?" Brees Stimme klang gedämpft. Sie hatte den Kopf zurückgelegt und betrachtete mit ungläubigem Staunen die Buchstabenschlange, die sich an der einen Wand emporringelte, als wollte sie auf die Decke kriechen. Und dann war da noch das Kreuz aus tropfenden Linien.

„Tage?" Noah hatte Mühe, das Ganze nachzuvollziehen.

„Eher wohl ein paar Stunden", meinte Detective Bardo. „Auf Basis des geschätzten Todeszeitpunkts und des Zeitpunkts der Entdeckung."

Er versuchte sich vorzustellen, wie schnell man sein musste, um in der Zeitspanne so viel zu schaffen. Der Mann arbeitete mit rasender, manischer Geschwindigkeit.

Der Preacher tötete seit Jahrzehnten. Inzwischen war er ein alter Mann, mindestens in den Sechzigern. Wie hatte er es geschafft, eine erfahrene Polizistin in ihrer Wohnung zu überwältigen, sie in wehrlosem Zustand aufs Bett zu legen, sie so zu fesseln, dass sie nicht fliehen konnte, sie zu töten und anschließend *all das* an die Wände zu malen?

Selbst ein junger Mann hätte damit große Mühe gehabt.

Der Preacher war erstaunlich rüstig für sein Alter – oder besessen.

„Da Sie mit der ViCAP-Fahne gewinkt haben, habe ich mir ein paar Fälle des Preachers vorgenommen", sagte Detective Bardo. Ohne die Schrift an der Wand zu beachten, blickte er Noah direkt in die Augen. „Ich bin nicht weit gekommen. Ist das normal für dieses kranke Arschloch?"

Bree riss den Blick von der Schlange los. Unbewusst wandte sie ihr den Rücken zu, als sie Detective Bardo antwortete.

„Im Moment wissen wir leider kaum mehr als Sie. Die Morde des Preachers haben zwar langwierige Ermittlungen nach sich gezogen, aber wir haben nicht viel herausgekriegt."

*Senbk woiev kw ksklwe asowek*, las Noah von der Wand ab. *WWINEN ksjf fiwnef!*

Die Buchstabenfolge kam ihm bedrohlich vor, zumal sie unter dem gut lesbaren Bibelvers stand. War das etwas Satanisches? Man hatte hochauflösende Fotos an Agent Goldsboro geschickt, den besten Codeknacker in Richmond, doch Noahs Instinkt sagte ihm, dass es sich dabei um etwas Abartiges, Unheilkündendes handelte, dessen Bedeutung nur dem Tatverdächtigen klar war.

„Er hinterlässt immer einen Bibelvers, geschrieben mit dem Blut des Opfers", warf Noah ein, während er die geifernden, unlesbaren Botschaften betrachtete. „Es gab schon wirre Briefe mit nur einem Wort oder einer Sentenz, in welcher Sprache auch immer. Manchmal sogar ein ganzer Satz, aber nichts Vergleichbares."

Den Rest des Arbeitstages verbrachten sie mit dem Taskforce-Officer, den Delosreyes' Wache abgestellt hatte. Noah betrachtete zahlreiche detaillierte Fotos auf Glanzpapier, bis sie ihm vor den Augen verschwammen. Nackt, die sonnengebräunten Gliedmaßen ausgebreitet. Präzise Schnitte. Leerer Blick und langes schwarzes Haar.

Noah schüttelte die Müdigkeit ab, die ihn lange genug überwältigt hatte, und nahm mehrere Ganzkörperaufnahmen des Opfers in die Hand.

„Ihr Haar“, sagte er mit heiserer Stimme. Die Unterhaltung im Raum erstarb. „Wie hat Officer Delosreyes ihr Haar normalerweise getragen?“

Eine der Officers, eine zierliche Rothaarige mit traurigen haselnussbraunen Augen, ergriff das Wort. „In der Umkleide hat sie mal geklagt, wie lästig es sei, ihr hüftlanges, prachtvolles Haar zu bändigen. Es …“ Sie stockte. Räusperte und sammelte sich. „Es war so üppig. Sie sagte immer, ihre Mom wäre todunglücklich, wenn sie es abschneiden würde, deshalb trug sie es als Zopf. Der war so dick wie mein Handgelenk.“ Sie hielt ihre schmale, blasse, sommersprossige Hand hoch. Sie zitterte merklich.

Er musste hier raus. Seine Intuition war nicht besonders stark ausgeprägt – auch wenn er bisweilen ein Bauchgefühl hatte -, doch der emotionale Druck, der von allen Seiten auf ihn eindrang, erschwerte ihm das Nachdenken. Brees Gesichtsausdruck deutete darauf hin, dass es ihr ähnlich ging.

Noah legte die Fotos nebeneinander, ausgerichtet auf die anderen Teammitglieder.

„Fällt euch irgendwas am Haar des Opfers auf?“

Detective Bardo begriff gleich, worauf Noah hinauswollte. „Unglaublich. Hat das nie jemand bemerkt?“ Er blickte beinahe vorwurfsvoll in die Runde.

Die Gesichter seiner Kollegen spiegelten Fassungslosigkeit in unterschiedlich starker Ausprägung wider.

Ungeachtet all der blutigen Entstellungen war das Haar des Opfers auf jedem Foto sorgfältig arrangiert. Den schwarzen Haarschopf hatte der Mörder auf den Kissen ausgebreitet, als wäre dies eine Prinzessin und nicht ein verstümmelter Leichnam, der als Requisite eines Horrorfilms hätte dienen können.

„Hat er das schon mal gemacht? Frauen mit schwarzem Haar als Opfer ausgewählt? Oder Frauen mit kurzem Haarschnitt gemieden?"

„Nicht dass ich wüsste", sagte Noah. „Bei den früheren Opfern ist mir kein Trend aufgefallen, und im Täterprofil der Verhaltensanalyse fehlt noch vieles. Aber das ist zu absichtsvoll, das muss etwas bedeuten."

Es bereitete ihm Sorge.

„Wie weit bist du mit Talas Fällen gekommen?", fragte Bree. „Wir könnten dir dabei helfen."

Bevor ViCAP ihnen einen Hinweis auf die Identität des Täters gegeben hatte, war das Team bereits sechs Monate in die Vergangenheit vorgedrungen. Sie hatten die Festnahmeprotokolle nach Verdächtigen durchforstet, einige von ihnen vernommen und nach einem Rachemotiv gesucht, jedoch ohne Ergebnis. In wenigen Tagen hatten sie einen Riesenhaufen Akten gewälzt, waren aber keinen Schritt weitergekommen.

Noah und Bree einigten sich darauf, die Akten mit unvoreingenommenem Blick noch einmal durchzusehen und die vielversprechenden älteren Fälle auszusortieren. Sie fuhren zurück zum Hotel, die frische, kalte Nachtluft tat ihnen gut.

„Ich hätte mich wappnen sollen", brach Bree das niedergeschlagene Schweigen, als sie vor dem Hotel hielten, in dem sie eingecheckt hatten. „Ich wusste, es würde hart werden, aber ich hatte keine Ahnung, *wie* hart."

Dem konnte Noah nur zustimmen.

Sie bestellten eine Pizza für sie beide und verbrachten den Abend zusammen in einem Zimmer mit ihren Laptops. Keiner von ihnen stieß auf etwas Interessantes, das beim ersten Durchlauf übersehen worden war. Die hiesigen Ermittler hatten verständlicherweise gründlich gearbeitet.

Bree gähnte, was ihn in seiner Konzentration auf die Fallakten störte, die ihm vor den Augen verschwammen. Die Digitaluhr neben dem Doppelbett, in dem er schlief, zeigte 1:36 an. Er hatte einen steifen Hals, lehnte den Kopf an die pastellfarben gemusterte Tapete und schloss die Augen. Er war müde und hatte Watte im Kopf. Die ganze Schufterei erschien ihm sinnlos.

Als ihm ein Gedanke kam, setzte er sich so ruckartig auf, dass Bree zusammenschreckte.

„Kann ich dir helfen?“, fragte sie ironisch.

„Wir betrachten das aus der falschen Perspektive“, sagte Noah. „Für den Preacher ist das nicht neu. Er ist so lange der Festnahme entgangen, sein Name steht bestimmt nicht in den Festnahmeprotokollen. Er sucht sich seine Opfer anders.“

„Wir wissen nicht, *wie* er seine Opfer auswählt“, erklärte Bree.

„Mag sein, aber wir wissen, dass er das Risiko vermeidet, *festgenommen*, identifiziert oder mittels Fingerabdruck mit einem der Opfer in Verbindung gebracht zu werden. Wenn er sie nun zufällig auswählt? Tala Delosreyes hatte langes schwarzes Haar. Man muss kein Profiler sein, um sich vorstellen zu können, dass es ihm gefallen hat. Denk nur daran, wie sorgfältig er darauf geachtet hat, dass es nicht schmutzig wurde.“

Brees Augen funkelten. „Wir betrachten die falschen Fälle. Wir müssen uns auf die Personen konzentrieren, denen Tala im Laufe des Tages begegnet ist. Sie pendelte zwischen der Arbeit und ihrer Wohnung, ging so gut wie nie aus. Das grenzt die Suche auf Tatzeugen, Schaulustige und von Verkehrskontrollen Betroffene ein.

Noah hob die Brauen. „Bingo.“

Mit frischem Elan machten sie sich wieder an die Arbeit. Es hatte nicht lange gedauert, und schon hatten sie eine persönliche Beziehung zu dem Fall entwickelt. Bree identifizierte sich mit dem Opfer. Eine freundliche Einzelgängerin, liebevolle Tochter und hart arbeitende Polizistin, die sich in einem von Männern dominierten Umfeld tagtäglich behaupten musste.

Noah betraf es unmittelbarer. Er wollte den Hurensohn für die Opfer und deren Familien festnageln und verhindern, dass ihm weitere Unschuldige zum Opfer fielen. Das war eine gegebene Tatsache, und so näherte er sich jedem Fall.

Was die Lösung dieses Falls so dringlich machte, war Winter. Sie und Tala Delosreyes hatten eine Gemeinsamkeit, die ihm Unbehagen bereitete. Wunderschönes, langes schwarzes Haar, so üppig, dass man es zu einem Zopf flechten konnte, der so dick war wie das Handgelenk einer Frau.

# 9

Winter landete beim selben Uber-Fahrer, der sie zu Parrishs luxuriösem Apartmentgebäude im Zentrum gefahren hatte. Hin und wieder brummte sie zustimmend, während der Typ auf dem Weg zu ihrer Wohnung in einem fort plapperte, als habe er eine alte Freundin wiedergetroffen. Er wirkte sehr jung, als er von einem Konzert berichtete, das er am Vorabend besucht hatte, und den Namen eines Musikers nannte, den sie noch nie gehört hatte.

Er war nett und hatte wirres dunkles Haar und ein etwas schiefes Grinsen. Er trug ein Kapuzenshirt mit dem Logo der Virginia Tech, im Radio lief Neunzigerjahre-Grunge. Außerdem waren sie beide etwa gleich alt, wurde ihr bewusst. Dabei fühlte sie sich ausgelaugt, deprimiert und dreißig Jahre älter.

Wäre sie so wie er, wenn der Preacher nicht gewesen wäre? Sorglos und zuversichtlich? Mit Geldverdienen beschäftigt anstatt mit den Ermittlungen zu einer langen Reihe brutaler Morde? Eine fünfundzwanzigjährige junge Frau, die sich nie hätte träumen lassen, die Rolle einer tragischen Animefigur zu spielen, deren einziger Lebenszweck darin bestand, den Tod ihrer Familie zu rächen?

Als der Uber-Fahrer – der sich als Sameer vorgestellt hatte – sie ansah und mit seinen warmen, dunkelbraunen Augen blinzelte, machte sie sich klar, dass er mit ihr flirtete. Reflexhaft erwiderte sie sein Lächeln, worauf er grinsend wieder auf die Straße sah.

Sie scheute zurück vor seinem Enthusiasmus. Anscheinend war er wirklich ein netter Kerl. Es war nicht seine Schuld, dass sie keine normale Frau war.

„Haben Sie Hunger?“, fragte er. Seine hoffnungsvolle Stimme durchdrang die depressive Blase, aus der heraus sie durchs Seitenfenster des Minivans in die Nacht schaute.

„Eigentlich nicht.“

„Wirklich nicht?“, fragte er mit leichtem Nachdruck. Er war hartnäckig und schien nicht zu bemerken, dass sie die am wenigsten unterhaltsame Person war, die er jemals befördert hatte. Oder es kümmerte ihn nicht. „Mein Onkel hat hier in der Nähe ein tolles Restaurant. Man kann das Essen auch mitnehmen, und jetzt zu Weihnachten haben nicht viele Lokale auf. Ich hab's nicht auf ein Date angelegt und rühre nicht die Werbetrommel“, setzte er hinzu. „Sie wirken einfach wie einer dieser Leute, die meine Tante immer mit ihrem fantastischen Kabob Soltani zu mästen versucht.“

In einem anderen Leben hätte Winter vielleicht eingewilligt. Doch sie lächelte bloß und schüttelte ablehnend den Kopf.

„Kein Problem.“ Sameer zuckte mit den Schultern, ohne beleidigt zu sein. „Das Lokal heißt Zooroona, liegt in der Staples Mill Road.“ Er reichte ihr eine billige Karte. „Rufen Sie mich an, wenn Sie einen Fahrer oder eine Begleitung brauchen.“

„Irgendwann gehe ich mal hin“, versprach sie, sein

Angebot auf Gesellschaft ausschlagend. Er hielt vor ihrem Wohnblock. „Das liegt nicht weit von meiner Arbeitsstelle."

„Performance Food Service?", riet er, schob den Schalthebel in Parkstellung und wandte sich auf dem Sitz zu ihr herum. Als sie ihm einen Geldschein reichen wollte, winkte er ab.

„Nein", sagte Winter. „FBI."

„Krass." Er machte große Augen und beäugte sie mit jungenhaftem Interesse. „Sind Sie eine richtige Agentin, eine Analytikerin, ein Tech Freak oder was?"

„Special Agent in der Abteilung für Gewaltverbrechen." Winter öffnete die Tür und zeigte ihren offiziellen Ausweis vor.

Sameers Augen weiteten sich, als fürchtete er, wegen Uber-Anmache verhaftet zu werden.

Die FBI-Marke übte eine unbeabsichtigte abschreckende Wirkung aus.

Sie legte den Zehn-Dollar-Schein auf den Beifahrersitz und grinste ihn an.

„Ich verdiene mein Geld damit, Gewalttäter einzubuchten. Danke, dass Sie mir gezeigt haben, dass es noch nette, normale Menschen auf der Welt gibt und dass nicht alle Fremden, die man trifft, Mörder und Verbrecher sind, Sameer. Das hat mir gutgetan. Und ich werde mir dieses Kabob bestimmt mal ansehen."

Als Winter ihre Wohnung betrat, fühlte sie sich besser als beim Aufbruch. Sie ließ den Schlüsselbund auf die Küchentheke fallen, schaltete das Licht ein und scheuchte die Schatten in die Ecken und Winkel.

Aber verdammt noch mal, Kabob hörte sich wirklich gut an.

Stattdessen zog sie ein weites Sweatshirt und Leggings an und wärmte sich eine Dosensuppe auf, um sie im Bett zu löffeln. Müde war sie nicht – an Schlaf war nicht zu denken

-, doch sie brauchte die Wärme. Nach ihrem Besuch bei Aiden entsprach ihre Körpertemperatur dem Eisblau ihrer Augen.

Sie hatte schon früh gemerkt, dass er das Zeug zum machiavellistischen Manipulator hatte, und er hatte seit dem ersten Tag gewollt, dass sie sich seiner Abteilung anschloss. Aus schlechtem Gewissen und weil sie ihn wirklich mochte, hatte sie vor ihm das Visier heruntergelassen. Aiden erholte sich von den beiden Schussverletzungen, die er sich wegen ihr zugezogen hatte, und sie stand deswegen in seiner Schuld.

Aidens erpresserischer Schachzug war nicht unerwartet gekommen, ärgerte sie aber trotzdem. Im vergangenen Jahr hatte sich ihre Beziehung verändert. Es hatte damit begonnen, dass sie sich nach ihrem ersten Fall mit ihm gestritten hatte, und sich in den folgenden Monaten verstärkt. Ein paar Tage vor Weihnachten hatte sie nach ihm gesehen, bevor sie zu ihren Großeltern in Urlaub fuhr. Aidens Häme hatte sich weitgehend verflüchtigt, so dass er zur Abwechslung beinahe menschlich wirkte. Außerdem hatte er sie mit einem Geschenk überrascht.

Sie blickte zur Kommode. Die Plüschkatze in Polizeiuniform, die er ihr geschenkt hatte, erwiderte eulenhaft ihren Blick. Solche Geschenke hatte er ihr gemacht, als sie vierzehn oder fünfzehn war. Dass er ihr nach all den Jahren wieder etwas schenkte, kam ihr bedeutsam vor.

Winter wünschte, sie hätte mit Noah darüber reden können, obwohl er kein Hehl daraus machte, dass er Aiden verabscheute. Noah gab ihr immer gute Ratschläge und war ein unvoreingenommener Zuhörer. Sie löffelte Hühnersuppe und hörte, wie die ersten Regentropfen gegen das Schlafzimmerfenster pladderten. Noah hockte irgendwo in D.C. mit Bree zusammen und arbeitete an dem Fall.

Sie verspürte einen Anflug schlechten Gewissens. Groß,

gutaussehend und fürsorglich. In einem anderen Leben hätte Winter ihn vermutlich angebetet. Diese Winter aber hatte sich alle Mühe gegeben, ihn sich zu entfremden, und seine Freundschaft aus egoistischen Motiven ausgeschlagen.

War sie wirklich besser als Aiden? Noah hatte das nicht verdient. Sie hatte das unangenehme Gefühl, dass sie im Begriff war, mehr als diese Freundschaft zu zerstören. Vor ein paar Wochen hatte er sie aus Verärgerung geküsst, doch seine Leidenschaft war echt gewesen.

Er empfand etwas für sie. Ihrer Gefühle war sie sich nicht gewiss und konnte – oder wollte – sie auch nicht aufdröseln. Sie hatte Wichtigeres zu tun, als über die Männer in ihrem Leben nachzudenken. Wenn Noah der Regen war, dann war Aiden die Traufe. Später konnte sie sich immer noch den Kopf über sie zerbrechen.

Außerdem würde die Entscheidung, die sie fast schon getroffen hatte, Noah noch weiter wegstoßen und es nötig machen, sich von Aiden möglichst fernzuhalten. Sie würde sich versetzen lassen.

Ehe sie es sich anders überlegen konnte, schickte sie Aiden eine kurze SMS und erklärte sich mit seinen Bedingungen einverstanden. Er antwortete nach einer Minute, sie solle die Abmachung als wirksam betrachten. Er werde am nächsten Tag mit Ramirez und Osbourne sprechen und die Versetzung veranlassen. Sie könne am nächsten Morgen bei der Abteilung für Verhaltensanalyse beginnen.

Ob richtig oder falsch, jetzt war es passiert. Sie konnte nichts mehr daran ändern.

Sie lockerte die verspannten Schultern und beschloss, die Yogahose endlich mal bestimmungsgemäß zu verwenden. So schwierig das auch sein mochte, sie musste versuchen, sich zu lockern und zu entspannen.

Winter stellte die Suppenschale auf den Nachttisch und richtete sich aus dem Schneidersitz auf. Als ihr schwindlig wurde, hielt sie einen Moment lang inne. Sie hatte ein Rauschen in den Ohren wie das einer sich nähernden Meereswelle.

Ein sengender Schmerz schoss wie ein Blitz vom Kopf in die Zehen, und sie ging unter.

Aidens Gesicht. Er fixierte sie. Seine blassblauen Augen wirkten beinahe farblos. Seine Lippen formten Worte, die nicht zu verstehen waren. Sie beobachtete seine Mundbewegungen, versuchte sie in Laute zu übersetzen.

*Vertraue niemandem.*

Blinzelnd fand sie sich in ihrem Zimmer wieder. Auf dem Handrücken war ein roter Fleck, und sie zog ein Papiertuch aus der Schachtel auf dem Nachttisch. Vorsichtshalber ganz langsam. Doch sie war wieder klar im Kopf. Sie tupfte sich die Oberlippe ab. Es kam kaum Blut. Sie hatte noch nie zwei Episoden am selben Tag gehabt. Diesmal war es nicht schlimm gewesen, doch sie fühlte sich schwach und zittrig. Erschöpfung hüllte sie ein wie eine schwere Decke. Sie ließ die Nachttischlampe brennen und schlüpfte unters Federbett, dessen Wärme ihr Frösteln linderte.

Aidens Warnung war überflüssig. Sie vertraute niemandem vollständig. Und ihm schon gar nicht.

Am nächsten Morgen, noch steif von ihrer zusammengekrümmten Haltung und muffelig, weil sie zu wenig geschlafen hatte, verließ Winter früher als gewöhnlich die Wohnung, den Kaffeebecher in der Hand. Der Nebel hatte sich im Laufe der Nacht trotz der Regenschauer nicht aufgelöst, und auf dem Weg zur Bushaltestelle am Eingang des Wohnblocks blickte sie sehnsuchtsvoll zu ihrem Civic.

Ihr Nachdenken über die Freuden des öffentlichen Nahverkehrs wurde unterbrochen, als ihr etwas Rotes auffiel. Um fünf Uhr morgens war es noch nicht hell, doch die Briefkästen am Ende des Apartmentblocks leuchteten rot, als hätte sie jemand mit reflektierendem Isolierband markiert. Je näher sie kam, desto mehr schärfte sich ihr Blick. Unmittelbar vor den Briefkästen, die eine quadratische Fläche von anderthalb Metern Seitenlänge einnahmen, stellte sie fest, dass nur der Kasten für Apartment 2A glühte.

Sie holte den Schlüsselbund hervor und öffnete die Klappe.

Dahinter lag ein Umschlag. Er war an Winter Black adressiert, und sie erkannte das kantige Gekritzel auf den ersten Blick. Sie öffnete den Umschlag, ohne vorher Handschuhe anzuziehen, ihre Hände zitterten nur leicht. Der Preacher hinterließ niemals Fingerabdrücke.

Zwei Polaroidfotos fielen ihr entgegen. Das eine war innen aufgenommen und wirkte wegen des Blitzlichts ausgebleicht. Als sie die sterblichen Überreste von Tala Delosreyes sah, drehte sich ihr der Magen um. Ihr Körper war verstümmelt, stellenweise traten Knochen hervor. Sie schob das Foto wieder in den Umschlag und bemühte sich, den überwältigenden reflexhaften Schmerz und Zorn unter Kontrolle zu bringen.

Winters einziger Trost war, dass Tala schon tot gewesen war, als er zu schneiden angefangen hatte. Ein schwacher Trost, aber immerhin besser als nichts.

Das andere Foto war älter. Die Farben waren ein wenig verblasst, doch die Identität des abgebildeten Jungen stand außer Frage. Justin, ihr kleiner Bruder, saß neben einem alten Wohnmobil im Dreck. Den Kopf hatte er gesenkt, und sein Gesicht war nur teilweise zu erkennen. Angst zeigte er keine, er wirkte bloß traurig.

Die Sachen, die er anhatte, kannte sie nicht. Jeansoverall, zu große Stiefel. Ein graubraunes Button-down-Hemd. Und er war nicht sechs auf dem Foto. Sie bekam Herzklopfen. Er war mindestens acht.

Im Alter von sechs Jahren war er entführt worden. Die Ermittler hatten versucht, ihre Hoffnung und die ihrer Großeltern wachzuhalten, doch Winter spürte, dass sie glaubten, er sei tot und liege irgendwo in einem flachen Grab.

Erst als Erwachsene hatte sie den ersten Hinweis bekommen, dass es sich anders verhalten könnte. Auch jenes Foto stammte vom Preacher, doch darauf steckte Justin noch in dem SpongeBob-Pyjama, den er am Tag seines Verschwindens getragen hatte.

Wenn sie sich nicht täuschte, bewies das Foto, dass er zumindest ein paar Jahre nach seiner Entführung noch am Leben gewesen war. Von wilder Hoffnung erfasst, verstaute sie Umschlag und Fotos in ihrer Umhängetasche und ging weiter zur Bushaltestelle. Ihre Schritte waren beschwingt, beinahe ein Rennen.

Öffentlicher Nahverkehr hin oder her, Winter musste ins Büro. Dort wartete Arbeit auf sie.

# 10

„Was soll das heißen, Winter ist weg?“, fragte Noah. „Wo steckt sie?“

Nach dreitägigem Aufenthalt in D.C. war er gleich ins Büro gefahren. Er war müde und hungrig und sollte dringend mal duschen und sich rasieren. Er war nicht in der Stimmung für Sun Mings Ratespielchen. Anstatt sich zu erklären, sah sie ihn direkt an und verschränkte die Arme.

Er kannte diesen Blick. In seiner und Brees Abwesenheit hatte sich im Büro ein Drama zugetragen. Sun wusste Bescheid. Noah nicht.

„Bitte“, sagte er übertrieben gelassen. „Sag mir, was du weißt, Sun.“

Zufriedengestellt, gab sie ihr Wissen preis.

Von Ramirez hatten sie erfahren, dass Agent Black mit sofortiger Wirkung zur Abteilung für Verhaltensanalyse versetzt worden war. Nach ihrem Treffen am Weihnachtstag war sie nicht mehr bei der Abteilung für Gewaltverbrechen aufgetaucht. Ein Praktikant mit einem Rollwagen hatte an ihrem Schreibtisch angehalten und ihn leergeräumt. Seitdem hatte niemand mehr Winter gesehen.

Sun wirkte nicht sonderlich betrübt über die Neuigkeit. Zuvor hatte sie gegen Winter gearbeitet. Beide Frauen waren ehrgeizig. Keine wollte zurückstecken.

Die Verlockung, der triumphierenden Sun einen Dämpfer zu verpassen, war einfach zu groß. „Dabei sollte es dir leid tun, dass sie weg ist. Winter hat dich beim Presley-Fall ausgestochen. Ich könnte mir vorstellen, dass du mit ihr gleichziehen willst, aber daraus wird jetzt nichts mehr."

Noah ließ sie schäumend zurück und suchte Osbourne auf, der sich weigerte, darüber zu reden. Winters Fahnenflucht war offenbar ein wunder Punkt. Er brachte seinen Boss auf den neuesten Stand und fuhr nach Hause, um sich frisch zu machen.

Sein erster Impuls war gewesen, sie anzurufen und ihr den Kopf zu waschen, weil sie ihn nicht vorher eingeweiht hatte. Aber als er wieder vorzeigbar war und einen halben Karton Cornflakes und drei Tassen Kaffee verdrückt hatte, wurde ihm klar, dass es eine schlechte Idee wäre, sie jetzt in die Enge zu treiben.

Er hatte bereits einiges zu ihr gesagt, was er nicht so gemeint hatte. Im Zustand der Erschöpfung hätte er die Sache vermutlich vergeigt.

Noah schickte ihr stattdessen eine SMS.

*Erlaubt dir dein neuer Boss eine Mittagspause?*

Er war sich nicht sicher, ob sie überhaupt mit ihm reden wollen würde, doch er brauchte nicht lange auf eine Antwort zu warten. Er hatte sie falsch eingeschätzt.

*Kaffeepause um 12:30.*

Das war nicht unbedingt eine Einladung, doch Winter wirkte nicht überrascht, dass er bei ihr auftauchte. Sie arbeitete am Laptop, klappte ihn aber zu, als er sich setzte.

„Geheimes Projekt der Verhaltensanalyse?", fragte er und nickte zum Laptop hin.

Sie lehnte sich zurück, verschränkte die Arme und

musterte ihn kühl. Dann bemerkte er, dass sie ihr Haar offen trug. Unvermittelt wurde ihm bewusst, wie sehr ihr Haar dem von Tala Delosreyes glich. Mit geschlossenen Augen könnte er Winters Gesicht mit dem entstellten Leichnam des Opfers überlagern.

„Was?", sagte sie, als er sie anstarrte, und strich sich geistesabwesend eine Strähne hinters Ohr.

Noah wollte antworten, doch da bemerkte er den geäderten Bluterguss auf ihrer Wange. „Was zum Teufel ist passiert?"

Er schob sich vom Tisch weg, die Metallbeine des Stuhls kreischten. Ohne sich an den Blicken der anderen Gäste des Cafés zu stören, umrundete er den Tisch und hockte sich neben sie. Behutsam fuhr er mit den Fingerspitzen über ihren Wangenknochen, wo Purpurrot in Grün und Blassgelb überging. In der Mitte war ein kleiner verschorfter Schnitt zu erkennen.

„Setz dich, Noah. Alles gut. Hab mich gestern gestoßen." Ungeduldig schob sie seine Hand weg und nahm den Mokka in die Hand.

„Als hätte dich jemand mit einem Diamantring ins Gesicht geboxt."

Sie schnaubte. „Niemand hat mich geboxt."

Er setzte sich wieder und musterte sie eingehend. Sie war schon immer blass gewesen. Er hatte mal gehört, wie ein Kind sie gefragt hatte, ob sie die Schneekönigin sei, weil ihr schwarzes Haar diesen starken Kontrast zu ihrer hellen Haut bildete. Jetzt aber hatte sie dunkle Augenringe und war müde. Ihre Haut war so durchscheinend, dass sich das zarte Adergeflecht darunter abzeichnete.

„Ist der Fall der Grund für deinen Wechsel, oder bin ich es? Du siehst elend aus, Winter."

Sie klimperte sarkastisch mit ihren dicken schwarzen Wimpern. „Du verstehst es wirklich, einer Frau zu schmeicheln, Dalton. Glaubst du etwa, ich hätte keinen Grund, gestresst zu sein?"

Sie versuchte nicht, mit ihm über ihre Rechte an dem Fall zu diskutieren, wofür er dankbar war, doch die verdruckste Atmosphäre war ihm zuwider. Plötzlich kam ihm eine Idee. Er schob seinen Kaffeebecher beiseite, beugte sich vor, stützte die Ellbogen auf und fixierte sie.

„Du hattest Migräne. Bist du irgendwo mit dem Gesicht dagegengeknallt?"

„Mir geht's gut, Noah", sagte sie, während sich ihre Wangen röteten. Es war keine gesunde Farbe. Sie war stinksauer. Sie wollte nicht darüber reden.

„Würdest du es mir sagen, wenn du Probleme hast?" Er hatte miterlebt, was ihre Episoden anrichten konnten. Sie waren erschreckend.

Sie lachte, doch es klang nicht bitter. „Ist nicht dein Problem, Dalton. Wir tanzen auf verschiedenen Partys."

Mit anderen Worten: Halt dich da raus. Er wurde zornig, und seine Erwiderung fiel schärfer aus als beabsichtigt. „Natürlich würdest du es mir nicht sagen, wenn deine Migräne schlimmer wird. Du hattest nicht mal Zeit, mich anzurufen oder mir eine SMS zu schicken und mir mitzuteilen, dass du die Abteilung wechselst. Hat Parrish dir ein Angebot gemacht, das du nicht ablehnen konntest?"

„Das war jetzt echt daneben." Sie erhob sich und verstaute den Laptop in der Tasche. „Ich muss arbeiten. Aiden mag seine Fehler haben, aber vertrau wenigstens darauf, dass ich Profi bin und nicht zulasse, dass die Vergangenheit meine Arbeit beeinträchtigt."

„Winter. Geh nicht."

Es war zu spät. Sie wandte sich zur Tür. Als er sich erhob, um ihr zu folgen, schwankte sie. Sie war schon halb draußen, da geriet sie ins Stolpern. Ein Collegestudent, der ihr die Außentür aufhielt, machte Anstalten, ihr zu helfen, aber

Noah hatte sie bereits erreicht und stützte sie. Ihre Knochen fühlten sich so zerbrechlich an wie die eines Vogels. Sie war hager, doch jetzt, da er ihr nah war, sah er, dass sie noch mehr abgenommen hatte.

Winter war kreidebleich. „Bring mich von hier weg. Bitte." Ihr Flüstern trug nicht weit, trotzdem verstand er sie.

Er dankte dem jungen Mann, der ihnen die Tür aufhielt, und führte Winter zum Parkplatz, wo er seinen Wagen abgestellt hatte.

Sie hielt durch, bis er sie auf den Beifahrersitz gehoben hatte. Während er den Wagen umrundete, wurde sie ohnmächtig. Diesmal war es schlimmer als sonst. Ihre Augen waren halb geöffnet und zeigten das Weiße. Er ergriff ihre Hand und hatte das Gefühl, jeder einzelne Muskel habe sich bei ihr verkrampft.

Eine Art Vibration lief in Wellen durch ihren Körper. Er öffnete das Handschuhfach, nahm ein paar Fastfood-Servietten heraus und hielt sie ihr unter die blutende Nase.

Er war entsetzt.

Es hörte gar nicht mehr auf. Bisher war Winter immer nur ein paar Sekunden lang weg gewesen, und anschließend hatte sie sich zittrig gefühlt, war ansonsten aber wiederhergestellt. Normalerweise gab es auch eine Vorwarnzeit. Diesmal war es anders. Der Anfall hatte plötzlich eingesetzt und sie vollkommen hilflos gemacht. Die Sekunden dehnten sich zu einer Minute. Dann waren es zwei. Er prüfte ihren Puls, vergewisserte sich, dass sie atmete und nicht die Zunge verschluckte.

Als Noah nach zweieinhalb Minuten zum Handy griff, um den Rettungsdienst zu rufen, kam Winter zu sich. Sie erschauerte ein letztes Mal, dann wurde ihr Atem regelmäßig und ihr Blick wieder klar. „Das war heftig", sagte sie atemlos.

„Du kannst nicht mehr fahren."

Noah machte sich solche Sorgen um sie, dass ihm übel war. Sie bemerkte es, schloss wieder die Augen und lehnte sich an die Kopfstütze.

„Tu ich nicht. Öffentlicher Nahverkehr."

„Ich habe einen Wagen", erklärte er. „Ich wohne vier Türen neben dir und arbeite im selben Gebäude. Nimm nicht den Bus."

„Wir sind gerade nicht so eng miteinander, dass wir eine Fahrgemeinschaft bilden könnten, Dalton."

„Trink das." Noah zog die Lasche einer Dose Mountain Dew. „Der Zucker und das Koffein tun dir vielleicht gut."

Sie trank einen Schluck. Verzog das Gesicht. „Schmeckt wie Batteriesäure."

„Warst du schon beim Arzt?"

„Nein." Sie sah ihn direkt an. „Kein Arzt."

„Verdammt, Winter!", entfuhr es Noah. Er schlug mit der Faust aufs Armaturenbrett. „Du kannst so nicht weitermachen. Du prahlst damit, du wärst ein Profi, der mit seinem Kram klarkommt? Du kriegst doch nicht mal deine Gesundheitsprobleme geregelt. Max hat recht. Du bist eine Belastung."

„Ich hab's dir längst gesagt", erwiderte sie in kühlem Ton. „Das geht dich nichts an." Als sie die Hand auf den Türgriff legte, löste Noah die Verriegelung aus. Langsam wandte sie den Kopf zu ihm herum. „Öffne die Tür." Ihre Stimme war jetzt eiskalt.

„Rede mit mir."

„Nein."

Er machte irgendetwas falsch. Sie würde nicht nachgeben, und er war einfach zu müde und frustriert, um zu ihr durchzudringen. „Na gut, Wonder Woman. Kümmere dich allein um deinen Mist."

Winter stieg aus, und Noah senkte den Kopf aufs Lenkrad. In dieser Haltung verharrte er fast zwanzig Minuten lang und kämpfte gegen den Drang an, ihr zu folgen. Sie zu schütteln und zur Vernunft zu bringen. Ihr zu erklären, weshalb er sich Sorgen machte. Er hatte sie gern – zu gern -, und ihre fragile Beziehung stand auf der Kippe.

Nachdem er weitere zwanzig Minuten lang mit sich gehadert hatte, traf er eine Entscheidung, die nach hinten losgehen und zum endgültigen Bruch führen könnte. Nach langem Abwägen aber sagte er sich, er müsse das Risiko eingehen.

Noah nahm das Handy in die Hand und rief Google auf.

DIE FRISCHE LUFT auf dem Weg zum Büro tat ihr gut, doch ihre Beine waren schwer wie Blei. Winter war froh, dass Noah ihr nicht gefolgt war. Sie hatte zu viel um die Ohren. Sie versuchte, den Umstand zu ignorieren, dass der Abstand zwischen den letzten beiden Visionen nicht mal zwölf Stunden betragen hatte. Die Episoden wurden häufiger, die Vorwarnzeit geringer. Außerdem wurden sie heftiger.

Darüber wollte sie sich im Moment keine Gedanken machen.

Sie musste herausbekommen, ob sich die Vision, die sie während ihrer Ohnmacht erlebt hatte, auf die Vergangenheit oder die Zukunft bezog. Entweder hatte sie ein Flashback gehabt aus dem Jahr, als der Preacher ihre Eltern ermordet und ihren Bruder entführt hatte, oder sie war im Kopf eines weiteren Opfers gewesen.

Die Vision war so plastisch gewesen wie alle bisherigen. Sie hatte sich mit anderen Mädchen unterhalten, die sie auf dem Nachhauseweg von der Schule begleiteten. Winter – oder das Opfer – blickte im Gehen aufs Pflaster nieder. Die Gesichter der anderen Mädchen hatte sie nicht gesehen, deshalb wusste sie nicht, ob sie sie im wahren Leben gekannt hatte.

Körperlich hatte sie sich wie ein Teenager gefühlt. Sehr befremdlich. Sie war kleiner gewesen, rank und schlank, und ihr fehlte die Körperkraft, die sie sich antrainiert hatte. Wenn es ein Flashback gewesen war, dann ein sehr detailreiches. Sie hatte den böigen Wind gespürt, der ihr das offene Haar zerzauste. Die schwache Wärme der Sonne, die kaum die fast lückenlose Wolkendecke durchdrang. Ein Converse-Leinwandsneaker scheuerte an einer Blase, die sich auf ihrer rechten Ferse bildete.

Hinter ihr rief jemand: „Hallo, Mädel! Ich habe überall nach dir gesucht."

Der Tonfall war freundlich, doch der weiche Südstaatenakzent verursachte ihr eine Gänsehaut. Als sie – das Mädchen in der Vision – sich umdrehte, hatte sie den Kontakt zur Vision verloren und war auf dem Beifahrersitz von Noahs Wagen zu sich gekommen.

Sie ging schneller. Die Wahrscheinlichkeit, dass es sich um ein Flashback gehandelt hatte, war gering. Bislang hatte sie noch nie eins gehabt. Außerdem ähnelte die Erfahrung der Vision, als sie im Kopf des letzten Opfers des Preachers gewesen war. Es hatte sich unheimlich, eindringlich und faszinierend angefühlt. Aber wenn es keine Erinnerung war – aus Winters Teenagerzeit -, bedeutete es dann, dass der Preacher jetzt plante, ein junges Mädchen zu überfallen?

Sie wurde noch schneller und schob den Trageriemen der Tasche auf der Schulter hoch. Sie war körperlich ausgelaugt, und ihr Kopf pochte dumpf. Sie hatte es für eine gute Idee gehalten, mittags einen Spaziergang zu machen. Sie wollte weg vom Schreibtisch. Weg von den freundlich forschenden Blicken von Aidens Mitarbeitern. Weg von Aidens wachsamem Auge.

Jetzt wünschte sie, sie wäre am Schreibtisch sitzen geblieben.

# 11

Sie war eine fleißige Arbeiterin.

Die Frau beugte sich seit einer Stunde über ihren hässlichen Schreibtisch, machte sich Notizen und tippte auf der Tastatur ihres schicken Computers herum. Ihr modernes Büro mit viel Glas und Chrom war makellos aufgeräumt. Es war nicht ganz einfach gewesen, dorthin vorzudringen, denn sie lebte in einer geschlossenen Wohnanlage, doch ich hatte mich im Wald umgesehen und eine Zaunlücke gefunden. In der Nähe lag eine Lichtung, wo sich vermutlich die hiesigen reichen Kids trafen, um an einem satanischen Freudenfeuer Alkohol zu trinken und Unzucht zu treiben.

Die Vorstellung setzte mir stärker zu als gewöhnlich. Es gab nicht genug Menschen wie mich, die berufen waren, Sünder zu bestrafen. Womit ich Gott keinen Vorwurf machen möchte.

Ich schlüpfte in den Overall und verzichtete darauf, an der Klimaanlage am Fenster herumzubasteln. Meine übliche Verkleidung war hier überflüssig. Kein Nachbar würde mich bemerken. Das Büro der Frau lag an der Rückseite des Hauses. Außerdem hatte man die piekfeine Wohnanlage für

Reiche mitten im Wald errichtet. Von einem der großen, teuren Häuser sah man wegen der Bäume nicht bis zum nächsten.

Ich beobachtete, wie sie einen Schluck aus der Wasserflasche neben dem Rechner nahm. Sie war nicht besonders hübsch. Das braune Haar war jungenhaft kurz geschnitten und hatte eine unnatürliche purpurrote Farbe. Sie könnte eine Lesbe sein, doch sie hatte einen Ehemann. Da soll mal einer schlau draus werden. Der Mann war früher am Tag weggefahren, vermutlich um eine richtige Frau zu vögeln anstatt eine, die versuchte, die Männer nachzuäffen. Es sei denn, ihr ‚Ehemann' war eine dieser Tunten, die eine Frau heirateten, um ihren eigenen sündigen Lebenswandel zu kaschieren.

Als ich darüber nachdachte, ereiferte ich mich. Männer waren den Frauen überlegen, und es stand ihnen zu, das zu tun, was sie zu tun beliebten. Manche Männer aber behandelten ihre Frauen nicht richtig und vermittelten ihnen, sie und ihre Töchter könnten ihrem Geschlecht Ehre machen. Deshalb hatte der Herr Menschen wie mich dazu auserwählt, diejenigen zu bestrafen, die es verdient haben. Gott hatte andere dazu bestimmt, sich um die unartigen Jungs zu kümmern. Ich konzentrierte mich auf die Mädel. Das war meine Berufung.

Trotzdem. Ich fand, dass vielleicht auch der Mann eine Bestrafung verdient hatte. Während all der Jahre war mir so etwas nicht in den Sinn gekommen, und ich fragte mich, ob es wohl an meinem Alter lag. Mit dem Alter kommt die Weisheit. Vielleicht hatte ich mein ganzes Leben lang falsch gedacht. Dieser Gedanke war verstörend.

Die Vorstellung, was ich einem Mann antun könnte, um ihn zu bestrafen, gewann Gewalt über mich, und ich kauerte mich hinter einen Busch und sinnierte ein Weilchen darüber. Meine Knie knackten und ploppten, doch ich achtete nicht darauf. Vielleicht würde ich warten, bis er nach Hause kam, und ihn dann bestrafen. Allerdings hatte ich bisher noch nie einen Mann bestraft.

Ein wenig beklommen überlegte ich, ob ich mich damit versündigen würde. Was ich sonst nur Mädchen antat, kam mir bei einem Mann ein wenig unnatürlich vor. Ich musste das von allen Seiten betrachten, bis ich zu dem Schluss kam, dass ich mir im Moment keine Gedanken über den Mann zu machen bräuchte, da er nicht zuhause war. Vielleicht beim nächsten Mal, sagte ich mir.

Ein dicker Regentropfen fiel mir auf die Nase, und als ich aufsah, war es dunkel. Als hätte jemand einen Film vom Tag zur Nacht vorgespult. Ich war wieder ins Träumen geraten. Hatte Garn gesponnen, wie mein Opa es nannte. Ich verscheuchte das Gespinst aus meinem Kopf, unterdrückte ein Stöhnen und versuchte, mich aufzurichten. Vom langen Hocken war ich ganz verkrümmt.

Rheuma. Ich weiß nicht, ob das in meiner Familie erblich war, denn als meine Eltern starben, waren sie viel jünger als ich, aber mein Arzt hat gemeint, die Diagnose sei eindeutig. Meine Knöchel schmerzten noch von den heiligen Sprüchen, die ich vor ein paar Tagen in Winters Wohnung an die Wände geschrieben hatte. Ich konnte nur hoffen, dass der Herr heute nicht etwas Ähnliches von mir verlangen würde.

Ich stellte mich auf die Zehenspitzen, blickte durchs Fenster und sah, dass die Frau noch immer am Computer hockte. Erschreckend, was manche Männer ihren Ehefrauen durchgehen ließen. Diese Frau hätte ein Kleid in sanften, hübschen Farben tragen sollen. Feminin, wie Gott sie geschaffen hatte. Stattdessen war sie vollständig schwarz gekleidet. Der weite Pullover hing wie ein Kartoffelsack an ihr herunter und verbarg ihre Brüste, so sah man nichts von ihren Reizen, was tugendhaft gewesen wäre, wenn sie attraktivere Kleidung gewählt hätte.

Dass sie sich gehen ließ und fett wurde, war ebenfalls schändlich. Sie ließ den Stift fallen, und als sie sich vorbeugte, um ihn aufzuheben, zeichnete sich unter der schwarzen Hose ihr breiter Hintern ab.

Alles schwarz, wie zu einer Beerdigung. Ich schüttelte missbilligend den Kopf. Sie hatte wirklich Strafe verdient, doch zu meiner Beschämung muss ich sagen, dass mir die Hübschen lieber waren. Wenn die sündigen Huren ihre Reize hatten, machte es mehr Spaß, ihnen eine Lektion zu erteilen.

Das Schicksal dieser Frau war in dem Moment besiegelt gewesen, als sie von der Ladentheke in Roanoke, an der sie den Sprit für ihren großen Mercedes-SUV bezahlte, zu mir herüberschaute. Ein Männerauto, dachte ich angewidert. Doch in dem kurzen Moment, bevor sie den Kopf wandte und fortfuhr, ohne mich bemerkt zu haben, hatte ich ihre Augen gesehen.

Sie hatte die Augen meines Mädels.

Eingerahmt von schwarzen Wimpern, hatten sie aus der Ferne das tiefe, stille Blau der Smoky Mountains. Ihr Aussehen war egal. Sie würde die Nächste sein. Es war ein Zeichen. Sie hatte Winters Augen, und damit war für mich klar, dass Gott wollte, dass ich sie bestrafte. Denn wenn ich's recht bedachte, hatte Winter eine Bestrafung eher verdient als jede andere Frau, die ich mir bisher vorgeknöpft hatte. Sie wäre womöglich mein letztes Projekt. Dann müsste alles perfekt sein. Bei der Vorstellung geriet ich schon wieder ins Träumen.

Ich verlor das Zeitgefühl, und dann war es tief in der Nacht. Ich überlegte, wie lange ich wohl reglos dagestanden hatte. Wenn Leute vorbeigefahren waren, hatten sie mich vielleicht für eine schicke Statue in einem schicken Garten gehalten. Kichernd hob ich die Werkzeugtasche hoch und schritt zur Schiebetür des Esszimmers.

Es wurde Zeit, an die Arbeit zu gehen. Es würde eine gute Übung für die Bestrafung meines Mädels sein.

Am nächsten Tag hatte Noah das Gefühl, dass etwas fehlte. Etwas Wichtiges wie die erste Tasse Kaffee. Oder das Frühstück. In seinem Tagesablauf gab es eine Leerstelle, die normalerweise Winter eingenommen hätte.

Als er sich mit Bree traf, um die Zeugen für die Nachbereitung aufzuteilen, gab er sich Mühe, aufmerksam zu wirken. Doch sie wusste, was sein Problem war. Mittags sprach sie ihn schließlich darauf an.

„Gehst du wieder Kaffee trinken?" Die Frage klang beiläufig, doch Bree musterte ihn aufmerksam.

„Was? Nein." Noah schüttelte den Kopf und blickte auf seinen Monitor.

„Ganz sicher? Ich hab gesehen, wie Winter das Gebäude verlassen hat. Sie hatte einen Fahrradhelm aufgesetzt und die Laptoptasche dabei. Ich hab mich gefragt, ob ihr euch wohl wieder zum Kaffee trefft."

Er wollte nicht über Winter reden, doch er wollte auch Bree nicht verletzen. Sie konnte nichts dafür, dass er ein Arschloch gewesen war und sich mit seiner besten Freundin überworfen hatte. Er rang sich ein Lächeln ab und zwinkerte Bree zu. „Vielleicht habe ich vor, meine Kollegin zum Essen einzuladen."

Sie lehnte sich zurück und verschränkte die Arme. „Netter Versuch. Als wüsstest du nicht ganz genau, dass meine Verlobte mich abholt. Heute Morgen hab ich dir gesagt, dass Shelby vorbeikommt."

Anstatt zuzugeben, dass er ihr nicht zugehört hatte, wechselte Noah das Thema. „Hast du mit Detective Bardo über den Strafzettel wegen Geschwindigkeitsübertretung gesprochen? Ausgestellt drei Tage vor dem Mord?"

Bree blätterte in den Ausdrucken der Vorfallmeldungen und suchte nach der, die er meinte. Hinter ihr tauchte eine hoch gewachsene, dunkelhäutige Frau im Eingang des Besprechungsraums auf. Wenn Bree das Yang war, dann war Shelby das Yin. Während Bree üppige Kurven hatte, war Shelby schlank. Bree hatte hellbraune Haut. Shelby war so schwarz wie die Nacht. Bree zog das an, was ihr beim Öffnen des Kleiderschranks in die Hände fiel. Shelby sah aus, als sei sie nebenbei Model für Gucci.

Shelby lächelte Noah an und legte den Zeigefinger an die Lippen.

„Vielleicht ist sie ja aus dem Stapel gerutscht", meinte er zu Bree. „Hast du schon unter dem Tisch nachgesehen?"

Bree rollte rumpelnd mit dem Stuhl zurück und wäre Shelby fast über die Zehen gefahren. „Glaubst du wirklich?", fragte sie mit gedämpfter Stimme, während Shelby wortlos am Kopfende des Tisches einen Stuhl heranzog und darauf Platz nahm. „Neben deinem Fuß liegt ein Blatt Papier. Ist es das?"

Noah beugte sich vor und hob das Blatt hoch. „Da hab ich mich wohl geirrt", sagte er grinsend.

Bree setzte sich auf. Als sie Shelby sah, lachte sie überrascht.

„Bereit zum Essen?"

„Du hast mich richtig erschreckt." Bree fächelte sich Luft zu wie unter einer Hitzewallung. Ihre Augen aber leuchteten warm, als sie mit Shelby schimpfte. „Du weißt doch, dass ich es nicht leiden kann, wenn du dich ranschleichst. Du bist wie eine verdammte Katze, sogar mit hohen Absätzen."

Shelby zwinkerte Noah zu. „So schlimm ist es gar nicht."

„Möchtest du mitkommen, Dalton?"

Bree erhob sich und räumte ihren Arbeitsplatz auf. Er hatte festgestellt, dass sie ein wenig zwanghaft war. Sein Arbeitsplatz war voller Kaffeeringe und mit Gebäckkrümeln und so vielen Haftnotizen übersät, dass es für einen ganzen Block gereicht hätte.

„Nein, danke. Aber nett, dass du gefragt hast."

Er winkte sie hinaus, froh darüber, ein bisschen allein zu sein. Noah mochte Bree, doch ihm ging zu vieles durch den Kopf, und andere Leute um sich zu haben, war dabei nicht hilfreich. Und solange er den Kopf nicht wieder freibekam, konnte er sich auch nicht so auf den Fall konzentrieren, wie es nötig war.

Noah blätterte im Notizbuch zu der Liste vor, die er begonnen hatte. Er hatte mehrere Listen angelegt, doch wenn diese hier einen Titel bräuchte, würde er ‚Sorgen wegen Winter' lauten. Ganz oben standen ihre Visionen. Es war einfacher, sie Migräne zu nennen, doch er hatte aufgehört, um den heißen Brei herumzureden. Die Visionen waren ein Teil von ihr.

Die ersten Visionen hatte sie als Kind gehabt, hatte sie ihm einmal erzählt, nachdem sie aus dem Koma erwacht war, in das der Schlag des Preachers sie versetzt hatte. In den Monaten nach der Ermordung ihrer Eltern hatte sie bei ihren Großeltern in einem Mietshaus in Harrisonburg gelebt.

Er rief Google Maps auf. In einer so kleinen Stadt gab es nicht viele Ärzte für die Behandlung eines Gehirntraumas infolge einer Kopfverletzung, und er hatte vor, sich genaueren Aufschluss über Winters damaligen Zustand zu verschaffen. Er musste bloß den Arzt oder Psychologen finden, dem ihre Großeltern sie anvertraut hatten.

Er hatte mit wenigen Treffern gerechnet, und so war es auch. Möglicherweise hatten ihre Großeltern sie zu einem Spezialisten in der Großstadt gebracht, doch als er das Suchgebiet ausweitete, wurde die Trefferzahl zu groß. Er überlegte geschlagene zehn Minuten lang, dann kam er zu dem

Schluss, dass es besser sei, gleich bei Beth McAuliffe anzurufen.

„Dr. Robert Ladwig", sagte Beth, die zunächst überrascht war von seinem Anruf. „Zu dem Psychologen haben wir Winter gebracht."

„Ich gebe das an meine Schwester weiter." Noah hätte sich nicht weniger schlecht gefühlt, wenn er seine eigene Oma belogen hätte, doch er hatte eine triftige Erklärung gebraucht, die bohrende Nachfragen von vorneherein ausschloss. Deshalb hatte er eine imaginäre Nichte vorgeschoben. „Ich wollte Sie schon Weihnachten fragen, hab aber nicht dran gedacht. Übrigens danke für die Einladung. Tut mir leid, dass wir so früh aufbrechen mussten."

„Ach, das macht doch nichts. Wir laden euch wieder zu Ostern ein", versprach Beth. „Essen Sie Schweinebraten genauso gern wie Hackbraten?"

Noah lachte. Es war kein Geheimnis, dass er Beth wegen ihres Hackbratens von Grampa Jack entführt hätte. „Wenn sie aus Ihrer Küche kommen, Ma'am, würde ich sogar Schuhsohlen mit Schokoglasur essen."

Ihr zartes Lachen währte ein paar Sekunden. „Richten Sie Winter aus, sie soll mich anrufen, wären Sie so nett, Noah? Weshalb haben Sie sie nicht nach dem Arzt gefragt? Ich dachte, Sie arbeiten beide an dem Fall, der Sie in die Stadt geführt hat. Wurden Sie zu einem anderen Fall versetzt?"

Winter hatte ihrer Großmutter nicht erzählt, dass sie die Abteilung gewechselt hatte.

„Nein", antwortete er wahrheitsgemäß. „Diesmal wurden wir nicht zusammen eingeteilt."

„Wie schade", meinte Beth nicht ohne einen Anflug von Koketterie. „Ich weiß, dass Winter gern mit Ihnen zusammen ist."

Bald darauf beendete er das Gespräch. Gramma Beth

machte sich bestimmt so ihre Gedanken. Nicht dass er damit ein Problem gehabt hätte. Doch er hatte ein schlechtes Gewissen wegen des derzeitigen Zustands ihrer Freundschaft und weil er Beth ins Gesicht gelogen hatte, um etwas in Erfahrung zu bringen, von dem Winter nicht wollte, dass er es wusste.

Gewissensbisse konnte er im Moment nicht gebrauchen.

Noah checkte den Namen Ladwig bei Facebook und LinkedIn. Der Typ war unerwartet jung. Gutaussehend, dunkles Haar und intelligente graue Augen, aber nicht älter als Mitte vierzig. Seine Patienten hatten hervorragende Bewertungen abgegeben, was Noah merkwürdig vorkam, da Winter erklärt hatte, sie habe ihn nicht gemocht.

Ladwigs Büro lag im Raum Richmond, das war günstig. Der Preacher-Fall würde den Großteil seiner Zeit beanspruchen, doch das Büro des Arztes lag in Lakeside, nicht weit vom FBI. Es würde wenig Zeitaufwand erfordern, sich mit ihm zu treffen und herauszufinden, was er zu Winters Zustand zu sagen hatte.

Er rief an und erwischte die Sprechstundenhilfe. Noah gab sich als Brady Lomond aus und spulte seine Deckgeschichte ab. Er sagte, er habe sich in seiner Jugend beim Football eine Gehirnerschütterung zugezogen. Da er in letzter Zeit einige seltsame Symptome entwickelt habe und Sachen träume, die wahr würden, habe man ihm Dr. Ladwig empfohlen.

Die Frau notierte seine Nummer und sagte in indifferentem Tonfall, sie werde sie an die Terminvergabe weitergeben. Kaum fünf Minuten später klingelte das Telefon, und der Doktor persönlich war dran. Nach der kurzen, eigentümlich intensiven Unterhaltung legte Noah auf. Für den nächsten Tag hatte er einen Termin in Ladwigs Praxis.

Er war gespannt darauf. Nicht nur deshalb, weil er vielleicht Neues über Winter erfahren würde, sondern auch weil etwas an Dr. Ladwig seine Intuition wachgekitzelt hatte.

# 12

„Danke, dass Sie gekommen sind."

„Kein Problem, *Boss*", sagte Winter in scharfem Ton. Sie wirkte verärgert. Es lag auf der Hand, dass sie keine Wahl gehabt hatte.

Aiden bestätigte ihre Schlussfolgerung mit einem schwachen Lächeln.

„Ich hoffe, Sie haben sich schon eingewöhnt. Ich wollte Ihnen ein, zwei Tage Zeit lassen, sich zu akklimatisieren."

„Das war nicht nötig", entgegnete Winter kategorisch und lehnte sich in dem Ledersessel zurück, der vor dem Schreibtisch stand.

Er behielt die Vorgänge in seiner Abteilung sehr genau im Auge und hatte bemerkt, dass über Winter geredet wurde. Die meisten waren neugierig und fragten sich, was hinter ihrem Abteilungswechsel stecken mochte und weshalb sie noch keinem Team zugeteilt worden war. Andere machten einen weiten Bogen um sie. Weil sie sich so distanziert gab, hielten manche sie für eine Bitch.

„Kann ich davon ausgehen, dass Sie mich hergerufen haben, um Ihren Teil der Vereinbarung einzulösen?"

Aiden schob einen USB-Stick über den Schreibtisch. „Da sind alle Informationen drauf, die wir haben. Opfer. Täterprofile. Zusätzliche Hinweise, die ich im Laufe der Jahre gesammelt habe. Machen Sie sich damit vertraut, aber diese Informationen dürfen das Büro nicht verlassen."

„Wieso?" Mit klarem Blick sah sie ihm in die Augen. Auch Wachsamkeit lag darin.

„Ich habe Ihnen gesagt, Sie könnten an dem Fall arbeiten, aber Sie müssen mich über alle Ihre Schritte auf dem Laufenden halten. Bei der Abteilung für Gewaltverbrechen haben Sie den Ruf, eine tickende Zeitbombe zu sein."

„Würden Sie bitte damit aufhören?" Winter nahm den Stick und schob ihn in die Brusttasche ihres Blazers. „Sie haben mich vielleicht hierhergeholt, aber Sie sind nur dem Papier nach mein Boss. Kommen Sie mir nicht auf die herablassende Art, als wäre ich irgendeine Neueinstellung von der Straße."

Sie stand auf, ließ die Hände aber auf dem Schreibtisch liegen und beugte sich vor, bis sie miteinander auf Augenhöhe waren. „Ich bin immer noch Winter. Die verkorkste Jugendliche, um die Sie sich seit ihren Teenagerjahren gekümmert haben. Ich habe mich auch als Ihre Freundin betrachtet. Aber ich wollte niemals in Ihrer Abteilung arbeiten. Ich bin hier, weil Sie mich unter Druck gesetzt haben. Ich habe nicht versprochen, mich an Ihre Regeln zu halten."

Winter wandte sich ab und ging hinaus. Er erwartete, dass sie die Bürotür so fest zuschlagen würde, dass die kleine Jalousie klapperte, doch sie fiel lediglich mit leisem Klicken ins Schloss.

Er drehte sich auf dem Stuhl herum und blickte zum feuchten, grauen Parkplatz hinaus. Erst als er der Tür den Rücken zuwandte, gestattete er sich ein Lächeln. Sie war kein Kind mehr, natürlich. Winter war nicht mal mehr dieselbe Person, die sie vor einem Jahr gewesen war. Alles, was sie durchgemacht hatte – der Ärger auf dem College, der sie auf sein Radar zurückgebracht hatte, die Fälle, mit der sie als Agent bislang konfrontiert worden war –, hatte Winter zu der Person gemacht, die sie jetzt war.

Sie entwickelte ausgesprochen interessante Kanten.

Aidens Lächeln verflüchtigte sich.

Sie konnte kämpfen, so viel sie wollte: Die neuen Kanten würden nicht verhindern, dass sie sich in dem Netz verfing, in dem sie zappelte.

Winter ignorierte die Blicke ihrer neuen Kollegen. Sie würde nicht lange genug hier sein, um sich alle Namen einprägen zu können. Als sie an ihrem Schreibtisch vorbeiging und das Büro verließ, hatte sie das Gefühl, der USB-Stick in ihrer Tasche brenne ihr ein Loch ins Hemd.

Anstatt zum Aufzug oder zur Toilette zu gehen, wandte sie sich nach rechts. Sie kannte jemanden in der Computerforensik und brauchte dessen Hilfe.

Doug Jepson saß an seinem Rechner und sah aus wie ein Linebacker, der sich als Computernerd ausgab. Er war hoch gewachsen, dunkelhaarig und massiv gebaut wie ein Backsteinhaus. Sein Kreuz war so breit, dass er sich seitlich durch Türen zwängen musste. Äußerlich erinnerte er an Terry Cruz. Außerdem trug er eine dicke Brille, sprach leise in Gegenwart von Frauen und errötete ständig.

Noah hatte ihr vor kurzem erzählt, Doug schwärme für sie. Winter hoffte, dass das nicht stimmte. Er war ein netter, kluger Bursche, doch es gab schon genug Männer in ihrem Leben.

Sie klopfte an die Stellwand, die seinen Arbeitsplatz von einem unbesetzten trennte. „Hallo, mein Held."

Er schaute hoch und drehte sich so schnell auf seinem Stuhl herum, dass er die halbleere Colaflasche auf dem

Schreibtisch umwarf. „Winter? Wie geht's? Ich möchte mich bedanken."

„Wofür?" Sie grinste ihn an. „Du bist der Mann, der uns bei den Presley-Morden den Arsch gerettet hat. Aber ich bin nicht deswegen hier. Ich habe eine Technikfrage."

Er setzte die Brille ab und legte sie auf den Schreibtisch. „Danke dafür, dass du mit meinem Boss geredet habst. Ich hab eine Gehaltserhöhung bekommen, deshalb stehe ich in deiner Schuld. Aber was immer es ist", fuhr er grinsend fort, „hast du es schon mit Ausschalten und wieder Einschalten probiert?"

„IT-Humor. Reizend."

Sie setzte sich neben ihm auf die Tischkante und holte den Stick hervor, froh darüber, dass die andere Nische unbesetzt war. „Nein, ich habe eine andere Frage." Sie legte den Stick neben Dougs Tastatur und senkte die Stimme. „Eigentlich darf ich den gar nicht hierlassen. Gibt es eine diskrete Möglichkeit, auf den Inhalt zuzugreifen, ohne gegen SSA Parrishs Anweisung zu verstoßen, der Stick dürfe das Gebäude nicht verlassen?"

Er schaute hoch und machte große Augen. „Hm …"

„Ein Ja oder ein Kopfnicken würde mir reichen." Sie sprach leise und freundlich, denn es war nicht auszuschließen, dass jemand zuhörte. Insgeheim fragte sie sich, ob sie zu weit gegangen war und ob Doug sich an Aiden wenden würde.

Doug musterte sie einen Moment lang schweigend, schwankend zwischen Enttäuschung und Resignation. Dann nickte er kurz. Ein paar Minuten später war der Inhalt des Sticks mit einem Verschleierungsprogramm kopiert, und Doug gab ihr den USB-Stick zurück.

„Vielen Dank." Die Worte waren formelhaft, doch in ihrem Blick lag aufrichtige Dankbarkeit.

„Gern geschehen. Mach das bloß nicht zur Gewohnheit."

Er erwiderte ihr Lächeln nicht, sondern setzte die Brille auf und wandte sich wieder seinem Bildschirm zu, ein deutliches Zeichen. Offenbar hatte Doug begriffen, dass sie ihn nicht als Freund um einen Gefallen gebeten hatte. Sie hatte ihn benutzt, um ein bestimmtes Ziel zu erreichen.

Sie konnte es ihm nicht verübeln, dass er ihr die kalte Schulter zeigte. Gewissensbisse hin oder her, genau das hatte sie getan. Sie hatte ihn benutzt.

Sie ging zu den Büros der Verhaltensanalyse zurück und hoffte, dass sie nicht eine sich entwickelnde Freundschaft im Keim erstickt hatte. Aber den Preacher aufzuspüren hatte Vorrang. Alles andere – buchstäblich *alles* – musste dahinter zurückstehen. Wenn sie auf diesem Weg gewachsene Beziehungen nutzen konnte, dann sei's drum. Beziehungen kamen und gingen.

Winter sah auf dem Weg zu ihrem Schreibtisch starr vor sich hin und ignorierte den prüfenden Blick, den Aiden ihr zuwarf. Er beobachtete sie von seinem Büro aus. Sie reagierte nicht darauf, hatte aber schwitzige Hände. Eilig rollte sie den Stuhl vor den Computer. Da er vermutlich jederzeit auf ihren Rechner zugreifen konnte, nahm sie den USB-Stick aus der Tasche und steckte ihn in die Buchse.

Die nächsten zwanzig Minuten lang überflog sie die gespeicherten Informationen. Dann las sie sie noch einmal gründlicher. Vergegenwärtigte sich alles, was sie selbst über den Killer wusste. Vertiefte ihre Einsichten. Aiden, Noah, das Gemurmel der Kollegen und alles andere traten in den Hintergrund, als sie das bislang umfassendste Täterprofil des Preachers entwarf.

Das FBI-Profil war wie erwartet lückenhaft, füllte aber einige Leerstellen der Persönlichkeitsskizze des Preachers aus. Er hatte mutmaßlich in den Siebzigerjahren mit dem Morden angefangen, ein Mann, der ohne Skrupel und ohne erkennbare Muster oder Gründe tötete.

Es war ein Schock zu erfahren, dass er seit den Zeiten von Charles Manson, John Wayne Gacy, dem Zodiac-Killer, Son of Sam, dem Hillside Strangler und Jim Jones nach Opfern suchte und sie umbrachte. Die Siebzigerjahre waren eine schaurige Dekade gewesen.

Ted Bundy wurde 1975 festgenommen, entkam aber später und mordete erneut. Bevor er endgültig geschnappt wurde, tötete er sechsunddreißig bis einhundert Frauen. Die genaue Zahl der Opfer, die der Preacher auf dem Gewissen hatte, war unbekannt. Vierundsechzig Opfer aus fünfzig Jahren rechnete man ihm zu. Achtundfünfzig ungelöste Mordfälle wurden mit ihm in Verbindung gebracht.

Während Bundy 1989 auf den elektrischen Stuhl gekommen war, mordete der Preacher weiter, unentdeckt von der Polizei. Weil er seine Vorgehensweise so stark variierte und seine Opfer so unterschiedlich waren, hatte niemand sie alle einem einzigen Mann zugeschrieben.

Bis zur Ermordung der Familie Black.

Als sie die Akte las, stellte sich ein Gefühl von Unwirklichkeit ein. In kalter, analytischer Sprache wurde ihre Familientragödie in Berichte, Statistiken und Theorien aufgegliedert. Ein Dokument, eine zwei Seiten umfassende Liste bekannter oder mutmaßlicher Opfer mit einfachem Zeilenabstand, war seit der Erstellung 2007 nicht mehr aktualisiert worden. Vier Einträge am unteren Rand der zweiten Seite fielen ihr ins Auge.

*Bill Black, männlich, Alter 44. Todesursache Schädeltrauma aufgrund von Schussverletzung mit Kugel mittlerer Geschwindigkeit.*

*Justin Black, männlich, Alter 6. Vermisst. Verfassung unbekannt.*

*Winter Black, weiblich, Alter 13. Schädeltrauma aufgrund stumpfer Gewalteinwirkung. Gegenwärtig in Krankenhausbe-*

*handlung, sieben Punkte auf der Glasgow-Koma-Skala. Prognose unbekannt.*

Die nüchterne Aufzählung war schwer erträglich. Medizinische Fachausdrücke ohne jeden emotionalen Bezug. Die kurzen Beschreibungen auf dem Papier hatten wenig zu tun mit dem blutigen, grauenvollen Tathergang, den sie mitangesehen und am eigenen Leib erlebt hatte.

An das Koma hatte sie keine Erinnerungen – auch nach all den Jahren war dies immer noch eine Leerstelle -, doch sie erinnerte sich, dass sie in jener Nacht erleichtert gewesen war, als der Schmerz in ihrem Kopf explodiert war und ihr das Bewusstsein geraubt hatte. Sie hatte sich der schrecklichen Realität nicht stellen wollen, und mit ihren dreizehn Jahren wollte sie zusammen mit ihrer Familie sterben. In diesem kurzen Moment hatte sie geglaubt, auch ihr Bruder sei tot, und der Killer habe ihn als Ersten getötet, um seinen grausigen Plan ungestört durchführen zu können.

In diesem Moment war ihr die Vorstellung unerträglich gewesen, weiterzuleben, und sie war froh, dass der Mörder sie nicht verschont hatte.

Doch sie war nicht gestorben. Und ihr Bruder offenbar auch nicht. Im Büro war es still, und sie sah auf die Uhr. Es war bereits nach acht. Mühsam stand sie auf, ihre Muskeln protestierten nach dem langen konzentrierten Sitzen.

Aiden hatte sein Büro bisher nicht verlassen. Noch ehe sie hochschaute und bemerkte, dass er sie beobachtete, spürte sie seinen Blick. Er fixierte sie mit seinen kalten blauen Augen. Sie unterdrückte ein Schaudern.

*Vertraue niemandem.*

Oh nein, das würde sie nicht tun.

Sie zog den USB-Stick ab, trat aus ihrer Nische hervor und ging zu seinem Büro. Aidens Tür stand offen, auf dem Schreibtisch waren Papiere ausgebreitet.

„Sind Sie wegen mir so lange geblieben?“

„Nein." Sein Tonfall war ausdruckslos, gleichgültig, doch er log.

Sie legte ihm den Stick auf den Tisch. „Ich habe den Eindruck, Sie haben gewartet, um sicherzustellen, dass ich Ihnen das hier zurückgebe."

Aiden machte keine Anstalten, nach dem Stick zu greifen. „Schon irgendwelche neuen Erkenntnisse?"

Jede Menge. Doch darüber wollte sie nicht mit ihm reden. „Ich analysiere das Material noch. Jetzt will ich nach Hause und schlafen."

„Soll ich Sie fahren? Es ist kalt, und ich habe gesehen, dass Sie mit dem Rad gekommen sind."

Sie lächelte gezwungen. „Nein, danke. Ich komme schon klar."

„Daran habe ich keinen Zweifel", murmelte er, als sie sich zum Gehen wandte.

Auf den Fluren war es still, und der Aufzug war unbesetzt. Winters Nerven waren so straff gespannt wie Geigensaiten, und sie war froh, dass Aiden sie nicht nach draußen begleitete. Sie hatte eine Menge zu verarbeiten – das war nicht gelogen - und hätte lieber die Treppe genommen, als sich der Peinlichkeit einer gemeinsamen Fahrt im Aufzug auszusetzen.

Sie setzte den Helm auf, den sie am Lenker ihres Zehngangrads befestigt hatte, und versuchte den Umstand zu ignorieren, dass sie wie ein Kind vom Autofahren ausgeschlossen war. Beim Radeln aber lockerten und erwärmten sich ihre Muskeln, und allmählich fühlte sie sich besser. Winter war in letzter Zeit nicht mehr regelmäßig gejoggt, und sie konnte am besten denken, wenn sie ihren Stress mit körperlicher Aktivität abbaute.

Das Brennen ihrer unausgelasteten Muskeln trat in den Hintergrund, als sie sich auf Unklarheiten, Täterprofile und ihre nächsten Schritte konzentrierte. Am liebsten hätte sie alles mit Noah besprochen. Er war ihr so nahe gekommen wie kein anderer seit langer Zeit. Näher noch als Aiden. Aber er hatte seinen Standpunkt klargemacht. Er wollte sie bei dem Fall nicht dabeihaben, sondern davon fernhalten. Er würde keine Informationen mit ihr teilen.

Also Distanz. Damit konnte sie leben.

Aber sie musste in Erfahrung bringen, was man in D.C. herausbekommen hatte. Sie brauchte nicht nur die Berichte, sondern Informationen aus erster Hand – alles, was er über die Ermordung von Tala Delosreyes wusste. Er würde ihr nicht helfen, und diese Erkenntnis war bitter. Er kannte sie nicht so gut, wie sie geglaubt hatte.

Das versetzte ihr einen Stich, und als sie einem bremsenden Wagen ausweichen musste, wurde sie sich unvermittelt der Umgebung bewusst. Sie trat energisch in die Pedale und konzentrierte sich auf die vor ihr liegende belebte Kreuzung. Sie hatte ganz vergessen, wie sehr die Autofahrer nervten, wenn es um die Koexistenz mit Radlern ging, und der kleinste Aufmerksamkeitsfehler konnte dazu führen, dass sie sich im Streckverband im Krankenhaus wiederfand.

Wenn sie die Kreuzung geschafft und freie Fahrt hätte, würde sie Bree anrufen. Noah würde von seiner Meinung nicht abrücken, also konnte sie ebenso gut Bree dazu überreden, ihr Informationen zu liefern.

Winter ignorierte den Anflug schlechten Gewissens. Sie würde alles tun, was nötig war, und niemandem vertrauen.

# 13

Noah parkte seinen Wagen vor einem Gebäude in Richmond, das mehr Ähnlichkeit mit einer Genossenschaftsbank als mit einer Arztpraxis hatte. Ein gepflegtes beigefarbenes Backsteingebäude, an der Vorderseite ein Schild mit der Aufschrift *Psychologische Beziehungsberatung.*

Ihm war unbehaglich zumute bei der ganzen Sache. Er schaltete den Motor aus. Vielleicht machte es ihn einfach nur nervös, dass er ohne Winters Wissen und Einwilligung in ihrer Vergangenheit herumschnüffelte. Das aber war es nicht. Irgendetwas im Tonfall des Arztes hatte eine Warnglocke läuten lassen.

Doch er hatte einen Termin um neun und keine Zeit, sein Vorhaben zu hinterfragen.

Die Praxis war in beruhigenden blassen Grün- und Erdtönen gehalten, mit vielen Topfpflanzen und dezenter Hintergrundmusik. Diese Umgebung lud die Patienten ein, sich zu entspannen, doch im Moment waren die Stühle in der Lobby unbesetzt. Auch die Rezeptionistin wirkte beruhigend, eine mütterliche Person mit milden braunen Augen und leiser Stimme.

„Mr. Lomond“, sagte sie und lächelte ihn über den Tresen hinweg an. „Willkommen. Bitte füllen Sie ein paar Formulare aus, während Sie auf Dr. Ladwig warten.“

„Danke, Ma'am.“ Er erwiderte ihr Lächeln und zwang sich dazu, seine Rolle zu spielen. Er war Brady Lomond. Ehemaliger Footballspieler. Ein netter Bursche, nicht besonders helle. Mit Gehirnproblemen, die vermutlich von einer Gehirnerschütterung herrührten, die er sich als Teenager zugezogen hatte. „Sehr freundlich vom Doktor, dass er mir so schnell einen Termin gegeben hat.“

Noah nahm das Klemmbrett entgegen und setzte sich neben ein leise gurgelndes Aquarium. Ein Skalar beäugte ihn von der Seite, als er sich die Formulare anschaute. Das versprach, interessant zu werden. Er improvisierte und erfand eine medizinische Vorgeschichte, fabrizierte persönlichen Hintergrund und Versicherungsinformationen. Er hatte kaum die erste Seite geschafft, da wurde eine Tür geöffnet.

„Mr. Lomond?“

Ein hoch gewachsener, hagerer Mann Mitte vierzig näherte sich dem Wartebereich. Mit seinem weißen Kittel, dem in gedämpften Farben karierten Pullover, der Krawatte, der Khakihose und den polierten teuren Schuhen sah er aus, wie man es von einem Arzt erwartete. Er hatte ein beruhigendes, freundliches Gesicht und kurz geschnittenes, an den Schläfen angegrautes braunes Haar. Seine Augen waren dunkelbraun und wurden gedämpft von einer Brille mit Schildpattrahmen, doch sein intensiver Blick überraschte Noah.

Der Eindruck schwand, als Dr. Ladwig lächelte und man einen leicht schiefen Vorderzahn und ein tiefes Grübchen an der einen Mundseite sah. „Kommen Sie.“ Sein Tonfall war ausgeglichen und professionell. „Seit unserem Telefonat freue ich mich auf das Treffen.“

„Wenn Sie mir bitte vorher die Versicherungskarte …“, setzte die Rezeptionistin an.

„Später, Sue.“

Die Rezeptionistin errötete und verstummte, bedachte Noah mit einem neugierigen Blick. „Sicher. Ich erinnere Sie nach der Sitzung daran.“

Der Doktor geleitete ihn in ein Büro an der Rückseite des Gebäudes. Noah war noch nie bei einem Psychologen gewesen und wusste deshalb nicht, was ihn erwartete, doch der Raum entsprach seinen Vorstellungen. Dunkle Farben, gedämpftes Tageslicht, schummrige Leuchten. Dies hätte auch das Homeoffice eines Reichen sein können. Regale aus Walnussholz säumten die Wände, darin Bücher über Psychologie und Hirnforschung neben Thrillern populärer Autoren wie James Patterson und Clive Cussler.

Es gab einen Schreibtisch und einen Computer, doch sie standen an der Seite. Die Mitte nahm eine Sitzgruppe mit bequemen Sesseln ein. Und natürlich fehlte auch nicht die Therapieliege, keine altmodische Chaiselongue, sondern ein großes Teil mit weichem Lederpolster. Das perfekte Sofa, um Football zu gucken, dachte Noah.

„Nehmen Sie Platz“, sagte Ladwig.

Das Sofa war so bequem, wie es aussah, er meinte darin zu versinken. Alles im Raum einschließlich des Arztes war dazu gedacht, den Patienten zu beruhigen und ihn zu veranlassen, seine tiefsten Geheimnisse preiszugeben. Brady Lomond würde keine Ausnahme darstellen, doch Noah Dalton musste einen klaren Kopf bewahren.

Ladwig nahm ihm gegenüber in einem Sessel Platz, beugte sich vor, stützte die Arme auf die Knie und musterte ihn mit kaum verhohlener Neugier.

„Erzählen Sie mir von sich, Brady. Ist es Ihnen recht, wenn ich Sie Brady nenne? Sie sagten am Telefon, Sie leiden unter speziellen Episoden?“

„Ja, Sir", sagte Noah, verschämt und zögerlich. „Aber es klingt ein bisschen seltsam, wenn ich drüber rede."

„Vertrauen Sie mir." Ladwig lachte unbeschwert, es klang zugewandt und vertrauenswürdig. „Es gibt nichts, was ich bei meiner Arbeit nicht schon gehört hätte."

„Also, als Kind habe ich Football gespielt."

„Gut", sagte Ladwig aufmunternd. „Das habe ich mir schon gedacht. Sie haben die Figur eines Footballspielers."

In Wahrheit hatte Noah nie gespielt. Dafür war er zu sehr damit beschäftigt gewesen, auf der Ranch seiner Großeltern mitzuhelfen. Der Doc erinnerte ihn an eine Wahrsagerin von der Kirmes, die Dinge ‚prophezeite', die man bereits wusste. Trotzdem lächelte Noah den Doktor an und tat erfreut und stolz über sein ‚Verständnis'.

„Hab mein Team im Abschlussjahr bis ins Endspiel geführt." Noah grinste über seine Lügen, dann setzte er eine ernste Miene auf. „Im letzten Spiel aber musste ich mächtig einstecken. Ein Abwehrspieler ist mit mir zusammengeprallt, daran kann ich mich noch erinnern. Dann ging das Licht aus. Bumm! Drei Monate später bin ich in einem Krankenhaus aufgewacht."

Ladwigs Blick wurde durchdringender, ohne dass er seine professionelle Fassade hätten fallen lassen. „Wow, das ist ja eine tolle Geschichte. Was für ein Hirntrauma hatten Sie? Wie genau lautete die Diagnose?"

Noah zuckte mit den Schultern und rief sich in Erinnerung, dass Brady Lomond nicht besonders helle war. „Keine Ahnung. Ein kräftiger Schlag auf den Kopf? Ich weiß bloß, dass die Ärzte froh waren, als ich aus dem Koma erwacht bin. Ich war nur noch Haut und Knochen. Atrophie oder so was in der Art."

Ladwig nickte mit einem Anflug von Ungeduld. „Gab es weitere Symptome? Sind Ihnen gleich zu Anfang seltsame Sachen aufgefallen?"

Noah tat so, als überlege er. „Abgesehen davon, dass ich so mager war? Also, die Geräusche waren richtig laut, und alles wirkte so hell. Ich hatte oft Kopfschmerzen."

„Was ist mit den ‚seltsamen Sachen'"? Ladwig malte Anführungszeichen in die Luft. Er saß jetzt praktisch auf der Sesselkante und wartete auf Noahs Antwort. Noah vergegenwärtigte sich das, was Winter ihm erzählt hatte.

„Anfangs konnte ich es nicht genau fassen", sagte Noah vorsichtig. Ladwig nickte, drängte ihn wortlos weiterzusprechen. „Ich konnte *besser* sehen, falls das Sinn macht. Ich bemerkte viele Kleinigkeiten, Details."

„Gut! Das ist genau das, was ich hören will."

*Da würde ich drauf wetten*, dachte Noah. Der Mann war zu aufgeregt. Es war unheimlich. Das musste der Grund gewesen sein, weshalb Winter ihn nicht mochte. Er war zu … was auch immer.

„Haben Sie so was auch schon von anderen Leuten gehört, die aus dem Koma erwacht sind?"

„Oh ja", sagte Ladwig begeistert. „Aber allzu viele waren es nicht. Was nicht heißen soll, Sie wären ein ungewöhnlicher Fall." Ladwigs Lachen klang falsch. „Tatsächlich hatte ich mal eine Patientin mit ähnlich langem Koma wie Sie, die viele ungewöhnliche Symptome zeigte."

„Zum Beispiel?" Noah musste seine Neugier nicht heucheln.

Ladwig antwortete vorsichtig, vermutlich darauf bedacht, ‚Brady' einerseits zufriedenzustellen und ihm andererseits nichts einzureden.

„Die Patientin bekam einen Schlag auf den Kopf, der sie für drei Monate außer Gefecht setzte. Nach dem Erwachen stellte sie fest, dass sich ihre Beobachtungsgabe verfeinert hatte. Sie nahm mehr wahr als alle anderen. Gerüche, Farben, Texturen, kleine Details … anfangs war das eine überwältigende Erfahrung, aber im Grunde ein fantastisches

Geschenk. Mit meiner Hilfe“, fuhr er ein wenig selbstgefällig fort, „lernte die Patientin, einen Teil des neuen visuellen ‚Rauschens‘ auszufiltern, so dass sie ihre Gabe sinnvoll einsetzen konnte.“

„Hatte Ihre Patientin auch noch andere seltsame Symptome?“, fragte Noah. „Wie zum Beispiel … Visionen?“

„Ist das Ihr Problem?“ Ladwig neigte sich noch weiter vor, so dass er von der Sesselkante zu rutschen drohte.

„Vielleicht.“ Noah ließ das absichtlich in der Schwebe, um dem Doktor weitere vertrauliche Informationen zu entlocken. „Manchmal fange ich ganz plötzlich an zu träumen oder was weiß ich. Sogar am helllichten Tag.“

„Haben Sie stechende Kopfschmerzen?“ Ladwig holte ein Notizbuch und einen teuer wirkenden Stift hervor. „Nasenbluten?“

„Hatte Ihre Patientin diese Symptome?“ Noah wusste von Winter, dass ihre Visionen erst auf dem College eingesetzt hatten. Die Behandlung durch diesen Arzt hatte Jahre zuvor geendet. Woher wusste er von den Kopfschmerzen und dem Nasenbluten?

Ladwig nickte zerstreut, den Blick aufs Notizbuch gesenkt. Noah sah seinen Scheitel, wo sich das Haar bereits lichtete.

„Oh ja. Manchmal fühlt sie sich vollkommen kraftlos. Ihre Visionen sind sehr intensiv.“

Noahs Unbehagen verstärkte sich. Dieser Mann konnte - sollte - eigentlich nicht über Winters Visionen Bescheid wissen.

„Sie meinen, *waren* sehr intensiv?“

Ladwig hielt mit Schreiben inne. Mit eigentümlich leerem Blick schaute er zu Noah auf. „Verzeihung“, sagte er nach kurzer Pause. „Was habe ich gerade eben gesagt?“

Ein seltsamer Typ. Noah setzte sein bescheidenes Brady-Lächeln auf.

„Sie sprachen von einer Patientin, die Sie vor längerer Zeit behandelt haben."

Ladwigs Blick wurde klar, und seine professionelle Maske rastete mit einem beinahe hörbaren Klicken ein. „Ja. Sie hatte Visionen."

„Woher kamen die, Doc?"

Jetzt geriet Noah ins Straucheln. Als der Doktor ihn mit schief gelegtem Kopf forschend musterte, fragte er sich, ob er seinen Landei-Akzent vielleicht übertrieben hatte.

„Das weiß ich leider nicht so genau. Ihre Familie hat die Behandlung abgebrochen und ist weggezogen. Nach Kalifornien, glaube ich. Und jetzt erzählen Sie von Ihren Kopfschmerzen, Brady."

Ladwig hatte keinen Grund, den Umzug der Familie nach Kalifornien zu erfinden. Die Alarmglocke schrillte noch lauter. Noahs Erfahrung nach logen die meisten nicht, wenn es nicht für sie wichtig war. Ehe er den Arzt jedoch darauf festnageln konnte, vibrierte das Handy in seiner Tasche. Ohne sich am missbilligenden Blick des Arztes zu stören, holte er es reflexhaft hervor.

Zu Doktor Ladwigs Überraschung erhob er sich. Er musste los.

Brees SMS war kurz und eindeutig.

*Er hat wieder zugeschlagen.*

Robert Ladwig sah Brady argwöhnisch hinterher. Vielleicht hatten ihn die Medikamente ja paranoid gemacht, doch Rob war stolz auf seine Fähigkeiten. Er konnte in Menschen lesen wie in einem aufgeschlagenen Buch, und er hatte den Eindruck, dass mehr hinter Brady Lomond steckte, als es den Anschein hatte.

Er ging zu dem Stuhl, der hinter dem mit Schnitzereien verzierten Mahagonischreibtisch stand. Er war eine exakte

Kopie des Stuhls, der bei ihm zuhause im Arbeitszimmer gestanden hatte, ein Nachbau nach einem Foto von Sigmund Freuds Praxis. So lange, bis seine baldige Ex-Frau Hannah ihn für einen Klacks verkauft hatte, dachte er verärgert.

Als er seine Notizen zu Lomond durchsah, runzelte er die Stirn. Während seines Telefonats mit Brady war er sicher gewesen, einen zweiten Patienten wie Winter gefunden zu haben. Er machte sich nur ungern Hoffnungen, doch er suchte nach einem vergleichbaren Fall, seit ihre Großeltern die Behandlung abgebrochen hatten. Er verspürte die wohlvertraute Aufwallung von Zorn. Er war ihr so nah gewesen. So nah, bis ihre Großeltern sie gegen ihn aufgehetzt und sie ihm entzogen hatten.

Der Zorn wich Unbehagen.

Er hatte Lomond gesagt, seine Patientin sei weit weggezogen, nicht in einen anderen Teil desselben Bundesstaats. Als brillanter Psychologe sollte er die Frage, weshalb er gelogen hatte, eigentlich aufrichtig beantworten können. Doch ihm fiel kein plausibler Grund ein. Er hatte es einfach so dahergesagt.

Und Lomond, dachte Rob, hatte Lomond nicht ein außergewöhnlich starkes Interesse an seiner früheren Patientin gezeigt?

Rob Ladwig erhob sich und fuhr sich mit der Hand durchs sich lichtende Haar. Auf dem Perserteppich auf und ab gehend, atmete er tief durch.

*Durch die Nase einatmen. Durch den Mund ausatmen. Einen klaren Kopf bekommen.*

Vermutlich brachte er Brady Lomond bloß deshalb mit Winter Black in Verbindung, weil die beiden Fälle Ähnlichkeiten aufwiesen. Er hatte zu große Erwartungen gehabt und enttäuscht reagiert, als die Realität ihnen nicht gerecht wurde. Etwas, wovor er seine Patienten stets warnte.

Oder, überlegte Rob, die Medikamente hatten ihn wieder

paranoid gemacht. Die Vorstellung gefiel ihm nicht, doch bei unerprobten Medikamenten war das nicht auszuschließen. Weshalb hätte er sonst argwöhnisch gegenüber einem Hinterwäldler sein sollen, der als Teenager seine letzte Gehirnzelle zerstört hatte?

Trotzdem.

Rob nahm die Formulare in die Hand, die Lomond ausgefüllt hatte, und trug sie zum Schreibtisch.

Es wurde nicht schaden, ein bisschen nachzuforschen. Auf jeden Fall würde es seine Nerven beruhigen.

# 14

Dieser Mord hatte sich auf den Tag genau einen Monat nach dem ersten ereignet.

Bree presste sich ein Taschentuch vor den Mund. Am ersten Tatort hätte sie beinahe gegen ihre Maxime verstoßen, sich bei einer Ermittlung nicht zu übergeben. Diesmal hatte sie eines der bestickten Leinentücher ihrer Großmutter mitgenommen und ein paar Tropfen Ingweröl draufgespritzt, das Shelby zufolge zuverlässig gegen Übelkeit half.

Es brauchte nicht viel Fantasie, sich einen schlimmen Tatort vorzustellen, der dem ersten glich. Und wenn sie nicht kotzen musste, war es ihr egal, wenn sie mit dem Spitzentuch aussah wie eine viktorianische Romanheldin. Allerdings hatte sie nicht damit gerechnet, dass der zweite Tatort noch schlimmer als der erste sein würde.

Audrey Hawkins, eine sechsunddreißigjährige Designerin aus Roanoke, Virginia, lag mit gespreizten Beinen in ähnlicher Haltung auf dem Bett wie Detective Delosreyes. Wieder hatte der Preacher den Körper des Opfers bis zur Unkenntlichkeit verstümmelt. Außerdem hatte er mit Blut kryptische

Botschaften und Bibelverse an die Wände geschrieben, allerdings weniger zahlreich als zuvor. Damit endeten die Ähnlichkeiten auch schon.

Man hatte Audreys Leichnam bereits weggebracht, doch Bree hatte die Tatortfotos gesehen. Alle Hinweise auf Audreys Weiblichkeit waren entfernt worden. Brüste, Lippen, Haar und, was am verstörendsten war, ihre Augen. Bree hatte den Eindruck, der Preacher habe entweder jede Kontrolle verloren oder einen persönlichen Groll gegen das Opfer gehegt.

„Wurde etwas gefunden, bevor man sie weggebracht hat?", fragte Bree Noah in gedämpftem Ton.

Er wandte nicht den Blick von Audreys Fotos ab und wirkte stark mitgenommen. „Was zum Beispiel?"

„Ihre Augen."

Noah schüttelte grimmig den Kopf.

Sie unterdrückte ein Schaudern, als ihr klar wurde, dass der Preacher sie wohl mitgenommen hatte. Kannten die Perversitäten dieses Mannes wirklich keine Grenzen? Als zwei Kriminaltechniker ins Zimmer traten, unterdrückte sie den Drang zu fluchen.

„Haben Sie genug gesehen?", fragte der eine. „Wir müssen weitermachen."

Noah, alle Muskeln angespannt, schaute noch einmal durch den Raum. Schließlich nickte er.

Bree verließ das Schlafzimmer nicht ungern, doch auf der Polizeiwache war es fast noch schlimmer.

Wesley Hawkins, der Ehemann des Opfers, saß an einem Metalltisch der zuständigen Ermittlerin gegenüber. Er wirkte drahtig, klein und hager, von Kopf bis Fuß schwarz gekleidet. Der säuberlich gekrauste schwarze Schnurrbart, die Buddy-Holly-Brille und die teuren schwarzen Kampfstiefel wiesen ihn als Hipster aus. Bree fragte sich, ob auch seine Frau eine Hipsterin gewesen war.

Die Detective aus Roanoke, Monica Dunn, eine kompakte Frau, befragte den Ehemann. Noah und Bree unterbrachen die Befragung nicht, sondern stellten sich in die Ecke und hörten schweigend zu.

Wesley Hawkins wirkte geschockt und beantwortete Detective Dunns Fragen mit monotoner, tonloser Stimme.

„Bitte wiederholen Sie Ihre Aussage." Dunn klang forschend und wachsam, und sie fixierte Wesley unverwandt. „Wo waren Sie gestern?"

Bree setzte zu einer Bemerkung an. Die Detective war vor ihrem Eintreffen über die Gründe für die FBI-Beteiligung informiert worden. Es bestand kaum Zweifel daran, dass der Preacher den Mord begangen hatte. Der bedauernswerte Mann hatte den Leichnam seiner Frau vor gerade mal zehn Stunden entdeckt. Weshalb behandelte Dunn den Mann des Opfers so?

Bree spürte, wie sich Noah neben ihr anspannte. Vermutlich biss auch er sich auf die Zunge. Sie waren von Richmond geradewegs hierhergefahren und am Abend des Tages, an dem der Mord geschehen war, eingetroffen. Sie hatten darauf hingewiesen, dass die örtlichen Polizeikräfte die Ermittlungen leiteten, und Dunn versichert, es sei ihre Aufgabe, sie zu unterstützen und ihnen zu helfen. Die Polizei würde ihre eigene Ermittlung durchführen, die Agents die ihre.

Wesley Hawkins schien verärgert über Dunns Ton und raffte sich zu einer Antwort auf.

„Ich bin Art Director bei der LMV, einer global tätigen Werbeagentur." Sein Blick huschte zwischen ihnen hin und her und richtete sich dann auf Bree. Vermutlich fand er sie am sympathischsten. Sie war nicht besonders gut darin, ihre Gefühle zu verbergen.

„Gestern habe ich mit meinem Team an einer Präsentation gearbeitet", fuhr er fort, die vom Brillengestell schwarz eingerahmten feuchten grauen Augen auf Bree gerichtet, als wäre sie sein Rettungsanker. Er flehte sie um Verständnis an.

Sie nickte leicht, um ihn zu ermutigen, worauf seine Anspannung ein wenig nachließ.

„Ich musste ein paar Drahtgittermodelle überarbeiten. Die Präsentation für Kellogg sollte am Montag stattfinden." Er schüttelte den Kopf. „Morgen, und wir waren noch lange nicht fertig, weil …"

„Erklären Sie mir das", unterbrach die Detective und lenkte Hawkins' Aufmerksamkeit wieder auf sich. „Wenn Sie nur ‚gearbeitet' haben, weshalb haben Sie den Leichnam Ihrer Frau dann erst gegen drei Uhr morgens entdeckt?"

Wesley erbleichte und zuckte merklich zusammen, als sie ihn daran erinnerte, was man seiner Frau angetan hatte. „Wir waren noch einen trinken." Er klang jämmerlich. Schuldbeladen. „Der Creative Director ist mit uns allen feiern gegangen."

„Und weshalb haben Sie Ihre Frau nicht gefragt, ob sie mitkommen mag? Haben Sie überhaupt mit ihr gesprochen, bevor Sie losgezogen sind? Gab es einen bestimmten Grund, weshalb Ihre Frau Sie nicht begleiten wollte?"

Bree setzte zu einem Einwurf an, doch Noah kam ihr zuvor. Mit einem vernehmlichen Räuspern lenkte er den Blick der Detective auf sich. Er sagte nichts, sondern blickte sie bloß an, als frage er, weshalb sie den Mann quäle.

Detective Dunn erwiderte seinen Blick, dann erhob sie sich mit streitlustiger Miene.

Bree verdrehte die Augen. Oh je. Ein Ego-Wettbewerb war genau das Verhalten, das erfahrene Profis in Anwesenheit traumatisierter Familienangehöriger an den Tag legen sollten.

„Noah", murmelte Bree. „Beruhig dich. Sie sich auch, Detective Nunn."

Bree hätte sie am liebsten angebrüllt, sie zögen alle am selben Strang. Bloß weil sie Special Agents seien und keine einfachen Detectives, heiße das nicht, dass sie den Fall an sich reißen würden. Stattdessen verschränkte sie die Arme und starrte die Frau nieder, bis sich Wesley vom Sofa aus zu Wort meldete.

Er hatte von der Konfrontation nichts mitbekommen und beantwortete Dunns Frage, ohne den Blick von der metallenen Tischplatte zu heben. Seine Stimme klang laut in der angespannten Stille.

„Ich habe gar nicht dran gedacht, Audrey zu fragen", sagte Wesley mit belegter Stimme. „Wir sind jetzt vierzehn Jahre verheiratet. Ich habe meine Arbeit, und sie hat … hatte ihre." Ihm brach die Stimme, seine Gesichtszüge entgleisten, von Trauer überwältigt.

„Sie haben sie nicht betrogen?"

Wesley reagierte nicht auf die Frage.

„Ich hätte sie fragen sollen, ob sie mitkommen will", sagte er stattdessen und sah mit tränenüberströmtem Gesicht zu Boden. Dunn hatte ihn gebrochen.

Wutentbrannt schaltete Noah sich ein.

„Detective Dunn. Auf den Flur. Sofort."

Als Monica Dunn ihn herausfordernd anlächelte, machte Bree sich voller Empörung klar, dass sie Wesley Hawkins nicht deshalb zusetzte, weil sie glaubte, er habe etwas mit Audreys Ermordung zu tun, sondern um die FBI Agents zu provozieren, von denen sie glaubte, sie wollten ihren Fall übernehmen.

Bree ging zum Tisch und setzte sich neben Wesley. Er reagierte nicht. Sie legte ihre Hand auf seine. Wahrscheinlich war das für ihn der erste menschliche Kontakt, seit er seine Frau tot aufgefunden hatte.

„Hören Sie", sagte Bree. Seine kalten Finger zuckten. „Ich

weiß, es mag grausam erscheinen, dass wir Sie so hartnäckig befragen. Aber wir müssen sicherstellen, dass wir alle nötigen Informationen bekommen, um dieses Monstrum zu kriegen."

Wesley nickte. Endlich schaute er hoch. „Warum tut sie dann so, als würde sie glauben, ich hätte etwas damit zu tun?"

Bree hätte am liebsten geantwortet, das liege daran, dass Dunn eine eiskalte Bitch sei, doch das behielt sie für sich.

„Detective Nunn wirkt vielleicht nicht besonders einfühlsam, aber sie wird alles tun, um den Kerl zu schnappen. Soll ich Ihnen einen Becher Kaffee holen? Haben Sie heute schon etwas gegessen?"

Er schüttelte benommen den Kopf. „Hab nichts runterbekommen."

„In Ordnung. Sollten Sie es sich anders überlegen, sagen Sie es mir. Dürfte ich Ihnen ein paar Fragen stellen, solange wir noch hier sind?"

„Warum nicht", sagte Wesley und legte den Kopf an die Wand. „Das ist ein Albtraum. Sie können es auch nicht mehr schlimmer machen. Audrey ist tot."

Sein Gesicht zuckte.

„Ich werde Sie nicht danach fragen, was Sie gesehen haben, als Sie ihre Frau aufgefunden haben. Ich glaube, dazu hat man Sie bereits zur Genüge befragt. Aber ich möchte, dass Sie sich vorstellen, wie es war, als Sie nach Hause gekommen sind. Ist Ihnen etwas aufgefallen, bevor Sie das Haus betreten haben? Selbst das kleinste Detail kann bei einer solchen Ermittlung hilfreich sein."

Während er einen Moment lang schwieg, hörten sie vom Flur her Noahs gedämpftes, unerbittliches Gepolter. Detective Nunn antwortete in schrillem, abwehrendem Ton, doch es waren keine einzelnen Worte zu verstehen.

„Ich erinnere mich nicht“, antwortete Wesley schließlich. „Ich wünschte, ich könnte, aber ich war angetrunken. Als ich ins Haus kam …“

„Haben Sie Ihren Schlüssel benutzt?“, unterbrach Bree ihn behutsam. „Oder war die Tür unverschlossen?“

„Ja. Daran erinnere ich mich, weil ich Mühe hatte, den Schlüsselbund aus der Tasche zu nehmen. Ich schloss die Tür auf und trat ein.“

„Haben Sie eine Alarmanlage?“

„Ja.“ Er blinzelte. Straffte sich. „Ich brauchte sie nicht auszuschalten.“

Bree verspürte einen Anflug von Erregung. „Lässt Ihre Frau sie eingeschaltet, wenn sie allein zu Hause ist?“

„Immer“, sagte Wesley. Zum ersten Mal zeigte sich in seinen Augen ein wacher Funke. „Sie lässt sie immer an. Auf dem College war sie mal eine Nacht in ihrem Zimmer allein, und da ist ein Mann eingebrochen. Hat ihren Schmuck geraubt und sie zu Tode erschreckt. Als wir uns kennenlernten, hatte sie Angst, wenn sie allein zu Hause war. Im Laufe der Jahre besserte sich das, aber seit wir zusammen sind, hat sie kein einziges Mal vergessen, die Alarmanlage einzuschalten.“

„Wir wären schon ein ganzes Stück weiter, wenn die Polizei von Roanoke einen anderen Detective auf den Fall angesetzt hätte“, knurrte Noah.

„Du wiederholst dich“, bemerkte Bree trocken, bemüht, auf dem Gehsteig mit seinen ausgreifenden Schritten mitzuhalten. „Wenn du drei Sekunden lang aufgehört hättest, sie zu ärgern, wären wir vielleicht eher drauf gestoßen.“

„Ich kann nicht anders“, gestand Noah. Sie hatten mit dem Nachbarn der Hawkins’ von gegenüber gesprochen und näherten sich jetzt dem Nebenhaus von Norden. „Sie ist so eine, die praktisch danach schreit, schikaniert zu werden."

Von der Einfahrt aus sah das Nachbarhaus ähnlich aus wie das der Hawkins'. Es war ein moderner Bau, ein Kasten mit großen Fenstern.

„Wesley hat gesagt, seine Frau habe hier die Inneneinrichtung gestaltet", meinte Bree.

„Nicht mein Stil." Noah zuckte mit den Schultern, und sie gingen weiter zur imposanten Eingangstür. „Aber interessant."

Es war der Abend ihres dritten Tages in Roanoke, und es war bereits seit zwei Stunden dunkel. Bree klopfte energisch an die Tür. Durch das Fenster sah sie, wie sich eine gut gekleidete Blondine näherte.

Die Frau öffnete die Tür, und die Deckenlampe beleuchtete ihr scharf geschnittenes Gesicht. Gebotoxt und perfekt geschminkt, ließ sich Lisa Mayers Alter nur irgendwo zwischen dreißig und sechzig einordnen.

„Treten Sie ein", sagte sie atemlos, mit jugendlich wirkender Falsettstimme. „Sie sind bestimmt die Agents, die angerufen haben."

Sie geleitete sie durch einen gähnenden Durchgang in den Kontrastfarben Rot und Schwarz. Die Kombination von Metall und Holz verlieh dem Haus das Flair einer Industrieanlage. Gemütlich war es nicht, und das galt auch für Mrs. Mayer.

„Darf ich Ihnen etwas zu trinken anbieten? Perrier? Chardonnay?"

Lisas Lächeln war strahlend und spröde, in ihrem Blick lag unverhohlene Neugier. Bree setzte ein unpersönliches Lächeln auf. Das dunkle Funkeln in den Augen mancher Leute, in deren Nachbarschaft sich ein Verbrechen ereignet hatte, das sie selbst nicht unmittelbar betraf, ärgerte sie. Lisa würde sich monatelang an der Ermordung ihrer Nachbarin und Innendesignerin weiden.

„Nein, danke. Wir sind bemüht, Ihre Zeit nicht allzu sehr zu beanspruchen."

Lisa schwenkte ihre gebräunte Hand. „Keine Sorge. Sie sind wegen der armen Audrey gekommen. Sie hat diesen Raum gestaltet, wissen Sie. Erst vergangenen Sommer." Lisa tupfte sich mit einem zerknüllten Papiertaschentuch unter dem einen trockenen Auge ab.

Das Wohnzimmer wirkte streng und modern, mit steifen Möbeln in hellen Grundfarben, die mit der Wandverkleidung aus rostigem Stahl kontrastierten. Nicht Brees Geschmack, doch es sah teuer aus. Noah machte den Eindruck, als könne er es nicht fassen.

„Ist Ihnen nach der Befragung durch Detective Dunns Kollegen noch irgendetwas eingefallen?", fragte Bree.

Lisa spitzte die Lippen. „Nein, leider. Dann haben Sie den Täter also nicht gefasst?"

„Noch nicht, Ma'am", sagte Noah gedehnt und ließ seinen texanischen Charme spielen.

Lisas Augen funkelten lüstern, und Bree musste sich beherrschen, um nicht die Nase zu rümpfen. Die Frau war widerlich. Ehe sie sich aus der Situation befreien konnte, weckte ein Geräusch vom Flur her ihre Aufmerksamkeit.

„Mama, ich hab Durst."

Lisa zuckte zusammen und wirkte auf einmal verlegen. Ihre Wangen röteten sich. Sie eilte zu dem hohen überwölbten Durchgang, wo ein kleiner Junge in Jeans und gestreiftem, langärmligem Hemd stand. Er wirkte wie ein kleiner Neunjähriger und hatte nur eine Socke an.

„Shia, Liebling, Mummy hat dir doch gesagt, wenn du etwas brauchst, frag Carmen."

„Carmen ist beschäftigt", antwortete er tonlos. „Sie telefoniert mit ihrem Freund." Auf Shias Hinterkopf stand eine blonde Locke hoch, so dass er aussah wie Dennis the Menace, doch sein Gesicht wirkte ganz ernsthaft. „Sind Sie vom FBI?"

Noah – der gut mit Kindern konnte, wie Bree aufgefallen war – lächelte den Jungen an. „Ja. Du bist ein schlauer Bursche."

„Ich weiß. Dürfte ich mal Ihre Dienstmarken sehen?", fragte Shia und trat einen Schritt vor, ohne seine aufgeregte, rotgesichtige Mom zu beachten. „Ich gucke *Forensic Files* und *Criminal Minds* und *The First 48*, und ich weiß, dass Sie mir die zeigen müssen, wenn ich sie sehen will."

Noah nahm folgsam seine Dienstmarke hervor und reichte sie dem Jungen.

Shia nickte. „In Ordnung."

Bree hatte es nicht so mit Kindern, aber diesen Jungen mochte sie. Er verhielt sich wie ein kleiner Erwachsener, und sie hätte sich lieber mit ihm befasst als mit seiner hirnlosen Mutter. Außerdem hatte sie einen autistischen Cousin, und Shia erinnerte sie mit seiner Hartnäckigkeit an Jay.

Noch immer die Marke beäugend, sagte er: „Ich kann jetzt meine Zeugenaussage machen."

Lisa kicherte. „Nein, Schatz, geh spielen. Das geht nur Erwachsene was an."

Noah und Shia beachteten sie nicht. Bree lächelte Lisa an. „Ist schon in Ordnung, Mrs. Mayer. Wir nehmen seine Aussage auf."

Lisas Schultern entspannten sich ein wenig, und auf einmal wirkte sie menschlicher. Eher wie eine Mom, die froh war, dass ihr Kind vor den Besuchern keinen Wutanfall bekam, und weniger wie eine Vorzeigefrau, die nie einen Gedanken an eine Schwangerschaft verschwendet hatte.

Shia kletterte neben Noah aufs Sofa und faltete die Hände im Schoß. „Der Verdächtige hat sich durch ein Loch im Zaun Zutritt zum Haus des Opfers verschafft. Er hatte seinen

Wagen auf der Straße am Waldrand abgestellt, die hinter den Grundstücken entlangführt."

Noah wechselte einen Blick mit Bree. Sie klappte den Mund zu, als ihr bewusst wurde, dass er offen stand. Hinter ihnen schnappte Lisa vernehmlich nach Luft.

„Hast du den Mann gesehen, Shia?", fragte Noah in ruhigem, sachlichem Ton, während er sich Notizen machte.

„Ja, aber nicht gut." Shia verzog das Gesicht und überlegte. „Den Wagen dafür schon. Er war grün und rot und an der Seite beschriftet, aber wegen der Bäume konnte ich die Beschriftung nicht lesen. Mit Autos kenne ich mich nicht aus, deshalb kann ich Ihnen nicht sagen, welches Modell das war. Alt, würde ich sagen."

Lisa schaltete sich ein, sie klang weniger vergnügt, sondern eher besorgt. „Wann hast du das gesehen, Schatz? Wieso hast du mir nicht davon erzählt?"

Der Täter war ihr näher gekommen als gedacht, und ihre Sensationslust verflüchtigte sich.

Shia bedachte sie mit einem empörten Blick. „Du hättest mir nicht geglaubt. Ich habe versucht, mit Detective Dunn zu reden, aber die wollte auch nicht zuhören. Ich wollte gerade das Hinweistelefon anrufen, da hast du heute Morgen mit dem FBI einen Termin gemacht, deshalb habe ich abgewartet."

„Dürfen wir die Vernehmung aufzeichnen, Mrs. Mayer?", fragte Noah.

Lisa nickte und biss sich auf die Lippe.

„Was kannst du uns sonst noch sagen, Shia? Was fällt dir ein zu dem Mann? Haarfarbe, ungefähre Größe, Gesicht?"

„Er sah aus wie der Weihnachtsmann", sagte Shia. „Was wohl eher ein Scherz sein soll, denn sein Wagen ist rot und grün. Aber mit Scherzen kenne ich mich nicht aus. Er hatte weißes Haar, einen weißen Bart und trug eine Brille. Er war alt, genau wie sein Wagen."

„Shia hat ein eidetisches Gedächtnis“, sagte Lisa mit bebender Stimme. „Und er lügt nie.“

Bree atmete langsam aus und versuchte, ihr Herzklopfen unter Kontrolle zu bekommen. Sie hatten ihren ersten Augenzeugen, einen neunjährigen Autisten.

Detective Nunn würde der Arsch auf Grundeis gehen.

# 15

Winter saß auf dem Bordstein eines kalten Parkplatzes, die Feuchtigkeit durchdrang allmählich ihren Hosenboden. Zwanzig peinliche Minuten lang hatte sie so getan, als repariere sie die Kette ihres Fahrrads, und hin und wieder Hilfsangebote ausgeschlagen, bis Bree mit ihrem kleinen Kombi auftauchte.

Erst als Bree sie bemerkte, die Richtung änderte und sich ihr näherte, entfuhr Winter ein Seufzer der Erleichterung. Eilig spannte sie die lockere Kette. Die Temperatur lag bei zehn Grad, und es war windig. Die Sonne schien, doch sie befanden sich im Zentrum einer Kaltfront, die sich eher nach hohem Norden als nach Süden anfühlte.

„Hast du Probleme?“, rief Bree munter.

Winter hatte mit sich gerungen, ob sie Kontakt zu Noah aufnehmen sollte. Sie hatten sich nahe gestanden. Sie könnte sich entschuldigen. Vielleicht würde ihn das veranlassen, ihr zu helfen. Aber sie hatte sich entschieden, Noah nicht auf diese Weise zu benutzen.

„Nicht mehr“, antwortete Winter und versetzte das

Hinterrad mit dem Pedal in Drehung, um den Sitz der Kette zu überprüfen.

Bree stand sie weniger nahe. Mit Bree konnte sie arbeiten.

Sie stellte das Rad aufrecht hin und schloss sich ihrer kleineren Kollegin an.

„Wie läuft's?", fragte Winter. „Ist schon eine Weile her, dass ich mit jemandem von der Abteilung für Gewaltverbrechen gesprochen habe."

Bree schaute sie an und schob die Hände unter die Achseln. Sie trug eine leichte Jacke, eher geeignet für den Frühling. „Ganz gut, schätze ich. Und was geht ab bei der Verhaltensanalyse?"

Ja, wie war die Zusammenarbeit mit Aiden, der sie ständig überwachte? Wie war es, pausenlos unter Beobachtung ihrer Kollegen am Schreibtisch zu sitzen? Quälend.

„Es ist interessant zu sehen, wie es auf der anderen Seite zugeht."

„Stimmt es, dass ihr den besseren Verkaufsautomaten habt?"

Winter musste unwillkürlich lachen. „Keine Ahnung. Ich war zu beschäftigt, um ihn auszuprobieren. Ich habe gehört, es gab wieder einen Mord."

Bree nickte, ihr Lächeln verflog. „Ja. So etwas habe ich in meiner ganzen Zeit bei der Polizei noch nicht gesehen, ehrlich."

„Glaube ich sofort. In den Kopf des Preachers zu schauen, ist kein Kindergeburtstag. Allerdings kenne ich seine letzten Tatorte nicht aus eigener Erfahrung." Dass ihre Kollegin Bree keines der Opfer kannte, die sie gesehen hatte, ließ sie unerwähnt.

Bree wurde langsamer. „Ich hoffe, du nimmst es Noah nicht übel, dass er und nicht du zu dem Fall eingeteilt wurde."

Winter versuchte den aufwallenden Zorn abzuschütteln. „Nein. Er muss seinen Job machen. Er hat keinen Einfluss auf Max' Entscheidungen."

„Kannst du wirklich in seinen Kopf schauen?", fragte Bree neugierig. „In den des Preachers, meine ich. Nicht den von Max. Nichts für ungut, aber ich dachte, dir wurde von höchster Stelle der Fall entzogen."

Bree hatte den Köder geschluckt, kaum dass Winter ihn ausgeworfen hatte.

Sie blieb stehen und wandte dem kalten Wind den Rücken zu. „Doch, ich bin dran", sagte sie. „Inoffiziell. Ich kenne SSA Parrish schon lange. Er hat mir einen Gefallen getan. Im Moment arbeite ich ausschließlich am Preacher-Fall."

„Vielleicht wollte man dich bloß nicht am Tatort haben", überlegte Bree. „Das ergibt Sinn. Sie profitieren von deiner Expertise, aber du bist nicht an der Front, wenn man so will."

„Nein, Ramirez weiß nicht Bescheid. Ehrlich gesagt hat Parrish mich bestochen, damit ich das Versetzungsangebot annehme. Du arbeitest mit Noah zusammen, da kannst du dir denken, dass ihm das sauer aufstoßen muss. Du weißt ja, wie er ist."

„Oh ja." Bree grinste und verspürte eine Regung, die Eifersucht zu nahe kam, um sie genauer zu erforschen. „Ich weiß, wie Noah ist. Hey, wir haben die Berichte von der Verhaltensanalyse gelesen, aber ..."

„Aber du möchtest wissen, ob ich über irgendwelche Erkenntnisse verfüge, die nicht drinstehen?"

„Genau." Bree senkte verlegen den Kopf, ihre ungebärdigen spiralförmigen Locken tanzten im Wind. „Aus deinem Mund klingt das nach interner Spionage, aber Noah hält große Stücke auf dein Bauchgefühl, wenn es um den Preacher geht."

„Hey, ich konzentriere mich jetzt auf Verhaltensanalyse,

aber meinen beschränkten Erfahrungsschatz habe ich bei gewöhnlicher Fußarbeit gewonnen. Ich werd mich schon noch dran gewöhnen, und ich möchte, dass wir beide an einem Strang ziehen. Wir sollten zusammenarbeiten, um ihn zu fangen. Wir sind doch im selben Team, oder nicht?"

Winter schob das Rad in den Ständer, ohne es abzuschließen. Wenn es jemand vor dem FBI-Gebäude klaute, war er selbst schuld. Sie setzten sich wieder in Bewegung, ein eiliger Agent schnitt ihnen vor dem Eingang den Weg ab.

„Trinken wir nach der Arbeit ein Bier?", fragte Winter, verunsichert durch Brees nachdenkliches Schweigen. Sie wollte verhindern, dass Bree sich zu viele Gedanken über das Angebot machte. „Ganz informell und ohne jede Absicht auf Informationsaustausch?"

Bree schien einen Entschluss gefasst zu haben und nickte.

„Ja. Klingt gut. Ich simse dir, wenn ich zusammenpacke, dann gehen wir einen trinken. Ich hoffe, du hast nichts dagegen, wenn wir mein Transportmittel nehmen und nicht deins." Kichernd zog sie die Strickmütze ab und strich sich glättend übers Haar.

„In Ordnung", sagte Winter. „Aber das bleibt unter uns, ja? Ich möchte nicht, dass Parrish mit ADD Ramirez Ärger bekommt. Er umgeht eine Dienstanweisung."

„Kein Problem." Bree drückte die Ruftaste des Aufzugs. „Parrish ist ausgeglichen, gutaussehend und liebenswürdig … hat aber auch einen kleinen Sprung in der Schüssel. Ich will es mir auf keinen Fall mit ihm verscherzen."

Winter zog nicht gern um die Häuser und ging nicht oft unter Leute, deshalb überließ sie Bree die Wahl des Lokals. Im *Blue Room* war es rappelvoll.

„Mai Tais", sagte Bree zum Barmann. „Für Leute aus

Virginia ist es viel zu kalt da draußen. Wir brauchen etwas Tropisches, um uns vom Wetter abzulenken." Sie beschlagnahmte zwei Barhocker und bat eine Bedienung, ihnen Bescheid zu geben, sobald ein ruhigerer Zweiertisch frei werde.

Winter probierte den fruchtigen Cocktail. Der Rum mit Limettensaft war angesichts des harmlosen Namens doch unerwartet stark. Brees dunkelbraune Augen leuchteten, als sie das Glas und ihre Stimme hob, um den Lärm der Gäste, überwiegend College-Kids, zu übertönen. „Prost."

„Ebenso", erwiderte Winter und stieß mit Bree an. Der Rum rann sanft und süß durch ihre Kehle, und sie nahm sich vor, langsam zu trinken. Sie setzte das Glas auf einer Serviette ab, musste es aber festhalten, als ein lachender Halbwüchsiger mit VCU-Sweatshirt gegen ihren Tisch stieß. Weiter vorn stimmte auf einer kleinen Bühne eine Band schwarz gekleideter junger Frauen ihre wimmernden Gitarren.

„Kommst du dir hier nicht ein bisschen zu alt vor?"

Bree lachte laut auf. „Du nimmst kein Blatt vor den Mund, wie? Das gefällt mir."

Winter errötete verlegen. „So hab ich das nicht gemeint. Ich wollte sagen, *ich* fühle mich hier alt, und du bist ein paar Jährchen älter als ich ..."

„Ach, jetzt mach doch nicht gleich einen Rückzieher. Ich bin fünfundvierzig." Bree grinste und streifte sich eine Locke hinters Ohr. „Ich weiß, dass ich nicht alt wirke, aber ich bin auch nicht mehr jung. Ich bin zwanzig Jahre älter als du, okay?"

Winter grinste ebenfalls. „Könnte hinhauen. Steht dir gut."

„Hast du schon Shelby, meine Verlobte, kennen gelernt? Mann, die ist fünfzig und wirkt manchmal wie zwanzig. Es ist deprimierend, mit einem Model befreundet zu sein."

Es entstand ein einvernehmliches Schweigen, und sie bestellten eine weitere Runde.

„Ihr Tisch ist frei, Agent Stafford." Die forsche blonde Bedienung grinste. „Möchten Sie die Drinks mitnehmen?"

Sie geleitete sie fort von der Courtney-Love-Coverversion, die noch schlechter klang als das Original, zu einem erstaunlich ruhigen Tisch. Er stand in einem kleinen Gang. Hier waren wenige andere Gäste, die Unterhaltungen führten, denen sie trotz der herüberschallenden dröhnenden Bässe folgen konnten.

„Nur die Stammgäste kennen diese ruhigen Tische", sagte die Bedienung zu Winter, dann wandte sie sich an Bree. „Das Übliche?"

„Ja. Die drei Vorspeisen und eine Coke."

„Für mich bitte dasselbe. Und ein Glas Wasser." Winter war ein bisschen schwindelig. Sie hatte nicht gut geschlafen und nicht daran gedacht, etwas zu essen. Außerdem war es spät, und die zweistündige Hin- und Rückfahrt mit dem Fahrrad hatte ihr auch nicht gutgetan.

Bree hatte das anscheinend bemerkt. „Wie geht's dir eigentlich so in letzter Zeit? Du wirkst ein bisschen dürr und abgespannt. Du hattest nie viel Farbe, aber jetzt siehst du noch schlechter aus. Fast durchsichtig."

Winter blinzelte. „Ach ja: kein Blatt vor dem Mund."

Brees Lächeln wirkte besorgt. „Arbeite dich nicht zu Tode, Winter. Das ist er nicht wert. Gib dein Bestes, aber achte mehr auf dich. Ein guter Rat von einer Veteranin wie mir", meinte sie mit trockenem Humor und nahm noch einen kleinen Schluck. „Leicht gesagt bei deiner Vorgeschichte, ich weiß."

Die Bedienung brachte ihr Essen. Als sie wieder gegangen war, holte Bree einen Manila-Umschlag hervor. Sie schob ihn über den Tisch. „Sehr geheimnisvoll, nicht wahr?", sagte sie mit aufgesetztem französischem Akzent und verstohlenem Blick.

Ehe Winter den Umschlag öffnen konnte, schüttelte Bree den Kopf. „Die Fotos sind nicht schön. Heb sie dir für später auf, dann kannst du dir vorher wenigstens ein paar Kalorien einverleiben."

Winter machte sich nichts aus Mozarellasticks mit Ranch-Dressing-Dip und frittierten Gewürzgurken. Bei dem Gedanken daran drehte sich ihr der Magen um.

Obwohl es ihr in den Fingern juckte, den Umschlag zu öffnen, verstaute sie ihn und holte einen identischen Umschlag hervor. Offenbar der FBI-Standard.

„Ich habe auch ein Geschenk für dich."

Winter hatte die ausgedruckten Dateien von Aidens USB-Stick hineingetan. Sie hatte sie am Abend zuvor zu Hause ausgedruckt, da sie annahm, dass Aiden die Hände gebunden wären, selbst wenn er erfahren sollte, dass sie zu Hause darauf zugriff.

Schließlich hatte er sie erpresst. Und es stand ihr frei, jederzeit zu kündigen.

Ihre Zeichnung des Preachers hatte sie nicht beigefügt.

„Wenn wir schon mal fachsimpeln", bemerkte Bree und verstaute ihren Umschlag, „hast du von dem großen Durchbruch gehört? Von unserem Mini-Augenzeugen?"

„Ja. Die Nachricht hat schnell die Runde gemacht."

„Es war großartig." Bree schob sich eine frittierte Gurke in den Mund. „Ich habe dabei zugesehen, wie der Neunjährige die Polizistin aus Roanoke in einem Streitgespräch über den polizeilichen Umgang mit Minderjährigen runtergeputzt hat. Der kleine Bursche kannte seine Rechte und wollte sich nicht von ihr herumschubsen lassen."

„Seine Aussage ist verlässlich?"

„Unbedingt." Einen Moment lang schaute Bree grimmig drein. „Ich bin froh, dass der Junge nicht entdeckt wurde.

Offenbar stiehlt er sich gern aus dem Haus und spielt allein im Wald Räuber und Gendarm. Seine Mom glaubte, er sei den ganzen Nachmittag über in seinem Zimmer gewesen."

„Er war zu dicht dran." Das war erschreckend. Der Junge hatte Glück gehabt, dass der Preacher ihn nicht gesehen hatte. Als ihr ein anderer Gedanke kam, lief es ihr kalt über den Rücken: War ihr Bruder in Gefangenschaft neun geworden? Sie schob ihn zusammen mit dem halb leergegessenen Teller beiseite. „Wird er bewacht? Der Junge?"

Brees Blick wurde milder. „Selbstverständlich."

„Gut."

„Es steht vielleicht noch nicht in den Berichten, denn Roanoke lässt sich mit der offiziellen Freigabe der Aussage Zeit, aber der Typ sah aus wie der Weihnachtsmann."

„Wie der Weihnachtsmann?"

Das Gesicht des Preachers flammte vor ihrem inneren Auge auf. „Das beschränkt den Kreis der Verdächtigen auf etwa zehn Prozent der alten weißen Männer. Ich komme mir vor wie im Ratespiel *Wer ist es* beim Auslegen der Karten. Was kommt als Nächstes? Eine Weihnachtsmann-Gegenüberstellung in einer Mall für einen Kinderzeugen? Ein Verteidiger hätte leichtes Spiel mit so was."

Winter schwieg.

Sie wusste nicht, was als Nächstes kommen würde, doch sie verspürte seit Tagen einen Schmerz hinter den Augen. Vermutlich würde sie nicht lange auf eine Antwort warten müssen.

# 16

Aiden beobachtete Winter mit einem unerklärlichen Anflug schlechten Gewissens.

Sie hatte sich über ihre Tastatur gebeugt, mit hochgezogenen Schultern und rundem Rücken. Sie trug ein schwarzes langärmliges T-Shirt. Selbst von seinem Schreibtisch aus konnte er ihr knochiges Rückgrat erkennen. Sie machte sich nicht mehr fein fürs Büro, verzichtete auf den Blazer und trug Jeans statt Anzughose. Es war, als schmelze ihre Profifassade dahin unter dem Feuer von Stress und Besessenheit.

Sie war schon immer schlank und hellhäutig gewesen, doch ihr Gesicht war blasser als sonst. Die Wangenknochen traten deutlicher hervor, ihre dunkelblauen Augen waren vor Erschöpfung grau umschattet. Sie hatte wohl weder gegessen noch geschlafen. Ihr Haar, das sie normalerweise zu einem Zopf flocht, der glänzte wie schwarzer Stahl, trug sie offen, und es wirkte strähnig. Ausgedünnt.

Die Winter, die während der Zeit seiner Genesung mit chinesischem Essen bei ihm aufgetaucht war und ihn mit lockerem Geplauder aufgemuntert hatte, gab es nicht mehr.

Diese Winter brannte wie eine Kerze, die sich selbst verzehrte.

Er drückte sich vom Schreibtisch ab, verließ sein Büro und ging zu ihrem Arbeitsplatz.

„Zeit für eine Pause", verkündete er.

Sie zuckte schreckhaft zusammen und minimierte eilig das Fenster, das sie geöffnet hatte.

„Ich brauche keine Pause." Erschöpft, aber trotzig blickte sie zu ihm auf.

„Gut. Dann eben eine Besprechung."

Er entfernte sich in Richtung des kleinen Meeting-Raums. Er ging davon aus, dass sie ihm folgen würde. Er war ihr Boss. Er glaubte, dass sie das in den letzten Wochen verstanden und sich damit abgefunden hatte.

Trotzdem war Aiden erleichtert, als Winter ihm mit ihrem Notizblock folgte und sich an den Tisch setzte. Er hob den Hörer des internen Telefons ab und bat einen Mitarbeiter, ihnen Bagel und Kaffee zu bringen.

„Wollen Sie mich jetzt füttern?", fragte Winter mit einem Anflug ihres alten Humors.

„Jemand muss es ja", entgegnete er schroff. „Was zum Teufel tun Sie sich da an?"

Unvermittelt ernst geworden, lehnte sie sich zurück und verschränkte die Arme. „Ich dachte, das hätten Sie von mir erwartet."

Sie hatte recht. Aber nicht um diesen Preis.

„Sie wirken halbtot." Sein Tonfall war härter als beabsichtigt. „Die Hälfte der Arbeitszeit über sind Sie nicht anwesend, deshalb gehe ich davon aus, dass Sie eigene Ermittlungen anstellen. Das muss ein Ende haben."

„Wenn Ihnen meine Arbeitsweise nicht gefällt", sagte Winter mit funkelnden Augen, „feuern Sie mich doch."

Es war eine Pattsituation. Beinahe hätte er mit den Zähnen geknirscht. Er hatte geglaubt, er habe sie dort, wo er sie haben wollte. Nein, er *hatte* sie dort, wo er sie haben wollte, konnte sie aber nicht zwingen, auf sich achtzugeben.

Während er die ihm gegenübersitzende spindeldürre Person betrachtete, kam er sich vor wie ein Monstrum. Er hatte nichts übrig für schlechtes Gewissen. Mit diesem Gefühl hatte er sich bisher noch nie herumschlagen müssen.

„Wir beide arbeiten von hier aus zusammen", erklärte Aiden laut.

Sie machte augenblicklich dicht. „Ich brauche keinen Babysitter."

„Doch. Oh doch, Sie brauchen einen Babysitter."

„Tun Sie nicht so, als ginge es Ihnen um mich. Als hätten Sie lautere Motive."

Das war ein Schuss ins Dunkle, aber die Kugel traf nicht weit vom Ziel. Zum Glück war sie jung. Impulsiv. Er hatte mehr Erfahrung mit der Ausbildung eines Panzers und unerbittlicher Selbstbeherrschung. Er konzentrierte sich auf sein Ziel, und die Mittel, mit denen er es erreichte, waren für ihn zweitrangig. Andere zu manipulieren, um das gewünschte Ergebnis zu erzielen, war eine Gabe und eine Fertigkeit, die er seit ein paar Jahren kultivierte, und er war gut darin.

Er lächelte. Bedächtig.

„Meinetwegen kündigen Sie, aber heute wäre ein schlechter Zeitpunkt. Wir haben ein weiteres mögliches Opfer."

Die Zornesröte schoss ihr in die Wangen, und sie stand auf und pflanzte die Hände auf den Tisch.

„Wieso sagen Sie das nicht gleich, *Parrish*? Es macht Ihnen so viel Spaß, die Strippen zu ziehen, da lassen Sie nicht von ab. An die armen Frauen, die sterben könnten während Ihrer Machtspielchen, denken Sie nicht, oder?"

Er reagierte nicht auf ihre Bemerkung, aber ein bisschen weh tat es doch. Mit Winter wäre in ein paar Jahren zu rechnen. Bei dem Gedanken verspürte er einen eigentümlichen Anflug von Stolz.

„Setzen Sie sich", sagte er in mildem Ton. „Wenn Sie mit Ihrem Wutanfall fertig sind, sage ich Ihnen, worauf ich gekommen bin. Ich weiß, wo er als Nächstes zuschlagen wird."

Das Funkeln in Winters Augen hätte nasses Feuerholz entzünden können, doch sie setzte sich wieder. „Wo?"

„Zuerst das Mordopfer Nummer drei. Ocean View, New Jersey. Gabby Dean."

Er wartete und blickte sie vielsagend an. Sie blätterte den Notizblock zu einer leeren Seite um und notierte ein paar Worte. Zufrieden damit, dass sie jetzt zuhörte, fuhr er fort.

„Gabby hat an der Rowan University studiert. Sie war dreiundzwanzig. Lebte allein in einem kleinen Apartment in der Nähe des Campus. Sie wurde von einem Studienkollegen gefunden, der sie zur Vorlesung abholen wollte."

Winter sah nicht auf. „Und die Vorgehensweise ist die gleiche."

„Es gibt erstaunliche Unterschiede. Ohne die Zahlen an der Wand und wenn wir nicht vorgewarnt gewesen wären, hätten wir es vielleicht übersehen. An die Decke, wo das Opfer es sehen konnte, hat er die Ziffern 31:30 geschrieben. Diesmal ein Kreuz auf der Stirn des Opfers, fast wie eine Segnung. Todesursache durchgeschnittene Kehle, aber keine genitale Verstümmelung."

Winter hielt inne und blickte ins Leere. „Sie war hübsch. Temperamentvoll. Einnehmend."

„Ja. Ein Verbindungstyp. Körperlich fit und attraktiv, mit regelmäßigen, vorhersagbaren Jogging- und Trainingsterminen. Wie sind Sie darauf gekommen?"

*„Lieblich und schön sein ist nichts; eine Frau, die den Herrn fürchtet, soll man loben."*

„Sprüche, einunddreißig", bestätigte Aiden mit kurzem Kopfnicken.

„Die ultimative Blaupause für eine perfekte Frau. Was hat er ihr angetan, wenn es nichts Sexuelles war?"

Aiden zögerte einen Moment, dann drehte er seinen Laptop herum, so dass sie das Foto sehen konnte. Er beobachtete Winters Gesicht. Sie zeigte keine Reaktion, und das veranlasste ihm mehr als alles andere, sein bisheriges Vorgehen in Frage zu stellen.

„Sehen Sie, was er ihr angetan hat?", fragte er beinahe zornig. Wo blieb ihre Empörung? Ihre emotionale Verbindung?

Winter schaute mit leerem Blick hoch. „Ja. Sie wurde gehäutet. Wie es in dem Spruch heißt, ist Schönheit nur Oberfläche. Deshalb hat er die Haut entfernt, um ihr hässliches Inneres bloßzulegen."

Aiden wollte sie anschreien. Sie schütteln und aus ihrem leidenschaftslosen Zombiemodus aufwecken. Stattdessen verdrängte er die unwillkommenen Gewissensbisse und holte tief Luft.

Das war ihre Schuld, nicht seine.

Er drehte den Laptop wieder herum und klappte ihn zu.

„Und Sie wissen, wo er als Nächstes zuschlagen wird?"

Das erwartungsvolle Funkeln in ihren Augen war nicht zu übersehen, und er bedauerte, es ihr gesagt zu haben. Jetzt war es zu spät. Er konnte keinen Rückzieher mehr machen, ohne seine Position zu schwächen.

„Ja." Aiden zog einen Ausdruck aus einer Mappe und drehte ihn um. Darauf waren Richmond und die nähere Umgebung abgebildet. Die bisherigen Tatorte waren rot markiert.

„Sie haben gesagt, der Killer habe einen Südstaatenakzent." Das war bestenfalls eine dürftige Information. Er ahnte, dass in ihrem Kopf weit mehr Informationen gespeichert waren, hatte aber den Eindruck, er müsse nachhelfen, um sie ans Licht zu bringen.

„Wir haben Priester, religiöse Persönlichkeiten und Kirchenmitglieder überprüft, die besessen sind von der Heiligen Schrift und der Vorstellung von einer perfekten Frau. Daher ja sein Spitzname Preacher. Aber was sein Tatmuster angeht, tappen wir immer noch im Dunkeln. Schauen Sie."

Er zeigte auf Washington, D.C., wo Officer Delosreyes getötet worden war. Dann auf Roanoke, Virginia, südlich von Richmond gelegen. Und auf Ocean View, New Jersey, im Osten.

„Die Heilige Dreifaltigkeit." Er wirkte belebt durch die Entdeckung. Winter fasste sich an Stirn, Brust, linke und rechte Schulter. „Vater, Sohn und Heiliger Geist. Ist er Baptist?"

Aiden grinste und schwelgte einen Moment lang in ihrer momentanen Einigkeit. Entdeckungen wie diese erinnerten ihn daran, weshalb er zum FBI gegangen war. Wegen des beglückenden Moments, da eine Schlussfolgerung sich in den Rest des Puzzles einfügte und man einfach wusste, dass man richtig lag.

„Ja, wenn meine Theorie stimmt. Ich habe ein paar Leute auf die alten Fälle angesetzt. Sie sollen sie geographisch ordnen und prüfen, ob sie in sein Tatschema passen. Außerdem sollen sie sich ansehen, was innerhalb des Radius westlich von Richmond liegt."

„Harrisonburg." Sie schaute erwartungsvoll hoch. Mist. Zeit für einen Rückzieher. „Er wird in Harrisonburg zuschlagen."

„Mit einem großen Fragezeichen versehen. Aber wir bleiben hier."

„Natürlich", murmelte Winter. „Warm und sicher hinter unseren Schreibtischen."

„Genau da gehören wir hin. Wir sind die Verhaltensanalyse. Nicht die Abteilung für Gewaltverbrechen."

„*Sie* sind die Verhaltensanalyse."

„Und deshalb", folgerte er, „sind Sie es auch. Vergessen Sie das nicht."

„Sind wir hier fertig?", fragte Winter in distanziertem Ton und mit undurchdringlicher Miene.

„Nein. Ich habe eine Theorie zu dem genauen Ort, an dem er zuschlagen wird."

„Spucken Sie's aus", sagte Winter, während sich ihr hübsches Gesicht wieder belebte.

Aiden kniff die Augen zusammen. „Lieber nicht."

Sie würde nach Harrisonburg eilen, und niemand könnte sie aufhalten. Er war Profiler aus gutem Grund. Er sah, dass ihre Besessenheit so weit fortgeschritten war, dass sie sich keine Gedanken über die möglichen Folgen machte.

Winter war auf ihr Ziel fixiert, das sie vollständig in Beschlag nahm. Sie wollte den Preacher stellen.

„Gut." Sie lächelte trügerisch unbeschwert. „Informationen aus persönlichen Motiven zurückzuhalten, entspricht Ihrem Profil … Hier bei Ihnen habe ich ein paar Dinge gelernt. Den Rest kann ich mir zusammenreimen."

Sie erhob sich und sammelte ihre Sachen ein.

Die Situation war ihm entglitten.

Aiden nahm den Montblanc-Füller in die Hand und ließ ihn durch die Finger gleiten. ADD Ramirez hatte ihm den Füller an dem Tag geschenkt, als seine Beförderung zum SSA offiziell bekannt gemacht worden war.

„Wir treffen uns wieder am Nachmittag. Vor Dienstschluss."

„Tut mir leid." Winter schüttelte mit gespieltem Bedauern den Kopf. „Ich habe einen Arzttermin. Frauensache. Aus einem sehr persönlichen, peinlichen Grund, der definitiv außerhalb des Zuständigkeitsbereichs von Aiden Parrish, meinem Vorgesetzten, liegt. Ramirez, das Gesetz zur Sicherheit und zum Datenschutz im Gesundheitswesen sowie die Personalabteilung werden Ihnen alle sagen, dass Sie mich deswegen nicht ausfragen und nicht nachhaken dürfen, sonst müssen Sie mit einer Klage rechnen. Oh Mann …“, sie klimperte mit den Wimpern, „… wäre das nicht ein Schmutzfleck auf Ihrer blütenweißen Personalakte?“

Sie bedachte ihn mit einem kühlen, triumphierenden Blick und ging hinaus. Es hätte ihn nicht überrascht, wenn sie bereits einen Arzttermin gebucht hätte, um sich ein Albi zu verschaffen.

Er konnte sich Winters Feixen lebhaft vorstellen, als sie die lärmige Geschäftigkeit der schwer arbeitenden, effektiven, von ihm kontrollierten Abteilung übertönte.

„Sie müssen sich mit den Einschränkungen des Systems arrangieren, Parrish!“, rief sie. „Das FBI schätzt Abweichler nicht.“

Aiden zuckte zusammen, als das Knacken des brechenden Füllers in dem kleinen Raum widerhallte.

# 17

Winter verkniff sich ein Grinsen, das ihr Gesicht zu spalten drohte. Sie hielt sich nicht lange auf in ihrem Büro, sondern verstaute lediglich den Laptop in der Umhängetasche und schulterte sie. Sie schnappte sich die Lederjacke und die stählerne Thermosflasche, alles andere ließ sie liegen. Sollte sie etwas vergessen haben, würde es die Personalabteilung schon einsammeln und ihr nach dem Rausschmiss nach Hause schicken.

*Ach Gott, fühlte sich das gut an.*

Der letzte Rest der Achtung, die sie einst für Aiden Parrish empfunden hatte, war in dem kleinen Besprechungsraum verbrannt. Endlich sah sie ihn so, wie er tatsächlich war.

Energischen Schritts bog sie um ihre Arbeitsnische und wandte sich zum Ausgang. Sie machte sich keine Sorgen, dass Aiden sie abfangen und sich einen Grund ausdenken könnte, um sie hierzubehalten. Er war keine unfehlbare Verkörperung des perfekten FBI-Agents, allsehend und allmächtig.

Er war bloß der erste FBI-Agent, den sie kennengelernt

hatte. Sein Gesicht hatte sie beim Erwachen aus dem Koma als Erstes gesehen. Er war in ihrem Zimmer gewesen. Hatte über sie gewacht.

Sie hatte keine Angst vor Aiden. Aiden hatte ihr von Anfang an klarzumachen versucht, dass er bloß ein Mann war. Ein gebrochener, manipulativer, ängstlicher, kontrollsüchtiger Mann, der nicht die Macht hatte, sie aufzuhalten. Sie konnte mit ihm umgehen.

Winter drückte die Aufzugtaste zum Erdgeschoss.

Die meiste Sorge bereitete ihr die *Zeit*. Mit jeder Sekunde näherte sich das Leben einer unschuldigen, noch gesichtslosen Frau seinem Ende. Der Preacher würde sie ihrer Familie rauben. Ihren Freunden. Ihren Kindern und ihrem Ehemann, falls sie verheiratet war. Und er würde ihr das Leben nehmen. Würde das nächste Opfer ein Kind haben? Ein dreizehnjähriges Mädchen? Einen sechsjährigen Jungen?

Das war irrelevant, sagte sie sich. Denn es würde kein nächstes Opfer geben.

Winter durchquerte die Lobby, wühlte in der Tasche nach dem Schlüsselbund. Erst dann sah sie das Fahrrad.

Mist. Sie fuhr ja nicht mehr Auto.

Ihr Körper vibrierte. Alles drängte sie zum Handeln. Sie musste nach Hause. Mit dem Fahrrad würde es zu lange dauern. Mit dem Taxi auch. Sie holte das Handy hervor und tippte hektisch auf dem Display herum. Busfahrpläne. Privatflugzeuge.

Die schnellste Möglichkeit wäre, mit dem Civic nach Harrisonburg zu fahren. Sie musste eben hoffen, dass sie unterwegs keinen Anfall bekam, keinen Unfall baute und sich oder andere Verkehrsteilnehmer nicht in Gefahr brachte.

Ach, was soll's. Wenn sich ein Anfall ankündigte, würde sie eben auf den nächsten Baum zuhalten.

Die Entscheidung war gefallen, jetzt musste sie nur noch zu ihrem Wagen.

Als die Tür hinter ihr aufging und Noah heraustrat, zögerte sie nicht. „Ich brauche eine Mitfahrgelegenheit."

Noah blinzelte, und als er sie bemerkte, weiteten sich seine moosgrünen Augen.

Ihr wurde bewusst, dass dies ihre erste Begegnung seit über einem Monat war, und sie beide hatten sich dramatisch verändert.

Noahs dunkelbraunes Haar war jetzt beinahe militärisch kurz geschnitten. Als sie noch zusammenarbeiteten, hatte er es wachsen lassen, bis es sich fast um den Hemdkragen ringelte. Wie Mel Gibson in den *Lethal Weapon*-Filmen, wobei er eher die Persönlichkeit von Danny Glover hatte.

Jetzt musste sie daran denken, dass ihr freundlicher, lustiger, unbekümmerter Freund bei den Marines gedient hatte. Bevor sie sich kennengelernt hatten, war er kein Schmusebär gewesen. Er war Soldat und Militärpolizist gewesen und dann erst Cop geworden. Sein vertrautes Gesicht, rau vom Eintagesbart, wirkte härter als zuvor. Der eine Mundwinkel war angespannt. Normalerweise zeigte sich dort ein Grübchen.

„Wohin? Was ist los?"

Natürlich spürte Noah ihre Anspannung. Wenn es um anderer Leute Gefühle ging, war er praktisch ein Empath. Zumal was sie betraf.

Sie spürte, wie sich ihre Miene zu einem verlegenen Lächeln verzog.

„Tut mir leid, ich wollte dich nicht überfallen. Ich habe nur Stress wegen eines Arzttermins. Ich muss vorher noch nach Hause und hatte vergessen, dass ich mit dem Rad hergekommen bin. Wie geht es dir?"

Seine Miene entspannte sich ein wenig, ohne dass er seine Wachsamkeit abgelegt hätte.

„Gut. Ich bin selbst in Eile. Ich muss ein paar … ich habe was zu erledigen."

*Lügner*. Er wollte nach Ocean View, New Jersey.

Bree hatte ihr am Morgen eine SMS geschickt.

*Sind ein paar Tage unterwegs.*

Der kurze Satz hatte Winter vermittelt, dass etwas im Busch war … worauf sie sich so gut wie möglich über den letzten Mord des Preachers schlau gemacht hatte, noch bevor Aiden sie zu sich gerufen hatte.

Winter hatte während der letzten Wochen mehrere ähnliche Textnachrichten bekommen. Und sie hatte auch ein paar verschickt, um den kollegialen Austausch in Gang zu halten. Doch sie war allen anderen mehrere Schritte voraus, und so sollte es bleiben.

„Du fährst vorher nicht mehr nach Hause, oder?"

„Also, ich kann dich dort absetzen. Zum Arzt kann ich dich leider nicht bringen." Er war offenbar mit den Gedanken bereits woanders, sein Tonfall klang distanziert. Er entriegelte Beulah, seinen riesigen Ford.

Dann hielt er inne, warf Winter einen Blick zu und sagte: „Ich hab nämlich auch einen Termin. Beim Arzt."

Sie hätte beinahe die Augen verdreht und ihn gefragt, weshalb er einen Arzttermin vorschob, doch sie beherrschte sich. Der alte Noah hätte sie nicht angelogen. Das wäre ihm gegen den Strich gegangen. Die neue Winter aber hatte kein Problem damit, ihn anzulügen, deshalb waren sie wohl quitt.

„Kein Problem", meinte sie. „Ich bestelle ein Uber, während du mich heimfährst."

Sie passte sich seinem Schritttempo an, als er zum Wagen ging. Er bewegte sich eilig, als stehe er unter Zeitdruck, und sie wollte nicht, dass er seinen Flug verpasste. Er und Bree sollten ruhig nach Ocean View fliegen, mit ihrem Segen.

Je weiter entfernt von Harrisonburg, desto besser.

. . .

Als sie das Ortseingangsschild passierte und in die Stadt ihrer Kindheit einfuhr, stellten sich keine nostalgischen Gefühle ein. Oh Mann, es war gar nicht so lange her, dass sie in Harrisonburg gewesen war. Nur ein knappes Jahr. Dort hatte sie mit Noah zusammen an ihrem ersten FBI-Fall gearbeitet.

Keine Nostalgie und keine warmen, flauschigen Gefühle, auch dann nicht, als sie an ihrer alten Grundschule vorbeikam. Während der zweiten Hälfte der Fahrt hatten sich vor Anspannung ihre Nackenmuskeln verhärtet. In den letzten zehn Minuten hatte sich ihre Nervosität zu massiver Besorgnis gesteigert.

Winter sah das Hotel, in dem sie im Herbst mit Noah abgestiegen war. Man sollte ein Buch nicht nach dem Cover beurteilen, doch die abblätternde avocadogrüne Farbe des gedrungenen Backsteingebäudes bot einen Vorgeschmack aufs Innere.

In einem Hotelzimmer im ersten Stock hatte sie über dem Fernseher eine Kamera entdeckt, versteckt hinter einem hässlichen Gemälde aus den Achtzigerjahren. Außerdem hatte jemand ein Foto unter der Tür hindurchgeschoben. Es war das erste, das der Preacher ihr hatte zukommen lassen, eine Aufnahme ihres Bruders Justin. Er hatte den Sponge-Bob-Pyjama vom Tag der Entführung getragen.

Sie hatte immer geglaubt, der Preacher habe sie in Harrisonburg zufällig aufgespürt. Sie stellte sich vor, dass er hin und wieder Ausflüge dorthin unternahm, um in Erinnerungen zu schwelgen, und dass er sie bei der Gelegenheit entdeckt hatte. Das hatte damals keinen Sinn ergeben, und das tat es auch jetzt nicht. Zumal der Preacher dem Täterprofil nach nicht der Typ war, der Tatorte besuchte. Aiden ging vielmehr davon aus, dass er eine Aus-den-Augen-aus-dem-Sinn-Mentalität hatte. Mit dem Tod des Opfers war seine Mission abgeschlossen. Er brauchte keinen weiteren Kontakt.

Sie kam an den Häusern einiger Kindheitsfreunde und Grundschullehrer vorbei – lebte der Preacher mit einem von ihnen Tür an Tür? Brachte er ein vorgekochtes Gericht zum gemeinsamen Abendessen mit? Hielten ihn seine Nachbarn für normal?

Monster fügten sich häufig nahtlos in ihr Umfeld ein.

Winter näherte sich der Straße, in der sie gelebt hatte, und fuhr langsamer. Als sie rechts abbog, gingen die Straßenlaternen an. Sie hätte an einem anderen Ort sein sollen. Sich ein Hotelzimmer suchen. Vielleicht eines in dem besagten Hotel. Doch dort würde man sich an sie erinnern, und es würde Gerede geben.

Ihre Anwesenheit konnte nicht lange geheim bleiben, zumal sie in der Stadt durch die Arbeit am letzten Fall bekannt war wie ein bunter Hund. Aber vielleicht hatte es ja auch sein Gutes, vielleicht lockte sie den Preacher aus der Deckung hervor.

In der Straße lagen ältere zweistöckige Einfamilienhäuser. In der Einfahrt standen Fahrräder, in den Gärten gab es Baumhäuser. Es war eine gute Gegend zum Aufwachsen gewesen, das hatte sie ganz vergessen.

Als sie den Wendekreis am Ende der Straße erreichte, bremste sie bis auf Schritttempo ab. Die letzte Straßenlaterne war ausgefallen, so dass der geschwungene Gehsteig in tiefem Schatten lag. Den Bogen, den sie jetzt fuhr, hatte sie als Kind zahllose Male mit dem Zehngangrad absolviert. Ein dunkelrotes gebrauchtes Huffy mit pinkfarbenen Reifen. Sie hatte es von einer Cousine übernommen, und als sie elf wurde, hatte sie es mit einer Dose Farbe, gekauft von ihrem Babysitterlohn, silbern angesprüht.

Vor ihrem Elternhaus hielt sie an. Abblätternde Farbe. Mit Brettern verschlagene Fenster. Dasselbe Verkaufsschild im Vorgarten, das sie schon bei ihrem letzten Besuch gesehen hatte.

Winter wusste: Niemand, der bei Sinnen war, würde hier leben wollen, es sei denn, er war fasziniert von Serienkillern. Hier hatten sich ein Doppelmord, ein versuchter Mord und eine Entführung ereignet.

Der Preacher hatte das Haus erneut aufgesucht. Im großen Schlafzimmer des ersten Stocks, in dem ihre Eltern ermordet worden waren, hatte er in der kalten Kaminasche ein weiteres Foto von Justin hinterlegt.

Winter schaltete nicht in Parkstellung. Sie würde das Haus erneut durchsuchen, doch nicht jetzt. Ein Stück weiter die Straße entlang spielten Kinder im Zwielicht Basketball. Ihr Geschrei und ihr Gequatsche wirkten angenehm normal und drängten die Eiseskälte zurück, die sich in ihr breitgemacht hatte.

Stachelten die Kinder sich zu Halloween gegenseitig dazu auf, die Veranda zu betreten? An die Haustür zu klopfen? Hielten sie die Luft an und traten fester in die Pedale, wenn sie vorbeifuhren? Nutzten es die Teenager zum Knutschen? Versetzten sie ihre Partnerinnen mit Gruselgeschichten über die ermordete Familie in Angst, damit sie sich an sie kuschelten?

Sie konnte es den Kids nicht verdenken. Sie waren noch jung genug, um zu glauben, sie und ihre Familien und Freunde seien unsterblich, und lebten in der behaglichen Illusion ihrer Sicherheit. Sie hatten keine Ahnung vom Bösen, das in der Welt existierte und ihnen Tag für Tag begegnete.

Als sie auf dem dunklen Gehsteig eine Bewegung ausmachte, griff sie instinktiv zur Pistole.

Eine junge Mutter schob einen Buggy durch die kühle Abendluft. Im Vorbeigehen musterte sie Winter argwöhnisch. Sie hielt das Handy deutlich sichtbar in der Hand, um klarzumachen, dass sie bei der kleinsten Provokation die Polizei rufen würde. Winter lächelte und winkte der Frau beschwichtigend zu. Dann fuhr sie weiter.

Vielleicht drangen ja doch keine Teenager ins Haus ein, um rumzumachen. Jedenfalls nicht unter den wachsamen Blicken der Nachbarn.

Obwohl der Abstand zu ihrem Elternhaus wieder wuchs, wurde Winter nicht ruhiger. Sie musste alles noch einmal durchleben. Sich öffnen für alles, was dabei ans Licht kam, egal wie schmerzhaft es sein mochte.

Der Preacher war noch in der Stadt und würde erneut töten, wenn sie ihn nicht vorher schnappte.

Sie bekam eine Gänsehaut, und ihr war mulmig zumute.

Das Haus zu durchsuchen, würde beim zweiten Mal nicht leichter sein als beim ersten.

# 18

Gabby Dean. Sie war hübsch gewesen, bevor der Preacher sie ausgewählt hatte.

Noah drehte sich der Magen um, obwohl das Foto die lächelnde, glückliche junge Frau zeigte, die Gabby einmal gewesen war. Nicht der leblose Fleischhaufen, den der Preacher zurückgelassen hatte. Ihm war übel, weil ihm diese Verschwendung zusetzte. Was hätte die junge Frau alles erreichen können? Allem Anschein nach war sie ein gutes Mädchen gewesen. Sie hatte eine Ausbildung zur Krankenpflegerin gemacht, verdammt noch mal.

Zorn. Bedauern. Schuldgefühle.

Dies alles vermischte sich, während Noah das rundliche Gesicht betrachtete, eingerahmt von kastanienbraunem Haar, das ihr glatt auf die Schultern fiel. Gabby lächelte ihn von dem Hochglanzfoto, das eine ihrer Freundinnen ihm gegeben hatte, freundlich an.

„Wie läuft's bei dir?", weckte Bree ihn aus seinen Träumereien. Ihre Stimme klang laut in dem kleinen Raum.

Die hiesigen Polizisten hatten ihnen einen Gruppenraum überlassen. Der Empfang war nicht besonders herzlich gewesen, aber immerhin professionell und kollegial. Dem fensterlosen Raum an der Rückseite des Gebäudes nach zu schließen, zog Ocean View es vor, so zu tun, als seien die Agents nicht anwesend, anstatt ihnen unverhohlen feindselig zu begegnen.

„Gut. Und bei dir?“

„Ich hätte nichts dagegen, mir mal eine Weile was anderes anzusehen als Tatortfotos. Lust auf eine Pause? Wir lassen das mal eine halbe Stunde lang ruhen und gehen essen?“

„Ich hätte nie gedacht, dass ich das mal sagen würde, aber ich glaube, ich kriege im Moment nichts runter.“

„Das ist nicht der Noah, den ich kenne. Du bist ein verfluchtes Fass ohne Boden.“

Noah machte keine Anstalten, seine Aussage zurückzunehmen, und grinste Bree an.

„Ah, das ist dir also auch schon aufgefallen.“

Sie schnaubte, sammelte die Akten auf, die der Detective ihnen gegeben hatte, und klopfte mit der Schmalseite auf den Tisch, bis sie bündig aufeinanderlagen.

„Ich bin vielleicht ein Fass ohne Boden, aber ich habe wenigstens keine Zwangsneurose.“

Bree zuckte gutmütig mit den Schultern. „Dieses Kreuz muss ich tragen. Wahres Genie gibt's nicht ohne Nebenwirkungen.“

Hatte sie da nicht recht? Er stellte sich Winters Gesicht vor. In letzter Zeit war sie abgemagert … sie wurde von Dämonen getrieben, das war sicher.

Noah durfte das Restaurant aussuchen, deshalb gingen sie zu einem kleinen Lokal in der Nähe des Bahnhofs, einem original New-Jersey-Italiener.

„Ich finde immer noch, du bist heute schrecklich still.“ Bree blickte über die Lesebrille hinweg, die sie aufgesetzt hatte, um die Speisekarte zu lesen. „Hör auf damit, dann kriegst du Kalbfleisch-Parmigiana *und* die Hälfte meiner Spaghetti Marinara."

Da gab es kein Zögern. „Ich habe Winter an ihrer Wohnung abgesetzt, bevor ich von Richmond losgefahren bin."

Brees Lächeln machte einer besorgten Miene Platz. „Habt ihr unterwegs miteinander geredet? Alles wieder in Ordnung gebracht?"

Noah kniff die Augen zusammen und musterte Bree. Er hatte sich nach Kräften bemüht, seiner Sorge um Winter einen platonischen Anstrich zu verleihen. Entweder es hatte nicht ausgereicht, oder Bree war tatsächlich das Genie, das sie zu sein behauptete. Sie verstand es, zwischen den Zeilen zu lesen.

„Wir haben ein bisschen geredet. Also, nicht wirklich. Ich habe sie angelogen." Er wedelte mit der Hand. „Hab ihr gesagt, ich hätte einen Arzttermin."

Bree erstarrte, die Weinkarte in der Hand. „Aber du hast nicht mit ihr über den neuesten Mord gesprochen?"

„Nein. Sie muss sich raushalten. Das ist nicht ihr Fall."

Ein Kellner mit Notizblock und Stift trat an den Tisch.

„Würden Sie uns noch einen Moment Zeit lassen?", sagte Bree und legte die laminierte Weinkarte vor sich auf den Tisch. Als der Mann sich entfernt hatte, fixierte sie wieder Noah. „Jetzt mal ehrlich: Weshalb willst du Winter raushalten? Weil du Angst hast, sie könnte zu Schaden kommen? Sie könnte sich in eine gefährliche Lage bringen? Oder bist du auf der Seite der hohen Tiere und hältst sie für eine Belastung?"

Er errötete leicht. „Ich mag dich, Agent Stafford. Aber das heißt nicht, dass ich jede persönliche Frage beantworten muss, die dir einfällt."

„Diese Fragen wirst du beantworten *wollen*, Noah. Vertrau mir."

Er ließ den Atem entweichen, lehnte sich zurück und vergegenwärtigte sich seine Optionen. Zum Teufel damit. „Ich habe ihr gesagt, ich würde das für sie erledigen", platzte er heraus. „Das sollte reichen. Sie sollte mir *vertrauen*."

Brees Gesichtsausdruck wurde milder, und er entspannte sich ein wenig. Sie war eine Romantikerin. Sie war auf seiner Seite.

So schnell ihr Gesichtsausdruck gewechselt hatte, so schnell machte sich Verbitterung darin breit.

„Hältst du Agent Black für jemanden, der einen weißen Ritter braucht? Oder einen haben will?"

Winter hatte etwas Ähnliches zu ihm gesagt. Von Bree ließ er sich das genauso ungern sagen. „Siehst du? Du kapierst es auch nicht. Typisch Frau." Als Bree ihn nur anstarrte, versuchte er es anders. „Sie ist besessen. Sie ist nicht objektiv. Sie …"

Bree hob die Hand. „Mag sein." Sie seufzte und legte beide Hände ums Glas. „Aber sie ist ein großes Mädchen. Sie wurde wegen ihrer Vorzüge eingestellt, nicht wegen ihrer traumatischen Geschichte. Jetzt gehört sie zum FBI und hat die gleiche Chance auf eine Festnahme verdient wie jeder andere."

„Warte einen Moment", sagte Noah beschwichtigend und verschränkte die Arme. „Mir war gar nicht klar, dass du so eindeutig in Winters Lager stehst. Ihr kennt euch doch kaum."

Jetzt musste Bree sich winden. „Wir sind ein paar Mal zusammen ausgegangen."

Er hob eine Braue. „Das hast du nie erwähnt."

Bree atmete tief durch. „Na schön. Ich habe mich vor ein paar Wochen mit ihr getroffen. Wir wollen uns über alle Neuigkeiten, die in den offiziellen Berichten fehlen, auf dem

Laufenden halten. Parrish hat ihr freie Hand gegeben, von ihrer Abteilung aus am Preacher-Fall zu arbeiten."

Er ließ die Schultern hängen. „Moment mal, du hast Winter Informationen gegeben? Weiß Parrish davon?"

„Wärt ihr nicht gerade über Kreuz, hätte sie sich wohl an dich gewendet", wich Bree aus und rutschte unbehaglich auf dem Stuhl. „Parrish weiß nichts davon. Sie schützt ihn, damit er keinen Ärger mit Ramirez bekommt. Winter hatte starke Argumente. Wir sollten in der Sache alle zusammenarbeiten. Ich weiß nicht, ob wir schon wichtige Informationen ausgetauscht haben, aber wir bleiben jedenfalls in Kontakt."

Noah verspürte einen Anflug von Zorn, doch er beherrschte sich. Winter umging nicht nur ihre Dienstanweisungen, sie manipulierte Bree und schützte Parrish, den alten Mistkerl. Parrish brauchte keinen Schutz. Dass Winter auf dieses Arschloch Rücksicht nahm, war so absurd, als würde eine Gazelle sich um einen Geparden sorgen.

Er und Bree kannten einander nicht besonders gut. Sie arbeiteten gern zusammen und ergänzten einander, doch ansonsten hatte sich wenig getan. Der Fall erforderte zu viel Aufmerksamkeit, als dass sie ihre Beziehung privat hätten vertiefen können.

Das hieß nicht, dass er nicht wütend auf Parrish gewesen wäre. Das Arschloch hatte von Anfang an allerlei Winkelzüge gemacht. Vermutlich hatte er geglaubt, er habe den perfekten Köder, um Winter an die Leine zu legen. Der Typ war ein egozentrischer Mistkerl.

„Warum lässt er sie daran arbeiten?", fragte Bree nachdenklich. Offenbar hatte auch sie Zweifel an der Logik des Ganzen. „Verfolgt er eigene Ziele?"

„So wie ich ihn kenne, würde er nicht mal den Finger rühren, wenn es nicht seine eigenen Interessen betrifft."

„Hat er vielleicht geglaubt, die Abteilung für Gewaltverbrechen wolle Winter als Köder benutzen?"

Das war eine gute Frage. „Für so uneigennützig halte ich ihn nicht."

Bree zuckte mit den Schultern. „Ich kenne ihn kaum. Ich meine, wir haben ein paar Jahre lang in der Abteilung zusammengearbeitet, aber nie am selben Fall."

Sie redete weiter, doch Noah hörte ihr nicht mehr zu, weil ihm ein Gedanke gekommen war.

„Hast du die Akte mit den Fotos des Opfers?", unterbrach er sie.

Bree hob überrascht die Brauen. Der Kellner versuchte erneut, eine Bestellung aufzunehmen, doch Noah warf ihm einen entschuldigenden Blick zu, während Bree in ihrer Tasche nach der richtigen Mappe kramte. „Noch fünf Minuten", sagte er zu dem jungen Mann.

Bree schob die Mappe über den Tisch. Auf dem Haftstreifen stand in säuberlichen Druckbuchstaben *OPFER-PROFILE*.

„Hast du einen Etikettendrucker im Wagen?", fragte er. Als sie errötete, schüttelte er den Kopf und lachte. „Nebenwirkung der Genialität? Das ist doch pedantisch."

Sein Lächeln verflog, als er die Aktenmappe aufschlug und die Bilder der Opfer ausbreitete. Nicht die Tatortfotos, sondern Fotos der lebendigen, atmenden Frauen, aufgenommen zu verschiedenen Zeitpunkten vor ihrem Tod.

„Scheiße", murmelte er.

„Was ist?"

„Er wird sie umbringen."

Bree starrte ihn an. „Wen?"

„Winter." Kälte breitete sich in seinem Bauch aus, als er die Bilder umdrehte, damit Bree sie betrachten konnte. „Siehst du's auch?"

Brees dunkle Augen wanderten zwischen den Ausdrucken hin und her, dann weiteten sie sich. „Ich bin ja so blöd.

Weil beim zweiten Opfer die Augen fehlen … und die Körper so entstellt sind …"

„Der Preacher ist wegen Winter aus dem Ruhestand zurückgekommen. Er will sie töten."

Brees Stimme schwankte leicht. „Tala Delosreyes' Haar. Üppig, schwarz, zum Zopf geflochten. Audrey Hawkins, tiefblaue Augen. Gabby Dean. Ihr Körperbau ist so ähnlich, dass sie sich gegenseitig hätten doubeln können. Der groß gewachsene, sportliche Typ …" Ihr versagte die Stimme, und sie sah ihn an. „Du glaubst, er hat es auf Winter abgesehen."

„Wir hatten darüber gesprochen: Alle Morde liegen innerhalb eines Zwei-Stunden-Radius um Richmond." Vor Erregung und Furcht krampfte sich ihm der Magen zusammen. „Stell dir die Tatorte wie eine Kompassrose vor. Norden, Süden, Osten. Richmond liegt in der Mitte. Was ist im Osten?"

Kaum hatte er die Frage gestellt, ahnte er auch schon die Antwort.

„Wo wurden Winters Eltern ermordet?", fragte Bree. Sie verfolgte dieselbe Fährte.

„Harrisonburg. Zwei Autostunden entfernt von Richmond. Ungefähr westlich."

Der Kellner tauchte mit hoffnungsvoller Miene auf, doch Bree und Noah erhoben sich bereits.

„Tut mir leid." Noah zückte die Brieftasche und reichte dem verdutzten Mann einen Zwanzig-Dollar-Schein. „Wir essen doch nicht."

Bree hielt bereits das Handy in der Hand und informierte Max per SMS über die Planänderung. „Mit dem Auto?", fragte sie, als sie nach draußen traten, und wich den Pfützen auf dem Parkplatz geschickt aus, ohne vom Display aufzusehen.

„Meinetwegen", antwortete Noah. „Ich fahre, du erweiterst die Mietvereinbarung. Bis Harrisonburg brauchen wir vier Stunden, aber es würde zu lange dauern, ein anderes Transportmittel klarzumachen."

„Noah."

Er hielt an und drehte sich um. Bree war hinter ihm mit banger Miene stehen geblieben, das Handy in ihrer Hand hatte sie vergessen. „Weshalb wollte Winter heute nach Hause? Ihr habt das Büro gegen eins verlassen, oder?"

„Sie hat gesagt, sie hätte einen Termin."

„Einen Termin, wie du einen hattest?", fragte sie in sanftem Ton, doch die Spitze war unüberhörbar.

Er schüttelte den Kopf. „Sie würde mich nicht anlügen, und sie weiß auch nicht von der möglichen Verbindung nach Harrisonburg. Und wenn doch, würde sie dann nicht hierherkommen? Nach Ocean View?"

Doch er musste an ihren Gesichtsausdruck denken. Angespannt. Fokussiert. Natürlich würde sie ihn anlügen.

Er kannte sie, und den Preacher zu fangen, war für sie im Moment die wichtigste Angelegenheit überhaupt. Was hätte das für ein Arzttermin sein sollen? Würde sie im Moment einen Check-up machen lassen? Unwahrscheinlich. Vielleicht ging es ja um ihre Migräne.

Oder sie hatte eben gelogen.

Bree ging weiter, schneller als zuvor.

„Nehmen wir an, sie ist besessen. Nehmen wir an, sie hat mich manipuliert, um an Insiderinformationen zu gelangen. Selbst wenn das nicht stimmt, und sie arbeitet bloß mit dem, was die Verhaltensanalyse herausgefunden hat: Hätte sie dann nicht von selbst auf das Kreismuster um Richmond kommen können, so wie wir? Vielleicht ist sie uns sogar zuvorgekommen."

Noah riss die Tür des silbernen Prius auf, den sie für die Dauer des Aufenthalts gemietet hatten.

„Wäre möglich", räumte er ein. Die Vorstellung, dass

Winter unterwegs nach Harrisonburg war, gefiel ihm nicht. Im Moment war gar nichts gut, was Winter betraf.

Sie fuhren los, Richtung Westen.

„Tu mir einen Gefallen", sagte Noah zu Bree. „Sollte Winter versuchen, noch mehr Informationen von dir zu bekommen, dann erwäge, sie in die Irre zu führen. Ich weiß, ich rede wie ein Chauvi, aber man muss sie schützen. Vor sich selbst und vor dem Preacher. Es ist mir egal, ob sie das sauer macht. Im Moment geht es um ihre Sicherheit, nicht um ihre Gefühle."

Dass Bree ihm sofort zustimmte, überraschte ihn.

„Es steht außer Frage, dass sie die Zielperson ist. Ob es Winter gefällt oder nicht, ich sehe das wie du. Und ich fürchte, er zieht das Tempo an. Zwischen Delosreyes und Hawkins lag ein Monat. Zwischen Hawkins und Dean drei Wochen. Wann geht es weiter? In zwei Wochen? In einer? Seit Deans Ermordung sind bereits zwei Tage vergangen."

Oder aber, dachte Noah grimmig, Winter drängt den Preacher zur Eile. Wenn er Winter in Harrisonburg fand, bräuchten sie nicht auf das nächste perfekte Opfer zu warten.

Noah hoffte inständig, dass sie sich irrten und dass Winter nicht den Köder spielen würde.

# 19

Das Hotel war seit Winters letztem Aufenthalt nicht renoviert worden. Damals hatte sie ein anderes Zimmer gehabt, doch geändert hatte sich nichts, angefangen vom muffigen, fleckigen beigefarbenen Teppich bis zur pastellfarben gemusterten billigen Tapete. Am Abend zuvor hatte sie nach Überwachungskameras geforscht, aber keine gefunden. Dann hatte sie versucht, ein paar Stunden lang zu schlafen, jedoch weitgehend erfolglos.

Kaffee.

Zunächst aber hatte sie eine Frage an die Managerin.

Winter drückte die Tür zur Lobby auf. Die Glocke, die beim letzten Mal Besucher gemeldet hatte, war jetzt kaputt. Sie ging weiter in das schmuddelige Büro hinein, betrat einen Teppich mit altmodischem Blumenmuster. Aus dem Hinterzimmer war aufgeregtes Gemurmel zu hören.

Sie hätte sich setzen und warten können, doch der wackelige kunstlederbezogene Sessel an der rechten Wand sah aus, als bräuchte man ihn bloß anzuniesen, damit er zusammenbrach.

Alma Krueger, die, soweit Winter noch wusste, das Hotel

führte, brachte offenbar die Telefonleitung zum Glühen. Irgendjemand musste schließlich unter die Leute bringen, dass eine der FBI-Agents, die den alten Friedhof in Linville untersucht hatten, bei ihr abgestiegen war.

Oder aber jemand hatte herausgefunden, wer sie war, und gab jetzt die Information an Alma weiter. Jeder von früher konnte die unheimliche Winter Black erkannt haben, die wieder in der Stadt aufgetaucht war.

Bei ihrem letzten Aufenthalt in Harrisonburg war sie mehreren alten Gesichtern begegnet. Sam Boxley. Nein, Benton. Ihre beste Freundin aus Kindertagen, dann eine Freundfeindin, war unmittelbar in den Fall verwickelt gewesen, in dem sie und Noah ermittelt hatten. Die örtliche Polizei wusste, dass sie die Tochter von Bill und Jeanette Black war, die der Preacher in den Zweitausenderjahren in ihren Betten ermordet hatte. Sams Ehemann Tom war beim Police Department von Harrisonburg angestellt.

Samantha und Tom Benton hatten wahrscheinlich alle Hände voll mit ihrem eigenen Leben zu tun. Bei ihrem vorigen Aufenthalt hatten sie versucht, ein Kind zu adoptieren. Wenn jemand über Winter redete, dann Alma. Sie gehörte nicht zu den Leuten, die eine brandheiße Neuigkeit für sich behalten konnten.

Winter hatte sich keine Mühe gegeben, ihre Identität zu verschleiern, und was machte es schon, wenn es sich jetzt herumsprach. Je eher, desto besser.

Damit rückte das Endspiel näher.

In dem Moment, als sie die Hand zu der kleinen silbernen Glocke auf dem Tresen ausstreckte, wurde die Stimme nebenan unvermittelt lauter.

„Ich sag dir was, Elva, sie ist bestimmt wegen dem alten Fall hier. Das ist wie die letzte Folge einer Fernsehserie." Alma bog um den Tresen, das Gesicht vor Erregung gerötet, die grauen Locken helmartig um das rundliche, lebhafte

Gesicht fixiert. „Ich hab mit Bernadine gesprochen, und die glaubt … oh!“ Alma ließ das Telefon fallen und fasste sich mit der pummeligen Hand an die Brust. „Du meine Güte, ich hab gar nicht gemerkt, dass jemand hier draußen ist. Sie haben mich beinahe zu Tode erschreckt, muss das sein?“

„Tut mir leid.“ Winter bemühte sich um ein aufrichtiges Lächeln. „Ich möchte Sie nur kurz etwas fragen, bevor ich losziehe.“

„Nur zu, meine Liebe.“ Almas Miene hellte sich auf. „Wie kann ich Ihnen helfen?“

Ehe Winter etwas sagen konnte, hob Alma die Hand und warf ihr einen warnenden Blick zu. „Aber wenn Sie mich nach jemandem fragen wollen, der irgendwas weiß, bekommen Sie keine Antwort. Der letzte Mensch, zu dem ich Sie geschickt habe, ist *tot*, Gott sei Elberts freundlicher, liebevoller Seele gnädig.“

Winter zuckte zusammen, nickte jedoch zustimmend. Almas Bedenken waren begründet. Sie hatte Elbert Wilkins seit Jahren an die Wäsche gewollt, und der aufbrausende alte Mann war kurz nach Winters Ankunft ermordet worden.

Almas Telefon lag noch immer auf dem Boden. „Brauchen Sie das nicht?“ Winter wies mit dem Kinn auf das unförmige Schnurlostelefon aus den Neunzigern, aus dem piepsige Schreie hervorkamen.

Es war nicht kaputtgegangen. Almas Schwester war dran und wollte wissen, ob Alma tot sei.

Die ältliche Frau wedelte verärgert mit den Händen. „Ja, schon gut.“ Sie hob es auf, verzichtete darauf, Elva mitzuteilen, dass sie noch am Leben war, und steckte es in die Tasche ihrer kittelartigen Schürze.

„So. Was kann ich für Sie tun, Special Agent Black?“

„Winter genügt“, erwiderte sie. „Ich bin nicht dienstlich hier.“

Alma schnaubte. „Aber sicher doch. Jeder, der im Krueger

Motor Inn absteigt, kommt wegen der angenehmen Atmosphäre."

Die Bemerkung brachte Winter zum Lachen. „Ehrlich gesagt, möchte ich Ihnen nur eine Frage stellen. Bei meinem letzten Aufenthalt hatte ich den Eindruck, jemand sei in meinem Zimmer gewesen."

Alma reagierte empört. „Wenn Sie damit sagen wollen, ich hätte etwas entwendet, junge Dame …"

„Nein! Arbeitet sonst noch jemand für Sie? Zimmermädchen? Handwerker? Ein paar Sachen wurden umgestellt, und ich habe mir deswegen Gedanken gemacht." Sie grinste. „FBI-Agents sind von Natur aus neugierig. Vielleicht hab ich's mir auch bloß eingebildet. Manchmal kommt's mir so vor, als würde mein Gehirn Sachen erfinden, wenn ich keinen Fall zu untersuchen habe."

Alma musterte sie mit einem Blick, der erkennen ließ, dass sie Winter für verrückt hielt.

„Ich habe hier im Hotel nicht viel Hilfe", erklärte sie schließlich. „Manchmal kommt Sue, die Tochter meiner Nachbarin, und räumt hinter den Gästen auf. Aber", setzte sie hinzu und musterte Winter mit zusammengekniffenen Augen, „vor ein paar Monaten hat Sue gemeint, sie hätte hinter dem Fernseher in einem der Zimmer Gipsstaub gefunden. Wenn Sie das waren, muss ich Sie bitten, die Beschädigung der Wand zu bezahlen."

„Das war ich nicht", antwortete Winter gleichmütig. „Gibt es noch jemanden, der Sue manchmal hilft?"

„Nein. Hier ist nicht viel los, und sie braucht Geld."

„Haben Sie einen Hausmeister?"

„Nein. Wir hatten mal jemanden, der Reparaturen gemacht hat." Alma seufzte betrübt.

Winter spannte sich an und lächelte interessiert. „Kommt er immer noch vorbei?"

Jetzt schaute Alma geradezu wehmütig drein. „Nein.

Jahrelang war er der verlässlichste Handwerker, den man sich nur wünschen kann – dann ist er auf einmal weggeblieben."

Winter sträubten sich die Nackenhaare. „Ach. Wann war das?"

„Vor ein paar Monaten. Aber Barney hat Ihre Sachen bestimmt nicht angerührt. Das war so ein netter Mann", sagte Alma schwärmerisch.

Winter fröstelte, als sie ihre Schlüsse zog. Konnte das sein?

Wie sie so die Frau betrachtete, wurde ihr klar, dass es sich bei Barney durchaus um den Preacher gehandelt haben könnte. Ihre Intuition schlug gellend an. Alma war anscheinend in den Serienkiller verschossen gewesen. Der Preacher hatte für sie jahrelang Handwerkerarbeiten erledigt, war aber nicht mehr gekommen, nachdem er vor Monaten mit Winter Kontakt gehabt hatte.

„Barney?" Der Name versengte ihr fast die Zunge. „Wie hieß er mit Nachnamen?"

Alma stemmte die Hände in die Hüfte und musterte sie empört. „Na, sieh mal an. Barney würde ebenso wenig in Ihren Sachen wühlen wie ich. Er war ein richtiger Gentleman. Hat mir immer gesagt, ich wäre doch eine gute Frau."

„Sein Nachname?"

Winters harter Tonfall überraschte Alma. „Fife", piepste sie.

Winter blinzelte. „Im Ernst?"

Alma kicherte und entspannte sich etwas. „Ich weiß. Mir kam der Name auch komisch vor. Ein schlechter Tarnname? Aber ich habe Barney seit vielen Jahren gekannt. Er war so aufrichtig wie meine eigene Schwester. Übrigens hatte Barney einen eigenen Hausschüssel, aber ich war mir sicher, dass er *nie* ein belegtes Zimmer betreten würde. Wenn Sie den Eindruck hatten, jemand habe Ihre Sachen verstellt, müssen Sie sich getäuscht haben."

Während sie der Frau zuhörte, schwirrte Winter bereits der Kopf von Fragen. Möglichkeiten. Bedenken.

„Haben Sie sich seine Sozialversicherungsnummer notiert? Haben Sie eine Kopie seines Führerscheins? Hat er einen grün-roten Wagen gefahren?"

„Das hat er, aber …" Das Telefon in Almas Tasche quäkte. „Oh! Wenn Sie erlauben?"

Ohne Winters Antwort abzuwarten, holte sie das Telefon hervor. „Sei still, Elva. Hast du nicht mitgehört?", zischte sie, was offenbar als Flüstern gedacht war. Sie verschwand um die Ecke, und Winter hörte sie sagen: „Ich habe mit *ihr* geredet! Mit dieser unheimlichen Polizistin!"

Unterhaltung beendet.

Barney Fife. Oh Mann.

Winters Handy klingelte in der Tasche, ein blecherner Countrysong, den sie heruntergeladen und Noahs Nummer zugeordnet hatte. Sie verwarf die Idee, einen Durchsuchungsbeschluss vorzutäuschen, um einen Blick in Almas Unterlagen werfen zu können, holte das Handy hervor und ging vor die Tür. Barney Fife war nicht der wahre Name des Preachers.

In der Nacht hatte es geregnet, und die frische Luft roch nach feuchtem Erdreich. Der Morgenhimmel war strahlend blau, und die Vögel zwitscherten. Es war noch nicht Frühling, doch Mutter Natur dachte bereits daran. Winter nahm den Anruf entgegen.

„Morgen, Noah. Was gibt's?"

„Nicht viel. Wollte bloß hören, wie's dir geht." Seine Stimme klang tief und rau, als wäre er gerade eben erst aufgewacht.

„Du fragst nach meinem Befinden? Nach so langer Funkstille? Seltsam. Mir geht's gut."

„Wie war der Arzttermin gestern?“

Winter ging zum Civic. Sie ahnte, dass dies eine Testfrage war, denn Noah hatte sie seit Wochen nicht mehr aus heiterem Himmel angerufen.

„Lustig. Wie Pap-Abstriche halt so sind. Willst du Einzelheiten hören?“

Er gab einen würgenden Laut von sich, und sie grinste, während sie gleichzeitig etwas Wehmut verspürte.

Er fehlte ihr. Dieser Idiot.

„Und wie war dein Termin? Hat man bei dir auch einen Pap-Abstrich gemacht?“

„Also, könntest du bitte mal aufhören, von Abstrichen zu reden?“, sagte Noah gequält. „Hey, ich muss Schluss machen. Bin auf dem Sprung. Ich wollte nur mal kurz von mir hören lassen.“

„Also … danke. Bist du noch in Ocean View?“

Er zögerte einen Moment, offenbar erstaunt darüber, dass sie Bescheid wusste.

Gut. Sie wollte ihn aus der Fassung bringen.

„Ja“, antwortete er schließlich. „Aber ich werde dir nichts sagen, also frag mich nicht.“

„Hatte ich auch nicht vor. Verschiedene Abteilungen, verstehst du? Wir tanzen jetzt auf verschiedenen Partys.“

Das war vielleicht etwas zu dick aufgetragen. Unwillkürlich drückte sie den Türgriff des Civic fester als nötig. Die rostige Feder quietschte.

„Was hast du vor?“, fragte Noah. „War das die Tür deines Wagens?“

Winter fluchte lautlos. „Arbeiten. Etwas tun für unser Geld.“

„Ich dachte, du fährst nicht mehr Auto.“

Sie legte die Hand aufs Handy. „Danke, Jake“, sagte sie ins Leere.

„Wer ist Jake?“

„Herrgott, Noah“, platzte sie heraus. „Was soll das Kreuzverhör? Eigentlich geht es dich nichts an, aber Jake ist der Uber-Typ, der mich zur Arbeit fährt. Er wohnt im Block gegenüber, und er fährt mich schon seit Wochen. Er ist zwanzig, blond, blaue Augen, einszweiundneunzig und wegen des Colleges vor drei Jahren von San Diego nach Richmond gezogen. Wir sind inzwischen praktisch beste Freunde.“

„Gestern hast du gesagt, du würdest mit Lyft fahren.“

Sie schnaubte genervt, dann musste sie lächeln. Er war gut.

„Bye, Noah. Danke für die morgendliche Vernehmung.“

„Tut mir leid.“ Sein Bedauern klang aufrichtig, und sie zog leise die Tür zu. „Ich mache mir bloß Sorgen um dich“, setzte er hinzu.

Damit knackte er ihren Panzer. Schlechtes Gewissen quoll hervor. Sie drängte es zurück.

„Du fehlst mir, Noah.“

Eigentlich hatte sie das nicht laut sagen wollen.

Noah reagierte ebenfalls überrascht. Er schwieg einen Moment, und als er weitersprach, war sein Tonfall so voll und warm wie Kaffee. „Mir fehlst du auch, Winter. Pass auf dich auf.“

Er unterbrach die Verbindung.

Und wenn sie sich irrte? Wenn der Preacher in Wirklichkeit noch in Ocean View war, und *Noah* befand sich in Gefahr? Der Gedanke verschlug ihr den Atem. Sie hätte nicht zulassen dürfen, dass er dem Preacher so nahe kam.

Es dauerte einen Moment, bis sie ihren Zorn dazu genutzt hatte, die Scherben ihres Panzers aufzusammeln und ihre zielstrebige Entschlossenheit wiederherzustellen, doch schließlich ließ Winter den Motor an. Es wurde Zeit, wieder an die Arbeit zu gehen.

Der Countdown war mit dem letzten Mord des Preachers

neu gestartet worden. Ganz gleich, ob er eine Woche, zwei Wochen oder nur Stunden laufen würde, sie durfte keine Zeit mit Selbstmitleid verschwenden. Noah war dort, wo er gebraucht wurde, und Winter dort, wo *sie* gebraucht wurde.

Nicht einmal die laute, einen Buggy schiebende Mutter, die jetzt in ihrer alten Sackgasse lebte, würde annehmen, dass sie heute Morgen etwas vorhatte, dachte Winter, als sie vom Parkplatz losfuhr. Es war ein herrlicher, sonniger Tag. Sie brauchte Kaffee, und zum Glück gab es in der Nähe einen Starbucks.

Alle, die einen Wagen vor dem Haus der Blacks und eine junge Frau in Jeans und Sweatshirt sehen würden, die mit einem Kaffeebecher hineinging, würden glauben, sie gehöre hierher. Man würde sie für eine Maklerin oder eine Kaufinteressentin halten.

Stattdessen hatte sie die Absicht, eine schmerzhafte Vision voller Blut und Tod zu provozieren.

Mir zitterten die Hände auf dem Lenkrad, meine knotigen Knöchel schmerzten von den Anstrengungen der letzten Zeit. Früher hätte ich das locker weggesteckt. Heute ging das nicht mehr.

Die vielen kleinen Schnitte, die ich meinem Mädel zufügen musste …

Ich arbeitete gern für den Herrn, doch für einen alten Mann mit arthritischen Händen war das keine leichte Aufgabe. Winter hatte fast geläutert ausgesehen, als ich mit ihr fertig war, dachte ich lächelnd. Ich hatte dem Miststück alles Sündige ausgetrieben.

Sie hatte sich die Bestrafung selbst zuzuschreiben, so wie sie sich herausgeputzt hatte und in ihren winzigen Joggingshorts herumgelaufen war. Damit alle ihre langen weißen

Beine sahen. Eigentlich hatte ich es nicht so früh tun wollen, aber es war nötig geworden. Sie hatte mich herausgefordert.

Sie war durchtrieben gewesen. Hatte sich das Haar rot gefärbt, wie eine Nutte. Doch obwohl sie braune Augen hatte, konnte sie mich nicht täuschen. Winter sah mich daraus an, selbstgefällig und böse.

Bis ich anfing, sie zu töten. Bei der Erinnerung an die Angst in ihren Augen, als ich mit der Klinge unter ihrem Kinn entlangfuhr, bekomme ich hier im Wagen gleich wieder einen Steifen.

Obwohl ich an dem Tag eigentlich keine Lust hatte, wegen meines Mädels herumzufahren, dachte ich verärgert. Scheißprostata.

Die Ampel sprang zu meiner Überraschung auf Rot. Ich war wieder ins Träumen geraten und hatte das Gelb nicht bemerkt. Ich trat auf die Bremse und hätte beinahe den Wagen vor mir gerammt.

Bessie Lou schaffte es zu halten, schaukelte nach vorn und knarrte auf ihrem rostigen alten Chassis. Die junge Frau auf dem Fahrersitz des kleinen blauen Kombis vor mir war höchstens siebzehn. Sie musterte mich böse im Rückspiegel.

Ich schäme mich nicht, es zuzugeben: Ich wurde wütend, funkelte sie an und rückte zentimeterweise vor, bis Bessie den Wagen des kleinen Miststücks anstupste. Die Schlange besaß die Frechheit, mir den Mittelfinger zu zeigen.

Meine Finger juckten und zitterten; am liebsten hätte ich die Frau in die Schranken verwiesen. Wenn Gott gewollt hätte, dass Frauen Auto fuhren oder sich vulgärer Gesten bedienten, hätte er ihnen den gleichen Verstand wie den Männern geschenkt, als er sie aus der Himmelspforte entlassen hat.

Die Ampel wurde grün, und ich fuhr gleichzeitig mit der Frau an, hängte mich an ihren Stoßfänger. Die junge Frau blickte mich an und bewegte den Mund. Vermutlich spuckte sie Beleidigungen aus. Ihre Augen schienen braun zu sein.

Aber sie hätten auch blau sein können. Tiefblau und still.

Ich schüttelte den Gedanken ab und ließ mich zurückfallen.

Winter war tot, oder etwa nicht?

Ich hatte sie in New Jersey getötet.

Ich bekam Kopfschmerzen und rieb mir die Stirn. Nein, das stimmte nicht. Als ich die junge Frau in New Jersey in ihrer Wohnung stellte, hatte sie nicht ausgesehen wie Winter.

Mein Mädel war mit allen Wassern gewaschen. Sie hatte mich mit der Polizistin zum Narren gehalten.

Und sie hatte aus den Augen der dicken Frau in dem großen, teuren Haus hervorgeschaut.

Schon wieder eine rote Ampel.

Ich trat erneut auf die Bremse. Sie schleifte, und ich brauchte länger als nötig, um Bessie Lou zum Stehen zu bringen. Wenigstens war diesmal kein Wagen vor mir, sonst hätte ich ihn gerammt.

Die junge Frau vor mir war verschwunden. Ich hatte es gar nicht mitbekommen. Benommen und mit klopfendem Herzen beobachtete ich, wie ein kleiner schwarzer Honda Civic die Kreuzung querte. Hinter dem Steuer, das schwarze Haar schimmernd in der Morgensonne und das Gesicht porzellanweiß, saß mein Mädel. Winter.

Sie sah mich nicht an, sondern fuhr bloß wie in Zeitlupe vorbei. Dann verschwand der Wagen, und ich fühlte mich unbehaglich.

Ich hatte Winter Black getroffen – und getötet -, verdammt noch mal.

Oder etwa nicht?

Wie viele Winter musste ich noch töten, bevor sie wirklich starb?

## 20

Es war fast schon elf, als Aiden endlich aufhörte, die Tür zu beobachten, und sich damit abfand, dass Winter nicht ins Büro kommen würde.

Bebend vor Zorn erhob er sich und ging zu ihrem Arbeitsplatz. Leergeräumt, so als hätte hier jemand für ihren Nachfolger saubergemacht. Oder als hätte Winter nie geplant, länger zu bleiben.

Er schickte ihr die fünfte SMS. Ihm zitterten die Hände in ohnmächtiger Wut.

*Rufen Sie mich sofort an.*

Winter hatte am Tag zuvor Recht gehabt. Er hatte sich eingebildet, er kontrolliere sie, weil er sie zu kennen glaubte. Seine glorreiche Profilergabe hatte ihn wieder mal im Stich gelassen.

Winter war keine labile Person, die sich von ihrem Kindheitstrauma nie so richtig erholt hatte, dachte er, als er zu seinem Büro zurückging. Vielmehr deutete vieles darauf hin, dass sie so hart und zielstrebig war wie eine kampferprobte Walküre auf Rachefeldzug.

Und jetzt hatte er ihr die Schlüssel zur Ermittlung

gereicht und sie praktisch herausgefordert, die kurze Leine abzuwerfen. Wie lautete das Sprichwort? Glaube dem, der sich nicht verstellt.

Er hatte Winter nicht geglaubt.

Er schnappte sich den Schlüsselbund vom Schreibtisch und beschloss zu fahren. Er schonte sein steifes Bein noch immer und fuhr seit seiner Rückkehr mit dem Taxi zur Arbeit. Für Reiseplanung war keine Zeit. Er musste nach Harrisonburg. Gott sei Dank stand auf dem Parkplatz noch sein Mercedes, den er seit dem Unfall nicht mehr benutzt hatte.

Das verletzte Bein bis zur Schmerzgrenze belastend, wandte SSA Parrish sich zum Ausgang.

Winter schloss die Augen und machte eine Bestandsaufnahme.

Keine Migräne. Klarer Kopf. Sie empfand Angst, doch bisher in einem erträglichen Ausmaß. Besser würde es nicht werden.

Sie stieg aus, und zu ihrer Erleichterung ließ sich niemand auf der Straße blicken. Heute war Schul- und Arbeitstag für die Mittelklasse und die Zwei-Personen-Haushalte dieser Straße. Ein kühler Wind kitzelte sie im Nacken, als sie den schmerzhaft vertrauten und zugleich so fremdartigen Gehsteig entlangschritt.

Die Platte mit der eingeritzten Unterschrift der fünfjährigen Winter war noch dort, doch die umliegenden Betonsteine hatte der Ahornbaum hochgedrückt, der beschlossen hatte, seine Wurzeln zur linken Seite des schmalen Wegs auszudehnen.

Die Vorderveranda knarrte noch immer, allerdings mit einem lauteren, ächzenden Unterton. Wenn sie nicht ausgebessert wurde, würde sie bald nicht mehr begehbar sein.

Diesmal war die Tür verschlossen.

Sie wich zurück und blickte zur menschenleeren Straße. Stellte den grün-weißen Kaffeebecher auf das abblätternde weiße Geländer, drehte sich und rammte den Stiefelabsatz über dem Griff gegen die Tür. Sie kam sich vor wie Chuck Norris, als das Holz splitterte und die Tür aufsprang.

Sie nahm wieder den Mokka in die Hand, atmete tief durch und öffnete sich für alle möglichen Schwingungen. Das mochte ein bisschen esoterisch klingen, doch Winter hatte keine Ahnung, wie sie vorgehen sollte, um eine Vision zu provozieren. Da war ihr jedes Mittel recht.

Sie hatte keine Erwartungen, deshalb war die überwältigende Traurigkeit, die sie überkam – und beinahe in die Knie zwang –, eine schockierende Erfahrung. Winter ging vorsichtig von der kleinen Diele weiter zur Treppe.

Verwirrt verschloss sie die Augen vor der Woge der Gefühle und ließ sich auf eine Treppenstufe sinken. Ein verdorrtes Blatt hatte seinen Weg ins Haus gefunden und löste sich knisternd von der Stufe.

Sie versuchte, sich auf die warme, glatte Oberfläche des Kaffeebechers in ihren Händen zu konzentrieren anstatt auf die heißen Tränen, die ihr über die Wangen strömten. Sie hatte ihre Reaktionen nicht mehr unter Kontrolle.

Sie konzentrierte sich auf ihre Atmung, orientierte sich an der Umgebung und löste sich so nach und nach aus der emotionalen Fanggrube.

Sie roch die staubige, abgestandene Luft des Hauses. Durch die geschlossenen Augenlider nahm sie an der rechten Seite, dort wo das Sperrholz nicht ganz bis zum Fensterrahmen reichte und Sonnenschein einfiel, Helligkeit wahr. Sie stellte sich die aufgewirbelten Staubteilchen vor, die in der stickigen Luft auf und ab tanzten.

Die Tränen versiegten, und der Schmerzdruck nahm ab.

Vorsichtig schlug sie die Augen auf.

Bestandsaufnahme.

Keine Migräne. Klarer Kopf. Angst: unter Kontrolle. Trauer: beherrschbar.

„Was zum Teufel war das?“, flüsterte sie in der Stille des Hauses.

Sie könnte noch mehr Punkte auf die Liste setzen, dachte Winter, als sie sich mit zitternden Beinen aufrichtete. Besorgnis. Beklemmung. Furcht und böse Vorahnungen.

Doch ehe eine weitere Welle von … was auch immer über sie hereinbrach, stieg Winter die Treppe hoch und ließ den Kaffeebecher auf der Stufe stehen. Je höher sie kam, desto stärker wurde ihre Angst. Ihre Haut spannte und zitterte, als wäre sie das Glas, das beim hohen C einer Opernsängerin zu zerschellen drohte.

Oben angelangt, sah sie im Fenster zur Linken, dass noch immer die Sonne schien. Vögel flogen umher. Auf der Straße bellte ein Hund. Das machte ihr klar, dass draußen das normale Leben weiterging, obwohl es im Haus so still und bedrückend wie in einer Krypta war.

Die Tür zum Elternschlafzimmer stand einen Spalt weit offen.

Ihre Füße waren schwer wie Blei, und als sie sich dem Raum näherte, blendete sie alles aus, was ihr hätte wehtun können. Zum Beispiel die überwältigende Traurigkeit.

Im Schlafzimmer hielt sie den Atem an. Die Luft war hier frischer, denn ein Ast hatte die Fensterscheibe eingeschlagen. Sie schaute sich um und stellte fest, dass sich seit ihrem letzten Besuch nichts verändert hatte. Die Fußabdrücke auf dem staubigen Boden stammten vermutlich von ihr. Inzwischen wirkten sie verwischt und unscharf.

Zu ihrer Überraschung und Erleichterung war die Staubschicht dort, wo das Bett gestanden hatte, unberührt. Im Sonnenschein war ein grauer schillernder Film zu erkennen, der braune Flecken auf dem Hartholz bedeckte.

Okay. Es wurde Zeit. Sie sog die frische, feuchte Luft ein, die durch die zerbrochene Fensterscheibe hereinströmte.

Öffne dich, dachte Winter.

Mit einem Geräusch wie von tausenden Fledermausflügeln brach Dunkelheit über sie herein und warf sie zu Boden.

„Bieg hier ab."

Diesmal steuerte Bree den Leihwagen, und sie blickte Noah an. Ihre braunen Augen leuchteten vor Neugier und Erregung. Sie waren ganz dicht dran. Der Preacher war in der Stadt, das spürten sie.

„Ich dachte, wir fahren zur Polizeiwache von Harrisonburg."

„Das tun wir auch. Ich möchte mir bloß etwas ansehen."

Er dirigierte sie zum Krueger Motor Inn.

„Hübsch", schnaubte sie und hielt auf dem Parkplatz vor dem heruntergekommenen Hotel. „Trotzdem, unsere Reservierung bei Motel 6 möchte ich nicht dafür eintauschen."

Seit dem Telefonat mit Winter am Morgen wurde er das Gefühl nicht los, dass sie nicht in Richmond war, sondern viel näher. Das spürte er so deutlich wie die Gegenwart des Preachers. Und das gefiel ihm nicht. Er überlegte, ob er ins Büro gehen und mit Alma Krueger reden sollte. Aber als er sich ihr eifriges faltiges Gesicht vorstellte – und ihre Art, ihn mit den Augen auszuziehen – kniff er dann doch.

„Wenn du hier nach links abbiegst, kommen wir zu einem Starbucks."

„Das ist mal ein Wort." Bree kurbelte am Lenkrad und wendete geschickt auf dem Parkplatz.

Im Drive-through musste er noch immer an Winter denken. Sie mochte Mokka mit Eis. Mit Magermilch, ohne Sahne. Manchmal trank sie ihn auch warm, doch er hatte nie erlebt, dass sie etwas anderes als Mokka bestellt hätte.

„Ground Control an Major Tom“, sagte Bree und schwenkte ihre schlanke Hand vor seinem Gesicht. „Zum Büro des Sheriffs?“

„Nein. Hier nach rechts.“

„Eine Info wäre hilfreich“, murmelte Bree, bog rechts ab und verdrehte die Augen. „Oder besser gleich mehrere. Suchen wir auf dieser unscheinbaren Wohnstraße nach etwas Speziellem, Agent Dalton?“

„Da“, sagte er in grimmigem Ton. „Das ist Winters Honda Civic.“

„Scheiße,“ fluchte sie leise und gedehnt. Bree fuhr schneller, wendete und hielt hinter dem Honda am Ende der Straße. „Ist das ihr Elternhaus?“

Er war bereits ausgestiegen und näherte sich dem Haus, ohne ihr zu antworten. Die Tür war geschlossen, ließ sich aber mühelos aufdrücken. Sie war eingetreten und angelehnt worden, damit die Nachbarn nicht aufmerksam wurden.

Auf der untersten Treppenstufe stand ein weiß-grüner Becher. Heute hatte Winter sich für einen warmen Mokka entschieden, dachte er zusammenhanglos.

Bree schloss schnaufend zu ihm auf. „Ist der von ihr?“

„Ja.“

„Ganz sicher?“ Sie legte die Finger daran. „Kalt. Könnte von heute Morgen sein oder schon eine ganze Woche hier stehen.“

Er nahm die Treppe im Laufschritt. Auf dem Flur im ersten Stock waren im Staub frische Fußspuren zu erkennen.

Die Tür, zu der sie führten, war geschlossen.

Er rüttelte an der Klinke.

„Winter!“, brüllte er und hörte, dass Bree hinter ihm die Treppe hochkam. „Zurückbleiben!“, rief er und zog die Dienstwaffe.

Nach einem festen Tritt krachte die Tür gegen die Innenwand, die Klinke drückte sich in den Gipskarton.

„Herrgott, Noah, ist sie tot?“

Er schob die Waffe ins Holster und ging in die Hocke.

Die Blutlache um Winters Kopf war zu einer dicken Masse geronnen. Als er sich abstützte, um nach dem Puls zu tasten, fühlte es sich unter seiner Hand unangenehm klebrig an.

Er hielt die Luft an, vor schlechtem Gewissen und Mitgefühl war ihm übel.

Zorn.

Dann auf einmal spürte er etwas. Einen flatternden Puls, so flüchtig wie die Berührung von Mottenflügeln. Mit einer Art Schluchzer ließ er den Atem entweichen, zu erleichtert, um sich Bree gegenüber zurückzuhalten.

„Notruf?“, fragte Bree kurz angebunden und musterte das Zimmer mit konzentrierten, eingeübten Bewegungen. Sie suchte nach Anzeichen eines Kampfes. Nach Blut an den Wänden. Einer Beschriftung oder Kreuzen. Der Visitenkarte des Preachers.

„Nein. Das war nicht er. Ich weiß, was passiert ist. Sie wird sich gleich wieder erholen.“

Im Vergleich zur Größe der Blutlache war die letzte Vision harmlos gewesen. Diese Menge konnte nicht allein vom Nasenbluten herrühren.

Er wälzte Winter auf die Seite, ohrfeigte sie leicht und rief ihren Namen. Sie zeigte keine Reaktion. Bree schaute besorgt zu.

„Es ist das Haus. Wir müssen sie hier rausschaffen“, sagte Noah. Er nahm Winter auf die Arme. Er hatte den Eindruck, sie bestehe nur aus Haut und Knochen. Eigentlich war sie eine große, muskulöse Person, aber sie hatte in den vergangenen Wochen stark abgenommen. Sie war kaum schwerer als ein zehnjähriges Kind.

„Ich erklär’s dir, wenn wir draußen sind“, sagte er und sah Bree direkt an. Sie wirkte besorgt. Verwirrt und verängstigt, auch wenn man es ihrem faltenlosen Gesicht nicht ansah. Für Situationen wie diese gab es keine FBI-Vorschriften.

Sie gingen nach draußen. Die frische Luft wirkte beruhigend nach der bedrückenden, stickigen Atmosphäre in Winters Elternhaus. Er hatte die Verandatreppe erreicht, als ein schwarzer Mercedes angerauscht kam und in der Mitte des Wendekreises schaukelnd zum Stehen kam. Die Tür sprang auf, und Parrish stieg steif aus, wobei er das eine Bein schonte.

Der Profiler, normalerweise wie aus dem Ei gepellt, machte einen ungepflegten Eindruck. Der Binder war verschwunden, das zerknitterte Hemd am Hals aufgeknöpft, das Haar zerzaust, sein Gesicht verstoppelt, hohlwangig und von Schmerz gezeichnet.

„Lebt sie?", blaffte er voller Angst.

„Ja." Für Animositäten und Schuldzuweisungen blieb später noch Zeit genug. „Aber irgendwas ist diesmal anders."

Darum bemüht, mit Winter nirgendwo anzustoßen, stieg Noah vorsichtig die Treppe hinunter, an deren Fuß ihn Aiden erwartete. Als Aiden ihren Namen sagte, regte sie sich, was bei Noah einen Anflug von Eifersucht auslöste. Schlechter Zeitpunkt.

Sie schlug so unvermittelt die Augen auf, dass Bree nach Luft schnappte.

Mit flammendem, wildem Blick blickte Winter umher und wehrte sich in seinem Griff. „Lass mich los!", schrie sie mühsam. Sie hieb mit den Fäusten auf ihn ein, und Noah zuckte zusammen, als sie ihn unterhalb des Auges traf.

„Winter. Hör auf." Er schrie sie nicht an, hob aber die Stimme. Er ließ sie zu Boden gleiten und schlang die Arme um sie.

Ob es an seinem Befehlston lag, am Klang seiner Stimme oder an seinem Klammergriff, jedenfalls gab irgendetwas in Winter nach, und sie wurde ganz weich in seinen Armen. Er musste das Gleichgewicht verlagern, damit sie nicht vollständig zusammenbrach.

„Liebes, ruhig. Alles in Ordnung, Liebes", flüsterte er an ihrem Haar.

„Ihr seid alle tot", stöhnte sie und krallte die Finger in sein Hemd. Sie klang verzweifelt, gebrochen.

Aiden und Bree beobachteten schweigend, wie Noah Winters Rücken streichelte, während sie weinte.

# 21

Dunkelheit. Kälte. Tod.

Blutige, grausame, hämische Bilder von Kreuzen, Eingeweiden, Sehnen und Knochen. Dazu heulten tausend Dämonen.

Winter wollte sich die Ohren zuhalten, um die Erinnerung daran auszublenden.

Da war auch noch ein lautes Zischen, wie das Schleifen am Ende eines Musikstücks, wenn die Nadel in der Mitte des sich drehenden Plattentellers verharrt.

*Töte sie alle. Treibe ihnen die gottlose Seele aus.*

„Winter, sieh mich verdammt noch mal an. Dämmer nicht wieder weg!"

Die Stimme war laut. Lauter als das bösartige Geflüster, und sie ergriff die Rettungsleine.

Hangelte sich fort vom Gedanken an ihren kleinen Bruder, der noch zu jung war, um allein auch nur bis zum Ende der Straße zu gehen, entführt von einem Menschen, der zu wilder Grausamkeit fähig war.

Ihre Lider senkten sich, während eine Woge von Traurigkeit über ihr zusammenschlug und ihre Augen mit Tränen füllte. Die gleiche Traurigkeit hatte sie schon bei ihrem ersten Besuch im Haus überwältigt.

Kleine Gefühlsexplosionen flammten auf ihren Wangen auf, und sie öffnete mit flatternden Lidern die Augen. Noahs düsteres Gesicht stellte sich scharf, und die Dunkelheit wich zurück. Sie sah ihm in die Augen. Tiefgrün wie Gras im Schatten, mit kleinen goldenen Flecken in der Nähe der Iris, die sie bisher nie bemerkt hatte.

Vertraut und unwiderstehlich holten sie sie zurück in den hellen Tag.

„Winter." Er hörte auf, sie zu ohrfeigen. „Hörst du mich?"

Die Dunkelheit verweilte noch am Rande ihres Bewusstseins, doch sie nickte.

„Gut. Setz dich." Noah drückte sie auf den Bordstein nieder. Mit den Schultern schirmte er den Sonnenschein ab, so dass sein Gesicht im Schatten lag, wie bei einem überbelichteten Foto. Sie sackte zusammen, ein stechender Schmerz durchzuckte ihre Knie. Ihre Gelenke taten weh, und sie hatte Magenschmerzen.

Sie beugte sich über die Knie vor, kämpfte gegen die Benommenheit und stützte den Kopf auf die Hände. Sie hörte, wie Noahs Stiefel knirschten, als er sich entfernte. Die Kopfschmerzen hatten aufgehört, doch sie war aus dem Gleichgewicht. Labil. Sie versuchte, sich auf ihre Atmung zu konzentrieren.

Ihr unregelmäßiger Herzschlag beruhigte sich ein wenig, sobald sie sich in der Realität orientierte. Winter hörte wieder das Vogelgezwitscher. Irgendwo in der Nähe hämmerte ein Specht im Stakkato gegen einen Baumstamm. Die Nachmittagssonne wärmte ihr den Scheitel.

Morgens war sie hier angekommen.

Wie lange war sie weg gewesen?

„Trink das." Noahs Stimme klang so, als würde Honig

aufs Pflaster gegossen. Sie schaute hoch, und er reichte ihr eine lauwarme Flasche Pepsi.

„Du weißt doch, Coke ist mir lieber." Ihre Stimme klang rau, der Hals tat ihr weh. Sie trank einen Schluck von der schalen, sirupartigen Cola und verzog das Gesicht.

Noah lachte, seine Miene entspannte sich ein wenig. „Oh Mann, Liebes, ich kaufe dir einen ganzen Kasten Coke, aber jag mir nie mehr einen solchen Schrecken ein, okay?"

Winter lachte nicht.

Sie konnte nur hoffen, dass sie sich selbst oder ihr Umfeld nie wieder so erschrecken würde.

„Wie hast du mich gefunden?"

„Telepathische Verbindung?", sagte er in scherzhaftem Ton, doch seine Miene blieb ernst. Er taxierte sie mit seinem Ermittlerblick. Nahm sie Stück für Stück auseinander mit seinem überragenden Verstand, den er hinter seiner umgänglichen Art verbarg.

„Hör auf, mich so anzustarren, Idiot. Oder mach wenigstens ein Foto. Das hält länger vor."

Das klang kindisch angesichts des Grauens, das in ihr nachklang. Sie spürte noch immer den Hauch des Bösen, das sie gestreift hatte und hinter ihrem Rücken lauerte. Sie wollte sich nicht umdrehen. Brauchte es auch nicht. Die Erfahrung hatte sich ihr eingebrannt.

Noah lächelte ironisch. „Das ist die Winter, die wir alle kennen und lieben."

Als sich jemand in der Nähe räusperte, wurde ihr schlagartig bewusst, dass sie nicht allein waren. Bree reichte ihr eine Packung Feuchttücher, Aiden schaute aus ein paar Metern Abstand schweigend zu.

„Die ganze Gang ist hier versammelt", murmelte sie und nahm die Tücher entgegen. „Seid ihr alle telepathisch veranlagt?"

„Nur die beiden." Bree musterte sie aufmerksam. „Du

solltest bei der Säuberung besser in einen Spiegel schauen. Du hast …“ Sie deutete vage auf Winters Gesicht.

Winter besah sich das Tuch. Es war stärker mit Blut getränkt, als sie erwartet hatte. Sie fasste sich ans Gesicht. Um den Mund herum spannte die Haut, die Wange fühlte sich rau an, ihr Haar war verfilzt. Sie schnitt eine Grimasse und nickte.

„Darf ich?“ Ohne die Antwort abzuwarten, zog Bree mehrere Tücher aus der Packung und machte sich daran, das Blut von Winters Gesicht zu tupfen. Die Berührung war gleichzeitig schroff und zärtlich. Es war peinlich, doch die Verlegenheit holte sie zurück in die Realität. Die dunklen Schatten traten noch mehr in den Hintergrund.

Als Bree fertig war und wie eine Henne vor Zufriedenheit gluckste, verstaute Noah die blutigen Tücher in einer Einkaufstüte.

„Kannst du gehen?“

Bree hatte die Frage gestellt. Sie half ihr hoch, und als beide Männer einen Schritt vortraten, bekam Winter auf einmal Platzangst.

„Es geht schon.“ Es klang schroffer als beabsichtigt. Sie war dankbar für ihre Fürsorge. Aber sie wollte sie nicht. Sie verspürte das dringende Bedürfnis, loszurennen.

Sie löste sich aus Brees Griff und wollte sich ein Stück weit absetzen, doch Aiden verstellte ihr den Weg. Schlanker als Noah, elegant und kräftig, lächelte Aiden humorlos. Den Ausdruck seiner blauen Augen konnte sie nicht deuten.

Überlagert von seinen aristokratischen Gesichtszügen, sah sie auf einmal ein anderes Gesicht vor sich. Blaue Augen starrten sie an, doch sie waren ausdruckslos, ohne jede Spur seiner wachen Intelligenz. Das Gesicht war blass und leblos. Der Hals über dem rotfleckigen Hemdkragen klaffte offen. Ein obszönes Grinsen.

Sie blickte Bree an. Bree sah noch schlimmer aus.

Verschwunden war das hübsche rundwangige Gesicht mit der kaffeebraunen Haut, die Knochen lagen bloß. Ein grinsender Totenschädel hatte seinen Platz eingenommen. An manchen Stellen waren die Knochen von einem chirurgischen Instrument geritzt worden. Brees Schönheit war zerstört, das Böse hatte seine Spuren hinterlassen.

Winter unterdrückte die aufkommende Übelkeit und blickte Noah an, suchte unbewusst bei ihm Trost. Noahs angenehmes kantiges Gesicht war verbrannt. Seine Haut war verkohlt und schälte sich stellenweise ab, die Augen waren blutunterlaufen und …

Sie ertrug es nicht. Ihr schwirrte der Kopf, und sie verschloss die Augen vor den grausamen Bildern. Sie musste hier weg. Je länger sie blieb, desto näher würde der Preacher ihnen kommen, und er war die Inkarnation des Todes.

Sie fröstelte und atmete schwer.

Als sie wieder Aiden ansah, war sein Gesicht ganz normal. Beinahe hätte sie vor Erleichterung aufgeschluchzt.

„Aus dem Weg, Parrish", knurrte sie. „Ich möchte vermeiden, Ihren Designeranzug mit Blut zu beschmutzen."

Aiden wich nicht vom Fleck. „Steigen Sie in den Wagen", sagte er mit sanfter, beherrschter Stimme. „Sie können sich im Hotel saubermachen."

In seinen Wagen? Auf keinen Fall.

„Und Ihre schönen weißen Ledersitze mit Blut besudeln? Nein."

Sie zwängte sich an ihm vorbei und ging zum Civic.

„Winter", sagte Noah drohend.

„Leute." Brees Tonfall war freundlich, aber entschieden. „Ich fahre sie. Wo sind Sie abgestiegen, Aiden?"

Die Stimmen wurden leiser, und Winter stolperte. Bree fasste sie am Ellbogen, warm und fest, und geleitete sie zur Beifahrerseite. Sie öffnete ihr die Tür, als wäre sie ein Kind. Winter war jämmerlich dankbar, dass jemand ihr half. Sie hatte das Gefühl, ihre Gliedmaßen seien mit Bleigewichten behangen. Ihr Fluchtinstinkt war noch immer stark, doch auf einmal brach die Erschöpfung wie ein Tsunami über sie herein.

Obwohl sie es sich nur ungern eingestand: Auf der Straße hätte sie nicht nur andere gefährdet, sondern auch sich selbst.

Winter waren die Lider so schwer, als wäre sie mit Sand gefüllt, und sie hatte Mühe, die Augen offen zu halten. Bree setzte sich ans Steuer und schob den Sitz wegen ihrer kurzen Beine ruckartig nach vorn. Ohne um Erlaubnis zu fragen, langte sie in Winters Umhängetasche, die zwischen den Sitzen stand, und fischte geschickt den Wagenschlüssel heraus.

„Schnall dich an."

Ihr Tonfall war freundlich, aber bestimmt.

Winter nahm es ihr nicht übel. Die Erfahrung hatte sie zu sehr verunsichert.

Sie ließ die Lider herabsinken und lehnte den Kopf an, versuchte sich auf die Gegenwart zu konzentrieren anstatt auf die Zukunft. Eine Weile schwiegen sie. Winter wusste nicht, wohin sie fuhren, und sie war so müde, dass es ihr egal war.

„Dann hast du also das Zweite Gesicht?"

Sie stellte die Frage ganz sachlich, doch ihr Inhalt schreckte Winter auf.

Sie zwang sich, die Augen zu öffnen. „Wie meinst du das?"

Bree wandte den Kopf und lächelte sie an. „Das ist cool. Meine Grandma und meine Mom hatten es auch. Ich glaube, ich bin dafür zu sachlich. Es hat eine Generation übersprungen."

Winter schüttelte abwehrend den Kopf, doch Bree redete weiter.

„Wenn deine Mom es hatte, erinnerst du dich vielleicht

nicht mehr daran“, bemerkte Bree vorsichtig, „aber ist deine Grandma hellsichtig?“

Gramma Beth? Der Gedanke nahm sie dermaßen in Beschlag, dass sie ernsthaft darüber nachdenken konnte. Gramma Beth mit ihrem freundlichen, hübschen Gesicht und den altmodischen Kleidern. Immer gut angezogen, eine Zauberin in der Küche, schlagfertig und mit bissigem Humor. Grampa Jack, groß und still und gutmütig, hatte sie als Kind für den Stärkeren gehalten, doch als Erwachsene war Winter zu der Einsicht gelangt, dass Grandma mit fester, sorgfältig manikürter Hand die Geschicke der Familie lenkte.

Gramma Beth, die ihr vor ein paar Monaten im Traum erschienen war und ihr im Grunde das Leben gerettet hatte.

Gramma Beth, die sich mit Winters Berufsentscheidung abgefunden hatte und seitdem Polizei-Dokus schaute. Sie hatten über einen von Winters Fällen gesprochen, und sie hatte sich sehr für die Theorien interessiert, die Winter im Zuge der Ermittlungen entwickelt hatte, und dabei eine gute Intuition bewiesen.

Aber das Zweite Gesicht? Das hätte aus einem Stephen-King-Roman stammen können. Sie musste an *Shining* denken. Fiktion.

Bree hatte es nicht kapiert.

„Ich bin nicht hellsichtig“, erwiderte Winter schließlich. Ebenso gut konnte sie mit Bree Klartext reden. Alle anderen wussten ja ebenfalls Bescheid.

„Ich habe meine Eltern entdeckt. Ich war an dem Abend bei einer Freundin. Die Türen waren bei uns immer unverschlossen. Ich ging ins Haus und stieg die Treppe hoch. Die Tür stand einen Spalt weit offen, und da habe ich sie gesehen …“

Bree wandte den Blick nicht von der Straße ab, sondern

nickte bloß. Winter spürte ihr Mitgefühl, doch ihr Schweigen machte es ihr nicht leichter.

„Mein Dad hatte ein Einschussloch in der Stirn. Er musste nicht leiden. Meine Mom … wurde so behandelt wie die übrigen Opfer des Preachers." Sie schloss die Augen, als könnte sie die Erinnerung ausblenden. „Der Preacher war noch da. Ich bemerkte ihn erst, als er hinter mir stand. Er schlug mich mit einem Gegenstand. Ich wurde bewusstlos. Meine Erinnerung setzte erst wieder ein, als ich Monate später im Krankenhaus aufgewacht bin."

„Dein Koma", murmelte Bree und setzte den Blinker. „Und … dein Bruder?"

Der Schmerz, den der Gedanke an den kleinen Justin mit seinen Zahnlücken auslöste, war im Laufe der Zeit verblasst, doch weh tat es noch immer. Als würde ihr jemand das Herz mit einem Buttermesser ausschaben.

„Er war verschwunden."

Bree schnitt eine Grimasse. „‚Das tut mir leid' klingt so dürftig. Ich kann mir das nicht mal vorstellen. Aber ich habe einen jüngeren Bruder", fügte sie hinzu. „Er ist kein kleiner Bruder mehr. Er ist mindestens einen Kopf größer als ich, ist verheiratet und hat drei Kinder, aber … ich kann's mir nicht vorstellen."

Als sie nach rechts abbog, tauchte vor ihnen das Hotel auf. Motel 6, am Rand des Highways.

„Hör mal", sagte Winter, deren Nerven bereits wieder vor Tatendrang vibrierten. „Ich weiß, dass ihr alle euren Job macht, aber ihr müsst verschwinden."

Brees Augen waren ruhig und samtig-braun. Ihre Miene war entschlossen.

Winter schüttelte den Kopf. Sie hatten das Hotel fast erreicht. „Ihr drei müsst euch zurückziehen", beharrte sie. „Ich weiß, ihr arbeitet an dem Fall, aber ich bitte dich inständig. Bring sie dazu, die Stadt zu verlassen. Denk dir irgendeinen Hinweis aus und schaff sie von hier weg. Parrish und Dalton."

„Tut mir leid, meine Liebe. Wir sitzen im selben Boot."

Brees Bedauern klang aufrichtig, aber Winter kochte bereits. Sie hörte gar nicht hin.

„Ich habe keinen Shine oder was immer du glaubst. Ich habe keine übernatürlichen Kräfte. Mein Gehirn ist durcheinander, weil ich eine innere Kopfverletzung hatte und ein paar Monate lang bewusstlos in einem Krankenbett gelegen habe. Aber du musst mir glauben, wenn ich dir sage, dass es für euch hier nicht sicher ist."

Bree fuhr auf den Parkplatz. Neben ihnen stoppte Aidens Mercedes. An der anderen Seite hielt Noah.

Sie fühlte sich eingesperrt. In die Enge getrieben.

„Verdammt noch mal, Bree, bitte." Sie klang verzweifelt, und Bree mochte glauben, sie sei durcheinander, doch das war Winter egal.

Bree drehte den Zündschlüssel im Schloss, und der Motor ging stotternd aus.

„Hör mir zu." Sie wandte sich auf dem Sitz herum, sah Winter in die Augen und fasste sie bei den Händen.

Winter hätte sich ihr am liebsten entzogen. Ihr war unbehaglich zumute. Sie und Bree waren Kollegen. Das kam ihr vor wie eine Grenzüberschreitung, doch Bree erwiderte ihren panischen Blick mit ruhiger Entschlossenheit.

„Hör mir zu", wiederholte sie, und ihre leicht schwieligen Hände fühlten sich warm an. „Wir sitzen im selben Boot."

Die Tür des Mercedes wurde zugeworfen. Noah stand wie ein Monolith vor dem Civic auf dem Gehsteig. Winters Herz schlug unregelmäßig. Sie fühlte sich eingepfercht.

Winter wollte etwas sagen, doch Bree kam ihr zuvor.

„Ich habe *wir* gesagt. Du bist dem Fall nicht offiziell zugeteilt. Parrish auch nicht. Aber wir haben gegeneinander gearbeitet, in dem Glauben, wir wären die Einzigen, die den

Preacher fassen können. Ab sofort bündeln wir unsere Anstrengungen, damit wir unser Ziel auch tatsächlich erreichen. Er ist hier. Wir sind hier. Wir müssen verdammt noch mal aufhören, unsere Zeit mit Machtspielchen zu vergeuden, und die Köpfe zusammenstecken, bevor er wieder zuschlägt."

Ganz allmählich beruhigte sich Winters panischer Herzschlag. Bree drückte ihr noch einmal die Hände, dann ließ sie los.

Sie stiegen aus und wandten sich zum Eingang des schäbigen Hotels. Sie würde mit ihnen zusammenarbeiten. Einstweilen. Bree hatte recht, vielleicht brauchte es ihrer aller Einsatz, um den Preacher zu fassen.

Am Ende aber musste sie sie loswerden.

Winter wollte ihn allein zur Strecke bringen.

# 22

Wynona Baines konnte ihren Namen nicht ausstehen. Er klang nach einer alten Lady, einer Countrysängerin mit ausladendem Haarschopf. Sie konnte nichts dafür, dass ihr Dad von Wynonna Judd besessen gewesen war und dass ihre Mom nicht Parker als Vornamen durchgesetzt hatte. Ihr Dad hatte den Streit vor dreizehn Jahren gewonnen, und Parker war ihr zweiter Vorname geworden.

Parker klang cool. Nach einer, die die achte Klasse problemlos schaffte und nicht auf dem Flur über die eigenen großen Füße stolperte und die Bücher unmittelbar vor Jake Popper fallen ließ, dem süßesten Jungen der ganzen Schule.

Parker wäre ein blondes aufgewecktes beliebtes Mädchen, die es draufhatte. Kein mageres schwarzhaariges linkisches Mädchen mit einem Pickel am Kinn, der aussah wie der Vesuv, obwohl sie ihn am Morgen mit der Foundation ihrer Mutter abgedeckt hatte.

„Wynnie, hast du mit deinen Eltern über Freitagabend gesprochen?" Becca, klein und pummelig, mit braunen Augen und einem zu langen Pony, schaute wie ein junger

Hund zu ihr auf. Becca wohnte ganz in ihrer Nähe, und sie waren befreundet, seit sie gehen konnten.

„Parker", verbesserte Wynona automatisch und reckte das Kinn. „Ab sofort heiße ich Parker."

Sie versuchte jedes Mal, Becca zu korrigieren, und hatte ihr sogar vorgeschlagen, sie solle ihren vollständigen Namen Rebecca Montague benutzen, weil er so mondän klang, doch Becca hielt sich einfach nicht daran. Sie war immer noch ein bisschen kindisch. Vermutlich deshalb, weil sie erst zwölfeinhalb war.

Wynnie und Becca: Kindernamen. Und mit fast dreizehn war nichts so schlimm, wie als Kind abgestempelt zu werden.

„Ja", antwortete sie. „Ich darf. Ich muss vorher aber meine Hausarbeit erledigen und für die Geschichtsarbeit mindestens ein Gut bekommen."

„Cool", sagte Becca erleichtert. „Du kriegst bestimmt ein Sehr Gut. Du bist klug. Wenn du willst, helfe ich dir bei der Hausarbeit. Ich mache auch gern den Abwasch."

Becca hakte sich bei Wynona ein, um sie daran zu erinnern, dass sie beste Freundinnen waren. Becca war immer so ernsthaft. Dieses Wort war letzte Woche im Englischunterricht in ihren Vokabeln aufgetaucht, doch es passte perfekt zu ihrer Freundin. *Sei ernsthaft und aufrichtig in deinen Überzeugungen.*

Sie waren beste Freundinnen für immer, auch wenn Becca etwas unreif war.

Auf dem Weg zu Beccas Haus unterhielten sie sich darüber, wie Barry Klippington sich heute Morgen im Speisesaal übergeben hatte. Es war ihm peinlich gewesen, aber er zog Wynona im Mathe-Grundkurs immer am Haar, deshalb hatte sie nicht viel Mitgefühl mit ihm. Kotz-Barry … den Spitznamen würde er nicht mehr los. Sie zuckte mitfühlend zusammen.

Die Vögel zwitscherten, und der Himmel war so blau,

dass es beinahe wehtat. Es fühlte sich nach Frühling an, und sie und Becca waren guter Laune, als Wynona sich an der Tür von ihr verabschiedete.

„Bis morgen!", rief sie, winkte und ging weiter. Sie wohnte zehn Häuser entfernt, hinter der nächsten Abbiegung.

Sie überlegte gerade, dass Barry eigentlich süß sei, wenn er sie nicht gerade ärgerte oder vor versammelter Mannschaft das Essen auskotzte, als sie hinter sich eine Stimme vernahm.

„Winter?"

Wynona drehte sich verwirrt um. Es war Frühling, nicht Winter.

Ein alter Mann mit freundlichem Lächeln war ein paar Häuser hinter ihr. Er winkte ihr zu, als ob sie einander kannten, und sie verspürte einen Anflug von Unbehagen, als liefe ihr ein kalter Regentropfen den Rücken hinunter. Sie lächelte reserviert und ging weiter.

Mit ihrem roten Converse-Sneaker blieb sie an einer Pflasterfuge hängen, wäre beinahe gestürzt, und ihr Herzschlag geriet ins Stolpern.

„Hey, Kleine. Kannst du mir helfen?"

Sie wollte weglaufen. Aber warum? Er war ein harmloser alter Knochen. Nicht sehr groß, mit weißem Haar und Brille wie ihr Grandpa Baines. Sie wurde langsamer und drehte sich widerwillig um.

Eigentlich gab es keinen Grund auszuflippen. Er war ihr jetzt viel näher, nur noch zwei Häuser entfernt, doch er war *alt*. Um die siebzig. Hatte rosige Wangen und eine rote Nase, wie auf dem Bild vom Weihnachtsmann in einem der Weihnachtsbücher ihres kleinen Bruders. Außerdem war es helllichter Tag. Da passierte nichts Böses. Oder?

Aber seine Augen waren schwarz. Dunkel und unheimlich. Ihr wurde ganz mulmig zumute, so wie zu Halloween, als sie mit Becca lange aufgeblieben war und *Die Heimsuchung* gesehen hatte.

Seine Augen glichen denen der Puppe Annabelle. Wynona bekam an den Armen eine Gänsehaut.

„Tut mir leid", sagte sie und versuchte, auch so zu klingen. „Ich muss heim und Hausaufgaben machen. Ich bin spät dran, und meine Mom wird mit mir schimpfen."

Sie wandte sich ab und reagierte nicht, als er etwas murmelte, das sie nicht verstand. Es hörte sich wieder an wie ‚Winter'.

Ihr sträubten sich die Nackenhaare. Sie ging schneller, machte Anstalten, die letzte Straße vor ihrem Haus zu queren. Sie kam sich blöd vor, doch sie hatte das gleiche panische Gefühl, das sie manchmal überkam, wenn sie an der Schnur der Kellerlampe zog, nachdem sie Wäsche gewaschen hatte, die lästigste ihrer Haushaltspflichten.

Dann wäre sie am liebsten die dunkle Treppe zum Erdgeschoss hochgerannt, damit nicht irgendein Monster sie durch die Lücken zwischen den Stufen hindurch packte.

Aber es gab keine Monster. Nur in Filmen.

Trotzdem wäre es Wynona lieber gewesen, jemand wäre bei ihr gewesen. Eine Erwachsene. Oder ihretwegen auch Becca.

Sie trat auf die Straße und war im Begriff loszurennen, egal ob sie wirkte wie ein Loser, als er sie packte. Sie wollte schreien, doch er legte ihr seine knochige, knotige Hand auf Nase und Mund, so dass sie keine Luft mehr bekam.

Angst überschwemmte sie, und sie fürchtete schon, sie müsse kotzen. Aus irgendeinem Grund dachte sie an Barry, und erneut tat er ihr leid. Sie wehrte sich, versuchte sich zu konzentrieren. Sich loszureißen. Doch der alte Kerl war stark, er hatte kräftige Arme, und sie konnte nicht atmen. Benommenheit setzte ein.

Sie hatte sich geirrt, dachte sie und wurde wirr im Kopf,

als der alte Mann sie zu einem großen verrosteten, alten Pick-up zerrte, der am Bordstein stand. Jedes Mal, wenn sie sich bescheuert vorgekommen war, nachdem sie in Panik die Kellertreppe hochgestürmt war.

Im Wagen roch es nach schmutzigen Socken. Tränen strömten ihr über die Wangen, und der Magen drehte sich ihr um, als der alte Mann ihr ein dreckiges Tuch vor den Mund band. Er drückte sie mit seinem großen Altmännerkörper nieder und fesselte ihr mit Stricken Hände und Füße.

In diesem Moment lernte Wynona Parker Baines etwas Bedeutsames.

Monster gab es wirklich.

Noah lehnte sich im unbequemen Hotelsessel zurück. Für einen Mann seiner Größe war das eine harte, unnachgiebige Sitzgelegenheit, zumal er bereits seit sechs Stunden darin saß. Er blickte Aiden an. Der war fast so groß wie er, doch ihm schien es nichts auszumachen. Aiden saß kerzengerade da und blickte mit der gleichen Konzentration aufs Laptopdisplay wie um fünf Uhr, als sie die Besprechung beendet und sich an die Arbeit gemacht hatten.

Vermutlich war es unter seiner Ehre zuzugeben, dass ihm der Arsch eingeschlafen war, dachte Noah grimmig. Und das vulgäre Wort Arsch hatte er vermutlich noch nie benutzt.

Bree wirkte müde, doch obwohl es schon elf Uhr abends war, haute sie noch immer so flink in die Tasten wie eh und je.

Der Platz an dem kleinen runden Tisch in Noahs Zimmer reichte kaum für zwei, und zu dritt wurde es richtig eng. Winter hatte sich deshalb mit ihrem Laptop aufs Bett gelegt und den Oberkörper mit Kissen abgestützt.

Er betrachtete sie einen Moment. Sie hatte sich wieder etwas erholt, was auch der Fleischpizza zuzuschreiben war, mit der er sie im Restaurant praktisch gefüttert hatte. Ihr Gesicht war noch umschattet, und sie hatte dunkle Augenringe. Gleichwohl wirkte sie hochkonzentriert.

Er machte sich Sorgen um sie. Er hatte die anderen davon überzeugen wollen, dass sie sich im Krankenhaus untersuchen lassen müsse, doch man hatte ihn überstimmt. Noah massierte sich den steifen Hals. Dass niemand auf ihn hörte, ärgerte ihn. Die anderen waren völlig auf den Fall konzentriert.

Es würde ihr recht geschehen, wenn sie sich zu Tode arbeitete. Er bewegte unruhig die Füße und zog das Ladekabel aus der Buchse seines Handys. Er checkte die Mailbox, obwohl er das Klingeln gehört hätte, wenn der Polizeichef von Harrisonburg ihn angerufen hätte.

Ihre erste Handlung als Team war es gewesen, den Preacher zur Fahndung auszuschreiben. Nachdem sie ihre Informationen miteinander geteilt hatten, hatten sie Gary angerufen, den Polizeichef, mit dem sie bereits zusammengearbeitet hatten. Er und einer seiner Officer kannten Winter, und das machte die Suche nach dem Preacher für sie zu einer Herzensangelegenheit.

Hinzukam, dass der Preacher sich derzeit in ihrem Revier aufhielt. Noah musste davon ausgehen, dass die Polizei von Harrisonburg motiviert war und ebenso hart arbeiten würde wie sein eigenes Team, auch wenn er derjenige sein wollte, der den Preacher schnappte.

Der Weiße Ritter, dachte er. Winter hatte recht gehabt. Sie war nicht darauf angewiesen, dass er das für sie erledigte, und vor allem *wollte* sie es nicht. Aber wenn sie das Arschloch aufspürten, würde er nicht mehr von ihrer Seite weichen, ob es ihr gefiel oder nicht.

Noah war noch immer heftig angepisst, weil Winter ihm verschwiegen hatte, dass der sadistische Scheißkerl sie mehrfach kontaktiert hatte. Über diesen Verrat würde er so schnell nicht hinwegkommen. Als es zum ersten Mal passierte, war er ganz in der Nähe gewesen, nur ein schäbiges Hotelzimmer entfernt. Er hätte sie damals stärker drängen sollen, ihm zu sagen, was los war. Er hatte zwar gespürt, dass etwas nicht stimmte, doch er hatte es ihr durchgehen lassen.

Wenigstens hatte er jetzt nicht mehr das Gefühl, dass sie etwas zurückhielt. Alle Karten lagen auf dem Tisch. Vielleicht mit Ausnahme von Parrishs Karten. Er wusste, was das Arschloch dachte. Er war ein FBI-Bonze. Leitete seine eigene Abteilung. Wahrscheinlich versprach er sich von seiner Mitarbeit Vorteile, sonst wäre er wohl in seinem Büro in Richmond geblieben und hätte dort den Kontrollfreak gespielt.

Noah legte das Handy auf den Nachttisch und holte sein zerfleddertes Kartenspiel hervor. Die Karten fühlten sich weich an. Er würde bald neue kaufen müssen, dachte er, als er das Gummiband abzog, das die eselsohrigen Karten umspannte.

Es war eine seltsame, aber alte Angewohnheit. Als Teenager hatte er auf dem Schoß seines Großvaters pokern gelernt, und es half ihm beim Nachdenken.

Bevor er mischen konnte, spielte sein Handy John Denvers Song *Country Roads*. Er schob das Kartenspiel in die Brusttasche und bückte sich nach dem Herzkönig, der auf den Boden gefallen war.

Der Polizeichef war dran.

„Dalton. Was gibt's?"

Er spürte, dass alle anderen im Raum ihn anstarrten. Seine Hände begannen zu prickeln, und im nächsten Moment verflüchtigten sich die Schmerzen und der Ärger, die ihn eben noch geplagt hatten.

Vibrierend vor neuer Energie legte er auf.

„Los geht's, Leute."

Noah grinste Bree und Winter an wie ein Wahnsinniger. Aiden war bereits auf den Beinen, krempelte sich die Ärmel herunter und knöpfte seine eleganten Manschetten.

„Der Preacher ist aus seinem Loch hervorgekommen. Wenn wir uns beeilen, schnappen wir ihn vielleicht, bevor er sich wieder verkriecht.“

# 23

Wynona war benommen.

Sie hatte bloß schlecht geträumt.

Obwohl sie sich das seit mindestens zwei Stunden einzureden versuchte, glaubte sie es noch immer nicht. Aber sie wollte den Gedanken nicht weiterverfolgen. Er war zu schrecklich. Sie hatte etwas zurückgedrängt, weit nach unten, wo sie nicht mehr hörte, wie es sich regte, doch es blieb da.

Sie hatte Angst, es könnte sie anspringen - wie ein *Monster,* nein, nein, nicht drüber nachdenken -, und sie hatte das unheimliche Gefühl, dass ihre Gegenwehr in etwa so wirksam war, als wollte man einen abgetrennten Arm mit einem Pflaster heilen.

Sie war mit Becca von der Schule nach Hause gegangen, sie hatten über Barry geredet, und jetzt saß sie auf einmal hier in der Polizeiwache von Harrisonburg, und ihre Zubettgehzeit war weit überschritten, denn morgen war Schule.

*Schlecht geträumt,* wiederholte sie im Stillen.

Ihre Mom saß neben ihr und hielt Wynona fest die Hand. Ihre Augen waren gerötet, und sie wirkte blass und durcheinander. Sie hatte kein Make-up aufgelegt, anders als sonst, wenn sie unter Leute ging. Ihre Haut war fleckig vom Weinen und voller Aknenarben.

Wynona wandte den Blick von ihrer Mom ab und betrachtete die Pepsidose auf dem Tisch, kratzte unbewusst an dem Pickel auf ihrem Kinn. Sie musste dazu die linke Hand nehmen, denn der Polizeichef hatte ihr den Zeigefinger der rechten verbunden.

Die Aknenarben ihrer Mom machten sie traurig. Sie wollte nicht traurig sein.

Wynona biss die Zähne zusammen. Wieso hatte ihre Mom kein Make-up aufgelegt? Wieso zeigte sie sich in dem Zustand in der Öffentlichkeit?

Ihren Dad konnte sie auch nicht angucken. Sonst bekam sie Angst. Und ein schlechtes Gewissen. Er wollte sie auch nicht ansehen, seit … seit sie nach Hause gekommen war. Ihr Kopf scheute zurück vor dem, was sie dorthin geführt hatte.

Ihre Mom gab einen Laut von sich, ein klägliches Stöhnen. Wynona wollte schreien. Ihre Mom zog ein weiteres Tuch aus der vor ihr stehenden Box. Die erste hatte sie in der Zeit aufgebraucht, in der ihr Dad mit ihrem alten Minivan zur Polizeiwache gefahren war. Dann hatte man sie in diesen Raum geleitet.

Sie erinnerte sich, dass man sie zu einem Arzt bringen wollte. Ihr war übel. Sie erinnerte sich nur an die paar Minuten, von denen sie ihren Eltern erzählt hatte. Ihr Kopf … setzte einfach aus, wenn sie sich zu erinnern versuchte. Wie eine verkratzte DVD.

Sie war nach Hause gekommen. Ihre Eltern hatten sich Sorgen gemacht und ihr viele Fragen gestellt. Dann saß sie plötzlich im Auto, auf dem Rücksitz. Im Radio spielte Countrymusik, doch ihr Dad sang nicht mit, wie er es sonst immer beim Fahren tat.

Garth Brooks besang schmachtend ein Donnergrollen,

während Daddys tiefe Bassstimme stumm blieb und ihre Mom weinte. Sie wurden von Schluchzern geschüttelt, dicke Tränen rollten ihr über die Wangen. Sie drückte Wynona an sich. Viel zu fest. Es tat weh. Nahm ihr die Luft zum Atmen. Und Daddy fuhr zu schnell, in den Kurven wimmerten die Reifen.

Es machte ihr Angst, daran zu denken, und sie krampfte die Hände um die sich erwärmende Pepsidose. Sie wünschte, ihre Mom würde mit dem Weinen aufhören. Es nervte sie.

Schlechtes Gewissen. Angst. Traurigkeit.

Wynona war einem emotionalen Wechselbad ausgesetzt. Sie hatte das Gefühl, in einem sich rasend schnell drehenden Riesenrad zu sitzen, ihr war übel. Hatte sie sich schon übergeben? Sie hatte einen sauren Geschmack im Mund, doch sie konnte sich nicht mehr erinnern.

Die Tür schwang mit quietschenden Angeln ins Zimmer hinein auf.

Mom hörte auf zu weinen, und ihr Dad rutschte auf dem Stuhl, jetzt hellwach.

Wynona schaute hoch in der Erwartung, der freundliche Chief Gary mit den traurigen Augen sei zurückgekommen, um ihr noch mehr Fragen zu stellen, die sie nicht beantworten konnte – oder wollte.

Der Chief trat als Erster ein, gefolgt von vier normal gekleideten Personen, einer trug Anzug. Zwei Frauen und zwei Männer, etwa im gleichen Alter wie ihre Eltern. Eine große Sache, aber nicht für die eine Frau, die Wynona mit dunklen Augen aufmerksam musterte.

Sie fiel Wynona auf, weil sie nicht so kalt und hart wirkte wie der braunhaarige Anzugmensch. Sie wirkte nicht traurig, anders als die kleine schwarze Frau und der große, hinter ihr stehende Mann.

Diese Lady wirkte eher sauer.

Doch das löste, anders als der Zorn ihres Daddys, keine

Schuldgefühle bei Wynona aus. Denn sie wirkte verständnisvoll. Wofür sie Verständnis hatte, wusste Wynona nicht. Doch die schlimme Erfahrung, der sie auswich, der tiefe Schnitt, der so wehtat wie die übelsten Zahnschmerzen, die sie jemals geplagt hatten … das kannte diese Lady aus eigener Erfahrung.

Wynona hörte nicht auf das, was die FBI-Agents sagten. Nicht mal die Aufregung darüber, leibhaftige FBI-Agents vor sich zu haben – die kannte sie nämlich aus der Serie *Criminal Minds* –, drang zu ihr durch. Sie stand einfach auf und näherte sich der Lady, ohne groß zu überlegen.

Sie wirkte so cool und umwerfend, wie Wynona gern gewesen wäre. Sie trug schwarze Jeans, die sie in die Stiefel gesteckt hatte, und ein weites blaues Hemd, das eine Nummer zu groß zu sein schien. Trotzdem sah sie darin nicht aus wie ein Depp, eher wie ein mageres Model. Das Hemd hing ihr auf die Hüften herab, als sollte es so sein, und darüber trug sie eine schwarze abgewetzte Lederjacke. Ihre Haare waren schwarz.

Wynona hätte beinahe geschnaubt. Damit erschöpften sich auch schon ihre Gemeinsamkeiten. Das lange schwarze Haar fiel ihr wie zufällig in perfekten, werbespottauglichen Wellen auf die Schultern. Wynonas Zähne waren zu groß für ihren Kopf, auch wenn Dad immer sagte, das werde sich auswachsen, und sie werde den Babyspeck schon noch loswerden. Sie hatte langweilige blaue Augen, und sie standen zu weit auseinander.

Aber, das konnte sie zugeben ohne zu prahlen, sie hatten beide wunderschönes schwarzes Haar.

Der Gedanke munterte sie auf, und unwillkürlich lächelte sie und ergriff die Hand der Frau. Als alle im Raum aufhörten zu reden und sie anstarrten, wurde sie verlegen.

Ihre Mom weinte – *schon wieder* -, und ihr Dad war aufgestanden und schrie den Chief an. Dad war ganz rot im

Gesicht, und an seiner Schläfe pulsierte eine Ader. Würde der Chief ihn jetzt festnehmen?

Sie zuckte zusammen, wäre am liebsten im Erdboden versunken und gestorben.

Die umwerfende FBI-Agentin schien das alles kaltzulassen. Ihr Tonfall war ruhig und leise, aber energisch. Ihre Finger fühlten sich glatt und kühl an, und es machte ihr anscheinend nichts aus, dass Wynona Schwitzhände hatte.

„Wir kommen gleich wieder", sagte sie zur Allgemeinheit, und es klang wie die natürlichste Sache der Welt. „Wynona und ich ziehen uns an einen ruhigen Ort zurück und unterhalten uns ein bisschen."

Die anderen FBI-Agents sahen sie an, nickten, als wäre sie der Boss, und schirmten Wynona von den anderen Anwesenden ab. Als sie auf den Flur traten, schauten die Polizisten von ihren Schreibtischen hoch, und die FBI-Lady schloss hinter ihnen die Tür.

Wynona war froh darüber. Ihr Dad lamentierte gerade über Opferrechte und schrie, sie sei noch ein Kind.

„Ich bin Special Agent Black. Möchtest du eine Coke?"

Special Agent Black. Sogar der Name der FBI-Agentin war cool. Wynona wollte jetzt bloß nicht wie ein Depp wirken. Sie schüttelte den Kopf. „Die haben mir eine Pepsi gegeben. Ich hab sie nicht getrunken."

„Kann ich dir nicht verdenken." Agent Black kräuselte die Nase. „Ich bin ein Coke-Fan."

Wynona wurde ganz warm ums Herz.

„Ich auch." Sie bemühte sich um einen lässigen Tonfall. „Pepsi schmeckt wie Hustensirup."

Agent Black rümpfte die Nase. „Mein Freund da drinnen findet, Coke schmeckt wie Batteriesäure." Sie senkte verschwörerisch die Stimme. „Als ob er jemals Batteriesäure probiert hätte."

Sie grinsten einvernehmlich, und Wynona kicherte.

Am Verkaufsautomaten ließ die FBI-Agentin ihre Hand los und fischte Vierteldollarmünzen aus der schwarzen Baumwolltasche, die sie geschultert hatte. Wynona hatte so eine in der Mall gesehen. Sie würde sie sich zum Geburtstag wünschen, der nächsten Monat war, auch wenn niemand mehr in der Schule eine Schultertasche hatte.

Das waren Kinder. Deren Meinungen zählten nicht.

Agent Black nahm die Cokes aus dem Ausgabefach und streckte den Kopf durch die offenen Türen im Flur, bis sie einen leeren Pausenraum gefunden hatte. Darin gab es einen Kühlschrank, eine Kaffeemaschine und ein paar wackelige Tische. An der Spüle waren schmutzige Kaffeebecher aufgereiht, und in der Ecke standen mehrere Stühle mit rissigen Lederpolstern.

„Ist das hier okay für dich?“

Wynona nickte. Agent Black wollte vielleicht nur höflich sein, doch Wynona hatte den Eindruck, sie hätte tatsächlich einen anderen Raum gesucht, wenn sie mit Nein geantwortet hätte. Sie zog die Lasche der Coladose und nahm vorsichtig einen Schluck. Der vertraute Geschmack und die Kohlensäurebläschen vertrieben umgebend ihre Übelkeit.

Sie setzten sich, und Agent Black öffnete ihre Dose und nahm einen großen Schluck.

„Besser als Pepsi?“, fragte sie lächelnd.

Wynona konnte das Lächeln nicht erwidern. Auf einmal wurde ihr bewusst, dass die Lady trotz ihres lockeren Auftretens das Gleiche wollte wie die Leute in dem anderen Raum. Nämlich über das reden, worüber Wynona nicht sprechen wollte.

Agent Black aber hatte dafür anscheinend Verständnis.

„Wir haben uns einander noch nicht vorgestellt.“ Erneut streckte sie Wynona ihre schlanke, kühle Hand hin. Wie einer Erwachsenen. „Ich bin Winter. Nennst du dich vielleicht Winnie oder so?“

„Nein. Ich überlege, ob ich mich Parker nennen soll. Das ist mein zweiter Vorname. Aber Sie können mich nennen, wie Sie möchten. Ich habe mich noch nicht entschieden …"

Wynona entzog der Agentin ihre Hand. Ihr Gesichtsfeld wurde an den Rändern dunkel, und sie atmete scharf ein. *„Sie* sind das. Die, die er umbringen will. Sein Mädel."

Winters Miene verdüsterte sich. Überrascht war sie nicht.

„Ja, das bin ich", bestätigte sie, stand auf, schloss die Tür des Pausenraums und sperrte sie ab.

Angst durchzuckte Wynona, und sie stellte die Coke behutsam hin.

„Er hat es auf mich abgesehen", sagte Winter leise, als sie sich wieder setzte. „Und es ist meine Schuld, dass er stattdessen *dich* erwischt hat. Ich verfolge ihn schon seit Monaten. Genau genommen seit Jahren."

„Es ist nicht Ihre Schuld."

Sie hatte immer noch Angst, und ihr war übel, und sie wusste nicht, warum, aber sie wollte es der Frau leichter machen. In ihren dunkelblauen Augen lag Zorn – und auch Traurigkeit. Wegen Wynona.

Schlechtes Gewissen.

„Ich hätte schneller rennen sollen, als der Mann hinter mir …"

Agent Black schüttelte den Kopf, noch ehe Wynona den Satz beendet hatte. „Hör mal, ich möchte, dass du mir erzählst, wie du weggerannt bist. Du bist krass drauf, und ich wette, in ein paar Monaten oder ein paar Jahren wirst du das begreifen. Das wusste ich schon, bevor ich deine Geschichte gehört habe. Aber vorher möchte ich dir etwas sagen. Was auch immer dir Schlimmes passiert ist, es war nicht deine Schuld."

Als Wynona Einwände erheben wollte, hob sie die Hand.

„War es nicht. Das ist ein krankes Arschloch – bitte entschuldige meine Wortwahl -, und du bist bloß ein unschuldiges Opfer, das zur falschen Zeit am falschen Ort war."

Wegen des Kraftausdrucks fühlte sie sich gleich etwas besser. Eine FBI-Agentin redete mit ihr, einem dreizehnjährigen Mädchen, wie mit einer Erwachsenen. Dann hob Winter eine Strähne ihres schimmernden schwarzen Haars an.

„Deshalb hat er dich ausgesucht. Wir haben ganz ähnliches Haar. Lang, üppig, tiefschwarz. Als ich jünger war, sah meins genauso aus wie deins. Das ist alles. Der Preacher wollte mich, und du hast ähnliches Haar und warst in der Nähe. Du hattest nicht die geringste Chance, ihn davon abzuhalten."

„Der Preacher?" Wynona schauderte und versuchte, die Erinnerung an den weißen Bart und die schwarzen Augen auszublenden, die sich hinter der rahmenlosen Brille versteckt hatten. „Ein unheimlicher Name."

„Er ist mehr als unheimlich. Monster gibt es wirklich, und der Preacher ist kein Mensch mehr, falls er überhaupt jemals einer war. Er ist ein Killer. Ein Monster."

Wynona wusste das aus eigener Erfahrung. Das Monster hatte sie *angefasst*. An Stellen, die kein böser Onkel anfassen sollte, wie man kleinen Kindern einschärfte.

Monster gab es wirklich.

Der Geruch von verschwitzten Socken und der saure Geschmack des schmutzigen Tuchs, das er ihr in den Mund gestopft hatte.

Die knochigen, gemeinen Hände.

Damit waren die Schleusen geöffnet. Tränen und Rotz heulend, erzählte Wynona Winter alles. Über Becca und wie Barry sich in der Schule übergeben hatte. Über den harmlosen alten Mann und das Monster, das ihr ins Ohr geflüstert hatte, wie er sie bestrafen werde, während er die Straße entlanggerast war, weg von Harrisonburg.

Über seine widerliche Art, mit der er sie durch die Jeans hindurch gepackt hatte, als er zum Tanken angehalten hatte, und dass sie sich beinahe übergeben hätte, es aber verhindern konnte, weil sie sich sonst verschluckt hätte und gestorben wäre, und sie wollte doch leben.

Und dann erzählte sie, wie sie sich aus dem verdreckten Wagen befreit hatte. Wie sie die Hände unter den Türgriff gedrückt und sich dabei fast einen Fingernagel abgerissen hätte. Wie sie aufs Pflaster gestürzt und mit der Schulter gegen die Betoneinfassung der Tanksäule geprallt war. Wie sie sich aufgerichtet hatte, was ihr wegen der gefesselten Hände nicht leichtgefallen war.

Und wie sie an der nächsten Tanksäule schluchzend durch die offene Hintertür eines Pick-ups mit Doppelkabine gekrochen war und sich auf den Boden gehockt hatte. Ihr Herz hatte so schnell geschlagen wie das eines Kaninchens, und vielleicht war sie ja ohnmächtig geworden. Als sie zu sich kam, fuhr der Wagen, und sie hatte Angst, sie sei wieder bei dem Monster, doch es war bloß ein junger Hispanic, möglicherweise frisch von der Highschool. Als er feststellte, dass er sie unbemerkt in seinem Wagen eingesperrt hatte, war er ebenso verängstigt wie sie.

Er hatte angehalten und sie losgebunden, wobei er darauf achtete, sie nur dort zu berühren, wo es nötig war. Vermutlich ahnte er, dass das gerade jemand anderes getan hatte.

In gebrochenem Englisch und mit tränenfeuchtem, mitfühlendem Blick hatte er ihr gesagt, er halte sich illegal im Land auf und könne sie nicht zur Polizei bringen. Er hatte sie bei ihr vor dem Haus abgesetzt und gewartet, bis sie die Haustür erreicht hatte.

Sie kannte nicht einmal seinen Namen, doch er hatte ihr das Leben gerettet.

Dann weinte Wynona wieder, während Winter ihr dankte,

ihr versicherte, von jetzt an gehe es bergauf, und sagte, der Preacher sei verdorben und böse. Was er ihr angetan habe, das sei wie eine entzündete Schnittverletzung. Man müsse das Gift austreten lassen, das tue weh, aber danach gehe es einem besser. Sie wartete geduldig, bis Wynona sich beruhigt hatte, und reichte ihr Papiertücher, wenn sie eins brauchte.

Wynona war genauso eine Heulsuse wie ihre Mutter. Die sie auf einmal sehen wollte, Heulsuse hin oder her.

Winter erklärte, sie werde sie jetzt ins andere Zimmer zurückbringen, und half ihr vom Stuhl hoch. Wynona fühlte sich inzwischen besser, aber sehr schwach, und sie hätte gern geduscht und ihre Eltern getroffen.

„Warte einen Moment." Winter entriegelte die Tür des Pausenraums, hielt inne und zog ein kleines silbernes Etui aus ihrer Tasche. „Der Titel stimmt nicht mehr, und wahrscheinlich werde ich auch nicht mehr lange beim FBI sein", sagte Winter und nahm eine Visitenkarte aus dem Etui.

Sie holte einen Stift hervor und schrieb eine Telefonnummer und eine E-Mail-Adresse auf die Rückseite. „Das ist meine Handynummer. Schreib mir eine E-Mail, auch dann, wenn du glaubst, du würdest mich vielleicht nerven und es sei nicht so wichtig. Ich checke die Mails nur ein Mal täglich, aber ich antworte dir bestimmt."

Winter sah ihr in die Augen, und Wynona nahm die Karte.

„Ganz im Ernst", setzte sie eindringlich hinzu. „Die Opfersache? Das wird niemand begreifen. Sie werden dich liebhaben und versuchen, dich zu beschützen, indem sie nicht drüber reden. So haben es meine Großeltern jahrelang gehalten. Mein Grandpa tut es noch immer. Nur eine andere Überlebende kann dich wirklich verstehen. Auch Becca wird dich nicht so gut verstehen wie ich. Du bist kein Opfer. Du und ich, wir sind *Überlebende*."

Wynona erwiderte Winters Blick. „Wir bleiben in Verbindung."

Das atemlose Versprechen war ernst gemeint, und notfalls hätte sie auch in die Hand gespuckt und den Pakt mit einem Händedruck besiegelt. Sie war jetzt mit dieser unglaublichen, coolen Person verbunden, die mit *ihr*, Wynona Baines, befreundet sein wollte. Sie waren jetzt wie Schwestern.

Ehe Winter es sich anders überlegen konnte, zog sie das letzte Tuch aus der Box, schrieb ihre eigene Mailadresse darauf und reichte es ihr. „Sie können mir auch mailen. Nur wenn Sie möchten."

Winter verstärkte das Freundschaftsgefühl, als sie das Tuch von Wynona entgegennahm. Sie faltete es säuberlich und steckte es sogar in ihre Geldbörse. Sie klopfte Wynona mit der Faust leicht auf die Schulter.

Ein Grinsen breitete sich über ihr wunderschönes, ernsthaftes Gesicht.

„Verlass dich drauf. Ich maile dir, wenn du dich nicht als Erste meldest. Und sei es bloß, um zu erfahren, ob du dich mit Barry Klippington verabredet hast."

Wynonas Lächeln verflüchtigte sich.

Winter zwinkerte ihr zu. „Und mach dir keine Sorgen wegen des Preachers. Bald wird er niemandem mehr wehtun."

# 24

Dieses dämliche kleine Luder.

Ich habe gegen meinen La-Z-Boy-Sessel getreten, ich war immer noch so wütend und hatte dabei vergessen, die Hausschuhe anzuziehen. Hätte mir fast einen Zeh gebrochen, so fühlte es sich an.

*Gentlemen fluchen nicht,* ermahnte ich mich und meinte fast, die Stimme meiner Mutter zu hören. In letzter Zeit hörte ich sie häufiger. Ich glaubte nicht an Geister und Teufelszeug, doch allmählich kam es mir so vor, als würde sie nach all den Jahren anfangen, im Haus herumzuspuken.

Ich ließ mich in den Sessel fallen, ignorierte den pochenden Fuß und schaltete den Fernseher ein.

Wenn Gott gerecht war, war das Mädchen bei dem Versuch, nach Harrisonburg zurückzutrampen, von einem Auto überfahren worden oder an einen Kinderschänder geraten. Erst gegen vier Uhr morgens hatte ich aufgehört, sie zu suchen. Sie war aus meinem Wagen verschwunden.

Jetzt war ich daheim. Hatte mich in meinem Haus verkrochen. Ich wollte ein bisschen schlafen und am Morgen wieder nach Harrisonburg fahren. Sollte sie es nach Hause geschafft haben, würde ich sie mir erneut schnappen. Es könnte ein paar Tage dauern, aber ich war ein geduldiger Mensch. Ich lehnte den Kopf an und schloss die Augen.

Ich musste wohl eingenickt sein, denn nach einer Weile weckte mich eine leise Stimme.

*Sie ist außer Reichweite.*

Ich schreckte aus dem Schnarchen hoch, schniefte und spuckte eine Haarsträhne aus.

*Vor zehn Jahren,* flüsterte die hinterhältige Stimme, *hättest du nicht vergessen, die Tür zu verriegeln. Du hättest nicht am helllichten Tag getankt und deine Beute unter einer Decke versteckt. Du hättest sie bewusstlos geschlagen, sie noch auf der Straße komplett gefesselt, auf die Ladefläche geworfen, mit einer Persenning abgedeckt und dich vorher vergewissert, dass der Tank voll ist.*

Ich mochte die Stimme nicht.

Anfangs hatte sie geklungen wie mein Daddy, doch der hatte nie mit mir geschimpft. Er hatte immer gesagt, ich sei etwas Besonderes, genau wie er. Momma war gemein zu mir gewesen, hatte mich zu Hausarbeiten verdonnert, bevor ich rausgehen durfte, und mir das Essen weggenommen, wenn ich frech geworden war. Daddy gab ihr ordentlich eins aufs Maul, sobald er sie dabei ertappte.

*Du hättest keine Fehler gemacht, und Winter wäre jetzt tot. Ich hätte sie getötet und ihr Blut getrunken.*

War das wirklich die Stimme meines Daddys?

Er war jedenfalls kein Vampir. Er war Prediger. Vampire waren bösartige Wesen.

„Mein Mädel ist gerissen." Meine Stimme war laut und streitlustig und übertönte den plärrenden Fernseher, und ich fuhr zusammen. Ich hatte das nicht sagen wollen, und der Klang meiner Stimme erschreckte mich.

*Du hättest sie ficken und töten sollen, als sie noch jung war. Jetzt wird sie* dich *ficken und töten.*

Mein Daddy hätte niemals solche vulgären Worte

benutzt. Und wenn doch, hätte er niemals behauptet, eine schwache Frau wäre seinem Jungen über.

„Das stimmt nicht." Mit zitternder Hand griff ich nach dem Glas mit Jim Beam. „Ich weiß nicht, wer du bist, aber sag so was nicht."

Das Publikum vom Band lachte über die drei dreisten, idiotischen Moderatoren, als ich im Wohnzimmer Ausschau nach dem Urheber der zischenden Worte hielt.

*Winter ist dir entwischt. Drei Mal. Die kleinste war noch ein KIND.*

Die Stimme war von einem Flüstern zu einem so lauten Gebrüll angeschwollen, dass ich meinte, es könne das Haus zum Einsturz bringen. Das Glas entglitt mir und fiel neben dem Sessel auf den grünen Teppich. Es landete auf der Seite, und der Alkohol breitete sich als dunkler Fleck aus.

„Die ersten beiden habe ich getötet." Selbst für meine Ohren klang meine Stimme dünn und weinerlich. „Ich habe sie gehörig bestraft."

Die fremde Stimme wurde wieder zum Flüstern und war auf einmal so leise, dass ich sie wegen der Kissenwerbung im Fernsehen kaum verstehen konnte.

*Sie wird dich töten, das weißt du. Die Hure Babylon, dieses Miststück, wird deinen schrumpeligen alten Arsch geradewegs in den Himmel befördern. Du wirst sterben, Preacher.*

„Den Teufel wird sie tun!", rief ich und bemühte mich, die Fußstütze nach unten zu drücken. Angst baute sich auf wie eine schwarze Woge, und ich hatte das Gefühl, sie presse mir die Luft aus der Lunge. Kleine rote Punkte tanzten vor meinen Augen.

Ich war alt, aber noch nicht tot.

Ich war ein Raubtier und jagte die sündigen Frauen der Welt. Gottes Auserwählter, versehen mit der Macht und Intelligenz, den weiblichen Unrat auszumerzen. Trotzdem zitterten mir die Hände.

*Fahr nach Richmond. Sofort. Bevor sie dich schnappt.*

Ich hörte auf, nach dem Sprecher zu suchen, denn die Stimme kam aus meinem Mund. Mir pochten die Schläfen, und ich atmete in rauen Stößen. Ein Atemzug nach dem anderen, bis ich mein Gleichgewicht wiederfand.

Ich schaltete den Fernseher aus und ließ das leere Glas auf dem Boden liegen. Ich brauchte nicht aufzuräumen. Meinetwegen sollte das ganze verfluchte Haus niederbrennen.

Ich schlurfte ins Schlafzimmer, um zu packen. Die Müdigkeit drückte mich nieder, doch der Schlaf konnte warten.

Ich musste mein Mädel finden, bevor sie mich schnappte.

Wenn das abgeschlossen wäre, was ich am Nachmittag mit der kleinen Winter begonnen hatte, und wenn sie für ihr Weglaufen gebüßt hätte, dann würde ich nicht hierher zurückkehren. Wie die Stimme gesagt hatte: Sie befand sich außer Reichweite. Ich musste nach vorn blicken. Nach Richmond fahren.

Meine Lippen bewegten sich wie in lautlosem Gebet, als ich die Treppe zu dem Keller hinunterstieg, in dem ich meine besten Werkzeuge verwahrte. Einige hatte ich nicht mehr benutzt, seit ich in den Siebzigern ein hübsches Hippiemädchen zerstückelt hatte. Murmelnd berührte ich das funkelnde Skalpell.

*Rein und läuternd.*

Ich legte es ehrfurchtsvoll in die Baumwolltasche mit den Werkzeugen, unentwegt vor mich hin murmelnd. Ich verstand die Worte nicht, aber sie gingen mir nach, als ich die krummen Stufen hochstieg.

*Schnapp sie dir. Das ist deine letzte Chance. Wenn du's diesmal wieder vermasselst, muss ich's selber erledigen.*

. . .

Winter verlor noch den Verstand.

Es war erst zwei Tage her, doch das waren zwei Tage zu viel unter Hausarrest. Sie war praktisch allein, verbarrikadiert in ihrer Wohnung, doch draußen parkte immer ein Polizeiwagen mit neutralem Kennzeichen.

Meistens saß Noah drin. Neuerdings tauchte er auf, ohne ihr vorher zu simsen oder sie wegen einer fallbezogenen Frage anzurufen, von der sie genau wusste, dass er die Antwort darauf bereits kannte. Als sähe sie ihn nicht vom Küchenfenster aus in seinem breitärschigen roten Truck sitzen.

Sie spielten das Wartespiel.

Jeder Agent und jeder Polizist in hundert Meilen Umkreis hatte eine Kopie von Winters Zeichnung des Preachers. Bree versuchte zusammen mit Parrish und ein paar Leuten von der Verhaltsanalyse, ihn zu identifizieren und möglichst seinen Aufenthaltsort herauszubekommen. Unterdessen schwebte Noah über ihr wie eine Wolke, und auch ihre Großeltern wurden ohne ihr Wissen bewacht, für den Fall, dass er diesen Umweg zu nehmen versuchte.

Winter war bereit für eine weitere Vision, doch die letzte hatte ihr eine Mordsangst eingejagt. Nicht der Inhalt der Vision – an sich schon schlimm genug -, sondern die Nachwirkungen. Sie hatte sich noch immer nicht vollständig davon erholt. Sie hatte leichte Gelenkschmerzen, so als kündigte sich eine Grippe an, und alle Gegenstände waren umrandet von Migräneblitzen.

Und jedes Mal, wenn sie Noah ansah, bedeckte eine verkohlte, deformierte Totenmaske sein Gesicht.

Es war das Risiko nicht wert. Der Preacher war bereits in der Nähe.

Sie hatte zwar keine neue Vision gehabt, und sie zögerte, es als Vorahnung zu bezeichnen, denn sie hatte Leuten, die behaupteten, übersinnliche Gaben zu besitzen, noch nie geglaubt, doch Winter spürte, dass er dort draußen war. Vor allem nachts. Der Preacher war wie ein Schatten, der außer Sichtweite dräute.

Das Handy meldete eine eingehende SMS.

*Alles in Ordnung?*

Noah.

Sie hatte inzwischen aufgehört, sich über ihn zu ärgern, und nahm seine Anwesenheit notgedrungen hin. Sie wollte gerade eine bissige Antwort eingeben, als ihr Handy klingelte. Sie erstarrte – war es der Preacher? -, doch dann erkannte sie die Vorwahl ihrer Eltern.

Mit zitterndem Finger tippte sie auf das grüne Telefon-Symbol. „Winter Black."

Jemand holte tief Luft.

Ehe der Anrufer etwas sagen konnte, platzte sie heraus: „Gramma Beth?" Grampa Jack war gesundheitlich angeschlagen ...

Ein leises Lachen unterbrach ihre Gedankenfolge. Sie krampfte die Hand ums Handy, und die Angst kroch ihr den Rücken hoch wie eine Spinne.

„Preacher? Wer zum Teufel spricht da?"

„Ach, ach", sagte ein Mann mit warmer, volltönender Stimme. „Erst halten Sie mich für Ihre Großmutter und dann für einen Mörder? Sie führen bestimmt ein ungewöhnliches Leben als FBI-Agent, Winter. Ich muss sagen, bislang hat mich noch niemand mit einem berüchtigten Serienkiller verwechselt."

„Ich habe gefragt", Winter betonte jedes einzelne Wort, minimierte die Telefon-App und schaltete den Recorder ein, „wer zum Teufel spricht da?"

Das glucksende Lachen endete unvermittelt, der Anrufer wurde ernst. „Ich bitte um Verzeihung, Winter. Ich habe einen Fehler gemacht. Sie waren als Kind so unverblümt. Hier ist Dr. Ladwig."

Ladwig.

Es war verstörend, diesen Namen aus der Vergangenheit zu hören.

„Ich nehme an, Sie wundern sich über meinen Anruf, meine Beste."

So hatte er sie früher genannt, als wäre er ein alter Mann und nicht ein Dreißigjähriger, der gerade erst seinen Psychofuzzi-Abschluss gemacht hatte.

Er hatte immer gesagt ‚Hallo, meine Beste', wenn sie in sein überkandideltes Behandlungszimmer trat, und sie Tests unterzogen, die ihr zuwider waren, obwohl sie den Grund dafür nicht mehr wusste, wenn ihre Großeltern sie abholten. Nach dem Umzug war es ihr gottlob gelungen, sie zu überreden, die Termine sausen zu lassen.

Die Anrede versetzte sie aus irgendeinem Grund zurück in die Vergangenheit und besaß offenbar die Macht, sie selbst als Erwachsene noch ärgerlich zu machen.

„Sie fragen sich bestimmt, weshalb ich anrufe. Ich muss sagen, ich denke oft an Sie."

„Woher haben Sie die Nummer?"

Nur wenige Personen kannten sie, und sie arbeitete beim FBI. Sie war zwar in Zeitungsartikeln erwähnt worden und in Fernsehberichten von Pressekonferenzen aufgetaucht, doch dank der IT-Abteilung konnte man die Nummer von Winter Black nicht einfach googeln.

„Das tut nichts zur Sache", erwiderte Ladwig gewandt. „Ich wollte mich erkundigen, wie es Ihnen so geht. Haben Sie noch Visionen? Haben sich Ihre Symptome verschlimmert?" Seine unverhohlene Neugier war abstoßend, gelinde gesagt.

Sie war versucht aufzulegen, aber verdammt, sie wollte erfahren, wie er sie gefunden hatte … und woher er von ihren Visionen wusste. Die hatten erst nach der Therapie bei Ladwig eingesetzt.

„Warum rufen Sie jetzt an?"

„Kismet, meine Beste! Neulich war ein Mann in meiner Praxis, der ganz ähnliche Symptome hat wie Sie. Natürlich nicht exakt dieselben."

Wieder das falsche, onkelhafte Glucksen, das ihr Zahnschmerzen verursachte. Für einen Psychologen hatte er schon früher einen Mangel an Rücksichtnahme gezeigt, wenn es um die Umstände ihrer Verletzung ging.

„Die Ähnlichkeiten sind jedoch so ausgeprägt, dass ich einen Moment lang gehofft habe, ich hätte eine zweite Winter gefunden", fuhr er fort, und seine Stimme verlor ihren freundlichen Klang. „Ich suche seit Jahren nach einem vergleichbaren Patienten. Er war so vielversprechend. Visionen, heftige Kopfschmerzen, ein Kopftrauma in der Jugend, etwa gleichalt mit Ihnen, Nasenbluten … allerdings war er irgendwie merkwürdig. Stand plötzlich auf und ging weg. Außerdem hat er die Formulare mit erfundenen Daten ausgefüllt, deshalb kann ich ihn nicht aufspüren."

Der erneute Verweis auf ihre Visionen brachte sie aus dem Konzept.

Sie kniff die Augen zusammen, als ihr ein neuer Gedanke kam.

„Wie sah der Mann aus?"

„Der Patient? Da sei der Datenschutz vor …"

„Reden Sie keinen Blödsinn. Entweder haben Sie mich ausgeforscht oder jemanden dafür bezahlt, dass er sich ins Computersystem des FBI einhackt und Ihnen meine geheime Handynummer beschafft. Reden Sie, sonst zeige ich Sie an. Die Strafe dürftig heftig ausfallen, und falls jemand Ihre schräge kleine Geschichte an die Presse weitergibt …"

„Na schön", fauchte Ladwig. „Er ist Texaner, ein großer Bursche. Strohdumm."

Das war scheiß Noah Dalton, dachte sie verärgert. Noch *dümmer* als Stroh.

Ladwig hatte seinen Nervfaktor urplötzlich verloren. Mit ihm war sie fertig.

„Sie löschen augenblicklich meine Nummer von Ihrem Handy."

„Aber, meine Beste ..."

„Hören Sie auf, mich Ihre Beste zu nennen, sonst beantrage ich ein gerichtliches Kontaktverbot und starte morgen einen Enthüllungsblog. Sollten Sie in meiner Nähe auftauchen oder sich meiner Familie, meinen Bekannten oder hiesigen Ladenbesitzern nähern – und vergessen Sie nicht, ich kriege *alles* mit -, lasse ich Sie festnehmen und brandmarke Sie in der Öffentlichkeit als perversen Stalker, der von seiner ehemaligen dreizehnjährigen Patientin besessen ist. Das würde Ihren Ruf ein wenig lädieren, und wenn ich mich recht erinnere, lief Ihre Praxis gut."

Einen Moment lang herrschte verblüfftes Schweigen.

„Das würden Sie nicht wagen."

„Lassen Sie's nicht drauf ankommen, Sie perverser Huren..."

Es klickte leise, als Dr. Robert Ladwig wortlos den Hörer auflegte.

Dem würde sie nachgehen müssen, wurde ihr klar, und ihre Verärgerung über Noah bekam neuen Auftrieb. Ladwig wirkte gestört. Er *war* gestört. Bis zu ihrem fünfzehnten Geburtstag hatte er sie regelmäßig angerufen, um sich nach ihrem Gesundheitszustand zu erkundigen. Dann hatte ihre Grandma sich gesagt, es sei einfacher, die Telefonnummer zu wechseln, als ihn ständig abzuwimmeln.

Grandpa Jack hatte sich immer über Psychiater und Psychologen lustig gemacht und gemeint, die meisten seien verrückter als ihre Patienten. Wenn Ladwig weiterhin auf sie fixiert war, hieße das, er wäre psychisch krank, und sie neigte dazu, ihrem Großvater recht zu geben.

Sie nahm das Handy und verfasste eine SMS an Noah.

*Alles in Ordnung. Langeweile. Bringst du heute Abend wieder was zu essen mit?*

Es dauerte keine Minute, da traf schon seine Antwort ein.

*Chinesisch?*

*Klingt gut. Du weißt, was ich mag. :)*

Das Smiley war vermutlich zu dick aufgetragen, doch sie schickte die SMS trotzdem ab. Kokett. Sie würde Daltons Neugier kitzeln.

Neugier. Sie schnaubte. Ein zu schwaches Wort, um Noah zu charakterisieren.

Er war auch ein übergriffiges, aufdringliches, hinterlistiges, naseweises, unsensibles Arschloch.

Neugier war der Katze Tod. Vielleicht noch nicht so bald, aber Noah stand kurz davor, einen zehnspurigen Highway zu queren.

# 25

Beth McAuliffe ließ die Spitzengardine des Küchenfensters herabfallen. Der Polizeiwagen vor ihrem Haus hatte sich seit dem frühen Morgen nicht vom Fleck gerührt. Sie überlegte, die Polizistin zu fragen, ob sie Plätzchen und eine Limonade wolle.

Oder sie beim Kragen zu packen und zu verlangen, dass sie ihren Vorgesetzten anrief und so weiter, bis hinauf zum Präsidenten der Vereinigten Staaten, wenn Beth es für nötig hielt. Sie war von Natur aus kein forscher Typ, doch sie wollte unbedingt wissen, wie es ihrer geliebten Enkelin ging.

„Hat sie schon angerufen?"

Jack konnte ihre Gedanken lesen.

Beth wandte sich zu ihrem Mann um, der an dem kleinen Esstisch in der Küche saß. Sie lächelte. Wenn er auf einem dieser Alustühle mit Kunstlederpolster saß, wirkte er immer wie der Hulk.

Aber ‚Big Jack' war auf dem Stuhl nicht mehr so fehl am Platz wie noch vor ein paar Wochen. Er hatte abgenommen. Seine Wangen waren erschlafft und hingen in pergamentdünnen Falten herab. Er sah … alt aus. Ungesund. Der Arzt meinte, das sei eben das Alter.

Beth wusste es besser, doch sie verdrängte den Gedanken. Bald würde sie sich ihm stellen müssen.

„Nein. Noch nicht. Seit der SMS gestern Abend, in der sie uns mitgeteilt hat, dass sie jetzt einen Schreibtischjob hat, ist nichts mehr gekommen."

Jack schnaubte und nahm einen Bissen vom dicken Schinkensandwich, das sie ihm gemacht hatte. Noch vor einem Jahr wäre der Teller bereits leer gewesen, und er hätte sie angebettelt wie ein kleiner Junge, der ein drittes Plätzchen und ein weiteres Glas süßen Tee haben wollte.

Er schaute zu ihr hoch, seine blauen Augen verengten sich unter den buschigen Brauen. „Sie war noch nie eine gute Lügnerin. Ich glaube nicht, dass sie am Schreibtisch sitzt."

„Ich auch nicht. Ich finde, wir sollten sie besuchen. Und nachschauen, wie sie sich in ihrer Wohnung eingerichtet hat."

Jack schüttelte ablehnend den Kopf.

„Sie ist gerade mal ein paar Monate dort, Bethie. Sie ist jetzt erwachsen. Wir wollen ihr doch nicht lästig fallen."

„Ich habe nicht vor, ihr lästig zu fallen", erwiderte sie empört. „Jedenfalls fahre ich hin, und du kommst mit."

Sie marschierte durch die Küche, ihre Absätze klackten auf dem Linoleumboden, den sie am Tag zuvor zum soundsovielten Mal geschrubbt hatte, bis er glänzte wie ein neuer Kupferpenny. Jack grinste und zwinkerte ihr zu, als sie sich setzte, lachte aber nicht wie sonst, wenn er sie ein wenig ärgern wollte. Sein dröhnendes Lachen, welches das ganze Zimmer erbeben ließ, fehlte ihr.

„Du hast mir versprochen, dieses Jahr Urlaub zu machen", rief sie ihm in Erinnerung. „Wo ich will. Du kannst jetzt nicht einknicken."

„Nach Richmond?" Er schnaubte erneut. „Urlaub. Als du

mir das Versprechen abgeluchst hast, dachte ich, du wolltest nach Bora Bora oder Italien."

Sie hatte an Irland und eine Rundreise durch Wales und Schottland gedacht, doch sie widersprach ihm nicht. Er schob das Sandwich beiseite, das er kaum angerührt hatte, und trank einen Schluck von dem Tee, den sie ihm heute Morgen gemacht hatte. Sie verzichtete darauf, ihn zu drängen.

„Ich muss mich mit eigenen Augen vergewissern, dass es ihr gutgeht", sagte Beth. „Vielleicht hält sie uns für zwei hirnlose alte Knacker, die nichts Besseres zu tun haben, als rumzumeckern und Bridge zu spielen ..."

Er schnaubte. „*Du* meckerst herum und spielst Bridge. Ich klopfe kernige Sprüche über das Leben und spiele Poker."

„Sei still, du Idiot", sagte sie milde und leicht lächelnd. „Das ist mein voller Ernst. Du hast gestern in den Nachrichten das Bild des Serienkillers gesehen, der zur Fahndung ausgeschrieben wurde. Und seit ein paar Tagen kampiert die Polizei vor unserem Haus. Zufall?"

Jack nickte resigniert. „Du musst nach deinem Mädchen sehen."

„Es wird dir guttun, mal rauszukommen."

„Schon möglich", räumte er ein, klappte den Deckel seines Medikamentenspenders hoch und fischte eine längliche gelbe Tablette heraus. „Aber du fährst. Davon werde ich müde."

Eine Stunde später, die Reisetaschen waren gepackt und ein Hotelzimmer reserviert, trat Beth in den Sonnenschein hinaus und ging zu dem Streifenwagen aus Fredericksburg, der am Bordstein parkte. Die darin sitzende Frau straffte sich und machte ein Eselsohr in das Buch, in dem sie gelesen hatte. Sie rutschte auf den Beifahrersitz und ließ das Fenster herunter.

„Alles in Ordnung, Ma'am?"

„Ja, sicher", erwiderte Beth aufgekratzt. „Ich wollte bloß mal fragen, ob Sie Schokocookies mögen."

„Sehr gern. Ich hab gerade ans Mittagessen gedacht, aber die hier riechen viel besser als mein Eiersalatsandwich." Die dunkelhaarige Frau, auf deren Namensschild *Louise Felcher* stand, nahm den kleinen Teller freudig entgegen. „Danke."

„Und, hat sich der Preacher schon blicken lassen?"

Louise hatte bereits einen Keks in die Hand genommen und davon abgebissen. Die Augen hatte sie vor lauter Wonne halb geschlossen, doch als sie Beths beiläufige Frage hörte, riss sie sie auf.

„Nicht verschlucken, meine Liebe", sagte Beth lächelnd und reichte ihr eine Serviette.

Officer Felcher schluckte mühsam, mit tränenden Augen. „Nein, Ma'am", sagte sie hustend. „Ich habe gehört, der Preacher sei in Richmond. Wieso fragen Sie?"

Beth reichte ihr eine Thermoskanne Kaffee, was bei Louise einen neuerlichen Hustenanfall zur Folge hatte.

„Das ist eine dumme Frage, Officer Felcher, wir beide wissen das." Beth schwenkte sorglos die Hand. „Ist auch nicht so wichtig. Ich wollte Ihnen bloß noch sagen, dass mein Mann und ich über Nacht weg sind. Sie brauchen also nicht hier zu bleiben, wenn Sie etwas Besseres zu tun haben. Meine Enkelin lebt in Richmond. Sie ist FBI-Agentin, wissen Sie." Beth lächelte herzig und tippte sich an die Schläfe. „Winter ist ein kluges Mädchen. Kümmert sich um ihre Großmutter. Sie ist auch schlauer als ich. Ich bin bloß eine alte Lady."

Louise hatte sich wieder gefasst. Sie nickte und zwinkerte mit ihren dunklen Augen. „Mrs. McAuliffe, ich bezweifle, dass Sie eine gewöhnliche Lady sind, wie alt sie auch sein mögen." Sie schraubte die Thermoskanne auf, goss dampfenden Kaffee in den neben ihr stehenden Isobecher und schnupperte genüsslich. „Kaffee. Gott segne Sie."

„Cops und Kaffee. Da musste ich nicht lange überlegen.“ Beth musterte das Buch, das Louise las. „Ist das gut? Wenn von ihr ein neues rauskommt, renne ich immer gleich in den Laden.“

Louise sah auf den Nora-Roberts-Roman auf ihrem Schoß nieder und kicherte verlegen. „Ist gar nicht so übel. Ich bin froh, dass ich nicht die Einzige bin, die Geschichten mit Happyend mag.“

„Wir alle mögen Happyends, meine Liebe. Schämen Sie sich nicht.“ Sie klopfte Louise tröstend auf die Schulter. „Wenn Sie keine Happyends mögen würden, wären Sie keine gute Polizistin. Der Ersatzschlüssel liegt auf dem Türrahmen. Wenn Sie möchten, können Sie unsere Toilette benutzen, und wenn nicht, stellen Sie den Teller und die Flasche ruhig auf der Eingangstreppe ab. Ich kümmere mich morgen darum.“

Louise musterte sie mit neuem Respekt. „Wenn Sie früh aufbrechen, fahre ich ins Büro.“

„Ich hab mir gedacht, dass Sie das sagen würden“, erwiderte Beth. „Werden wir Sie oder einen Ihrer Kollegen wiedersehen, wenn wir morgen Nachmittag zurückkommen?“

Louise lachte klimpernd, was in seltsamem Gegensatz zu ihrer untersetzten Figur und dem kräftigen Kiefer stand. „Jetzt, wo ich Ihre Cookies probiert habe, werden Sie mich so schnell nicht mehr los, Mrs. McAuliffe.“

„Spielen Sie Bridge, Louise?“

„Nein, aber ich bin leidenschaftliche Pokerspielerin.“

„Dann sollten Sie nach unserer Rückkehr meinen Mann kennenlernen. Einen schönen Tag noch, Officer Felcher.“

„Gute Reise, Mrs. McAuliffe. Grüßen Sie Ihre Enkelin.“

Louises Wagen stand noch immer vor dem Haus, als Beth mit ihrem großen silbernen Buick vorsichtig die Einfahrt entlangfuhr. Jack war auf dem Beifahrersitz bereits eingeschlafen. Sie bog auf die Straße ein und winkte im Vorbeifahren Officer Felcher zu. Louise winkte grinsend zurück.

An der nächsten Querstraße hielt Beth auf der vierspurigen Straße an. Neben ihr hielt ein entgegenkommender weißer Lieferwagen. Sie bedeutete ihm weiterzufahren.

Aus irgendeinem Grund wurde ihr ganz kalt, als der Van langsam an ihnen vorbeifuhr, und sie fröstelte ein wenig. Die Fenster des Wagens waren so dunkel getönt, dass sie den Fahrer nicht erkennen konnte.

„Alles in Ordnung?“, fragte Jack, für einen Moment aus seinem Schlummer erwacht.

„Ich hab gerade eine Gänsehaut bekommen, das ist alles.“ Sie musterte den Van im Rückspiegel, doch er fuhr an ihrem Haus vorbei, ohne zu bremsen. Der Streifenwagen stand noch immer davor. Zufall, dachte sie.

„Zum Teufel mit den Gänsen“, brummte Jack und schloss wieder die Augen. „Scheißen alles voll.“

„Ja, Schatz“, murmelte sie zerstreut.

Sie wollte nicht, dass Winter den Preacher schnappte – ihr wäre es am liebsten, Winter wäre eine Million Meilen weit weg -, doch sie freute sich auf den Tag, da das Monster eingelocht würde.

Wenn er sich in Qualen auf dem elektrischen Stuhl wand, würden sich vielleicht auch die ängstliche Nervosität und der lodernde Zorn legen, die ihr seit zwölf Jahren zusetzten.

Die Luft war wie elektrisch aufgeladen, als würde sich ein Gewitter zusammenbrauen.

Noah stellte den Wagen vor seiner Wohnung ab und nahm die Papiertüten vom Beifahrersitz.

Er war sich ziemlich sicher, dass die Spannung in der Luft nicht vom Wetter herrührte, denn am wolkenlosen Nachthimmel leuchtete der Mond. Das machte bestimmt die

Warterei. Sie taten, was sie konnten – setzten alle verfügbaren Kräfte ein -, doch es kam ihm trotzdem immer noch so vor, als halte der Preacher das Heft in der Hand.

Sie hatten ihm bisher nicht die Hölle heiß gemacht. Er war ein Gespenst.

Er wandte sich zu Winters Tür, von den Essensdüften aus der Papiertüte knurrte ihm bereits der Magen. Kung Pao Chicken würde freilich nicht gegen die schmerzenden Nackenmuskeln helfen, sie sich beim stundenlangen Sitzen vor dem Rechner verspannt hatten. Die Glückskekse würden nichts gegen den pulsierenden Druck in seinen Augäpfeln ausrichten. Aber Spannungskopfschmerz hin oder her, er hatte Hunger.

Er brauchte nur ein Mal zu klopfen, da ging Winters Tür auch schon auf. „Ich hab deinen Wagen gehört. Komm rein." Sie lächelte und zeigte ihre ebenmäßigen weißen Zähne.

Er fand, Winter sah gut aus heute. Als er an ihr vorbeiging, schnupperte er Erdbeerduft. Ihr Haar war noch feucht vom Duschen und fiel ihr strähnig auf die Schultern. Ihre Wangen waren gerötet, und ihre Augen sprühten blaue Funken.

Böse blaue Funken.

Vorsichtig stellte er die Tüte auf die Küchentheke.

„Budenkoller?" Er wich ihrem Blick aus und nahm das Craft-Bier aus dem Kühlschrank. „Du wirkst ein bisschen gereizt."

„Ach ja?" Ihr Tonfall war honigsüß. „Habe ich denn einen Grund, gereizt zu sein?" Eine Anzüglichkeit, so spitz wie ein Stöckelabsatz.

Er öffnete den Verschluss der Bierflasche und wappnete sich mit einem großen Schluck. „Raus damit. Was habe ich getan?"

Winter nahm die zweite Flasche, öffnete sie aber nicht.

Mit weißen Fingerknöcheln umklammerte sie den Flaschenhals.

„Abgesehen davon, dass du unsere Freundschaft ausgenutzt hast? Dass du hinter meinem Rücken herumschnüffelst? Dass du einen irren Arzt auf mich hetzt und ihm von meinen Kopfschmerz-Visionen erzählst?“ Diesmal wirkte ihr Lächeln unverhohlen drohend. „Abgesehen davon hast du nichts getan, mein *Freund*.“

Dr. Ladwig. Noah fluchte.

„Tut mir leid. Ich habe vergessen, dir davon zu …“

Verdammt, falsche Wortwahl. Aber ihre Migräneanfälle hatte er dem Arzt gegenüber mit keinem Wort erwähnt.

„*Vergessen?* Was soll das? Meine Gesundheit geht dich nichts an.“

Auch ihm schwoll der Kamm, doch er beherrschte sich. Sie verstand nicht, worum es eigentlich ging. Wäre sie zum Arzt gegangen, wie er es ihr geraten hätte, wäre er nicht hinter ihrem Rücken tätig geworden.

Sie vernachlässigte ihre Gesundheit. Deshalb musste jemand anderes sich darum kümmern.

Er ließ sich nicht aus der Ruhe bringen, denn er wollte verhindern, dass dieses Pulverfass Feuer fing. Dafür war es kein guter Zeitpunkt.

„Sollen wir nicht das Essen auspacken, solange es noch warm ist? Das Restaurant ist großartig, aber über die kalten Mitnahmegerichte habe ich Schlechtes gehört.“

Sie knallte die Bierflasche so fest auf die Theke, dass er sich nicht gewundert hätte, wenn sie zerschellt wäre. Das Geräusch strapazierte seine angegriffenen Nerven. Also gut. Sie würden streiten. Vielleicht würde es sogar Spaß machen. Er ließ die Hoffnung auf heißes, knuspriges Frittiertes und glatte Nudeln fahren und fand sich mit der Aussicht auf lauwarme Fettpampe ab.

Winter näherte sich ihm und tippte ihm bei jedem zornigen Wort mit dem Zeigefinger auf die Brust.

„Wer gibt dir das Recht, so etwas zu machen? Meine Privatsphäre zu verletzen? Details aus meinem Leben auszuplaudern?“

Er lächelte auf ihr emporgewandtes wutrotes Gesicht hinunter. Damit goss er lediglich Öl ins Feuer, doch das war ihm egal.

„Ich habe deine Visionen mit keinem Wort erwähnt. Und noch was, Schatz: Du kannst mir ruhig Vorwürfe machen, aber das ist deine verdammte Schuld.“

Benzin in die offene Flamme. Und drei … zwei … eins.

Er wurde nicht enttäuscht. Das Rot wich aus ihren Wangen, und sie atmete tief ein für den Vernichtungsschlag. Sie ballte die Fäuste und holte aus.

Winter war eine ausgezeichnete Sparringspartnerin. Sie hatte ihn beim Training mehrfach aufs Kreuz gelegt, und manchmal lief sie beim Joggen im Kreis um ihn herum. Klar, sie war jung. Im Moment so mager, dass es schon ungesund war. Aber sie war keine schwache und gebrechliche Gegnerin.

Er fing ihre Faust einen Zentimeter vor seinem Gesicht ab.

Ihre einzige Schwäche war, dass sie die Beherrschung verlor, wenn man sie reizte.

Mit unnachgiebigem Griff zog er sie an sich heran und hielt sie fest, so dass sich ihre Nasen beinahe berührten.

„Du liegst mir am Herzen.“

Das war keine Liebeserklärung. Damit wären sie beide nicht klargekommen, und der Zeitpunkt wäre verfrüht gewesen. Dafür hatten sie zu viel um die Ohren.

Er roch ihren Minzeatem. Sie wehrte sich wie eine Wildkatze gegen die Umklammerung, doch auch wenn Winter stark war, er war stärker.

Sie hatte seine Bemerkung gar nicht erfasst, und er legte frustriert die Stirn in Falten. Diesmal sprach er mit überdeutlicher Betonung und hob sogar die Stimme.

„Du. Liegst. Mir. Am. Herzen. Es tut mir leid, dass ich Dr. Ladwig angerufen habe."

Ihre Miene war verfinstert vor Zorn, und er hätte sie beinahe ungeachtet der Folgen losgelassen. Er hätte sich für das, was geschehen war, entschuldigen können. Doch das wäre unaufrichtig gewesen.

„Du überheblicher Hurensohn", fauchte sie. „Diesmal bist du zu weit gegangen."

Dann sei es so.

Noah ließ sie los. Wappnete sich für den Schlag. Er würde das aushalten. Na ja, wer weiß. Vielleicht hatte er es ja verdient.

Anstatt ihm die Nase zu brechen, riss Winter die Augen auf und verdrehte sie nach oben. Im nächsten Moment sackte sie zusammen.

Er schaffte es nur mit Mühe, sie aufzufangen.

# 26

Winter hatte sich so aufgeregt, dass sie die Vision nicht kommen sah. Diesmal wurde sie nicht von Kopfschmerzen angekündigt. Eben noch war sie rasend vor Wut – Noah zeigte nicht die geringste Spur von Bedauern über die Auseinandersetzung, und es war ihr zuwider, festgehalten zu werden -, dann wurde der Blick ihrer grünen Augen unscharf.

Diese Vision war anders.

Anstatt in der Küche mit ihrem besten Freund zu fighten, stand sie auf einmal mitten in einem dunklen Raum.

Die Begrenzungen des Raums waren unbestimmt, doch er fühlte sich klein an. Es hätte ein Schrank sein können. Sie bemühte sich umzuschalten und kämpfte gegen die Klaustrophobie an. Versuchte ihre leidenschaftslose Beobachtungsgabe zu aktivieren, während sie vor Zorn und Angst keuchte.

Vor ihr schwebte ein Kleiderbügel mit einer kirschfarbenen Jacke. Die Jacke war leuchtend rot, von der Dunkelheit abgehoben. Sie stand nicht mit einem Verbrechen in Verbindung – zumindest noch nicht. Sie hing einfach im Zentrum ihres Gesichtsfelds, leuchtend rot und dem Schnitt nach zu schließen das Kleidungsstück einer Person mit Geschmack. Sie wirkte so vertraut, dass sie die Hand zu dem weich wirkenden genoppten Stoff ausstreckte.

Ehe sie die Jacke berührte, verflüchtigte sie sich.

Auf einmal spürte sie wieder Noahs starke Arme, der sie umschlungen hatte, als ob sie zu fallen drohte, und sog scharf die Luft ein.

„Winter?"

Er hielt sie fest und musterte sie voller Sorge und Angst und mit noch einem anderen Gefühl, das zu analysieren sie sich scheute.

„Tut mir leid."

Sie hörte sich ganz normal an. Kein raues Flüstern. Kein angstvolles Stöhnen.

Einfach nur … normal.

Sie wurde verlegen und versuchte, auf eigenen Beinen zu stehen. Sie war nicht benommen, deshalb gelang es ihr sofort.

„Was war das?"

Noah ließ sie los, blieb aber in ihrer Nähe für den Fall, dass sie erneut bewusstlos werden würde.

Sie lachte abgehackt, ihr Zorn war vergessen.

„Ich habe keine Ahnung. Blute ich?"

Ohne seine Antwort abzuwarten, wischte sie sich über die Oberlippe. Kein Blut.

„Wann hast du zuletzt was gegessen?", fragte er. „Los, setz dich."

Sein Befehlston passte ihr nicht, doch vermutlich zeigte er auf diese Weise seine Zuneigung. Aus dem gleichen Grund hatte er sich an Dr. Ladwig gewandt. Von Noah sachte am Ellbogen gestützt, ging sie vorsichtig zum Sofa im Wohnzimmer hinüber.

Sie setzte sich, ohne dass ihr schwindelig wurde.

Noah war schon wieder da, in der einen Hand Essstäbchen, weil er wusste, dass sie am liebsten damit aß, in der anderen eine weiße Pappschachtel. Er schob ihr beides hin und ging zurück in die Küche.

„Hast du Wasser?“ Seine Stimme schwankte nicht, doch sie hörte die Sorge heraus. Er hatte es ja selbst gesagt: Sie lag ihm am Herzen. Sie war müde, merkte sie auf einmal. Nicht ausgelaugt, ausgebrannt oder erschöpft, sondern müde.

„Noah, es geht mir gut.“

Sie hörte, wie er den Kühlschrank öffnete, kurz darauf kam er mit einer kühlen Flasche gefiltertem Wasser zurück und drückte sie ihr in die Hand.

„Ich dachte, du magst Bree.“

Er hatte ihr die Schachtel aus der Hand genommen und sie geöffnet, da sie nicht schnell genug gewesen war, doch dann hielt er inne und lachte überrascht auf.

„Wieso fragst du? Natürlich mag ich Bree.“

„Ich meine, *richtig* mögen.“

„Willst du jetzt tatsächlich darüber sprechen? Es kommt mir so vor, als hättest du dich auf Mittelstufenniveau zurückentwickelt.“ Er machte keine Anstalten, sich sein eigenes Essen zu holen, ließ sich ihr gegenüber in den Sessel sinken und musterte sie aufmerksam.

„Beantworte einfach meine Frage.“ Wieder wallte Ärger in ihr auf, doch er überwältigte sie nicht. Eher war sie irritiert.

„Bree ist eine Lesbe. Sie ist gebunden“, erklärte er so geduldig, dass Winter sich blöd vorkam. „Sie hat eine Verlobte.“

„Ich weiß“, schnaubte Winter. „Ich wusste bloß noch nicht, dass du es auch gecheckt hast.“

Sein müdes, verstoppeltes Gesicht nahm einen Ausdruck belustigter Geduld an. „Winter, du weißt doch, dass ich mal verheiratet war, oder?“

Sie senkte den Kopf, fischte einen Kloß aus ihrer Schachtel und hoffte, dass er ihren Gesichtsausdruck nicht sehen konnte. Er hatte freimütig und voller Zuneigung darüber gesprochen. Sie hatten jung geheiratet. Sie hatte sich von ihm scheiden lassen und später einen seiner engsten Freunde geheiratet, eine andere Frau.

Noah war Trauzeuge gewesen. Auf einmal wollte Winter allein sein. Sich vor Scham in einem kleinen Loch verkriechen.

„Also, was ist?", wechselte Noah gnädigerweise das Thema. „Hast du etwas gesehen?"

„Nein, nicht wirklich. Ich glaube, du hast recht. Ich habe heute noch nicht viel gegessen." Sie stellte die Schachtel auf den Couchtisch. Sie hatte auch keinen Appetit. „Hör mal, Noah, du solltest jetzt besser gehen."

Seine Miene verdüsterte sich.

„Nein, ich bin nicht mehr wütend. Kein Budenkoller. Ich möchte einfach bloß allein sein."

Als er sie musterte und überlegte, ob es ihr tatsächlich gut ging, kam sie sich vor wie ein Kleinstlebewesen unter dem Mikroskop. Nach einer gefühlten Stunde, die nur einen Moment währte, nickte er widerstrebend.

„Okay. Aber ruf mich an, wenn du mich brauchst."

Er erhob sich, und sie folgte ihm. Ohne zu schwanken. Keine Kopfschmerzen. Eine rote Jacke? Was zum Teufel hatte das zu bedeuten? Weshalb fantasierte sie mitten in einer handgreiflichen Auseinandersetzung von hübscher Winterkleidung?

Noah nahm die Tüte von der Theke.

„Möchtest du die Hälfte? Du solltest etwas essen."

„Du schindest Zeit." Um ihrer Bemerkung die Schärfe zu nehmen, lächelte sie und schob die Tüten und das kaum angerührte Bier in seine Richtung. „Danke, Noah."

Er nickte. „Unsere Unterhaltung führen wir ein andermal fort, ja?"

„Ja, aber nicht jetzt."

Er überraschte sie, indem er sich vorbeugte und sie auf die Wange küsste. Obwohl er sie nur flüchtig mit den Lippen streifte, ging ihr die Berührung durch und durch.

Und dann verschwand er mit seinem einnehmenden, strahlenden Lächeln.

Noah wollte ihr einfach helfen. Das musste sie sich vor Augen halten und ihm verzeihen, so wie sie Gramma Beth verzieh, dass sie sie mit fürsorglichen SMS nervte, oder Grampa Jack, wenn er sie mit der Frage neckte, ob sie nicht bald heiraten werde.

Obwohl sie es nicht darauf angelegt hatte und es nicht wollte, bedeutete Noah ihr inzwischen ebenso viel wie ihre Familie. Und die Familie war das Wichtigste.

„Ich wundere mich, dass du nicht schon eher in mein Büro gekommen bist."

Aiden musste sich beherrschen, um nicht auf dem Stuhl herumzurutschen. Cassidy Ramirez, die ADD des FBI-Büros in Richmond, starrte ihn über den Schreibtisch hinweg an. Ihr Gesicht war faltenlos und glatt, obwohl sie mindestens fünfzehn Jahre älter war als er.

Vermutlich würde sie bald in Pension gehen. In drei Jahren. Eine Laufbahn beim FBI war körperlich anstrengend. Geistig fordernd. Nur wenige hielten das ein ganzes Leben lang durch, denn wenn man seine Sache gut machte, war man mit siebenundfünfzig, dem verbindlichen Pensionsalter, ausgebrannt.

Seine ehemalige Partnerin fixierte ihn mit ihren wachen braunen Augen und lächelte rätselhaft. „Wie läuft's im Preacher-Fall?"

„Gut," antwortete er kurz angebunden.

Sie wussten beide, dass es gelogen war.

„Wie kann ich dir helfen, Aiden? Ich werde tun, was in meiner Macht steht. Das weißt du. Auch wenn du nicht der Typ bist, der um Hilfe bittet. Das warst du noch nie."

Er erwiderte ihr Lächeln. „Ich wollte mit dir über die Black-Morde sprechen."

Das Lächeln seiner Ex-Partnerin verflüchtigte sich. Sie hatten beim Black-Fall zusammengearbeitet. Cassidy war seine Mentorin gewesen. Er hatte gerade die Ausbildung in Quantico abgeschlossen gehabt. Der Preacher hatte bei ihnen beiden Spuren hinterlassen, wenn auch auf unterschiedliche Weise. Sie hatten sogar miteinander geschlafen, was das Ende von Ramirez' Ehe eingeläutet hatte, doch das würden sie sich niemals eingestehen.

„Ich habe mich zuhause in meinen alten Notizen vergraben", sagte sie, wobei sie weniger wie eine Vizedirektorin wirkte, sondern eher wie die Special Agent, die sie vor zehn Jahren gewesen war. „Ich habe den Fall aus verschiedenen Gründen im Auge behalten, aber ich fürchte, ich habe nichts Neues gefunden, was dir helfen könnte."

Aiden hatte nichts anderes erwartet, aber enttäuschend war es doch. Er hatte mit seiner Entscheidung, Ramirez aufzusuchen, gehadert. Es war ein Zeichen von Schwäche.

„Danke, dass du dir Zeit für mich genommen hast, Ramirez." Er erhob sich. „Ich habe noch eine Besprechung."

„Blödsinn." Ihr Tonfall klang belustigt. Auch gereizt. „Setz dich, Parrish."

„Ist das ein Befehl?", fragte er steif.

Sie erwiderte unverwandt seinen Blick. „Zwing mich nicht dazu. Es wäre mir lieber, wenn wir das gegenwärtige Niveau von wechselseitigem Respekt und Animosität beibehalten würden."

Unwillkürlich grinsend, lehnte er sich zurück. „Du bist

eine gute ADD, Cassidy. Sollte ich vor vier Jahren versäumt haben, dir zu deiner Beförderung zu gratulieren, möchte ich es jetzt nachholen."

Sie verdrehte die Augen und lachte, ein erdiges, verführerisches Lachen, das ihn jedes Mal aus dem Gleichgewicht brachte.

„Danke. Du bist übrigens ein verdammt guter SSA. Glückwunsch."

Sie wurde wieder ernst und nahm einen Kuli aus dem Stiftehalter. Zerstreut damit spielend, eine alte Angewohnheit, fixierte sie ihn.

„Solange dieses Meeting wechselseitiger Bewunderung andauert, möchte ich dir einen Rat geben."

Er spannte die Schultern an, und auf einmal schmerzte ihn das verletzte Bein.

„Entspann dich." Sie zwinkerte verständnisvoll. „Ist nur eine Kleinigkeit. Du entscheidest, was du damit anfängst."

Er bat sie mit einem Kopfnicken, weiterzureden, und konzentrierte sich darauf, seine ausdruckslose Miene beizubehalten.

„Mach das nicht zu deinem persönlichen Rachefeldzug."

„Redest du von uns?" Ihre Bemerkung überraschte ihn. Er hatte mit einem anderen Rat gerechnet.

„Vom Preacher. Mir liegt ebenso viel daran, ihn zu schnappen, wie dir, aber ich habe eine andere Sicht auf unsere Arbeit an dem Fall."

„Wir haben versagt", sagte er mit monotoner, emotionsloser Stimme. „Er hat drei weitere Frauen getötet und ein dreizehnjähriges Mädchen traumatisiert."

„Aiden." Das eine Wort war derart aufgeladen mit Zuneigung und Verbitterung, dass er sie musterte. „Du kannst nicht ewig die Fahne deines Versagens vor dir hertragen."

„Aber wir haben doch versagt, oder etwa nicht?"

Sie errötete, sicher aus Ärger. Cassidy konnte sich

wunderbar aufregen, dachte er und lächelte bei der Erinnerung. Das kam von ihren Latino-Wurzeln.

„Haben wir nicht", entgegnete sie. „Wir haben innerhalb der Beschränkungen unseres Jobs getan, was wir konnten. Er ist abgetaucht. Manchmal reicht es eben nicht."

Aiden musste ihr in dem Punkt recht geben, sperrte sich aber gegen ihre Schlussfolgerungen.

„Wir müssen irgendetwas übersehen haben. Überwachungskameras, einen Augenzeugen …"

„Nein. Wir beide zählen zu den besten und glänzendsten Mitarbeitern, die das FBI seit seinen bescheidenen Anfängen hatte."

Das kam ihr ganz locker über die Lippen. Weil es die Wahrheit war.

Sie fuhr fort. „Wenn wir den Preacher mit all den zur Verfügung stehenden Mitteln nicht schnappen konnten, heißt das, er war nicht zu schnappen. Jetzt hat die Abteilung für Gewaltverbrechen eine neue Chance, und die Kriminaltechnik stärkt ihr den Rücken. Seit dem Black-Fall hat es bei der Verbrechensbekämpfung große Fortschritte gegeben. Außerdem ist er ein *alter Mann*. Der Preacher ist kein unbesiegbarer Gegner. Er muss es jetzt langsamer angehen lassen. Sich schonen. Vertrau der Abteilung, Aiden. Diesmal werden sie ihn schnappen."

Er schüttelte bereits den Kopf, noch ehe sie fertig war.

„Sie brauchen mich. Uns."

„Aiden. Du bist besessen."

Er stand auf und beugte sich über Cassidys imposanten Mahagonischreibtisch vor. Sie wich unwillkürlich zurück, blickte ihn aber mit ihren dunklen Augen herausfordernd an.

„Das muss ein Ende haben. Wir müssen alle verfügbaren Kräfte mobilisieren."

„Besessenheit, Aiden." Cassidys Tonfall war sanft. „Eines der ersten Dinge, die man bei unserer Arbeit lernt: Besessenheit mündet in Fanatismus. Von da aus ist es nur ein kleiner Schritt zum Extremismus. Du verlierst die Kontrolle."

Er richtete sich langsam auf, wütend darüber, dass er seine mühsam erkämpfte Selbstbeherrschung verloren hatte. In Cassidys Blick lag jedoch weder Angst noch Kritik. Sondern Mitgefühl.

Es war ihm zuwider.

Aiden setzte zu einer heftigen Erwiderung an, doch dann machte es bei ihm auf einmal Klick.

„Scheiße", sagte er, eher flüsternd, doch Cassidy zuckte zusammen, als hätte er gebrüllt.

Extremist.

Er wandte sich zur Tür und verfluchte das Bein, das ihn immer noch beim Gehen behinderte.

ADD Ramirez sah ihm nach. Sie empfand Bedauern für ihren Geliebten für eine Nacht und ehemaligen Freund, doch sie hatte getan, was sie konnte.

# 27

Als an der Eingangstür geklopft wurde, war Winter bereit, ihren Schwur, Noah zu verzeihen, zu brechen. Doch als sie die Tür öffnete, standen ihre Großeltern davor und strahlten sie an.

Ihr wurde ganz flau. Sie liebte sie – liebte sie über alles, was nicht unbedingt ihrer Natur entsprach -, aber verdammt noch mal, im Moment hatte sie keine *Zeit* für sie. Ein Blick in das müde Gesicht von Grampa Jack veranlasste sie, die beiden in die Wohnung zu geleiten und sie zum Platznehmen aufzufordern. Zunächst umarmte er sie brummend, er sah alt und erschöpft aus. Mit seinen buschigen weißen Augenbrauen wirkte er wie ein Löwe, der seine Glanzzeit hinter sich hatte.

Ihr schnürte sich die Kehle zu, doch sie rang sich für beide ein Lächeln ab.

Gramma Beth legte ihre leichte Frühjahrsjacke ab, setzte sich auf das graue IKEA-Sofa im Wohnzimmer und nestelte an ihrem blassblauen Rock. Sie wich ihrem Blick aus, was Winters Argwohn weckte.

„Hast du Bud Light?", fragte Grampa Jack, bereits unterwegs zur Küche.

„Weshalb sollte ich?", erwiderte Winter freundlich, aber nicht ohne Schärfe. „Es ist ja nicht so, dass ihr euch angemeldet habt, dann hätte ich zum Laden gehen können. Du musst dich mit Noahs Craft-Bier begnügen."

„Ich hab's dir gesagt, Bethie", sagte er lachend in der Küche.

„Also gut. Heraus damit."

Gramma Beth schaute hoch, ihr schicker wadenlanger Rock war so glatt und faltenfrei wie bei ihrem Eintreten. „Noah?" Sie stürzte sich auf diesen Brotkrumen so gierig wie eine halb verhungerte Maus. Ihre Augen blitzten. „War er hier?"

„Gramma. Red nicht um den heißen Brei herum, spuck's aus." Winter setzte sich und durchbohrte Beth mit ihrem Blick, versuchte das liebenswürdige, unschuldige Gehabe zu ignorieren, das sie viele Jahre lang gefoppt hatte. „Weshalb seid ihr wirklich hier?"

Grampa Jack kam zurück. „Ja, Bethie", sagte er mit einem durchtriebenen Grinsen und zeigte seine perlweiße Prothese, „weshalb sind wir hier?"

Wenn Blicke töten könnten, hätte Gramps sich nach einem unsichtbaren Tiefschlag auf dem Boden gekrümmt. Er zuckte zusammen, begriff wohl, dass er zu weit gegangen war, und setzte sich neben seine Frau.

Aber mit Abstand.

„Brauchen wir denn einen Grund, um unsere Enkelin zu besuchen?", sagte Gramma Beth steif und abwehrend.

Beinahe wäre sie schwach geworden – sie saß ihrer *Grandma* gegenüber, nicht einer Verdächtigen -, doch Winter konnte nicht lockerlassen. Die rote Jacke spukte ihr im Kopf herum.

„Wo ihr noch nie einen Grund hattet, mich irgendwo zu

besuchen?“ Sie mäßigte ihren Ton, und das gerade rechtzeitig, denn Gramma Beths blasse Augen füllten sich mit Tränen.

„*Wie konntest du nur?*“, platzte Beth heraus, womit sie Jack und Winter gleichermaßen überraschte. „Diesmal bist du zu weit gegangen, Winter.“

Selbst Jack war der Gefühlsausbruch seiner Frau peinlich. Schlagartig hatte sie sich vom braven Hausmütterchen in eine knallharte Bitch verwandelt.

Winter hatte noch nie erlebt, dass Gramma Beth die Fassung verlor. Jedenfalls nicht so.

Es war erschreckend. Dabei hatte sie keine Ahnung, was den Ausbruch ausgelöst hatte.

„Komm schon, Bethie …“

Grampa Jack legte ihr die Hand auf den Arm, doch sie wich ihm aus. „Komm mir nicht mit ‚Bethie‘, Jack McAuliffe. Mit dir befasse ich mich später.“

Erstaunt über ihren drohenden Ton, hob er die buschigen Brauen. „Was habe ich denn getan?“, polterte er.

Als sie drohend die Augen zusammenkniff, machte er so schnell einen Rückzieher, dass Winter beinahe aufgelacht hätte.

„Vergiss es. Erzähl’s mir ein andermal.“ Er erhob sich. „Ich sehe nach, ob Noah da ist.“

„Du weißt doch gar nicht, in welchem Apartment …“ Winter machte Anstalten, ihm zu folgen und sich aus der Gefahrenzone zu begeben.

„Ich werd ihn schon finden.“

Mit schuldbewusstem Blick und hilflosem Achselzucken schlich Grampa Jack von dannen. Durch die Vordertür.

Winter war danach, hysterisch zu lachen und vor Frust zu schreien, alles gleichzeitig. Oder zumindest Noah zu simsen und ihm zu sagen, er solle Gramps retten. Doch das flammende Rot auf Großmutters glatten Wangen hielt sie davon ab.

Die reizende Beth McAuliffe kochte vor Zorn, und von dem Anblick wurde ihr ganz kalt.

„Herrgott, Gramma …"

„Versündige dich nicht am Namen des Herrn, und nenn mich *nicht* ‚Gramma', junge Dame", blaffte Beth und sprang auf. Sie begann, im kleinen Wohnzimmer auf und ab zu gehen. So wie Winter, wenn sie wütend war.

„Scheiße, ich bin's leid, dass ihr beide so tut, als wäre ich ein zerbrechliches Porzellanpüppchen."

Dabei sah sie in diesem Moment tatsächlich wie eine Porzellanpuppe aus, fand Winter. Zierlich und hübsch in ihrem altmodischen Kleid und den dazu passenden Pumps, das Haar in makellose weiße Dauerwellen gelegt. Bei jeder hektischen Bewegung tanzten sie auf und ab. Sie und Winter hätten von ihrer äußeren Erscheinung gegensätzlicher nicht sein können … doch wenn es drauf ankam, waren sie gar nicht so verschieden.

Als ihr eine plötzliche Erkenntnis kam, klappte Winter der Mund auf.

„Hast du gerade das S-Wort gesagt?"

Gramma Beth errötete, und ein irischer Akzent mischte sich in den Tonfall, den sie sich in einem katholischen Internat angeeignet hatte. „Mein Nachname lautet Finnegan, erinnerst du dich? Elizabeth Mary Catherine Louise Finnegan, und dein Grandpa ist nicht der Einzige mit irischen Wurzeln. Ich habe diese Worte auf dem Knie meines Daddys gelernt. Aber darum geht es nicht. Weshalb hast du mir nichts gesagt?"

„Was gesagt?" Winter war schwer von Begriff, zu verdutzt darüber, dass ihre Großmutter das Wort ‚Scheiße' gebrauchte. Das war ein denkwürdiger Moment. Sie hätte gern gewusst, ob ihr Grandpa schon mal gehört hatte, dass seine reizende Frau dieses Wort in den Mund nahm.

„Dass dieser schreckliche Mann, den man den Preacher nennt, wieder aufgetaucht ist?“

„Er ist nicht wieder aufge…“

Bebend vor Zorn, schnitt Beth Winter die Lüge ab. „Nicht.“

Das eine Wort genügte vollkommen, zumal der Zorn in Wellen von ihr ausstrahlte, doch Gramma Beths Tränen gaben den Ausschlag. Sie schimmerten in ihren blauen Augen und flossen über, rollten über die pergamentartige, nach Lavendel duftende Haut und verschmierten das Make-up.

Winter hielt im letzten Moment inne.

„Es tut mir leid.“ Ihr Bedauern war spontan und aufrichtig. Gramma Beth weinte nicht.

„Keine Entschuldigungen.“

Beth spannte die Schultern an. Verrieb zornig die Tränen auf ihrem Gesicht, wie ein trotziges Kind.

Winter und ihre Großmutter waren einander ähnlicher, als ihnen bewusst war. Wegen seiner rauen Umgangsformen und seines wachen Verstands hatte sie immer geglaubt, sie sei eher nach Grampa Jack geraten. Denn er war nach außen hin ruhig und beständig, und der unter der Oberfläche brodelnde Zorn brach sich nur dann Bahn, wenn er provoziert wurde.

Doch während Grampa Jack abbaute, legte Gramma Beth eine überraschende Scharfsichtigkeit an den Tag. Anscheinend war der Eindruck wechselseitig. Was zur Folge hatte, dass sie sich beide extrem unbehaglich fühlten.

Sie beäugten einander wie Wölfe über den Tisch hinweg.

Winter konnte erkennen, dass es ihrer geliebten Großmutter zuwider war zu weinen. Während Winter schnell Mitgefühl zeigte, hatte Beth nach der Ermordung ihrer

Tochter und ihres Schwiegersohns und der Entführung ihres Enkels durch ein Monster keine Emotionen gezeigt. Sie hatte die Fassung bewahrt und sich wie eine Mutter um Winter gekümmert, doch sie hatte nicht getrauert.

Manchmal war es Winter so vorgekommen, als sei ihr das alles nicht nahegegangen. Beth hatte sich ihrer verwaisten Enkelin und ihres trauernden Ehemanns angenommen und alles Nötige getan, damit das Leben für sie weiterlief.

Sie war warmherzig gewesen, gleichzeitig auch irgendwie kalt. Der Gedanke unterstrich die Distanz, die die ganze Zeit zwischen ihnen geherrscht hatte. Dass Beth sich jetzt bemühte, ihrer Tränen Herr zu werden, fachte Winters Zorn an.

„Ich will euch bloß schützen."

Ihre zickige Bemerkung durchbrach die Stille. Und in gewisser Weise waren sie jetzt wieder quitt.

Gramma Beth presste die Lippen zusammen, ihr Blick wurde strenger.

„Das sehe ich. Deinen *Schutz* habe ich heute Nachmittag kennengelernt", entgegnete Beth. „Ich habe mit Officer Felcher gesprochen. Eine nette Frau, sehr tüchtig. Aber das hätte uns wohl kaum etwas genutzt, wenn der Preacher sich heute Nacht durch die Hintertür ins Haus geschlichen und uns in den Betten abgemurkst hätte."

Blut. Blut tropfte vom ausgestreckten Finger auf den Boden. Das entstellte Gesicht ihrer Mutter …

Winter hatte das Gefühl, sie sei geohrfeigt worden. Fest.

Doch der Beschuss ging weiter.

„Du hältst dich für so schlau. Du glaubst, Großvater und ich bräuchten deinen Schutz, tust aber rein gar nichts, um *dich* zu schützen. Du bist unbesiegbar. Eine Superheldin vom FBI, die noch nicht trocken hinter den Ohren ist. Das ist lachhaft. Du glaubst, wir … *ich* wäre bloß eine alte Lady, die es nicht besser weiß. Die nicht mitkriegt, was sich direkt vor ihren Augen abspielt."

Mehr als eine Ohrfeige. Gramma Beth hatte sie soeben geohrfeigt, niedergeschossen und ausgeweidet. Winter hatte das Gefühl, sie trampele auf ihren Gefühlen herum, während sie sich auf dem Boden krümmte.

„Gram", setzte Winter an, um alles abzustreiten. Sich zu entschuldigen.

Doch sie kam nicht über das eine Wort hinaus.

„Halt's Maul. Sei einfach still."

Jetzt hörte Beth selbst die gutturalen Laute, die sie hervorgebracht hatte, und schlug die Hand vor den Mund.

Sie wurde blass und wirkte auf einmal so alt, wie sie tatsächlich war.

„Ach, Gott. Winter." Sie setzte sich wieder. Zitterig, als fürchtete sie zusammenzubrechen. Sie wirkte geschockt, doch das tröstete die geschockte Winter nicht. „Es tut mir leid. Ich weiß nicht, wie das passiert ist."

Ihre Welt stand Kopf, ihr innerer Kompass hatte die Orientierung verloren.

Gramma Beth und Grampa Jack waren ihr gegenüber nie laut geworden. Auch wenn sie es nicht wahrhaben wollte, hörte sie sich an wie eine verzogene Göre. Als ihre Großeltern sie aufgenommen hatten, war sie traumatisiert und mutterseelenallein gewesen. Gramma Beth hatte sie unter ihre Fittiche genommen, und Grampa Jack war felsenfest immer in der Nähe gewesen.

Sie hatten sich nie darüber beschwert, dass sich ihr Leben unwiderruflich verändert hatte. Dass Winter die Ursache für den Polsprung gewesen war.

Unter diesen Umständen ein Kind bei sich aufzunehmen – ein *halbwüchsiges* Kind –, hätte jeden anderen aus dem Gleichgewicht gebracht. Sie aber standen bereits im Herbst des Lebens. Das schlechte Gewissen lastete gebirgsschwer auf Winter.

Gramma Beth – die hübsche, zerbrechliche, vogelzarte alte Frau - wirkte ebenso niedergeschlagen und gerupft, wie Winter sich fühlte. Es war niederschmetternd. So unbeugsam sie auch schien, ließ sich doch nicht leugnen, dass Beth alt war. So wie Grampa Jack.

Beth war immer noch ihre Großmutter, jedoch nur dem Namen nach. Als sie der Polizei an jenem Abend die Tür öffnete, hatte sie den Stab der Mutterschaft übernommen.

Auf einmal sah Winter in Beth auch deren Tochter.

Ihre eigene Mutter. Jeannie Black. Es schmerzte zu sehr, um es in Worte zu fassen.

„Wieso hast du mir nicht gesagt, was in dir vorgeht?" Sie sprach ruhig. Reumütig.

„Also", flüsterte Beth, „ich wünschte, ich hätte dir bloß eine SMS geschickt. Die Nachbarn rufen bestimmt schon bei der Polizei an."

„Die meisten meiner Nachbarn *sind* von der Polizei."

„Ach, nein." Gramma Beths Augen weiteten sich. „Sie werden glauben, du hättest eine verrückte Großmutter. Ich hätte Alzheimer oder so was."

Winter musste unwillkürlich lächeln. „Wenn du dich jetzt nicht hinsetzt und mir sagst, was los ist, rufe ich deinen Bridgeclub an und erzähle ihnen, du *bist* verrückt und *hast* Alzheimer."

„Das würdest du nicht wagen." Die Drohung war zurück.

„Wetten, dass?"

Anstatt Winter auf die Probe zu stellen, ging ihre Grandma ums Sofa herum und setzte sich. „Das war hinterhältig. Du weißt doch, dass Bertha scharf darauf ist, ihre Cousine beim Bridgeabend einzuschleusen. Vorher müsste sie mich rausdrängen."

„Ich habe mich schon immer gefragt, woher mein

gemeiner Zug kommt.“ Winter lächelte schwach. „Und hör auf, das Thema zu wechseln.“

„Also“, schniefte Beth. „Ich nehme an, du weißt Bescheid. Wir müssen es nicht breittreten.“

„Ich glaube doch. Ich möchte nicht, dass du mich erneut abkanzelst.“

„Das werd ich nicht.“ Beth wirkte müde. „Ich bin jähzornig, aber es erschöpft mich. Meine Zündschnur ist lang, aber …“

„Sie führt zu einem Pulverfass. Schon klar. Und ich habe mich geirrt.“ Winter machte sich von dem Zorn frei, an dem sie sich bis jetzt festgeklammert hatte. Beth wirkte gebrechlich und alt. Und Grandpa ging es nicht gut. Dafür war jetzt kein guter Zeitpunkt.

Es war die Zeit für Rache. Ihre eigenen Verletzungen konnten warten.

„Du hast recht. Es geht um den Preacher. Er ist wieder aufgetaucht.“

„Winter Morrigan Black!“, rief Beth, erneut verletzt und zornig. „Ich hab’s geahnt, weshalb hast du mir nichts gesagt?“

Winter schüttelte langsam den Kopf.

„Weil er mir gehört.“

Beth sprang auf. „Das kann doch nicht dein Ernst sein.“

„Gramma Beth.“ Es klang steif und gestelzt, selbst in ihren Ohren. „Ich muss das durchziehen. Er treibt schon lange genug sein Unwesen. Er ist wie ein alter Wolf, ein weiterer Grund, Menschen nicht nach ihrem Alter zu beurteilen. Dieser Wolf hat vielleicht keine Zähne mehr, aber er ist immer noch tollwütig.“

„Das ist nicht deine Aufgabe, mein Kind.“ Ihr Gesicht verknautschte sich. „Überlass das jemand anderem. Noah würde es für dich tun. Oder dieser Aiden.“

Jetzt wurde Winter böse.

„Noah ist ein Freund. Kein weißer Ritter. Nicht mein

Beschützer. Nicht mein Retter. Ich brauche Noah nicht. Und was Aiden und den Rest des FBI angeht, brauche ich auch sonst niemanden, der meine Probleme für mich löst."

„Du hast dich seit der Nacht nicht verändert." Gramma Beths Augen glitzerten vor Trauer, doch es spiegelte sich auch Stärke darin. „Du warst noch ein Kind."

„Jetzt bin ich kein Kind mehr."

Es laut auszusprechen, bestärkte sie in ihrem Entschluss.

Beth schaute sie schweigend an. Winter ließ die Musterung nur widerwillig über sich ergehen, doch das Gefühl von Dringlichkeit putschte sie auf.

„Gram, ich kann nicht anders. Er gehört mir."

Die Sekunden dehnten sich, zerrten an Winters Nerven.

Schließlich nickte Beth. Ihre Lippen bebten kurz. Sie streckte die Arme aus, zog Winter an sich und umarmte sie fest. Tränen traten Winter in die Augen, aber sie ließ nicht zu, dass sie überliefen. Stattdessen legte sie die Hand auf die zarten Rippen an Grandmas Rücken. Sie wirkte so gebrechlich, doch ihre Umarmung tat beinahe weh.

„Ich weiß, Liebes. Sei vorsichtig."

Als sie sich von Winter abwandte, lag in ihrem Blick ein bitteres, leidenschaftliches Funkeln, der Widerschein von Winters Entschlossenheit.

„Lass dich von ihm finden und erlöse diesen Schuft von seinem Elend."

# 28

Er ging wohlüberlegt vor, während er den Blick durch den Besprechungsraum schweifen ließ. Keiner Person schenkte er mehr Aufmerksamkeit als den anderen. Das galt speziell auch für Winter.

Vielleicht mit Ausnahme von Bree hatte der Preacher-Fall die bereits angespannten persönlichen Beziehungen aller Anwesenden aufs Äußerste belastet. Eine falsche Bewegung, und sie würden wie Glas in zahllose Scherben zerspringen. Das ließe sich nicht mehr ungeschehen machen.

Aiden versuchte sich einzureden, der Preis für seinen Ehrgeiz sei nicht zu hoch. Schließlich hatte er es endlich geschafft. Nach über zehnjähriger unerbittlicher Verfolgung, als er bereits begonnen hatte, sein Scheitern hinzunehmen, hatte er abgeschlossen, was mit der Ermordung der Familie Black angefangen hatte.

Der Preacher hatte einen Namen, und Aiden wollte sicherstellen, dass alle in diesem Raum, in diesem Gebäude und im ganzen Federal Bureau of Investigation wussten, wer ihn ermittelt hatte.

Als die Bedenken wegen der Folgen seines Ehrgeizes in

sein Bewusstsein sickerten, verdrängte er den Gedanken und räusperte sich. Auch ohne sie anzusehen, wusste er, dass Winter ihn von der Seite fixierte.

Er sah blinzelnd auf seinen Laptop nieder und wünschte, er hätte mehr Zeit gehabt, ein paar Fotos und Orte als visuelle Stütze hinzuzufügen.

„Also gut. Wir sind vollzählig." Er riss den Blick vom Display los und sah die drei Agents an.

Brees Aufmerksamkeit war ihm sicher, sie hatte ihre schlanken Hände auf dem Tisch gefaltet. Der Mann an ihrer Seite hatte jedoch an die Decke geschaut und blickte erst jetzt zur Vorderseite des Raums, wo Aiden stand.

Als Noah Daltons grüne Augen seinen Blick erwiderten, entging Aiden nicht ihr boshaftes Funkeln. Er hätte wegen dieses offensichtlichen Anzeichens von Neid eigentlich ein gewisses Maß an grimmiger Genugtuung verspüren sollen, doch so wenig er sein hinterlistiges Vorgehen der letzten Monate rechtfertigen konnte, schaffte er es nicht, auch nur einen Anflug von Stolz aufzubieten. Erneut überspielte er seine Verunsicherung und machte weiter.

„Midland City, Alabama. Fünfzehnter Februar neunzehnhundertsiebenundzwanzig. Melvin Kilroy kommt als drittes Kind von Mary und Joseph Kilroy zur Welt. Drei Jahre später, am zweiten Juli in Rich Square, North Carolina: Nellie Banks wird geboren, das erste Kind von Eileen und Kenneth Banks. Zeitsprung um neunzehn Jahre, Januar. Hiltonia, South Carolina. Nellie Banks heiratet Melvin Kilroy. Neun Monate später, zweiundzwanzigster November neunzehnhundertneunundvierzig."

Er hielt inne und blickte in die Runde. Ungeachtet seines disziplinierten Übersehens zuvor, ließ er diesmal den Blick auf diesen so vertrauten eisblauen Augen verweilen. Der Zeitablauf kam zum Stillstand, und er war sicher, dass er Winter mindestens eine geschlagene Minute lang fixierte. Er hörte das Rauschen des Bluts in seinen Ohren, überging aber den unerwarteten Adrenalinstoß und löste seinen Blick von ihr.

„Was geschah am zweiundzwanzigsten November?“ Agent Daltons gepresster Tonfall rief Aiden ihrer aller prekäre Gefühlslage in Erinnerung.

„Danke für die Nachfrage“, lautete Aidens sarkastische Erwiderung. „In Fort Lawn, South Carolina, bringt Nellie ihr erstes und einziges Kind zur Welt, Douglas Kilroy. Douglas ist ein glückliches und gesundes Kind oder zumindest jedenfalls gesund, doch die Schwangerschaft war kompliziert. Heutzutage wäre das kein Problem, doch Ende der Vierzigerjahre konnte Nellie von Glück sagen, dass sie überlebte. Ich habe keinen Beleg dafür gefunden, dass die schwierige Schwangerschaft zu Unfruchtbarkeit führte, aber da Nellie und Melvin keine weiteren Kinder hatten, darf man wohl davon ausgehen.“

„Anfang der Fünfzigerjahre war Verhütung noch nicht weit verbreitet“, warf Bree ein. „Zumal in den Südstaaten.“

Er lächelte ihr beinahe aufrichtig zu und nickte. „Genau. Also, Nellie und ihr Mann Melvin waren das, was man heute religiöse Fundamentalisten nennen würde. Die Bezeichnung konservativ wäre drastisch untertrieben. Heutzutage mag es eine Menge Leute geben, die die Fünfzigerjahre, die ‚gute alte Zeit‘, nostalgisch verklären, aber damals dachten viele über die zurückliegenden Jahrzehnte das Gleiche. Wie auch die Kilroys. Melvin Kilroy zog mit seiner Frau und seinem Sohn im Süden umher, um seine Botschaft zu verbreiten und Gefolgsleute um sich zu scharen, die mit ihm zusammen die ‚gute alte Zeit‘ wiederbeleben sollten. Den kleinen Douglas lehrte er derweil das Handwerk, und als der Junge fünfzehn war, wurde Melvin sesshaft und eröffnete seinen eigenen Laden. In McCook, Virginia. Das ist ein armseliges Städtchen nahe der Grenze zu North Carolina.“

Als Aiden diesmal innehielt, war er sich sicher, dass man ihn nicht unterbrechen würde. Inzwischen war sich jeder Mann und jede Frau im Raum bewusst, worauf er abzielte. Die Hände flach auf die Ränder des Rednerpults aus poliertem Holz gelegt, beugte er sich vor. So konnte er seine heilenden Beinmuskeln entlasten, und der dramatische Effekt war eine zusätzliche Dreingabe.

„Die Holy Trinity Baptist Church", sagte er. Er meinte fast zu hören, wie sie die Augen aufrissen, und musste sich beherrschen, sonst hätte er selbstgefällig gelächelt. „Gegründet von Melvin Kilroy Anfang der Sechzigerjahre, zu Beginn des Vietnamkriegs, zum Höhepunkt der Bürgerrechtsbewegung. Betrachtet man die Wanderzeit von Melvin und dessen Familie, ist es nicht einfach, die Zwischenstopps zu identifizieren. Doch an jedem Ort, den ich gefunden habe, wurde eine Frau als vermisst gemeldet. Von einigen hat man Jahre später das Skelett gefunden, sie waren ermordet worden. Die meisten aber sind einfach verschwunden."

„Heilige Scheiße", murmelte Bree.

Aiden verkniff sich eine sarkastische Bemerkung und räusperte sich stattdessen. Die Identifizierung des Preachers hätte ihn eigentlich in Hochstimmung versetzen sollen, doch Tatsache war, dass sie den Mann, der Winter Blacks Familie ausgelöscht hatte, noch immer jagten.

Als er es wagte, der stoischen Frau einen weiteren Blick zuzuwerfen, glitzerten ihre Augen wie Gletscher.

„Ein paar Jahre nachdem sie in McCook sesshaft wurden, starb Nellie Kilroy. Ihren Tod hielt man offiziell für einen Unfall, Quellen zufolge wurde sie von einem Pferd abgeworfen und niedergetrampelt. Allerdings wurde auch von Fremdeinwirkung gemunkelt. Als Melvin noch umherreiste, blieb er nicht lange genug an einem Ort, dass die Leute sich zusammenreimen konnten, was für ein perverser Typ er war. In McCook aber lebte er zu dem Zeitpunkt schon seit fünf

Jahren, und es gab Gerede. Das Städtchen schwirrte von Gerüchten zu Nellies Tod, gegen die er in seiner Kirche einen aussichtlosen Kampf führte, und die Gemeindemitglieder blieben weg. Melvin und sein Sohn Douglas predigten vor leeren Bänken. Und dann eines Tages warf Melvin das Handtuch. Und zwar so." Aiden hielt Mittel- und Zeigefinger unter sein Kinn. „Ein Schuss aus einer Achtunddreißiger Special, und das war das Ende der Holy Trinity Baptist Church."

„Herrgott", murmelte jemand.

Aiden nickte. Der Kommentar passte.

„Das war kurz vor Ende der Tet-Offensive", fuhr er fort, „und die Menschen stellten die Informationen in Frage, die ihnen über den Vietnamkrieg vorgesetzt wurden. Die Hippie-Bewegung war auf ihrem Höhepunkt, und es wurde massenweise gesündigt. Ich möchte wetten, dass all diese Ereignisse Douglas Kilroy dazu motiviert haben, das Werk seines Vaters fortzuführen. Die sozialen Unruhen, die Loslösung von der Kernfamilie in den Fünfzigern. Ganz zu schweigen davon, dass die Dreißigerjahre längst Geschichte waren. Douglas Kilroy, den man den Preacher nennt, befand sich auf einem Kreuzzug."

„Dieses mörderische Arschloch", bemerkte Bree.

Aiden nickte wieder. Auch das passte. Bevor jemand etwas sagen konnte, fuhr er fort.

„Aus den Fünfzigerjahren liegen für die ländlichen Regionen von Virginia verständlicherweise keine Daten von Kinderschutzbehörden vor, doch ich kann mit einiger Sicherheit sagen, dass Douglas Kilroy in seiner Jugend eine Menge Gewalt mitbekommen hat. Schon in jungen Jahren lehrte ihn sein Vater, dass Gewalt eine angemessene Form der Gefühlsäußerung und Selbstbehauptung darstellt. Douglas baute diese Denkweise aus, als er mit achtzehn nach

Vietnam geschickt wurde. Er diente dort als Green Beret, was seine körperliche Fitness erklärt."

„Was ...", setzte Noah an, doch Aiden, der die Unterbrechungen leid war, starrte den großen Mann nieder. Der Agent biss die Zähne zusammen und lehnte sich zurück.

Aiden konzentrierte sich wieder auf seinen Gedankengang. „Leider hatte ich wenig Zeit und konnte nicht viel zu seiner Kampferfahrung herausfinden. Fest steht allerdings, dass er insgesamt vier oder fünf Jahre lang diente. Ich vermute, dass Vietnam Douglas als Trainingsgelände diente. Es ist nicht ungewöhnlich, dass Serienkiller ihre Karriere in Kampfgebieten beginnen, besonders in so blutigen Konflikten wie dem Vietnamkrieg. Und dass Melvin nicht mehr lebte, motivierte Douglas umso mehr. Er war entschlossen, die Erwartungen seines Vaters nicht zu enttäuschen. Er würde sich nicht umbringen, bevor sein Werk vollendet wäre."

Ohne die kleine Gruppe noch einmal anzusehen, nahm Aiden die Fernbedienung des an der Wand befestigten Fernsehers in die Hand. Als er ihn einschaltete, zeigte der große Bildschirm einen Führerschein.

Der Mann auf dem Foto hatte einen gepflegten weißen Bart, rundliche Wangen und ein Lächeln, das Gelassenheit ausgestrahlt hätte, wären die Augen nicht gewesen. Sie waren schwarz, die Iris kaum von der Pupille unterscheidbar. Doch nicht die Farbe verunsicherte ihn.

Sondern der leere Blick.

In diesen Augen lag die gleiche kalte Apathie, die Aiden in den Gesichtern einiger der berüchtigsten Serienkiller seiner Zeit gesehen hatte.

Soziopathen, Menschen, die Gut und Böse selbst definierten. Menschen, deren moralischer Kompass sich an ihren eigenen verzerrten Idealen orientierte. Allerdings waren diese Ideale eher Rationalisierungen und Ausreden, die es

Menschen wie Douglas Kilroy erlaubten, ihre makabren Fantasien auszuleben und anderen Menschen Schmerzen zuzufügen und sie leiden zu lassen, damit sie selbst sich daran ergötzen konnten.

„Das ist er." Winters leiser Ausruf weckte ihn aus seinen Tagträumereien.

Er fasste sie in den Blick und nickte bedächtig. „Douglas Kilroy, von Beruf Handwerker. Das erklärt, wie er so leicht in die Häuser hineinkommt. Mit Alarmsystemen und Schlössern kennt er sich aus. Offenbar hält er sich zumindest in der Hinsicht technisch auf dem Laufenden. Behördendaten deuten darauf hin, dass er seit mindestens zwanzig Jahren in Virginia lebt. Gleich nachdem ich ihn gestern Abend zur Fahndung ausgeschrieben hatte, ist die Polizei zu seiner letzten bekannten Adresse ausgerückt, hat aber nicht den kleinsten verdammten Hinweis gefunden. Er ist auf und davon. Es gibt einen Fahndungsaufruf. Auch nach Autos, die der Beschreibung der grün-roten Klapperkiste entsprechen, wird gesucht. Mit Fug und Recht können wir sagen, dass Douglas Kilroy einer der meistgesuchten Verbrecher Amerikas ist. Sobald ihn jemand sieht, werden wir als Erste benachrichtigt."

Das Schweigen, das sich auf den Raum herabsenkte, war so erstickend wie ein Leichentuch, doch so sehr Aiden sich auch bemühte, ihm fiel einfach nicht ein, wie er den Bann hätte brechen können. Jedes Wort hätte die gespenstische Stille nur noch spürbarer gemacht.

Bis Bree schwer seufzte und sich auf dem knarrenden Stuhl zurücklehnte, war das einzige Geräusch das leise Rauschen der Klimaanlage. Ob sie es beabsichtigt hatte oder nicht: Alle Blicke richteten sich auf sie, als sie die Beine streckte.

„Ich habe nichts gesagt", meinte sie und breitete mit entschuldigender Miene die Arme aus.

„Wie geht es jetzt weiter?" Zu seiner Überraschung hatte Noah die Frage gestellt. Er wirkte ungewohnt ernst, blass und abgespannt.

Vielleicht hätte seine Niedergeschlagenheit bei Aiden Genugtuung hervorrufen sollen, doch stattdessen verspürte er im Nacken ein leichtes Prickeln. Anstatt Daltons Frage zu beantworten, blickte er zu Winter hinüber.

Ohne auf seine Musterung zu reagieren, betrachtete sie mit zusammengekniffenen Augen das Foto auf dem Display, dann senkte sie den Blick auf ihr Notizbuch und schrieb ein paar Worte. Sie brütete etwas aus, das konnte er erkennen.

Das war vermutlich nicht so gut.

Als Aiden, Winter, Bree und Noah ihre Notizen abglichen, die den Fall aus verschiedenen Blickwinkeln beleuchteten, hatte er gehofft, die Psychospielchen und die Geheimnistuerei hätten ein Ende.

*Hoffnung in der einen Hand, Scheiße in der anderen. Mal sehen, wohin sich die Waagschale neigt.*

Er hatte das alte Sprichwort nie so recht verstanden – weshalb zum Teufel sollte sich jemand in die Hand scheißen wollen? Doch er war nicht so naiv zu glauben, dass all die Lügen und Manipulationen, die jeder einzelne Anwesende hier im vorgeblichen Interesse, den Preacher zu fangen, benutzt hatte, sich verflüchtigen würden.

Der Schaden ließ sich nicht so einfach beheben. Er wusste aus persönlicher Erfahrung, dass solche Wunden schwer heilten. Er hoffte – schon wieder das verdammte Wort -, dass die manipulative Taktik, mit der er sich eine Position im großen Finale dieses Falls verschafft hatte, für Winter nicht zur Norm werden würde.

Er war bereit gewesen, jeden erforderlichen Preis zu zahlen, um den einzigen Makel auf seiner ansonsten blendend weißen Weste zu tilgen. Er war sicher gewesen, dass ihm kein Preis zu hoch wäre, doch jetzt fragte er sich, ob das nur eine Rationalisierung gewesen war. Schließlich hatte er gelernt, die psychischen Mechanismen derer zu entschlüsseln, die alle möglichen verabscheuungswürdigen Handlungen rationalisierten, oder etwa nicht?

Oh doch, das hatte er. Und er merkte es, wenn er es mit einer verzweifelten Rationalisierung zu tun hatte.

Aiden biss die Zähne zusammen und schüttelte den Kopf, um die selbstkritische Anwandlung zu verscheuchen.

„Wie es jetzt weitergeht, Agent Dalton? Wir warten. Wir alle. Wir wissen, wer er ist, und wir wissen, dass er sich in der Gegend aufhält. Es läuft eine offizielle Fahndung, Douglas Kilroy befindet sich offiziell auf der Flucht. Wir werden ihn finden. Das Ob steht außer Frage. Es dreht sich nur noch um das Wann.“

# 29

Den Rest des Tages über konzentrierte Noah sich auf die niederen Tätigkeiten, die der Preacher-Fall mit sich brachte. Er übernahm den gefürchteten Papierkram und arbeitete alles peinlich genau ab, um sich eine gute Ausgangsposition zu verschaffen für den Moment, da Douglas Kilroy endlich verhaftet würde.

Wenn er mal Pause machte, ging er sogar so weit, sich über die schiere Zahl der berüchtigten Serienkiller Gedanken zu machen, die in den Siebzigern und Achtzigern ihr Unwesen getrieben hatten. Über Ted Bundy und all die Schufte, die sich an anderer Menschen Schmerz und Leid ergötzt hatten.

Er versuchte es, doch es gelang ihm nicht.

Na gut, er hatte beim Papierkram eine solide Ausgangsbasis, bekam aber die morgendliche Besprechung nicht aus dem Kopf. Weder Aiden noch Winter hatten bemerkt, dass er sie beide genau beobachtet hatte, aber Noah war das Funkeln in ihren Augen nicht entgangen, als SSA Parrish den biographischen Hintergrund des Preachers beleuchtet hatte.

Ein paarmal hatte er sich die passiv-aggressive Bemerkung verkniffen, ob sie vielleicht ein Taschentuch brauche. Um sich den Sabber abzuwischen. Wegen seiner Krise mit Winter und der offenen Feindseligkeit, die das jüngste Verhältnis zwischen Winter und Aiden prägte, hatte Noah fast vergessen, wie lange Aiden und Winter einander schon kannten.

Seit über zehn Jahren. Mehr als zehn Jahre lang hatte sie ihm vertraut, hatte sich in ihren dunklen Momenten auf seine emotionale Unterstützung verlassen. Ein Gedanke, der ihn normalerweise getröstet hätte – schließlich hatte er Winter nicht angelogen. Er mochte sie. Wenn da ein anderer Freund gewesen wäre, mit dem sie ihre Geheimnisse hätte teilen können und dem sie vertraute, hätte er seine eifersüchtigen Anwandlungen sicherlich unterdrückt und sie ermutigt, ihr Glück zu machen, mit wem auch immer.

Aber dieser Freund, dieser Vertraute, war Aiden Parrish. Aiden war dermaßen ehrgeizig und manipulativ, dass es jede Beziehung mit ihm quasi vergiftete. Besaß der Mann überhaupt ein Gewissen? Einen moralischen Kompass? Gab es jemanden, der für ihn mehr als nur ein Trittbrett auf der Leiter zur Verwirklichung seines Ehrgeizes war?

Er wusste, Winter war klug und in der Lage, die grenzwertigen soziopathischen Züge zu erkennen, die Aiden Parrishs zwischenmenschliche Verhältnisse prägten. Bei dem Gedanken seufzte er, rieb sich die Augen und lehnte den Kopf an den Fahrersitz seines Pick-ups.

Die Vorstellung, er wisse besser als Winter selbst, was gut für sie war, positionierte ihn zwischen den Polen ‚besorgter Freund‘ und ‚übergriffiges Arschloch‘.

Auch wenn er es sich nur widerwillig eingestand: Er war eifersüchtig auf Winters lange Beziehung zu Parrish. Auf die Hochachtung, die sich bei der Besprechung in ihrem hübschen Gesicht widergespiegelt hatte.

Er hatte den Eindruck, die Aussicht auf eine Beziehung

zu Winter, die tiefer ging als eine dornige Freundschaft, rinne ihm durch die Finger. Die zwischen ihm, Winter und Aiden herrschende Spannung war heute Morgen dermaßen deutlich spürbar gewesen, dass er sie sogar auf der Zunge zu schmecken meinte. Alle waren nervös, und die allgemeine Paranoia rührte nicht von dem Wahnsinnigen her, den sie jagten.

Sei es, dass sie einen Makel in ihrer Personalakte tilgen, den Tod der Familie rächen, eine geliebte Freundin schützen oder den Killer einfach nur zur Strecke bringen wollten: Sie alle hatten zu Lügen Zuflucht genommen und manipulierten sich gegenseitig.

Bree hielt bestimmt das ganze Team für verrückt.

Bei dieser plötzlichen Erkenntnis lachte Noah unwillkürlich auf. Es klang trocken und cholerisch, doch er musste zugeben, dass der Gedanke tatsächlich komisch war.

Arme Bree. Sobald sie hinter dem Preacher die Zellentür zugeschlagen hatten, würde Bree vermutlich die Versetzung zur anderen Seite des Landes beantragen – nach Kalifornien, Oregon, vielleicht sogar nach Hawaii. Wenn er ehrlich war, konnte er es ihr nicht verdenken. Hätte er es mit einem Haufen paranoider Agents und deren Geheimkriegen zu tun gehabt, wäre er vermutlich nach Hause gefahren und hätte seine Sachen gepackt.

Mit einem selbstironischen Kichern schüttelte er den Kopf und ließ den Motor an. Er konnte nicht genau sagen, wie lange er in der schummrigen Tiefgarage gesessen hatte, und er wollte keine Aufmerksamkeit erregen.

Als er auf die Straße bog, gähnte er mit vorgehaltener Hand. Er war müde, doch diese Art Müdigkeit würde sich nicht mit einer durchschlafenen Nacht beheben lassen. Nein, er war es müde, mit Aiden Parrish um Winters Zuneigung zu konkurrieren. Vielleicht fand der dumme Wettstreit ja nur in seinem Kopf statt, aber egal; heute würde er die nachklingenden Sorgen mal ruhen lassen.

Der Zeitpunkt kam ihm nicht richtig vor. Emotionen lagen bloß, und ihrer aller Nerven waren zum Zerreißen angespannt, doch er musste etwas tun. Wer wusste schon, welches Ass oder welche Lüge Aiden aus dem Hut zaubern würde, wenn Noah die losen Fäden jetzt unbeachtet ließe.

Er musste es ihr sagen. Wenn er die Unterhaltung aufschob, um ihnen allen Gelegenheit zu geben, sich von den turbulenten letzten Monaten zu erholen, wäre die Chance möglicherweise unwiederbringlich dahin.

Um wenigstens sich selbst gegenüber aufrichtig zu sein, musste er Winter erklären, was er für sie empfand.

Eigentlich genoss Winter die Zeit, die sie mit Freunden und Familie verbrachte. Sie war gern unter Menschen, doch sobald sie die Tür zu ihrem Apartment schloss, war sie sich nicht mehr sicher, ob sie im ganzen Leben noch mal einen anderen Menschen um sich haben wollte.

Als sie durch den düsteren Flur lief, um sich eine Yogahose und ein Kapuzenshirt anzuziehen, hätte sie sich nicht gewundert, wenn ein Bundesagent aus dem Schrank gesprungen wäre und sie gefragt hätte, wie es ihr gehe.

Menschen benötigten auch dann Zeit zum Alleinsein, wenn sie gesellig waren. Sie musste ihre Batterien aufladen und brauchte mehr Abgeschiedenheit, als ihr ein Besuch auf der Damentoilette einbrachte. Sie wollte Cola trinken und laut rülpsen, ohne sich anschließend hektisch entschuldigen zu müssen. Und beim Öffnen des Kühlschranks beschloss sie, genau das zu tun.

Jetzt, da sie Gelegenheit hatte, sich gehen zu lassen, ohne die neugierigen oder vorwurfsvollen Blicke ihrer Kollegen zu fürchten, würde sie endlich den Kopf freibekommen und könnte sich mit dem bizarren Bild der roten Jacke befassen.

Als sie die Beine auf dem Sofapolster ausstreckte, trank sie bedächtig einen Schluck Cola. Vielleicht war es ja Einbildung, aber sie hätte schwören können, dass das Getränk besser schmeckte, wenn niemand sie anstarrte. Oder vielleicht konnte sie jetzt, da der Preacher auf dem letzten Loch pfiff, den Geschmack einfach genießen. Oder wie Aiden es formuliert hatte: Das *Ob* stand außer Frage. Es drehte sich nur noch um das *Wann*.

Nach einem mexikanischen Drogenbaron war Douglas Kilroy der meistgesuchte Mann in den Vereinigten Staaten. Dennoch hatte sie in ihrer Wachsamkeit nicht nachgelassen. Sie war sich nur allzu deutlich bewusst, dass das kranke Arschloch eine Obsession für sie entwickelt hatte.

Aber was hatte eine rote Jacke mit den Absichten des Preachers zu tun? Symbolisierte die Farbe vielleicht das Blut, das er vergossen hatte, seit er aus der Versenkung aufgetaucht war?

Nein, ihre Visionen waren nicht symbolisch, sondern konkret. Wenn ihr Gehirn ihr eine rote Jacke gezeigt hatte, dann kam in den Plänen des Preachers tatsächlich eine rote Jacke vor. Es war auch so schon schwer genug, die Hinweise zu analysieren, die sie sich mit heftigen Kopfschmerzen erkaufte, da brauchte sie nicht auch noch Symbolik zu bemühen.

Mit dem Zeigefinger auf die kühle Aludose trommelnd, neigte sie den Kopf zurück und richtete den leeren Blick an die Decke. Vielleicht würde sie die Bedeutung des stylischen Kleidungsstücks gar nicht entschlüsseln müssen. Schließlich war Douglas der zweitmeistgesuchte Mann nicht nur des Bundesstaates, sondern des ganzen Landes.

Die Strafverfolgungsbehörden von Virginia, angefangen von den Polizeiwachen bis zu den US-Marshals, waren in höchster Alarmbereitschaft. Douglas Kilroys mutmaßliche Opfer zählten nach Hunderten, und auch wenn er nicht mehr auf der Höhe seiner physischen Kraft war, stellte er immer noch eine große Gefahr dar.

Sollte er versuchen, außer Landes zu fliehen, würde man ihn festnehmen, sobald er die Sicherheitskontrolle eines Flughafens passierte. Für Douglas Kilroy war dies der Anfang vom Ende. Weshalb hatte Winter trotzdem das nagende Gefühl, die rote Jacke sei bedeutsam?

Sie bedeutete etwas. Sie musste etwas bedeuten. Aber was zum Teufel steckte dahinter?

Mit einem resignierten Seufzer, der sich eher wie ein Stöhnen anhörte, ließ sie sich tiefer ins Polster rutschen und nahm einen großen Schluck aus der Dose. Sie fühlte sich wie damals auf dem College, wenn sie im Mathekurs eine Infinitesimalgleichung anstarrte, als könnte sie sie dazu bringen, unter ihrem Blick zu verdunsten und die Lösung preiszugeben. Aber so funktionierte Mathematik leider nicht.

Und das galt anscheinend auch für Visionen.

Ihre unbequeme Haltung auf dem Sofa vermittelte ihr das Gefühl, sie sei um zehn Jahre gealtert. Ach was, dachte sie, als sie sich mühsam aufrichtete – um fünfzehn Jahre. Mindestens.

Der Trick hatte bei Gleichungen darin bestanden, das Mathebuch und den Taschenrechner einen Moment lang beiseitezulegen und eine neue Blickweise zu finden. Körperliche Aktivität regte bei ihr normalerweise das Geistige an, deshalb legte sie sich auf den kratzigen Teppich, um ihr gewohntes Yoga-Programm zu absolvieren. Währenddessen löste sie sich geistig von dem Rätsel und verdrängte alle störenden Gedanken aus ihrem Kopf.

In den vergangenen Monaten, seit der Preacher-Fall Fahrt aufgenommen hatte, war sie nicht gut mit ihrem Körper umgegangen. Alleine schon Schlafmangel konnte zahlreiche Gesundheitsprobleme verursachen, und ihre Ernährung glich eher der einer frischgebackenen Studentin als der einer ausgewachsenen Frau. Mitten in einer Übung hielt sie inne und spitzte die Lippen.

Um der Rache willen, die sie geprägt und ihr ganzes Leben bestimmt hatte, ruinierte sie sich. Aber wie sollte sie Rache üben, wenn sie müde war und sich halb tot fühlte?

„Verdammt", seufzte sie.

Sie rutschte vor, nahm die Coke und trank noch einen Schluck. Das war okay. Müde, halb tot, komplett eingeschlagen, so gut wie tot, das war okay. Sie hatten ihn gefunden. Das *Ob* stand außer Frage. Es drehte sich nur noch um das *Wann*.

In dem Moment, als sie sich wieder darauf konzentrieren wollte, ihre müden Muskeln zu dehnen, wurde an der nahen Wohnungstür leise geklopft. Der Herzschlag dröhnte ihr durch den Kopf, und am Rücken verspürte sie das Prickeln des Adrenalins.

„Wer ist da?" Ihre Stimme klang gehetzt in ihren Ohren. Während sie zu ihrer mattschwarzen Dienstwaffe blickte, die neben der Cola lag, stützte sie sich mit einer Hand auf dem Sofatisch ab und richtete sich auf.

„Ich bin's." Die Stimme klang ebenso gedämpft wie das Klopfen.

„Noah", murmelte sie.

So viel zu ein paar Stunden stiller Kontemplation.

# 30

Bree hätte nicht die Bezeichnung ‚verrückt' gewählt, um ihre Arbeitskollegen zu charakterisieren, aber sie waren … seltsam. Überspannt. Vielleicht sogar verwirrt. Die Ironie mal beiseitegelassen, aber sie fand, dass dem kleinen Team der ausgleichende Einfluss eines professionellen Supervisors gutgetan hätte. Dieser Gedanke entbehrte jeder Gehässigkeit, doch es wäre ihr nicht im Traum eingefallen, dies ihren Zwangsfreunden gegenüber zu erwähnen. Nicht alle hatten eine positive Meinung von Experten für geistige Gesundheit.

Manche fassten die Empfehlung, einen Psychologen aufzusuchen, sogar als persönlichen Affront auf.

Aber wenn der Preacher erst einmal hinter Gittern wäre, würde Bree sich überlegen, ob sie zu einem Psychologen gehen sollte, um den Stress der vergangenen Monate durchzusprechen.

Mit geistiger Gesundheit verhielt es sich nicht anders als mit gesunden Zähnen oder körperlicher Gesundheit: Das Gehirn war das komplexeste Organ, und man musste es instandhalten. Deshalb gab es Psychologen – sie halfen ihren

Patienten, das Gehirn so gesund zu halten wie den Rest des Körpers. Immer wenn Bree eine abfällige Bemerkung über Leute hörte, die sich in psychologische Behandlung begaben, zuckte vor Verärgerung ihr Auge.

Sobald der Fall abgeschlossen war, würde sie in der Stadt umherfahren und die Broschüren von Psychiatern und psychologischen Beratern einsammeln. Und dann würde sie die Prospekte auf die Schreibtische ihrer Kollegen werfen.

Als sie sich deren verdutzten Gesichtsausdruck vorstellte, musste sie die Hand vor den Mund schlagen, um nicht laut aufzulachen. Wenn sie nicht mehr über die kleinen Absurditäten des Lebens lachen konnte, wüsste sie nicht, wie sie überleben sollte.

Als sie das Handy vom Nachttisch nahm, überlegte sie, ob sie vielleicht auf die Broschüren verzichten und stattdessen bei der nächsten Gelegenheit, da alle in einem Raum versammelt wären, die Anspannung mit einem Buttermesser durchtrennen sollte. Bei dieser Vorstellung baute sich ein weiteres Lachen in ihrer Kehle auf.

Wortlos würde sie das kleine Messer aus der Tasche holen und die Luft des Besprechungsraums damit schneiden. Jemand würde sich erkundigen, was zum Teufel das sollte, und sie würde es erklären und bei alldem eine todernste Miene wahren. Aber vermutlich müsste sie eher wie eine Wahnsinnige lachen, und alle würden glauben, sie sei diejenige mit dem Sprung in der Schüssel.

Leise vor sich hinlachend, entsperrte sie das Smartphone und rief die SMS ihrer Freundin auf.

Shelby war beruflich unterwegs, und da die Preacher-Ermittlung auf vollen Touren lief, kam ihr die Abwesenheit ihrer Verlobten gerade recht. Wenn Shelby arbeitete, war sie mit Kollegen und Freunden zusammen. Und solange sie mit Kollegen und Freunden zusammen war, konnte ihr nichts passieren. Bei der Vorstellung, dass ein so perverser Typ wie

Douglas Kilroy Shelby auch nur auf hundert Meter nahe kommen könnte, wurde ihr Mund so trocken, als wäre er mit Baumwolle ausgestopft.

Bree hatte schon mehrere Langzeitbeziehungen gehabt, doch mit Shelby war es anders. Bei ihr brauchte sie sich nicht zu verstellen und musste sich keine Sorgen machen, sie mit ihren Macken abzustoßen. Schließlich hatte auch Shelby Macken, und Bree liebte jede einzelne. Vielleicht mit Ausnahme ihrer Angewohnheit, eine Packung Cracker selbst dann in den Schrank zurückzustellen, wenn nur noch drei darin waren.

Es gab keinerlei Hinweis darauf, dass Douglas Kilroy jemand anderen als Winter attackieren könnte, doch Bree fühlte sich trotzdem besser, wenn Shelby sich außerhalb seiner Reichweite aufhielt. Als sie die neueste SMS las, lächelte sie. Ihre Verlobte war in Sicherheit, und wenn Shelby zurückkehrte, wäre Douglas Kilroy längst hinter Gittern.

*Klingt toll! Wir sind um sieben am* Lift, hatte ihre Freundin Julia geschrieben. Bree war seit einer Ewigkeit nicht mehr im *Lift* gewesen. Das Restaurant mit Bar gehörte zu ihren Lieblingslokalen in der Stadt. Die Wände waren mit Snowboards und Skibrettern, Fotos von schneebedeckten Bergen und sogar alten Ortsschildern von Skiorten dekoriert. Trotz des technischen Namens fühlte sie sich in dem Lokal heimelig.

*Perfekt! Bis bald!* Als sie die Antwort tippte, vertiefte sich ihr Lächeln.

Sie musste ein paar Stunden raus aus dem Laden – richtig *raus*. Weg von den anderen Agents, weg von allen Gedanken, die auch nur entfernt um den Preacher kreisten.

Obwohl die Tatorte immer schauerlicher geworden waren, glaubte Bree, dass sie ohne die intensiven Schwingungen, die ihre Kollegen ausstrahlten, die Ermittlung stressfrei führen könnte. Bree war vielleicht von Natur aus neugierig, wollte aber gar nicht Bescheid wissen über die Hintergründe ihrer wechselseitigen Rachefeldzüge. Das war ein Job für einen Supervisor, nicht für eine Special Agent des FBI.

Bree wälzte sich in ihrem Kissenlager auf dem breiten Bett herum und informierte Shelby von Julias Vorschlag, sich im *Lift* zu treffen.

*Ich vermisse das Lokal!*, lautete die prompte Antwort.

*Wenn du zurückkommst, gehen wir hin.* Sie fügte noch ein paar Smileys hinzu, dann schickte sie die Nachricht ab und richtete sich auf.

Ein paar Drinks, gutes Essen und gute Gesellschaft würden Wunder wirken gegen den Stress, den ihre Kollegen und der Preacher verbreiteten. SSA Parrish hatte gemeint, die Ermittlung sei jetzt im Wesentlichen ein Wartespiel, und Bree sah keinen Grund, die Warterei zuhause zu absolvieren.

Sie schob das Handy in die Gesäßtasche ihrer engen Jeans und ging zum Bad. Sie strich ein paar Haarsträhnen zurecht und summte einen Song, den Shelby ihr vorgespielt hatte.

Die weiße Beleuchtung über dem breiten Spiegel wurde von einem silbernen Ohrring reflektiert, doch als sie den Kopf wandte, um nach dem zweiten zu sehen, war er nicht mehr da.

„Echt jetzt?" Sie verdrehte die Augen, löste den kleinen Federstahlbügel und legte den Ring aufs Waschbecken. Es hatte einen Grund, weshalb sie höchstens zehn Dollar für ein Paar Ohrringe ausgab. Sei es, dass sie sie nicht richtig befestigte oder dass sie körperlich zu aktiv war, jedenfalls verlor sie sie regelmäßig. Das war schon auf der Highschool so gewesen.

Die naheliegende Lösung bestünde darin, ganz auf Schmuck zu verzichten, doch Bree *mochte* Ohrringe. Sie hatte eine ganze Sammlung davon, darunter eine Menge Einzelstücke, die wegzuschmeißen sie nicht übers Herz brachte. Sie pustete sich eine Haarsträhne aus dem Gesicht, öffnete die Schublade des Schminktischs und nahm zwei schwarzsilberne Ohrstecker heraus.

Sie hatte sie auf der Heimfahrt erworben, an dem ungewöhnlich kalten Abend. Bree mochte die Kälte nicht, doch sie war froh gewesen über die Gelegenheit, ihre Lieblingsjacke tragen zu können.

Als sie sie in der Boutique aus dem Regal gezogen hatte, hatte sie sich gefragt, ob die Farbe nicht zu grell sei. Auch nach der Anprobe war sie noch immer unsicher. Aber die Jacke war warm, bequem und billig. Außerdem wollte sie eh etwas mehr Farbe wagen.

Sie fuhr mit den Händen über den roten Stoff und grinste ihr Spiegelbild im Dielenspiegel an. Sie war froh über ihren Spontankauf und zählte ihn zu denen, die sich letzten Endes ausgezahlt hatten.

ROT WAR SCHON IMMER meine Lieblingsfarbe. Selbst als ich beobachtete, wie Blut von Mamas Kopf auf Daddys weißes Hemd spritzte. Sein letzter Schlag war beinahe der Abschluss eines Gemäldes. Ich war in Daddys Werkstatt dabei gewesen.

Hinter mir hing eine große Säge, und ich weiß noch, dass ich überlegte, wie es wohl wäre, damit jemandem einen Arm oder ein Bein abzusägen. *Dagegen wären die Spritzer von Daddys Hammer ein Klacks.*

Anfangs hatte ich Angst. Schließlich war ich erst fünfzehn und wusste nicht, welchen Auftrag Gott mir erteilen würde. Doch als Daddy mich aufforderte, Momma bei den Füßen zu packen und sie aufs Feld zu schleppen, fürchtete ich mich nicht mehr.

Daddy sagte mir, das alles sei Teil des Plans, und Gott habe es so gewollt. Ich sei wie er, sagte er. Ich hätte einen Auftrag. Ein Ziel.

Da wusste ich, dass ich Daddy eines Tages stolz machen würde.

Ohne Menschen wie mich, sagte mein Daddy, werde die ganze Welt der Finsternis anheimfallen. Wir seien nicht genug, doch solange es uns gebe, würden wir weiterkämpfen. Wir würden uns gegen die Flut der Sünde stemmen und die Menschen daran erinnern, dass dies Gottes Land sei. Auf die eine oder andere Weise würden wir das Land zurückerobern, und unterdessen würden wir die Sünder bestrafen.

Momma sei ein guter, anständiger Mensch gewesen, aber irgendwann sei sie vom rechten Weg abgekommen. Das sei der Grund, weshalb Daddy sie zu Gott geschickt habe. Wir fällten nicht das endgültige Urteil, sagte Daddy. Das sei Ihm vorbehalten. Wir führten lediglich aus, was er uns auftrage.

Die Polizei und die Menschen in McCook glaubten nicht, dass Momma von einem Pferd niedergetrampelt worden sei. Ich erinnere mich, dass einer meinte, die Kopfverletzungen seien zu genau platziert, zu spezifisch. Als wir sie aufs Feld schleppten, hatte ich ihr Gesicht gesehen – es war nichts mehr davon übrig. Ihre dunklen Augen waren verschwunden, vermengt mit der blutigen Masse und den Knochenstücken.

Ich wunderte mich nicht, als Daddy sagte, Momma sei vom rechten Weg abgekommen. Frauen waren so, von Natur aus verräterisch und sündig. Das hatte sich schon bei Eva, der ersten Frau, bewahrheitet. Doch als Daddy den rechten Weg verließ, war das eine ganz andere Art von Enttäuschung.

Eines Abends rief er mich ins Esszimmer, und ich erinnere mich noch, wie warm es im Haus war. Die Schwüle war erdrückend, man meinte, die Luft werde sich jeden Moment in Matsch verwandeln, und die Ventilatoren kamen nicht dagegen an. Wir hatten mal ein Klimagerät gehabt, doch nachdem unsere Kirche ihre Gemeinde verloren hatte, musste Daddy es verkaufen, damit er die Hypothek bedienen konnte.

Als ich ins Zimmer trat, sah ich sie auch schon. Vor meinem Daddy lag auf dem Tisch eine .38er Special. Wir hatten mehrere langläufige Waffen, eine Schrotflinte und ein Jagdgewehr, aber die .38er war die einzige Handfeuerwaffe. Ich zog meinen Stuhl heran, setzte mich und hatte den Eindruck, die Deckenbeleuchtung werde vom Holzgriff reflektiert. Aber Daddy hatte die Waffe noch nicht angerührt, deshalb war es wohl Einbildung.

Er sagte mir, wie stolz er auf mich sei, und da wusste ich, was geschehen würde. Zunächst glaubte ich, er wolle mich erschießen, doch dann sprach er davon, dass ich den Auftrag unserer Familie fortführen solle, und da wusste ich, dass er das nicht tun würde.

„Gott hat mich zu sich gerufen", sagte er. Als er sich den Revolverlauf unters Kinn hielt und abdrückte, zuckte ich nicht einmal zusammen.

Vielleicht hatte Gott ihn ja tatsächlich gerufen, da bin ich mir immer noch nicht sicher. Einerseits hielt ich Daddy für zu schwach für unsere Arbeit. Aber das war nicht seine Schuld. So war er geschaffen worden. Daddy war ein Prediger, kein Soldat. Im Gegensatz zu mir.

Einen Monat nach meinem achtzehnten Geburtstag wurde ich eingezogen. Vielleicht hätte ich Angst haben sollen wie die anderen Typen in meinem Alter, doch ich betrachtete das als Zeichen. Ich habe nie an den Worten meines Daddys gezweifelt, aber der Einberufungsbescheid bewies, dass ich auserwählt war.

In Vietnam gab es viele Frauen, die man in die Schranken weisen musste, die ihnen in dieser Welt, der Männerwelt, gesetzt waren. Alle waren zu sehr mit Überleben beschäftigt, um es zu bemerken, wenn ich mich mitten in der Nacht davonstahl, um die Frauen eines nahe gelegenen Dorfs zu bestrafen. Ich weiß nicht genau, wie viele Frauen ich während meiner dreijährigen Auslandszeit zu Gott schickte, doch als ich 1971 wieder nach Hause kam, wusste ich, dass meine Zeit gekommen war.

Die Frauen daheim hatten vergessen, was sich schickte, ganz zu schweigen von dem Gequatsche über Unterdrückung und gleiche Rechte für alle. Jemand musste etwas tun, und dieser Jemand war ich.

Eine Bewegung im Haus gegenüber versetzte mich zurück in die Gegenwart. Ich hatte wieder Garn gesponnen, doch mein alter Kopf bekam es noch immer mit, wenn in der realen Welt etwas Wichtiges passierte.

Die Frau trat auf die trüb erhellte Veranda heraus, ein Bewegungssensor schaltete die goldfarbene Beleuchtung ein. Sie wandte mir den Rücken zu. Deshalb sah ich kurz hin und machte mich dann auf dem Sitz meines neuen Vans ganz klein. Schließlich war sie beim FBI. Sie durfte mich nicht bemerken, während ich ihr folgte.

Mit geschmeidigen, anmutigen Bewegungen eilte sie zu der silberfarbenen Limousine, die gleich hinter dem Briefkasten gehalten hatte. Die hellrote Jacke bildete einen kräftigen Kontrast zu den Schatten der untergehenden Sonne. Unwillkürlich musste ich grinsen, als sie die Beifahrertür des Wagens öffnete.

Das Rot der Jacke war wundervoll, meine Lieblingsfarbe.

Ein Zeichen, das erkannte ich sofort. Mein Mädel war ganz nah, und diese Lady in der hübschen roten Jacke würde mich zu Winter bringen. Fahndung hin oder her, ich würde meine Mission abschließen.

# 31

Abgesehen davon, dass sie ihre Dienstwaffe in die Schublade legte, unternahm Winter keine Anstrengungen, ihr Apartment wohnlicher zu gestalten. Als sie die dicke Tür öffnete, um den Besucher einzulassen, bemühte sie sich nicht einmal, ihre Genervtheit zu verbergen.

Dann bemerkte sie die Angst in Noahs grünen Augen, und ihre Reizbarkeit verflog. Die gewohnte Munterkeit fehlte, ihren Platz hatten Furcht und sogar ein Anflug von Traurigkeit eingenommen.

Wäre seine ungewöhnliche Verfassung nicht gewesen, hätte sie ihm die Tür am liebsten vor der Nase zugeschlagen. Sie trat beiseite und deutete ins Wohnzimmer.

„Komm rein", sagte sie.

Als sie den Mund aufmachte, um ihre Frage zu stellen, kannte sie bereits die Antwort. „Ist was mit dem Fall? Hat man ihn gefunden? Wurde der Preacher …" Sie räusperte sich. „Ich meine, hat man Kilroy gefunden?"

Immer wenn Winter Douglas Kilroy ‚Preacher' nannte, hatte sie das Gefühl, sie gestehe ihm übernatürliche Kräfte zu. Jetzt, da er einen Namen hatte, war damit Schluss.

„Nein, das ist es nicht." Er sprach leise, und sie musterte ihn forschend.

„Was ist los?" Sie achtete darauf, sich ihre Verstimmung nicht anmerken zu lassen.

Wenn in seinem Leben etwas schieflief und er sich ihr anvertraute, sollte er nicht glauben, er sei eine Last für sie. Schließlich war ja auch er immer für sie da gewesen. Das Timing mochte ungünstig sein, aber schließlich hatte ihre Beziehung während der Ermittlungen zum Kilroy-Fall Schaden genommen, und sie wollte ihm zeigen, dass auf sie Verlass war.

Er kratzte sich an der unrasierten Wange und lächelte schwach. „Sieht man mir das an?"

„Wir sind Freunde. Es ist mein Job zu merken, wenn etwas nicht stimmt." Um ihre Aussage zu unterstreichen, setzte sie ein sachliches Lächeln auf. „Möchtest du etwas zu trinken?"

„Gern." Er nickte und folgte ihr mit angestrengtem Lächeln in die Kochnische.

„Also, was ist los?" Ohne seine Antwort abzuwarten, reichte sie ihm eine Flasche Bier.

Er lehnte sich an die Theke und schraubte den Verschluss ab.

Wenn er nicht bald zu reden anfing, würde sie im Schrank nach einer Flasche Schnaps suchen. Hatte sie überhaupt Schnapsgläser? Falls nicht, würde sie ihm einen Kaffeebecher halb mit Whiskey füllen und ihm in die Hand drücken. Sie wusste aus Erfahrung, wie gesprächig er wurde, wenn er ein paar Drinks intus hatte.

Unwillkürlich musste sie an eine ferne trunkene Nacht denken. Sie hatten gescherzt und gelacht, eine ganz andere Stimmung als der ernste Unterton, der jetzt ihre Beziehung prägte. Obwohl sie praktisch Tür an Tür wohnten, hatte sie ihm angeboten, auf dem Sofa zu schlafen.

Dabei hatte sie sich noch gar kein Sofa angeschafft, und wäre er auf das Angebot eingegangen, nun … wenn der flüchtige Kuss beim Abschied ein Hinweis war, hätten sie nicht viel Schlaf bekommen.

Plötzlich brannten ihr die Wangen. Als sie sich mit der kühlen Hand an die erhitzte Wange fasste, warf sie Noah einen Blick zu. Er befand sich in seiner eigenen Blase und fixierte mit seinen grünen Augen die Theke.

Wie lange währte das Schweigen schon? Eine Minute? Zwei?

Sie räusperte sich mit vorgehaltener Hand und blickte ihn erwartungsvoll an. „Also?" Sie bemühte sich um einen unbeschwerten Tonfall. „Soll ich raten, oder sagst du mir, was dich bedrückt? Im Moment habe ich das Gefühl, gegen die Wand zu reden. Gegen eine Wand, die mein Bier trinkt."

Sein einnehmendes Lächeln kam so plötzlich, dass sie vor Überraschung beinahe einen Schritt zurückwich. Vom dumpfen Brüten zum bodenständigen Südstaatencharme in zwei Sekunden. Dieser Mann besaß eine besondere Gabe.

„Jetzt weißt du, wie ich mich fühle, Liebes." Das Grinsen hielt sich, als er die Flasche hob und einen großen Schluck nahm.

Mit gespielter Genervtheit verschränkte sie die Arme vor der Brust. „*So* schlimm bin ich nicht."

„Okay." Halb lachte, halb schnaubte er. „Ganz wie du meinst, Liebes."

Sie trat einen kleinen Schritt vor und stieß ihm den Zeigefinger entgegen. „Du weichst aus, Dalton."

„Ja, ja", murmelte er und nahm noch einen Schluck.

Am liebsten hätte sie ihm die Flasche aus der Hand gerissen. „Und? Raus damit."

„Winter, ich bin wirklich froh, dass wir befreundet sind. Das wollte ich dir gleich zuerst sagen. Ich weiß, das ist ein beschissener Zeitpunkt, aber inzwischen frage ich mich, wie lange ich das für mich behalten kann, ehe es mir den Kopf sprengt."

Obwohl sie sich bemühte, keine Miene zu verziehen, klopfte ihr das Herz auf einmal bis zum Hals.

Als er ihren Blick erwiderte, tat ihr seine Verletzlichkeit im Herzen weh, doch sie schwieg, während er noch einen Schluck Bier trank.

„Ich empfinde mehr für dich, Winter. Mehr als Freundschaft. Ich glaube, schon seit einer ganzen Weile, aber in den vergangenen Monaten, in denen so viel passiert ist und ich gesehen habe, wie schwer es für dich war, ist es mir endlich klargeworden. Wenn ich es weiter für mich behalten würde, hätte ich das Gefühl, dir gegenüber unaufrichtig zu sein. Mich vielleicht sogar selbst zu belügen. Tut mir leid, dass es der falsche Zeitpunkt ist. Aber ich musste es dir einfach sagen."

Sie konnte nicht sagen, wann sie sich ihm genähert hatte, doch auf einmal meinte sie die Wärme zu spüren, die von ihm ausstrahlte. Seine Anwesenheit hatte immer tröstlich auf sie gewirkt, auch an den Tagen, an denen er sie nervte, auch nachdem er Dr. Ladwig besucht hatte. Das war ein eklatanter Vertrauensbruch gewesen, doch eigentlich hatte er nicht die Absicht gehabt, in ihrem Leben herumzuschnüffeln, sondern wollte herausfinden, wie er ihr helfen könnte. Außer Gramma Beth und Grampa Jack war Noah der einzige Mensch, der sie so sehr mochte, dass er dieses Risiko einging.

Wenn sie ihm sagte, sie teile seine Gefühle nicht, wäre er dann immer noch ihr Freund? Und war sie sich wirklich sicher, dass sie seine Gefühle *nicht* teilte?

Sie holte tief Luft. Es gab nur eine Möglichkeit, das herauszufinden.

Bevor sie sich Gedanken machen konnte, wie absurd ihr so genannter Test war, trat sie vor ihn hin, legte die Hand auf seine unrasierte Wange und drückte ihre Lippen auf seine.

Falls er überrascht war, ließ er es sich nicht anmerken.

Sie erwartete eine Woge der Klarheit, eine Erleuchtung, die ihr sagte, ob sie die richtige Richtung eingeschlagen hatte. Vielleicht auch ein überwältigendes Gefühl der Zufriedenheit oder ein heftiges Verlangen nach mehr. Doch abgesehen von der Wärme seiner Wangen und ihrem Herzklopfen veränderte sich nichts. Zwar hatte ihr der lange Kuss gefallen, sie genoss jede einzelne Sekunde, doch die Einzelteile fügten sich nicht so zusammen, wie sie es gehofft hatte.

Romantische Beziehungen waren nicht Winters Stärke, das wusste sie. Im Großen und Ganzen hatte sie sich von dauerhaften Bindungen, die nicht platonisch waren, ferngehalten. Zum Teil rührte das auch von ihrer frühen Verliebtheit in Aiden Parrish her.

Es gab nicht viele Jungs im Collegealter, die sich mit einem erwachsenen Mann messen konnten, der im FBI-Gebäude von Richmond sein eigenes Büro hatte. Und es gab auch nicht viele Erwachsene, die dem groß gewachsenen, stattlichen Aiden Parrish Konkurrenz machten. Ein Teil von ihr hasste das, doch ein anderer Teil wollte es nicht anders haben.

Beim Gedanken an Aiden pulste der erste Adrenalinstoß durch ihre Adern. Mist. Aiden. Was zum Teufel tat sie da?

Sie ließ eine Hand auf Noahs Button-down-Hemd sinken und löste sich von ihm. Im Versuch, ihr impulsives Verhalten zu erklären, klappte ihr Mund auf und zu, seine grünen Augen weiteten sich. Es war, als könnte er ihre Gedanken lesen.

Im Handumdrehen machten bei ihm alle Anzeichen von Zufriedenheit unverhohlener Furcht Platz.

„Oh, Scheiße“, murmelte er. „Was zum Teufel war das?“

„Oh mein Gott“, stammelte sie. Sie schlug die Hand vor den Mund und schüttelte den Kopf. „Ich weiß nicht, wie das passiert ist. Ich wollte nicht, oh mein Gott, ich wollte das nicht. Es tut mir leid. Ich war nicht ich selbst."

Sie meinte hören zu können, wie er sich eine sarkastische Bemerkung verkniff, die Zähne zusammenbiss und den Kiefer wieder entspannte. Während sein Blick in der Küche umherhuschte, seufzte er schwer und schüttete den Rest des Biers in sich hinein. Als Winter sich die Lippen leckte, schmeckte sie Craft-Bier.

„Das ist einfach kein guter Zeitpunkt." Ihre Stimme klang leise und matt, und sie musste sich beherrschen, um nicht zu Boden zu sehen. Weil er nicht reagierte, fuhr sie fort. „Einen Moment lang hatte ich Angst, dich zu verlieren. Ich dachte, ich würde einen Freund verlieren, und da … ich weiß auch nicht. Ich bekam Panik und hab dich geküsst, und das tut mir leid. Das war unfair, und wenn du willst, dass ich mich zum Teufel schere, und du gehst jetzt weg, dann kann ich das verstehen, glaube ich."

Sie hoffte inständig, er würde etwas sagen. Doch er stand bloß da und wartete darauf, dass sie weiterredete.

Und deshalb redete sie weiter. „Wenn ich ehrlich bin, weiß ich nicht, was ich im Moment will. Abgesehen von dem Fall, abgesehen davon, dass ich möchte, dass Douglas Kilroy geschnappt wird, tot oder lebendig, habe ich keine Ahnung, was ich will."

Er rieb sich das Gesicht. „Winter, ich …"

Sie hob die Hand und stellte zu ihrem Schrecken fest, dass ihr die Finger zitterten. „Ich habe wirklich gehofft, du würdest bei mir bleiben, bis ich mir im Klaren bin. Nach dem, was ich getan habe, würde ich dir keinen Vorwurf machen, wenn du es dir anders überlegst. Du bist praktisch mein einziger Freund, Noah, und ich will unsere Freundschaft nicht gefährden, solange ich mir nicht hundertprozentig sicher bin. Aber ich schätze, ich hab's gerade eben vermasselt, oder?"

Sein Lachen klang zwar gepresst, doch sie war trotzdem froh, dass er seinen Humor wiedergefunden hatte.

„Nein, Winter, das ist schon okay. Danke für deine Aufrichtigkeit. Mehr ist im Moment bei dir nicht drin, hab ich recht?"

„Ich schätze, das stimmt." Sie kam sich geschrumpft vor, als habe ihr jemand ein Loch in die Seite gepikst und die ganze Luft abgelassen.

„Also gut", sagte er. Mit einem verunglückten Achselzucken hob er die Hände. „Ich komme mir vor wie ein Idiot. Ich bin gleich weg. Ich werde jetzt nicht zum Arsch, nur weil du meine Gefühle nicht erwiderst, aber das heißt nicht, dass ich gleich wieder angesprungen komme. Und jetzt gehe ich ins Wohnzimmer, schnappe mir meine Jacke und verkrieche mich im dunkelsten Kaninchenloch, das ich finden kann."

„Ich auch", murmelte sie.

Am liebsten hätte sie seine flapsige Bemerkung in die Tat umgesetzt. Auch sie wollte sich die Jacke schnappen, zum Baumarkt fahren, sich eine Schaufel kaufen und ein Loch graben. Vielleicht brauchte sie auch gar kein Loch, sondern bloß eine Tarnjacke. Anstatt im Dreck zu wühlen, könnte sie sich damit so lange im Gebüsch verstecken, bis sich ihre Verschämtheit gelegt hatte.

Gerade als sie eine Bemerkung machen wollte über ihre Absicht, eine Tarnjacke zu kaufen, dämmerte es ihr plötzlich.

„Was ist?", hörte sie ihn sagen.

„Die Jacke." Sie sprach so leise, dass sie kaum zu verstehen war. „Die rote Jacke, heilige Scheiße. Erinnerst du dich an die rote Jacke? Die ich vor einer Weile getragen habe, als ich diesen verfluchten Vergewaltiger schnappen wollte?"

„Die Bree dir geliehen hat? Ja, was ist damit?"

„Ich habe sie gesehen. In der Vision oder wie man das nennen soll. Das war Brees Jacke."

Bei ihrer Erwähnung einer Vision stutzte er und biss entschlossen die Zähne zusammen.

„Er ist hinter Bree her." Noch während sie das sagte, zwängte sie sich an ihm vorbei und eilte über den Flur in ihr Zimmer. In Rekordzeit zog sie eine dunkle Jeans und Stiefel an und wechselte das Kapuzenshirt gegen eine abgewetzte Lederjacke aus. Sie schnappte sich den Schlüsselbund und schob die Dienstwaffe ins Schulterholster, dann blickte sie Noah an und nickte.

Wortlos liefen sie in die Abendkühle hinaus. Als Winter sich der Beifahrerseite von Noahs Pick-up näherte, fiel ihr am Rand ihres Gesichtsfelds ein Farbklecks auf.

„Einen Moment." Sie holte tief Luft und wandte den Kopf. Der Briefkasten. *Ihr* Briefkasten. Nachdem sie heute ihre Wohnung schon betreten hatte, war noch Post gekommen. In dem kleinen Fach lag ein Foto.

„Was ist das?" Noahs Stimme wurde lauter, als er sich ihr näherte, dann hielt er an.

Sie sog scharf den Atem ein und hielt das Polaroid ins weiße Licht einer Straßenlaterne. Die Handgelenke mit Kabelbindern gefesselt, ein schwarzes Tuch vor dem Mund. Ihre Augen waren geschlossen, ihr Mund stand offen.

„Scheiße", stöhnte Noah. „Ist sie tot?"

„Ich weiß nicht." Winter schüttelte den Kopf und sah zu ihrem Freund auf. „Aber wir müssen los."

Er nickte ernst, machte kehrt und ging zurück zum Parkplatz. Winter folgte ihm dicht auf den Fersen.

# 32

Brees Gedanken wechselten zwischen dem Reich des Unbewussten und der realen Welt hin und her, aber immer wenn sie zu sprechen versuchte, wurde ihre Stimme von einem Stück Stoff erstickt. Bei jeder Erschütterung flammte der Kopfschmerz auf und pulsierte hinter ihren geschlossenen Augen. Sie wusste nicht, wo sie war, spürte aber, dass sie sich in einem fahrenden Lieferwagen befand.

Sie erinnerte sich noch, wie sie aus einer Bar ins Freie gegangen war, um zu telefonieren.

Shelby hatte lange gearbeitet und wollte ins Bett. Bree entschuldigte sich bei ihren Freunden, durchquerte die Bar und verließ sie durch den Vordereingang. In der Nähe der Doppeltür stand eine Gruppe junger Leute im College-Alter, deshalb beschloss sie, um die Ecke zu gehen, denn dort war es dunkler und stiller. Die Unterhaltung mit der Liebe ihres Lebens dauerte nicht lange, doch ehe sie zur Straße zurückgehen konnte, spürte sie einen Stich im Nacken.

Sofort wurde es schwarz um sie.

Ihre Rekonstruktion der Ereignisse wurde gestört, als der Wagen über ein Schlagloch fuhr. Einen Moment lang hatte sie das Gefühl zu schweben, obwohl sie wegen ihrer Benommenheit Mühe hatte, ihre Lage zu bestimmen. Als ihr Kopf auf den Boden knallte, stöhnte sie.

„Du bist wach", sagte der Fahrer.

Obwohl er leise gesprochen hatte, war der Südstaatenakzent unverkennbar. Er klang weder überrascht noch zornig. Sein Tonfall war ausdruckslos, und obwohl Watte ihren Kopf verstopfte, ahnte Bree, wer das war.

Beim ersten Blick auf ihre Handfesseln vertrieb der Adrenalinstoß den Rest des drogeninduzierten Nebels. Ihre Fingerspitzen waren kalt und prickelten, und sie krümmte die Hände, um die Durchblutung anzuregen. Er hatte ihr die Hände mit Kabelbindern gefesselt, doch sie waren nicht besonders fest angezogen.

Als sie und Shelby noch kein festes Paar waren, hatte Bree ihr einmal die Nachteile einer Langzeitbeziehung zu einer Bundesagentin ausgemalt. Besonders zu einer Agentin der Abteilung für Gewaltverbrechen.

Bree und ihre Kollegen jagten die Schlimmsten der Schlimmsten, und sie machte Shelby klar, dass die Leute, gegen die sie ermittelten, keine Bedenken hatten, die Partnerin einer Agentin zu entführen, um ein Druckmittel in die Hand zu bekommen.

Shelby hatte sich von Brees Warnung nicht abschrecken lassen. Stattdessen hatte sie Bree gebeten, ihr ein paar ‚FBI-Tricks' beizubringen. Daraufhin hatte sie Shelby in Distanzschießen und Selbstverteidigung unterwiesen, sie die grundlegenden Techniken gelehrt und ihr gezeigt, wie man eine Fesselung loswird. Dazu gehörte auch, sich von Kabelbindern zu befreien.

„Also, das passt jetzt nicht."

Im ersten panikerfüllten Moment glaubte Bree, er habe ihre Gedanken gelesen.

„Ich muss dir wohl noch eine Dosis verpassen. Im

Internet steht, eine wirkt mehrere Stunden, aber du weißt ja, wie das mit dem Internet ist, oder? Was da steht, dem ist nicht zu trauen."

Der Blinker klackerte, dann wurde der Wagen langsamer und kam schaukelnd zum Stehen. Das orangefarbene Licht einer Straßenlaterne wurde von einer Waffe aus rostfreiem Stahl reflektiert, als der Mann sich losschnallte und zu ihr umdrehte und sie anlächelte. Bree sträubten sich die Nackenhaare.

In seinem Lächeln lag keine Belustigung, keine Selbstzufriedenheit. Es war einfach nur leer.

„Ich bin vielleicht ein alter Mann, aber glaub mir, mein Finger am Abdruck ist noch genau so beweglich wie damals in Vietnam. Ich werd dich jetzt mit der Nadel stechen, und wenn du dich wehrst … tja." Achselzuckend zog er die Plastikkappe von einer Spritze ab.

Mit einer Geschwindigkeit, die sein Alter Lügen strafte, beugte er sich ihr entgegen, die Waffe in der einen, die Spritze in der anderen Hand.

Bree kniff die Augen zu und spannte die Hände so fest an, dass sich die Nägel in die Handballen bohrten. Sie wusste, wer er war, und sie wusste auch, dass er nicht zögern würde, ihr eine Kugel in den Kopf zu jagen, wenn sie versuchen würde, ihn zu überwältigen. Sie wusste zwar nicht, was er vorhatte, hatte keine Ahnung, wohin er mit seinem schäbigen Van unterwegs war, doch sie musste darauf hoffen, dass er sich eine weitere Blöße gab. Eine aussichtsreichere Blöße.

Sie würde klug sein und auf eine bessere Gelegenheit warten.

Obwohl sie wusste, dass Bree nicht antworten würde, schickte Winter ihr zwei SMS aufs Handy. Sie wartete gar nicht erst, sondern klickte gleich Aiden Parrishs Kontaktdaten an. Mit einem Seitenblick auf Noah wählte sie die Nummer des SSA. Sie hatten keine Zeit mehr für den Hickhack, den Aiden und Noah losgetreten hatten. Die Animositäten konnten warten.

„Agent Black", meldete Aiden sich kurz angebunden. Er klang gereizt.

Winter reagierte nicht auf die versuchte Kränkung. „Der Preacher, Douglas Kilroy meine ich, hat Bree in seine Gewalt gebracht. Er hat ein Foto von ihr in meinem Briefkasten hinterlegt. Ich kann nicht erkennen, ob sie tot ist oder nur bewusstlos, aber wir müssen ihn finden, und zwar schnell."

„Scheiße", knurrte Aiden.

„Wir sind unterwegs zu ihrem Haus, um nach Spuren zu suchen, die uns einen Hinweis geben könnten."

„Wir?", wiederholte Aiden.

„Ja, ich und Agent Dalton." Sie gab sich keine Mühe, ihre Verärgerung zu verbergen, und hob die Stimme, als sie Noahs großäugigen Blick auffing. „Wissen Sie was, Sie können sich den Schwanzvergleich für die Zeit aufsparen, wenn das alles vorbei ist, okay? Ich will von Ihnen kein Wort mehr hören, von Ihnen *beiden* nicht. Ich bin es unglaublich leid, dabei zuzusehen, wie ihr euch mit dieser passiv-aggressiven Scheiße gegenseitig das Leben schwermacht. Hier geht es nicht darum, dass Sie den Fall abschließen, von dem Sie besessen sind, *Aiden*. Und es geht auch nicht darum, dass du den Ritter in der schimmernden Rüstung spielst, *Noah*."

„Jetzt hören Sie mir mal …"

„Halten Sie den Mund!", fiel sie ihm ins Wort. „Es ging nie darum, und jetzt schon mal gar nicht mehr. Jetzt geht es um Bree. Wenn ich meinen Rachefeldzug gegen Douglas Kilroy zurückstellen und mich darauf konzentrieren kann, Bree zu befreien, dann könnt ihr beide das verdammt noch mal auch. Sonst taugt ihr nicht für den Job!"

Es wurde Zeit, dass das jemand laut aussprach, dachte sie. Diese Lehre hatte sie aus der Unterhaltung mit Gramma Beth gezogen, und sie wollte sicherstellen, dass die beiden Männer es ebenfalls kapierten.

Auch wenn sie ihr ganzes Leben der Rache für die brutale Ermordung ihrer Familie gewidmet hatte, konnte Winter sich doch eingestehen, dass ihr Plan, die Kilroy-Ermittlung zu übernehmen, milde ausgedrückt voreilig gewesen war. Sie würde ihre Rache bekommen, doch ihre Eltern würden nicht wieder lebendig werden, wenn Douglas Kilroy tot war oder hinter Gittern saß. Winter könnte ihn ausweiden, doch ganz gleich, wie viel Blut fließen würde, sie bekäme dadurch nicht zurück, was er ihr genommen hatte.

Was sie und *alle* anderen hätte motivieren sollen, war der Wunsch zu verhindern, dass ein weiteres armes Mädchen bei der Heimkehr die verstümmelten Überreste ihrer Eltern vorfand. Die Vergangenheit konnten sie nicht ändern, aber sie konnten die Zukunft ändern und die Gegenwart.

Stattdessen hatten sie sich drei Monate lang wie bockige Kinder aufgeführt. Alle mit Ausnahme von Bree, und jetzt war sie es, die für ihre Fehler büßen musste.

Es hätte Winter nicht gewundert, wenn Aiden wegen ihrer hitzigen Bemerkung in Rage geraten wäre und Noah zu Rechtfertigungen Zuflucht genommen hätte. Dann müsste sie Bree eben alleine finden.

Zu ihrer Erleichterung aber hatte sich jede Spur von Herablassung aus Aidens Tonfall verflüchtigt, als er ihr antwortete. „Ich lasse ihre Handydaten überprüfen und rufe ein paar Leute an. Sie beide checken ihr Haus auf Hinweise. Ich bezweifle, dass er sie nur bewusstlos geschlagen hat, damit er Ihnen ein Foto schicken konnte, also ist sie wahrscheinlich nicht daheim. Ich melde mich, sobald ich etwas habe.“ Seine grimmige Entschlossenheit war mit jedem Wort deutlicher geworden, und Winter meinte fast vor sich zu sehen, wie er die Fassung wiedererlangte.

„Danke“, sagte sie und spürte, wie ihre Schultern sich vor Erleichterung entspannten. „Ich rufe Sie an, sobald wir ihr Haus überprüft haben.“

„Gut. Seien Sie vorsichtig, Winter.“

„Ja, Sie auch.“

Als sie den Anruf mit einem Daumenwisch beendete, spiegelte das Display eine rote Ampel. Sie spürte, dass Noah sie von der Seite ansah.

„Was?“ Sie steckte das Handy ein, wandte den Kopf zu ihm herum und kniff die Augen zu.

Mit einem angespannten, selbstironischen Lachen breitete er die Arme aus und schüttelte den Kopf. „Nichts.“ Der Motor brummte auf, als die Ampel grün wurde und er weiterfuhr.

„Glaub ich dir nicht“, sagte sie. „Wenn du was sagen willst, spuck’s aus. Sprich jetzt oder schweig für immer, Noah.“

„Nein, ich wollte nichts sagen. Du hast recht, Liebes. Wir haben uns von Anfang an aufgeführt wie ein Haufen bockiger Kinder, als müssten wir irgendwas beweisen. Das war dämlich, und ich bin froh, dass es endlich jemand ausgesprochen hat.“

Ihr klappte die Kinnlade herunter. „Oh. Also, danke.“

„Hier ist es.“ Er deutete in eine dunkle Nebenstraße hinein, mit der anderen Hand setzte er den Blinker.

Winter spannte sich an und blickte auf die Straße.

„Mist“, knurrte er. „Das ist ihr Wagen.“

Noch ehe er den Pick-up in die ansteigende Einfahrt gelenkt hatte, schnallte Winter sich los und streckte die Hand zum Türgriff aus. Noah hatte den Wählhebel noch nicht in Parkstellung gebracht, da sprang sie in die kühle Nacht hinaus. Eine Hand unter der Lederjacke auf den Griff ihrer Dienstwaffe gelegt, musterte sie den wohlbekannten metallicgrauen Audi. Nichts regte sich darin, und ihr fiel auch kein rotes Leuchten ins Auge.

Als Noah zu ihr aufschloss, blickte er sie kurz an mit seinen grünen Augen und neigte den Kopf in Richtung der schlichten Veranda. Sie nickte, dann eilten sie mit kaum hörbaren Schritten zur kurzen Eingangstreppe. Als sie die Lücke zwischen der Holztür und dem Rahmen bemerkte, atmete sie scharf ein.

Auf einmal hielt sie die mattschwarze Pistole in der Hand, ohne sie bewusst gezogen zu haben. Als sie Noah ansah, hatte auch er seine Waffe gezückt. Er beantwortete ihre unausgesprochene Frage mit einem grimmigen Kopfnicken.

Durchs Visier der Neun-Millimeter blickend, stieß sie die Holztür nach innen auf, dann legte sie die Hand wieder um die Waffe. Noah deutete wortlos zur Treppe und wandte sich zum Absatz.

Mit vorgehaltener Waffe schlich Winter von einem dunklen Raum zum nächsten, bemerkte aber nichts Ungewöhnliches, nicht mal ein herabgefallenes Stück Papier.

Als sie wieder am Eingang anlangte, unterdrückte sie ein Aufstöhnen. Ein leises Knarren an der Seite lenkte ihren Blick zur Holztreppe.

„Oben alles sicher“, sagte Noah.

„Ja, hier unten auch.“ Seufzend schob sie die Waffe ins Holster.

„Hast du was gefunden?“

„Nichts.“ Sie schaute sich in dem kleinen Raum um. „Du hast nicht übertrieben, als du meintest, sie sei ein Putzteufel. Und bei dir?“

„Nichts. Aber du solltest besser mal raufgehen. Vielleicht fällt dir etwas auf, was ich übersehen habe.“ Er hob vielsagend die Brauen.

„Okay.“ Das Adrenalin prickelte ihr im Nacken, als sie nach oben eilte. Noch ehe sie das schwache rote Leuchten bemerkte, wusste sie, dass sie etwas Bedeutsames finden würde.

Nach drei Schritten fiel ihr Blick auf einen roten Schimmer an der blaugrauen Wand aus Gipskarton. Neben einem Foto im Format zwanzig mal fünfundzwanzig, das Shelby und Bree beim Tanzen zeigte, befand sich eine Schraube, an der ein zweiter Rahmen gehangen hatte.

„Hier fehlt ein Bild." Als sie mit den Fingern über die leere Stelle streifte, fluchte Noah halblaut vor sich hin.

„Kilroy war hier." Seine Bemerkung war nicht als Frage gemeint.

Und Winter wusste, dass er richtig lag.

# 33

Bei der hektischen Suche nach einer vermissten Bundesagentin war eine Firmenhotline der wohl unwahrscheinlichste Ansatzpunkt. Doch wegen seiner Fähigkeit, über den Tellerrand zu schauen, hatte Aiden beim FBI Karriere gemacht.

Er hatte keine Ahnung, was Bree Stafford sich dabei gedacht hatte, ihre dienstliche E-Mail-Adresse für einen PayPal-Account zu verwenden, doch heute war er froh über diesen kleinen Fehler. Auf den offiziellen E-Mail-Account einer ihm unterstellten Agentin zuzugreifen, war wesentlich einfacher, als einen der Techniker zu bitten, eine Liste von Brees Onlineaktivitäten anzufertigen.

Wie Winter treffend gesagt hatte, war die Jagd nach Douglas Kilroy keine persönliche Angelegenheit mehr. Eigentlich hätte sie nie ein geheimer Rachefeldzug sein dürfen, dachte er. Winter hatte recht. Aus beruflichem Ehrgeiz hatten sie den eigentlichen Grund, weshalb sie Douglas Kilroy jagten, aus den Augen verloren.

Douglas Kilroy war ein Wahnsinniger, der an die hundert Frauen brutal vergewaltigt und abgeschlachtet hatte. Der

Mann war eine Plage – die schlimmste aller denkbaren Plagen -, und es war ihre Pflicht, seinem Amoklauf ein Ende zu machen, bevor er ein weiteres Opfer tötete.

„Uber-Kundenservice, wie kann ich Ihnen helfen?" Die fröhliche Stimme unterbrach seinen Gedankengang, und er richtete sich auf und rieb sich die Augen.

„Ja, hallo, ich glaube, es gab einen unbefugten Zugriff auf mein Konto."

„Oh, das tut mir leid. Würden Sie mir bitte Vor- und Nachnamen und Ihre E-Mail-Adresse nennen?"

Ohne zu stocken ratterte er Brees Mailadresse herunter und sagte dem jungen Mann, er sei Bree Stafford. Der zögerte einen Moment, zog seine Identität aber nicht in Zweifel.

„Es handelt sich um einen Betrag von siebzehn Dollar achtundsechzig." Den Blick auf die E-Mail-Bestätigung der Transaktion gerichtet, kratzte Aiden sich an der Wange und lehnte sich auf seinem Bürostuhl zurück. „Der Betrag wurde heute fällig, ist noch nicht lange her. Manchmal nutzt meine Verlobte den Account, und ich würde gern wissen, welche Adresse benutzt wurde. Wenn es meine Verlobte war, wäre es peinlich, wenn ich eine Rückforderung beantragen würde."

Als der Hotline-Mitarbeiter ihm die Adresse nannte, gab Aiden sie gleich in eine Onlinekarte ein. Offenbar hatte Bree sich zu einem Restaurant mit Bar bringen lassen, das *The Lift* hieß. Die Inneneinrichtung war einem Skiresort nachempfunden, obwohl Richmond nicht gerade für seine schneebedeckten Gipfel berühmt war.

„Die Adresse kommt mir bekannt vor. Ich glaube, ich frage erst meine Verlobte, bevor ich eine Erstattung beantrage. Danke für Ihre Hilfe."

„Keine Ursache, Sir. Ich meine, Ma'am."

Als der junge Mann seinen Versprecher korrigierte,

zuckte es um Aidens Mundwinkel. Gleich darauf wählte er Winters Nummer.

„Ja?" Es hatte kaum geklingelt, da meldete sie sich schon.

„Ich habe Ihre SMS gelesen, zu Brees Wagen", begann er. „Sie ist mit einem Uber zu einer Bar namens *The Lift* gefahren. Vor anderthalb Stunden hat sie die Fahrt abgerechnet."

„Wow, wie haben Sie das denn rausgekriegt?" Ihre Skepsis war schwer zu überhören.

„Man nennt das Social Engineering." Die Bemerkung hatte einen herablassenden Unterton, doch er war mit seiner Geduld bereits am Ende, deshalb war es ihm egal. „Ich habe jemanden bei Uber dazu gebracht, mir die Adresse zu verraten. Das ging schneller, als wenn die Techniker ihre Internetaktivitäten gecheckt oder ihr Handy getrackt hätten. Jedenfalls war das die letzte Transaktion. Das heißt, sie ist zur Bar gefahren. Entweder sie ist noch dort, oder jemand ist aufgetaucht und hat sie mitgenommen."

„Im Obergeschoss ihres Hauses fehlt im Flur ein Foto. Das war Kilroy. Es kann nicht anders sein."

„Das glaube ich auch", sagte er. „Ich schicke Ihnen die Adresse. In der Zwischenzeit versuche ich herauszukriegen, wohin er verschwunden sein könnte. Rufen Sie mich an, sobald Sie die Bar überprüft haben."

„Okay, mache ich. Bis dann."

„Ja", lautete seine lakonische Antwort. Er knallte das Handy auf den Schreibtisch. Vom Büro aus würde er wohl kaum belastbare Hinweise zu Kilroys Aufenthaltsort bekommen, doch er konnte nicht einfach tatenlos herumsitzen.

Er wollte nicht, dass das Blut einer Kollegin an seinen Händen klebte. Das *durfte* nicht sein. Sie mussten Bree finden. Unbedingt.

. . .

Als Noah sich durch die Doppeltür schob, schlug ihm der Geruch von Frittieröl und Bier entgegen. Normalerweise hätte ihm davon der Magen geknurrt, auch wenn er gerade eben zu Abend gegessen hätte. Heute aber schnürte ihm die Angst die Kehle zu.

Er verdrängte die aufsteigende Übelkeit und näherte sich den Gästen, die sich um die hufeisenförmige Bar versammelt hatten. Als er sich und Winter mit gezückter Dienstmarke einen Weg durchs Gewühl bahnte, wurden Münder und Augen aufgerissen. Um die Befürchtungen der Gäste zu zerstreuen, setzte er ein, wie er hoffte, gewinnendes Lächeln auf.

„Wir suchen bloß nach jemandem", sagte er. Zusätzlich zu seinem charmanten Lächeln bediente er sich seines entwaffnenden Südstaatenakzents. Das Unbehagen eines Pärchens im Collegealter verflüchtigte sich zusehends, als er sein Handy mit einem Foto von Bree hochhielt. „Wir glauben, dass sie sich in Gefahr befindet. Hat sie jemand gesehen?"

Der junge Mann und die Frau schüttelten den Kopf.

„Okay, danke, dass Sie sich Zeit genommen haben. Einen schönen Abend noch." Er tat so, als tippe er sich an einen nicht vorhandenen Hut, und fragte sich, ob die Geste nicht längst veraltet war.

„He!", rief jemand.

Er und Winter wandten sich gleichzeitig um.

„Zeigen Sie mir mal das Foto", sagte die Thekenfrau. Sie wischte sich die Hände an einem Handtuch ab und blickte ihn an. Ihre Augen funkelten wie zwei Smaragde.

„Haben Sie sie gesehen?" Einen Ellbogen auf die Theke gestützt, hielt er der jungen Frau das Handy hin.

Sie streifte sich eine Strähne ihres kastanienbraunen Haars aus dem Gesicht, sah ihn an und nickte. Mit einer Hand deutete sie zu einem runden Tisch in der gegenüberliegenden Ecke des Raums.

„Sie hatte nur einen Drink, vielleicht auch zwei. Sie war mit Leuten da drüben hier und ging dann nach draußen."

An einem normalen Abend – an dem keine Bundesagentin entführt worden war – hätte er seinen Charme auf Stufe elf hochgedreht. Ihre Haut war so makellos wie Porzellan, ihr dunkles Haar kontrastierte reizvoll mit ihrem blassen Teint. Und das silberne Band an ihrer linken Hand trug sie am Mittel-, nicht am Ringfinger.

Aber heute Abend war nichts normal.

„Was schätzen Sie, wann genau haben Sie sie zuletzt gesehen?" Er schob das Handy in die Jackentasche und warf Winter einen Blick zu. Sie hatte die Lippen geschürzt und blickte zwischen ihm und der Barfrau hin und her.

Er hoffte, dass Winter in der schummrigen Beleuchtung nicht mitbekam, wie er unter seinem Mehrtagebart errötete. Wollte er wirklich so weitermachen? Wollte er wegen eines peinlichen Vorfalls alle Hoffnung auf eine Beziehung zu der Frau, die er seinen besten Freund nannte, fahren lassen?

Einen Seufzer unterdrückend, wandte er sich wieder an die Barfrau.

Ihre grünen Augen huschten zwischen ihm und Winter hin und her, als sie die Schultern hob. „Ganz ehrlich? Es ist viel los heute, Mann. Ich hab nicht auf die Uhr gesehen. Könnte eine halbe oder auch drei Stunden her sein." Achselzuckend legte sie das Handtuch auf die Theke. „Aber ich hatte den Eindruck, dass sie befreundet waren. Vielleicht haben Sie bei denen ja mehr Glück."

„Ja", sagte er und nickte. „Danke für Ihre Hilfe, meine Liebe."

Sie gab einen Laut von sich, der wie eine Mischung aus Schnauben und Auflachen klang. „Gern geschehen, Agent Mulder." Ohne einen weiteren Blick winkte sie den nächsten Kunden nach vorn.

„Das war hilfreich“, murmelte Winter, während sie durch den rappelvollen Raum gingen.

„Ja, schon. Wir konnten ja nicht wissen, wo wir nach Brees Freunden suchen müssen.“

„Zwischen einer halben Stunde und drei Stunden? Echt jetzt, Noah?“ Sie klang gereizt, wie so oft, und es lagen auch Resignation und Genervtheit in ihrem Tonfall.

„Also, hoffentlich sind Brees Freunde ein bisschen weniger zeitvergessen.“

Als er sie anlächelte, verflüchtigte sich ihre Gereiztheit.

„'N Abend allerseits“, sagte er. Mit der einen Hand grüßte er die Gäste, mit der anderen präsentierte er seine Dienstmarke.

Vier Augenpaare richteten sich auf ihn, und die muntere Unterhaltung versiegte, bis nur noch der Lärm der Bar zu hören war.

„Stimmt was nicht?“, fragte eine der Frauen. Sie blickte kurz Winter an, dann erwiderte sie mit besorgter Miene seinen Blick.

„Das wissen wir nicht genau. Hoffentlich nicht. Sie alle kennen Bree Stafford?“

„Bree, ja klar.“ Die Frau nickte. „Sie war gerade eben noch da, wo ist sie hin? Jeff?“ Sie blickte den Mann zu ihrer Rechten erwartungsvoll an. Jeff schüttelte den Kopf.

„Keine Ahnung“, sagte Jeff. „Ich glaube, du warst an der Bar, als sie rausging. Sie hat gemeint, sie will Shelby anrufen und ihr gute Nacht sagen.“

„Oh mein Gott.“ Die Frau machte große Augen. „Wie lange ist das her? Das war doch vor einer Stunde, oder?“

„Mist!“, riefen Noah und Jeff gleichzeitig.

„Sie ist vor einer Stunde gegangen?“, fragte Winter.

„Ja, so in etwa.“ Jeff nickte dümmlich und nahm einen großen Schluck Bier.

„Danke. Hier.“ Winter zog eine weiße Karte aus der Jacke

und legte sie auf den Tisch. „Sollten Sie etwas von ihr hören, rufen Sie mich bitte umgehend an."

„Wird gemacht", versicherte ihr Julia geradezu inbrünstig. „Ist mit ihr alles in Ordnung? Können wir irgendwas tun?"

„Ich bin mir sicher, dass sie wohlauf ist", erwiderte Noah. „Wir haben nur Probleme, sie zu kontaktieren. Arbeitskram, Sie wissen schon."

Julia nickte, wirkte aber alles andere als überzeugt. „Okay. Wenn Sie sie sehen, schicken Sie mir eine SMS, würden Sie das tun?"

„Klar." Mit einem beruhigenden Lächeln wandten er und Winter sich zum Ausgang.

# 34

Als sie sich auf den Beifahrersitz setzte und die Tür zuzog, seufzte Winter schwer. Von dem Besuch in der Bar hatte sie zu viel erwartet.

„Also, was haben wir?“ Noah ließ den Motor an und blickte sie mit seinen grünen Augen von der Seite an.

„Fast nichts“, murmelte sie. „Vor etwa einer Stunde ist Bree rausgegangen, um Shelby anzurufen, und kam nicht mehr zurück. Der … ich meine, Douglas Kilroy hat mir ein Polaroid in den Postkasten gesteckt, das sie entweder tot oder bewusstlos zeigt. Wann sind wir von meiner Wohnung losgefahren? Vor einer halben Stunde, oder?“

„Vor vierzig Minuten“, antwortete er.

„Gut, also vierzig Minuten. Er hat sie demnach hier überwältigt, mitten auf dem Parkplatz zu seinem Wagen geschleppt und dann mit einer alten Polaroidkamera ein Foto geschossen. Unterwegs zu seinem Ziel, wo immer das liegen mag, hat er bei mir gehalten und das Foto hinterlegt. Er will offenbar, dass wir ihn verfolgen, aber wenn er will, dass wir ihn schnappen, macht er uns die Sache ganz schön schwer.“

Sie spürte die ersten Anzeichen eines pulsierenden Kopfschmerzes, schloss die Augen und massierte sich die Schläfen.

Plötzlich knallte es in ihrem wehen Schädel. Nicht wie bei einer Fehlzündung, sondern eher wie beim Platzen von Luftpolsterfolienblasen. Es knallte zwei weitere Male, jedes Mal ein bisschen lauter.

Das Klingeln in ihren Ohren glich dem nach einem Schuss in einem geschlossenen Raum. Das Gefühl war so ungewohnt, dass sie einen Moment lang glaubte, jemand habe ihr in den Kopf geschossen. Sie spürte keinen Schmerz, also hatte man sie womöglich ins Jenseits befördert.

Dann schlug sie die Augen auf.

„Was war das?", fragte sie ihren Freund.

„He, was ist los?", flüsterte er.

Anstatt auf den Parkplatz der Themenbar blickte sie durch die Windschutzscheibe zu einem in Dunkelheit gehüllten Gebäude hinüber. Ein Blitz spaltete den tiefschwarzen Himmel und erhellte das Holzkreuz auf dem baufälligen Dach. Die meisten Dachziegel waren entweder geborsten oder von den Elementen fortgespült worden, und die Büsche und Kletterpflanzen am Boden sahen aus, als wollten sie das Bauwerk verschlucken.

Plötzlich schoss das Gebäude nach vorn, bis Winter durch die geborstene Holztür blicken konnte. Mit einem erschreckten Aufschrei presste sie sich an die Rückenlehne von Noahs Pick-up und versuchte sich mit den Händen vor der jähen Bewegung zu schützen. War die verfallene Kirche näher herangerückt, oder hatte sie sich ihr genähert?

„Was zum Teufel ist das?", fragte sie gepresst. „Was ist das? Bin ich … bin ich tot?"

„Was siehst du?"

Sie war sich nicht sicher, woher die Frage kam, doch ihr

kam es so vor, als hätte sich der Mann in den dunklen Wolken verborgen.

„Das … das ist eine Kirche“, stammelte sie. „Sie ist alt. Seit langer Zeit nicht mehr in Gebrauch.“

Sie spähte durch den dunklen Eingang und rieb sich die Arme, denn auf einmal war ihr kalt. Bevor sie weitersprechen konnte, wurde sie durch den Eingang bis ins Kirchengewölbe gerissen. Sie sog scharf den Atem ein und schlug beide Hände über den Mund, damit man sie nicht hörte.

Verrottete Sitzbänke waren wie ein Regiment verwesender Soldaten beiderseits des Mittelgangs aufgereiht. Flackernder Lichtschein fiel durch die Löcher im Dach, während Donner von den Wänden widerhallte. Dann wurde es still, und sie hörte nur noch das Klingeln in ihren Ohren. Das ist es also, dachte sie.

„Das ist seine Kirche“, quetschte sie hervor.

„Wessen Kirche?“, hörte sie Noah fragen.

„Die von Melvin Kilroy.“

Aus dem Augenwinkel nahm sie einen roten Schimmer wahr. Das Rot der Jacke, die sie am Tag zuvor gesehen hatte. Als sie das helle Kleidungsstück betrachtete, sträubten sich ihr die Nackenhaare. Die rote Jacke schwebte neben dem Altar in der Luft.

„Bree ist hier“, sagte sie.

Und dann, so plötzlich, wie die Vision eingesetzt hatte, wurde es schwarz um Winter, und die erste Welle aus sengendem Schmerz rollte über sie hinweg. Ein unerträglicher Schmerz.

Sie hatte Bree gefunden, und darüber würde sie ewig froh sein, im Moment aber glaubte sie zu sterben.

Aiden kniff die Augen zusammen, als der Name des Agents auf dem Handydisplay angezeigt wurde. Er hatte zwar mit dem Anruf gerechnet, wunderte sich aber, dass nicht Winter, sondern Noah sich meldete.

Er wischte das grüne Symbol zur Seite und hielt sich das Handy ans Ohr. „Ja“, sagte er kurz angebunden.

„Wir wissen, wohin er Bree bringt“, sagte Noah. Er klang angespannt und gehetzt.

„Aber …?“, sagte Aiden. Er hatte den Stuhl bereits vom Schreibtisch zurückgeschoben, um aufzustehen.

„Winter ist bewusstlos. Hören Sie, ich weiß nicht, was zum Teufel passiert ist, aber diesmal war etwas anders als bei ihren gewöhnlichen Kopfschmerzen oder Visionen, oder wie man das nennen will. Es war schlimm. Sie hat Melvin Kilroys Kirche gesehen und hat gesagt, Bree ist dort. Dann wurde sie … ohnmächtig.“

„Scheiße“, zischte Aiden. „Die Kirche liegt am Stadtrand von McCook. Das sind zweieinhalb Stunden Fahrt von hier, Dalton. Wir müssten schon unterwegs sein.“

„Winter ist *bewusstlos*“, sagte Noah tonlos. „Das war sie noch nie, verstehen Sie? Diesmal ist etwas anders. Anfangs war sie wach, aber so, als befinde sie sich an einem anderen Ort. Als wäre sie in einem scheiß Horrorfilm.“

„Sie wird wieder aufwachen. Das tut sie immer.“

„Ich hoffe, Sie haben recht, Parrish“, knurrte Noah.

Welche Optionen hatten sie denn? Da Bree sich in Kilroys Gewalt befand, konnten sie jetzt nicht bei einer Notaufnahme vorbeifahren, um sicherzustellen, dass Winter keinen Schlaganfall oder ein Aneurysma hatte. Es war bloß eine Vision, dachte er. Sie wird sich wieder erholen. So wie jedes Mal.

„Wir haben im Moment keine Zeit für den Scheiß, okay? Wir müssen aktiv werden, aber wir müssen auf eine Falle gefasst sein. Da können wir nicht mit zwei Neun-Millimeter-Glocks und unseren Jacken reinstolpern. Wir brauchen Kevlarwesten und mehr Feuerkraft.“ Aiden klemmte sich das

Handy zwischen Schulter und Ohr und riss die Jacke von der Stuhllehne.

„Keine Einwände", brummte Noah.

„Das heißt, Sie müssen vorbeikommen. SSA hin oder her, ich kann Ihnen nicht einfach ein Gewehr in die Hand drücken, Dalton. Wir treffen uns an meinem Wagen in der Tiefgarage, Ebene eins. Um diese Zeit dürften wir dort allein sein."

„Was ist mit Winter?"

„Bringen Sie sie mit. Wir lagern sie bequem und vergewissern uns, dass es ihr gut geht, dann ab zur Waffenkammer."

„Wir lassen sie einfach in Ihrem Wagen?" Sein Tonfall war ungläubig, geradezu herablassend.

„Sie ist bewusstlos, Dalton!", fauchte Aiden. „Sie fährt nirgendwo hin. Wir brauchen acht Minuten, höchstens zehn. Wenn Sie Douglas Kilroy mit dem Eisenvisier Ihrer Neun-Millimeter anpeilen wollen, bitteschön. Ich würde eine Waffe vorziehen, die etwas präziser ist und über eine größere Reichweite verfügt. Er ist zwar alt, Dalton, aber er hat drei Jahre bei den Green Berets in Vietnam gedient. Ich muss Ihnen wohl nicht sagen, zu was für einem Scheiß Green Berets fähig sind, oder?"

„Nein", knurrte Noah. „Aber …"

„Wenn Sie sich wirklich in einem FBI-Parkhaus voller Überwachungskameras in einen abgeschlossenen Wagen setzen wollen, sind Sie herzlich eingeladen. Aber ich riskiere nicht meinen verdammten Job, bloß um Ihnen ein Gewehr zu verschaffen, haben Sie mich verstanden? Und Sie sollten Ihre Schutzengelrolle in Brees Interesse mal zurückstellen und sich ein Scheißgewehr holen, damit Sie uns Rückendeckung geben können, wenn wir dort sind."

„Ja", seufzte Noah. „In Ordnung, Parrish. Wir treffen uns am Wagen."

Noah unterbrach die Verbindung.

Aiden schaltete in seinem Büro das Licht aus, schloss leise die Tür und ging so schnell, wie sein verletztes Bein es erlaubte, zum Aufzug.

Sie legten Winter ohne Zwischenfall auf den Rücksitz von Aidens Wagen, dann eilten sie wortlos zur Waffenkammer der FBI-Niederlassung von Richmond. Als sie drei Kevlar-Westen, drei schwarze Jacken mit leuchtend gelbem FBI-Aufdruck auf dem Rücken und zwei M4-Karabiner beisammen hatten, warf Aiden Noah den Autoschlüssel zu.

„Ich soll fahren?", fragte der groß gewachsene Noah und musterte Aiden mit hochgezogener Braue.

„Wenn wir Ihren nehmen, müssen wir vier Mal zum Nachtanken halten", murmelte er. „Mein Bein ist immer noch Schrott, und ich kann nicht zweieinhalb Stunden lang auf dem verdammten Fahrersitz hocken. Der Wagen ist versichert, Noah. Alles gut."

„Vollkasko?" Noahs Skepsis machte Belustigung Platz, als er die Fahrertür öffnete.

„Ja." Mit gespielter Genervtheit verdrehte Aiden die Augen.

# 35

Noah stellte den Tempomat auf knapp über achtzig Meilen ein und änderte die Haltung. Mit einem Blick in den Rückspiegel checkte er Winters Verfassung. Ihr Kopf ruhte auf einem Bündel von FBI-Jacken, eine weitere Jacke bedeckte sie zur Hälfte, und sie lag immer noch reglos da. Ihr blasses Gesicht wirkte so entspannt, wie er sie nur selten erlebt hatte. Das galt besonders für die letzten Monate.

War überhaupt irgendetwas gut gelaufen?, überlegte er. Hatte es bei der ganzen Ermittlung zu Douglas Kilroy auch nur einen eindeutigen Sieg gegeben? Hatten sie eine einzige Besonderheit gefunden, die zu einem besseren Verständnis des Gesuchten geführt hatte?

Nein, offenbar nicht.

Auch ohne die Meinung anderer Agents einzuholen, wusste er, dass der Fall des Douglas Kilroy eine jener Ermittlungen war, die gute Cops dazu bringen konnten, Waffe und Dienstmarke abzugeben. Wenn das Schlimmste der Welt zu Tage trat und sie dagegen machtlos waren, wenn sie kein Licht ins Dunkel bringen konnten, was war ihre Arbeit dann wert?

Er biss die Zähne zusammen und verdrängte die düsteren Gedanken. Die Fahrt zu dem Ort, an dem Douglas Kilroy sich mit einer FBI-Geisel verschanzen wollte, war weder der passende Zeitpunkt noch der richtige Ort für eine philosophische Debatte. Außerdem machte er sich noch immer Gedanken über Winters bizarre Zuneigungsbekundung in ihrer Küche.

Als er an den unerwarteten Kuss dachte, blickte er seinen ungewöhnlichen Beifahrer an. Der SSA hatte die Lippen geschürzt und lauschte mit grimmiger Miene der blechernen Handystimme.

„In Ordnung", sagte Aiden. „Geben Sie mir umgehend Bescheid, sobald sich etwas ändert. In Ordnung. Danke. Bye." Schatten der vorbeiziehenden Straßenlaternen wanderten über sein Gesicht, während er wiederholt die Zähne zusammenbiss und den Kiefer entspannte.

„Wie ist es gelaufen?", fragte Noah.

„Schlecht", knurrte Aiden. „Das naheste SWAT-Team ist eine Fahrstunde von McCook entfernt stationiert. Im Moment sind alle mit einer Schießerei mit Geiselnahme beschäftigt, und der Ort liegt wiederum eine Fahrstunde in der entgegengesetzten Richtung. Sie haben ein paar Leute in Reserve, aber die müssen sie erst zusammentrommeln. Sie werden etwa drei Stunden brauchen, um das Team aufzustellen und zum Einsatzort zu bringen."

„Die Zeit haben wir nicht. Sieht so aus, als müssten wir es mit Kilroy aufnehmen. Unterstützung dürfte erst eine halbe bis eine Stunde später eintreffen."

„Ich bin froh, dass Sie mich zu dem M4 überredet haben", murmelte Noah.

„Ich auch."

Schweigen senkte sich herab, und Noah ließ die Gedanken schweifen. Er fragte sich, ob es vielleicht besser gewesen wäre, wenn er Kilroys Aufenthaltsort an eine andere Abteilung, zum Beispiel an die US-Marshals, weitergemeldet hätte, anstatt Winter in Aidens Auto zu laden und die Sache selbst in die Hand zu nehmen. Wie hätte sie reagiert, wenn sie im Krankenhaus zu sich gekommen wäre und erfahren hätte, dass ein Marshal den Preacher erschossen hatte, während sie bewusstlos gewesen war?

Vermutlich hätten ihre blauen Augen wütend gefunkelt, und sie wäre aus dem Bett gesprungen und hätte von ihm wissen wollen, was zum Teufel ihn dazu bewegt habe, Kilroy einer anderen Strafverfolgungsbehörde zu überlassen.

Douglas Kilroy das Handwerk zu legen, war seit Kurzem für Noah und Aiden eine persönliche Angelegenheit, doch Kilroys Taten hatten Winters ganzes Leben geprägt. Nur weil sie geschworen hatte, den Mann zur Strecke zu bringen, der ihre Familie massakriert hatte, war sie überhaupt FBI-Agent geworden. Konnten er und Aiden angesichts dessen, was sie erlebt hatte, überhaupt ermessen, wie sie sich fühlte?

Andererseits musste er an ein altes Sprichwort denken. *Wer auf Rache aus ist, der sollte zwei Gräber graben.* Wie er so ihre reglose Gestalt betrachtete, lief ihm ein Schauder über den Rücken.

War Kilroy das wert? War Kilroy ihr Leben wert?

*Nein,* dachte er. *Darum geht es nicht mehr. Es geht auch nicht mehr um sie. Hier geht es darum, Bree sicher nach Hause zu bringen, damit niemand mit einer gefalteten Fahne in der Hand an die Tür ihrer Verlobten klopfen muss.*

Drei Stunden. Das SWAT-Team würde drei Stunden brauchen, und sie waren nur noch zwei Fahrstunden vom Zielort entfernt. Was immer ihn getrieben hatte, Winter in Aidens Auto zu legen und dem SSA zur Waffenkammer zu folgen, um ein Sturmgewehr mitzunehmen, jetzt waren sie für Bree Stafford die erste Verteidigungslinie.

Obwohl er skeptisch gewesen war, als Aiden ihm mitteilte, er wolle örtliche Kräfte einschalten, hatte er seine

Bedenken zurückgestellt und ihn seine Anrufe machen lassen.

Im Interesse von Bree durften sie keinerlei Option außer Acht lassen. Das kam nicht mehr in Frage.

Normalerweise konnte Noah Aiden Parrish nicht ausstehen, doch er musste zugeben, dass es richtig gewesen war zu versuchen, eine näher befindliche Einsatzgruppe zu entsenden. Da Brees Leben auf dem Spiel stand, würde sich bestimmt auch Winter seiner Einschätzung anschließen. Es wäre ausgesprochen selbstsüchtig gewesen, wenn sie auf eine Möglichkeit, Brees Leben zu retten, verzichtet hätten, nur damit sie ihre Rachegelüste befriedigen konnten.

Doch wie es aussah, würde niemand anderes kommen, um den Tag zu retten.

Jetzt sollten es drei FBI-Agents reißen, zwischen denen so große Spannungen herrschten, dass man damit einen Schwergewichts-Ringkämpfer hätte außer Gefecht setzen können. Die eine hatte sich dermaßen fertiggemacht, dass sie geradezu ausgezehrt war, der andere hatte seine Kollegen wie Bauern in einer Schachpartie gegeneinander ausgespielt, und dann war da noch er. Er war entschlossen gewesen, eine Frau zu retten, die nicht gerettet zu werden brauchte.

Gab es nicht einen Film über eine ähnliche Konstellation? *Helden aus der zweiten Reihe?* Nein, der handelte von der Ersatzmannschaft eines Profi-Footballteams.

*Dicht dran,* dachte er.

Sie waren am Arsch, das musste er zugeben. Aber wie die Spieler im Film waren sie gut in dem, was sie taten. So sehr es ihn ärgerte, eines musste er Aiden lassen: Sein Vorschlag – seine Forderung -, zwei leistungsstarke Gewehre mitzunehmen, war gut gewesen.

Die militärische Ausbildung der Spezialkräfte des Heeres mochte sich seit dem Vietnamkrieg verändert haben, doch

Noah bezweifelte, dass die heutigen Green Berets weniger tüchtig waren als die der Sechziger- und Siebzigerjahre.

Und wenn man es mit einer unbekannten Herausforderung zu tun hatte, war mehr Feuerkraft stets eine gute Option.

Ich wusste, dass mein Mädel in der Nähe war.

Es war auch höchste Zeit. Genau wie Gott es mir vorausgesagt hatte und wie mein Daddy es mir nie sagen konnte, würde ich es schaffen. Winter würde bald hier sein, und es war vollkommen ausgeschlossen, dass ich wie mein Daddy die Waffe gegen mich selbst richten würde. Wenn ich sie bestraft hätte, wäre meine Mission abgeschlossen.

Ich wandte mich um und warf einen Blick auf die kleine Lady, die ich vor der Bar aufgegabelt hatte. Was für ein schmutziger Ort für eine Frau, dachte ich. Andererseits war das keine gewöhnliche Frau, oder?

Sie hatte sich von Gott abgewandt und das Leben einer Sünderin geführt. Ich meine, eine andere Frau heiraten? Wie weit ist es bloß gekommen?

Das war nicht mehr das Land, an das ich mich erinnerte, aber ich würde es wiederherstellen. Wenn mein Mädel hier eintraf, würde ich die Sünderinnen läutern. Ich würde sie bestrafen, erst die Lesbe, dann meine Winter.

Die war eine Hübsche, genau wie ihre Momma. Langes schwarzes Haar und kristallblaue Augen.

Ich würde sie anschauen, während ich die andere bestrafte, und ihr genau zeigen, was ich mit ihrer Momma vor all den Jahren getan habe. Jede Bewegung, jeden Schnitt – ich würde dafür sorgen, dass sie alles mitbekam, von Anfang bis Ende.

Ich blickte zu der anderen Frau hinüber, die ich mit dem Rücken an den alten Altar gelehnt hatte. Ihre Stirn glänzte von Schweiß, und wie jedes Mal, wenn ich sie ansah, fixierte sie mich.

Vor ihr musste ich auf der Hut sein. Sie war aalglatt und würde sich nicht einfach hinlegen und die Bestrafung für ihre Sünden wehrlos zulassen. Ich würde alles mit ihr tun, aber bis dahin musste ich sie scharf beobachten.

Als sie mich ansah, entging mir nicht das Funkeln ihrer blauen Augen. Ich hielt verblüfft inne. Konnte das sein? Das waren Winters Augen.

Das ferne Licht fiel auf poliertes Metall, als ich das Jagdmesser aus der Scheide in meiner Jacke zog. War sie hier? War mein Mädel die ganze Zeit schon hier gewesen?

Die Frau verlagerte auf dem schmutzigen Holzboden die Haltung und blickte zwischen mir und dem Messer hin und her.

Ich schüttelte den Kopf. Nein, sie hatte dunkle Augen. Keine blauen. Ich hatte sie ausgewählt, weil sie mit meinem Mädel befreundet war. Sie war eine FBI-Agentin, aber vor allem eine gottlose Heidin. Eine Frau, die sich von den Männern abgewendet hatte, die mit anderen Frauen schlief und sie fickte.

Also, damit war jetzt Schluss.

Ich hatte mein Mädel überall gesehen, und auch das war ein Zeichen. Ein Zeichen, dass es bald ein Ende haben würde. Das war eine Prüfung, oder nicht? Gott benutzte diese Frau, um mich auf die Probe zu stellen, um zu sehen, ob ich die Geduld hatte, meinen Auftrag zu erfüllen. Deshalb sah ich ständig diese verdammten blauen Augen und das schwarze Haar vor mir.

Die letzte Mission war niemals einfach, und ich mahnte mich zur Geduld.

Winter war ganz nah. Das spürte ich. Bald würde sie hier sein, und dann würde ich endlich das vollbringen, worauf ich so lange gewartet hatte.

# 36

Winter hörte seine Gedanken so deutlich, als spräche er sie direkt neben ihr aus. Douglas Kilroy war verwirrt und gefährlich, aber auch berechenbar. Er benutzte einen Köder, um Winter in die vorbereitete Falle zu locken.

Dabei wusste er nicht, dass er in jener schicksalhaften Nacht mit dem Schlag auf ihren Kopf die Saat für seinen eigenen Untergang gelegt hatte. Bei dem Versuch, die kleine Winter zu töten, hatte er sie in die Lage versetzt, ihn zur Strecke zu bringen.

War das eine Ironie des Schicksals? Oder bloßer Zufall?

Jedenfalls wusste Douglas Kilroy nicht, dass sie durch seine Augen sehen konnte. Sie hatte Bree gesehen, mit dem Rücken an den rissigen Altar gelehnt und die Hände mit Kabelbinder vor der Brust gefesselt. Brees rote Jacke war staubig und verdreckt, und im Zustand der Bewusstlosigkeit erschien Winter die Farbe stumpf und matt.

Obwohl ihr verfilzte Haarsträhnen an der Stirn klebten und ihr Eyeliner verschmiert war, wirkte Brees Gesichtsausdruck gelassen, nahezu undurchdringlich. Winter musste sich ihr gar nicht weiter nähern; sie wusste auch so, dass sie einen Plan hatte.

Sie dachte an Brees Alter und fragte sich, ob sie während ihrer Zeit beim FBI schon einmal in Gefangenschaft geraten war. Vielleicht stellte für Bree die Geiselnahme durch Douglas Kilroy einen gewöhnlichen Arbeitstag dar?

Ihr Gesichtsfeld verschattete sich vom Rand her, und die Szenerie in der verfallenen Kirche wurde dunkel. Sie war sich nicht sicher, wie lange sie in der unheimlichen Finsternis schwebte, doch das Gefühl war nicht so stark mit Angst aufgeladen, wie sie erwartet hätte.

Die Wogen des Nichts waren tröstlich. Eine Zeit lang verharrte sie in der Wärme der undurchdringlichen Schwärze, abgesondert von den Problemen der realen Welt. Sie wusste, sie waren noch da, doch solange sie in diesem Winkel ihres Bewusstseins weilte, wirkten sie weniger belastend.

Bree würde nichts passieren. Winter konnte nicht sagen, woher sie das wusste, doch sie war sicher, dass sie die Kollegin erreichen würden, bevor Kilroy ihr die Kehle durchschneiden konnte. Wenn Winter zu ihr gelangte, würde Bree nichts passieren.

Kilroy war am Ende seines Schreckensregiments angelangt. Nachdem er fünfzig Jahre lang unbemerkt von Bundesstaat zu Bundesstaat gezogen war und Männer und Frauen ermordet hatte, würde er endlich seinem Schöpfer gegenübertreten.

So unvermittelt, als würde sie durch das Gewebe aus Raum und Zeit gerissen, tauchte sie aus dem stillen Nichts auf. Sie atmete schnaufend ein, öffnete die Augen und setzte sich kerzengerade hin.

Während sie den Blick auf die schummrige Umgebung scharf stellte, fragte sie sich einen Moment lang, ob sie noch bewusstlos sei. Hatte sie eine farblose Leere gegen die andere eingetauscht? Mit beiden Händen rieb sie sich die Augen und blinzelte wiederholt.

Sie war wach und befand sich in einem fahrenden Auto. Eine weiße Straßenlaterne zog vorbei und beleuchtete kurz die Jacke, die wie eine Decke auf ihrem Schoß lag. Auf der Rückseite des dunklen Gewebes stand in Blockbuchstaben ‚FBI'.

„Winter?" Die bekannte Stimme durchschnitt die verbliebene Benommenheit wie ein Windstoß.

„Ja, Aiden, ich bin's", antwortete sie.

„Heilige Scheiße." Der Ausbruch kam vom Fahrersitz. Noah. „Alles in Ordnung?"

„Ja, alles klar. Ich fühle mich gut. Als wäre ich gerade aus achtstündigem Schlaf aufgewacht." Sie bewegte die Schultern und setzte sich schräg, damit sie die Beine ausstrecken konnte. Die unheimliche Stille der farblosen Leere hing noch in der Luft, doch als sie im Rückspiegel die grünen Augen ihres Freundes sah, begann sich ihre Gelassenheit zu verflüchtigen.

Weshalb war sie so verdammt ruhig? Was für eine Vision war das gewesen? Bree befand sich immer noch in Gefahr, aber sollte sie der Versicherung ihres bewusstlosen Gehirns, dass sie rechtzeitig bei ihr eintreffen würden, wirklich glauben? Sollte sie Brees Leben nur auf Grund eines Eindrucks riskieren, den sie im Zustand der Bewusstlosigkeit gewonnen hatte?

Nein, dachte sie. Nein, das würde sie nicht tun. Sie saßen in einem fahrenden Auto, und sie wusste auch ohne nachzufragen, dass sie sich dem schäbigen Städtchen McCook in Virginia näherten.

„Ist etwas passiert, als ich, ihr wisst schon, nicht ganz bei mir war?" Sie blickte vom Fahrer zum Beifahrer und wieder zurück. Beide erwiderten ihren Blick nicht, doch Noah nickte.

„Ja, kann man so sagen." Im Rückspiegel beobachtete sie, wie Noah andeutungsweise die Schultern hob. „Wir sind unterwegs nach McCook, zu der Kirche, die du gesehen hast, bevor du vor dem *Lift* das Bewusstsein verloren hast."

„Ist sonst noch jemand unterwegs dorthin?" Als sich die Hoffnung regte, sie seien die Einzigen und keiner habe Hilfe angefordert, zuckte sie zusammen.

*Es geht nicht mehr um uns*, machte sie sich klar. *Das kann warten, bis Bree in Sicherheit ist. Jetzt müssen wir zurückstehen. Es geht darum, sie dort rauszuschaffen, bevor das kranke Arschloch ihr wehtun kann.*

„Nein", antwortete Aiden. „Aber versucht haben wir's. Das nächste SWAT-Team ist eine Fahrstunde entfernt und steckt gerade in einer Schießerei mit Geiselnahme. Die Nachrichten sind voll davon, von hier bis Kalifornien, sogar in der EU wird darüber berichtet. Bislang sieben Tote und siebzehn Geiseln. Zwei Schützen, beide mit militärischem Hintergrund, beide mit SS-Armbinden. Hässliche Geschichte, und es wird immer hässlicher. Wenn ich sagen würde, sie haben alle Hände voll zu tun, wäre das untertrieben. Im Moment wollen sie keine Leute für einen wiederaufgetauchten Serienkiller abstellen. ADD Ramirez hat mir per SMS mitgeteilt, sie habe von Richmond aus ein paar unserer Leute losgeschickt. Sie sagte, wir müssen das allein regeln. Wir bekommen vielleicht etwas Unterstützung, aber frühestens eine halbe Stunde nach unserem Eintreffen an der Kirche. Ich glaube, ich spreche für uns alle, wenn ich sage, dass wir nicht tatenlos abwarten wollen, solange dieser Drecksack Bree in seiner Gewalt hat."

„Einverstanden", sagte Noah.

Winter verkniff sich eine sarkastische Bemerkung über ihre plötzliche Einmütigkeit und sah aus dem Fenster. „Bree ist dort", sagte sie. „Er benutzt sie als Köder, um mich anzulocken. Sie ist noch unverletzt, aber wir müssen sie befreien, bevor sich das ändert."

„Das werden wir." Aidens Tonfall war überraschend entschlossen. Von ihnen allen dreien hätte sie von ihm am wenigsten erwartet, dass er seinen persönlichen Rachefeldzug gegen Douglas Kilroy hintanstellte.

Das Gleiche hatten Noah und Aiden vermutlich von ihr gedacht.

Sie hatten im Zuge der Ermittlung ein Chaos angerichtet, aber sie konnten es wiedergutmachen. Aiden hatte bereits Hilfe angefordert, doch da das Leben einer Bundesagentin auf dem Spiel stand, hatten sie jedes Recht, auch ohne ein SWAT-Team im Rücken einzugreifen. Kilroy war instabil, und wenn ihre Vision ein Anhaltspunkt war, konnte er nicht mehr zwischen Wahn und Wirklichkeit unterscheiden. Sie hatte durch seine Augen geblickt, hatte seine Unsicherheit gespürt, als er Bree ansah und ein blaues Aufblitzen in ihrem Blick wahrnahm.

Die Möglichkeit, dass Kilroy komplett durchdrehen und Winter in Bree sehen würde, war nicht von der Hand zu weisen. Ungeachtet seines Plans, Winters Ankunft abzuwarten, würde Bree sterben, wenn er sie für Winter hielt.

„Wie lange dauert es noch, bis wir dort sind?", fragte sie. Nur mit Mühe konnte sie verhindern, dass sie die Worte hervorknurrte.

„Eine halbe Stunde", antwortete Noah. „Sagt jedenfalls das Navi. Warum? Stimmt was nicht? Ich meine, abgesehen vom Offensichtlichen."

„Er ist am Durchdrehen. Wenn wir nicht bald ankommen, wird er Bree töten", antwortete sie mit ruhiger, aber fester Stimme.

„Ich bin schon fünfzehn Meilen über dem Limit", sagte ihr Freund.

„Machen Sie zwanzig draus." Zu ihrer Verwunderung kam der Vorschlag von Aiden.

„Wir tun Bree keinen Gefallen, wenn wir tot bei ihr ankommen. Es sei denn, Sie haben irgendwelche geheimen Regenerationskräfte. Ist das so?"

Noah bedachte Aiden mit einem gereizten Blick, dann wandte er sich an Winter. „Klar, wir sind das FBI, aber wenn wir rechts ranfahren müssen, wie viel Zeit verlieren wir dann? Fünfzehn Minuten? Zwanzig? Die meisten Cops sind vermutlich am Ort der Geiselnahme, aber ich wette, zwischen uns und McCook gibt es noch ein paar Bundespolizisten."

Es wurde still, und Winter sah, wie Noahs Handsehnen sich anspannten, als er das Lenkrad fester packte. Sie heftete den Blick auf die bläulich leuchtende Zeitanzeige am Armaturenbrett, die die Sekunden zählte.

„Du hast recht." Nach dem langen Schweigen klang ihre leise Bemerkung laut wie ein Peitschenhieb.

Natürlich hatte Noah recht. Wie immer.

Bree hatte den Refrain des alten Rick-Astley-Hits schon so oft im Kopf rezitiert, dass die Melodie von „Together Forever" für sie vermutlich auf ewig mit dem angestrengten Bemühen verbunden sein würde, ihre Angst zu lindern. Von dem Moment an, da sie in der verlassenen Kirche zu sich gekommen war, hatte sie den Text ständig wiederholt, um der bösen Vorahnungen Herr zu werden.

Doch wie lange das ‚Forever' währen würde, wusste sie nicht. Kilroy hatte sich von der splitterigen Holzbank erhoben und tigerte auf und ab. Mit den Stiefelsohlen hatte er bereits deutliche Spuren in der Dreck- und Staubschicht hinterlassen, die den alten Holzboden bedeckte, und sie fragte sich, wie lange er das noch würde durchhalten können, bevor er durchbrach und in den Keller stürzte.

Seit sie am Fuß des Altars zu sich gekommen war, hatte der Mann nur fünf oder sechs Worte von sich gegeben, meistens halblaute, unverständliche Bemerkungen. Allerdings meinte sie, das Wort ‚Winter' herausgehört zu haben.

Kilroy machte nicht viele Worte, und das war Bree nur recht. Sie wollte warten, bis er sich eine Blöße gab, und sich darauf zu konzentrieren, würde ihr erheblich schwerer fallen, wenn er stundenlang vor sich hin brabbelte.

Ihre Handgelenke waren übereinander gebunden, und darunter hatte sie sich wundgescheuert, als sie die Fesseln zurechtgerückt hatte. Dieser Schmerz war nötig, rief sie sich in Erinnerung. Um die Durchblutung anzuregen, krümmte sie die Finger beider Hände und konzentrierte sich auf Kilroy, der am Rand ihres Gesichtsfelds auf und ab marschierte.

Sie musste ihre Bewegung richtig timen und durfte Kilroy nicht aus dem Blick verlieren.

War er am Ende seiner Bahn angelangt, schwenkte er auf dem einen Fuß zu ihr herum und ging dann zum anderen Ende. Ein, zwei, drei Schritte, dann wandte er ihr den Rücken zu. Sie beobachtete seinen Bewegungsablauf noch ein weiteres Mal.

Sobald im Augenwinkel der Rücken seiner olivfarbenen Jacke auftauchte, hob sie ruckartig die Hände hoch und riss sich den einen Ohrstecker ab. Dann setzte sie eine ausdruckslose Miene auf, bevor er sich umdrehte. Sein Gang war rhythmisch und unbeirrt, was bedeutete, dass er ihre Bewegung nicht mitbekommen hatte. Gut.

Sie hatte die Kabelbinder so zurechtgeschoben, dass sie den Ohrstecker in die Schließe drücken und die Fessel lockern könnte, doch sie brauchte dafür eine Ablenkung. Sie wäre fähig, sich jetzt innerhalb weniger Sekunden zu befreien, doch auf seiner Bahn blieb ihr nicht genug Zeit, sich loszumachen und in Deckung zu gehen. Wenn sie es dennoch versuchte, würde er aufmerksam werden, bevor sie die Fesseln gelöst hätte, und dann wäre es aus mit ihr.

Doch sie war mit ihm allein, wie sollte sie ihn da ablenken?

Sie musterte den Schutt am Fuß des Altars und legte sich einen Plan zurecht. Solange er geduldig auf und ab ging, würde sie die Fesseln allmählich lockern und gleichzeitig den Anschein erwecken, sie säßen noch immer stramm. Dann würde sie ein Holzstück aufheben und es möglichst weit fortschleudern. Wenn er nachsehen ging, würde sie losrennen und Deckung suchen.

Sie hatte keine Ahnung, wo sie sich befanden, doch sie musste es riskieren, in die Dunkelheit zu fliehen.

NACHDEM ER DIE FBI-Jacke angezogen hatte, nahm Aiden das Gewehr aus Noah Daltons ausgestreckter Hand entgegen. Etwa eine Meile vor dem Zielort hatte Dalton die Scheinwerfer ausgeschaltet und war im Schritttempo weitergefahren. Die Straße war einst mit Kies bedeckt gewesen, doch der Regen hatten ihn weitgehend vom felsigen Untergrund fortgespült. Jetzt gab es ebenso viel Dreck wie Kies.

In der Mitte der Straße bemerkte Aiden frische Reifenspuren. Wenn er noch Zweifel gehabt haben sollte, so waren sie jetzt ausgeräumt.

Von der Stelle aus, an der sie den Wagen abgestellt hatten, war nur das Kreuz auf dem Dachfirst der Kirche zu sehen. Die Wolkendecke war aufgebrochen, und im Schein des abnehmenden Viertelmonds zeichnete es sich deutlich vor dem Nachthimmel ab. In Anbetracht des Dämons, mit dem sie es zu tun hatten, hätte Aiden es passend gefunden, wenn das Kreuz auf dem Kopf gestanden hätte.

„Ich wünschte, ich wäre wach gewesen, da hätte ich mir auch eins besorgen können“, murmelte Winter. Ihr blauäugiger Blick wanderte zwischen Aidens und Noahs Gewehr hin und her.

„Zwei M4 sollten reichen“, erwiderte Aiden. Er klappte den Kofferraumdeckel herunter und schulterte das Gewehr.

„Also, wir wissen nicht, wie es im Gebäude aussieht – wie gehen wir vor?“, fragte Noah.

Als Aiden den Mund aufmachte, um zu antworten, vibrierte das Handy in seiner Tasche.

Er hieß seine Begleiter mit erhobener Hand schweigen, nahm das Handy hervor und entsperrte es. ADD Cassidy Ramirez hatte ihm eine SMS mit einem blau markierten Link geschickt. Sogar bei einer SMS lieferte Ramirez Quellenangaben, wunderte sich Aiden.

Seine Belustigung über die Pedanterie und Professionalität der ADD verflüchtigte sich, als er zu lesen begann. Er spürte, dass seine Miene gequält wirkte, machte aber keine Anstalten, es zu verbergen.

„Was ist?“, fragten Winter und Noah.

„Das ist von ADD Ramirez“, sagte er in gedämpftem Ton, schaltete das Handy stumm und steckte es wieder ein. „Einer der Amokläufer wurde getötet, der andere festgenommen. Nach derzeitiger Schätzung gibt es dreizehn Tote und zehn Verletzte. Sechs Geiseln wurden getötet, bevor das SWAT-Team eingreifen konnte, und es hat nur deshalb nicht mehr Tote gegeben, weil eine der Geiseln ein Polizist außer Dienst war.“

Noah sog scharf den Atem ein, und obwohl es dunkel war, konnte Aiden erkennen, dass die Knöchel seiner Hand, mit der er den Schulterriemen des Gewehrs umklammerte, weiß hervortraten.

„Oh mein Gott“, flüsterte Winter. „Das ist furchtbar.“

„Ja.“ Den letzten Teil von Ramirez’ Nachricht unterschlug

er. Dem Eingreifteam zufolge war der überlebende Amokläufer von Kilroys ‚Arbeit' zu der Aktion angeregt worden. Sie wollten Kilroys Opferzahl so nahe wie möglich kommen, doch zum Glück hatte man sie gestoppt, bevor sie ihr perverses Ziel erreichen konnten.

Das war kein guter Zeitpunkt, sich Gedanken über die Motive zweier Neonazis zu machen. Wenn sie Bree befreit und Kilroy in eine Zelle gesteckt hatten, blieb noch Zeit genug dafür.

„Es hätte noch viel schlechter laufen können." Die Bemerkung sollte nicht nur Noah und Winter beruhigen, sondern diente auch dazu, ihn selbst wieder ins Hier und Jetzt zu versetzen. „Die Polizei hat ihren Job gemacht, und zwar gut. Jetzt sind wir gefordert. Sie hatten eine Menge zu tun heute Nacht, also lasst uns jetzt da reingehen und Kilroy festnehmen, dann müssen sie nicht mehr ran, wenn sie hier eintreffen."

„Einverstanden", sagte Noah. „Aber wie lautet der Plan? Soweit ich erkennen kann, hat die Kirche zwei Eingänge: einen vorn und den anderen an der Rückseite."

„Er will mich." Winter klopfte auf ihre Schutzweste. „Ich sollte als Erste reingehen und ihn ablenken."

„Sie? Warum?" Aiden vermochte einen Anflug von Gereiztheit nicht zu unterdrücken.

„Er will *mich*", wiederholte sie.

„Und?" Noah zog die Brauen zusammen und machte die Augen schmal.

„Ob Sie's glauben oder nicht, aber diesmal bin ich mit Dalton einer Meinung. Sie sind verrückt, Winter. Dass er Sie töten will, scheint mir eher dafür zu sprechen, dass Sie *nicht* zu ihm reinmarschieren."

Die Arme über der schwarzen Jacke verschränkt, schüttelte Winter den Kopf. „Nein, so funktioniert das nicht. Ich weiß, was in seinem Kopf vorgeht, das könnt ihr mir glauben. Er ist ein Serienkiller, und er vollzieht jedes Mal, wenn er ein Opfer tötet, ein bestimmtes Ritual. Sein Ritual sieht nicht vor, mir gleich ins Gesicht zu schießen. Außerdem weiß er etwas über meinen Bruder. Ich *weiß*, dass es so ist. Wenn wir zusammen reinstürmen und einen auf Scharfschützen machen, werde ich nie erfahren, was mit meinem Bruder ist. Ich werde nie erfahren, wo das Schwein ihn begraben hat! Und es geht auch nicht bloß um mich, oder habt ihr das vergessen? Was glaubt ihr, wie viele namenlose Opfer noch da draußen liegen? Wie viele Familien er auseinandergerissen hat? Ich gehe als Erste rein, weil er mich nicht abknallen wird und weil ich weiß, wie ich ihn zum *Reden* bringen kann. Ich bringe ihn dazu, mir zu erzählen, was aus meinem Bruder geworden ist, und dann führen wir ihn in Handschellen ab, damit die anderen betroffenen Familien mit ihrem Verlust abschließen können."

Zunächst fixierte sie Noah mit ihrem durchdringenden Blick, dann richtete sie ihre blauen Augen auf Aiden.

Er hatte das Gefühl, die Zeit stehe still. Diesen Blick hatte er schon mal gesehen, einen Blick voll kalter Entschlossenheit. Er hasste diese Unbeugsamkeit ebenso sehr, wie er sie liebte, fürchtete sie so sehr, wie er sie bewunderte. In diesem Moment aber musste er sich eingestehen, dass das Gefühl, das ihm die Kehle zuschnürte, eher Bewunderung glich. Sein jahrelanges Bemühen, mit Winter in Kontakt zu bleiben, entsprang nicht nur seinem Wunsch, einen Makel in seiner Akte zu tilgen. Vielleicht war das zu Anfang ausschlaggebend gewesen, doch Beziehungen, berufliche wie private, waren selten statisch. Und wie hätten sie auch statisch sein können, wenn sich in den vergangenen zehn Jahren so vieles verändert hatte?

Nein, dachte er. Was er jetzt, da sie einander fixierten, für sie empfand, ging weit über berufliche Bewunderung oder eine platonische Freundschaft hinaus. Er wusste nicht, in welches Loch er da gefallen war, doch damit würde er sich später befassen.

„Sind Sie sicher?" Er hatte keine Ahnung, wie viel Zeit zwischen ihrer Erklärung und seiner Frage verstrichen war.

Seinem Empfinden nach hätte das Schweigen bereits eine Stunde währen können. Vielleicht war Noah Dalton inzwischen zur Kirche gegangen, hatte Douglas Kilroy erschossen und Bree zum Wagen gebracht. Einen Moment lang kam ihm dieses haarsträubende Szenario absolut plausibel vor, und er musste sich vergewissern, dass Bree nicht neben Noah stand.

Agent Stafford war nicht hier. Und in den grünen Augen des hochgewachsenen Agents machte er ein verärgertes Funkeln aus.

„Allerdings", antwortete Winter. „Hören Sie, ich kann's nicht erklären, aber als ich bewusstlos war, habe ich gesehen, was er vorhat. Er hat Bree entführt, weil er mich in seine Gewalt bringen will, und er ist in der Kirche, weil er das Gefühl hat, dass seine ‚Mission' dort zum Abschluss kommt. Sie endet, wo sie begonnen hat, oder jedenfalls glaubt er das. Und wissen Sie, was *ich* glaube? Wenn einer von euch beiden dort reinspaziert, wird er erst schießen und dann Fragen stellen. Er hat es auf mich abgesehen, und ich will ihm den Eindruck vermitteln, als würde er seinen Willen bekommen. Ihr beide dürft euch nicht blicken lassen. Wenn er euch sieht, wird er euch töten, ganz bestimmt."

Neuerliches aggressives Schweigen, dann nickte Aiden.

„Was?" Noah lachte laut auf, in seinem unrasierten Gesicht wetteiferten ungläubiges Staunen und Zorn miteinander.

„Sie weiß mehr über Kilroy als wir beide, Dalton." Aiden wandte den Kopf zu Noah herum und funkelte ihn an. Ohne sich von dessen giftigem Blick beeindrucken zu lassen, fuhr er fort. „Ich verstehe schon, dass das für uns alle ja inzwischen mehr ist als eine persönliche Angelegenheit, aber glauben Sie mir, Dalton, sie hat recht. Sie wissen, dass sie recht hat, und ich weiß es auch. Wenn sie als Erste reingeht, wird er nicht das Feuer eröffnen, aber wenn wir es versuchen sollten, wird er gleich schießen."

„Sie wissen nicht, was …"

„Und diese Waffen." Aiden hielt inne und deutete auf den geschulterten Karabiner. „Diese Waffen sind bei größeren Entfernungen wirkungsvoller als eine Glock neun Millimeter. Ich weiß, dass Ihnen das klar war, und ich weiß auch, dass Sie wissen, dass wir damit am besten fahren, wenn wir uns zurückhalten, damit wir eingreifen können, wenn etwas schiefgeht. Die Unterstützung trifft in dreißig bis fünfundvierzig Minuten ein, und das ist noch optimistisch geschätzt. Wenn wir jetzt nicht eingreifen, setzen wir Brees Leben aufs Spiel. Ich weiß nicht, wie Sie das sehen, Dalton, aber ich will nicht für den Tod der Agentin verantwortlich sein, verstehen Sie?"

Noahs Kiefer war wie aus Granit gemeißelt. „Ja, Sir."

Aiden war noch nicht fertig. „Wir haben keine Zeit mehr, darüber zu diskutieren, wie wir am besten vorgehen sollen. Wir müssen das Beste aus dem machen, was wir haben, sonst stirbt Bree, verdammt. Keiner von uns, Winter und Bree eingeschlossen, möchte, dass Winter verletzt wird. Und das wird sie auch nicht. Winter geht voran, und dann beziehen Sie irgendwo da drinnen Stellung. Sie sind der bessere Schütze von uns beiden, und Ihre Waffe ist auf Distanz präziser als eine Pistole. Solange wir Winter Rückendeckung geben, wird ihr nichts passieren. Solange wir *an einem Strang ziehen*, wird uns allen nichts passieren."

Aiden hatte den Eindruck, er starre schon seit einer Ewigkeit in die Augen des ehemaligen Marine. Mit einem übertriebenen Seufzer rieb Noah sich schließlich die Augen und nickte zustimmend.

„Ja“, sagte Noah. „Ja, verdammt noch mal. In Ordnung. Sie haben recht. Ihr beide.“

„Winter, Sie nehmen den Vordereingang. Dalton und ich gehen hinten rein und bleiben zunächst unsichtbar. Er soll nicht merken, dass wir da sind. Winter, Sie lenken ihn ab, und wenn wir Bree befreit haben, stellen wir ihn auf die eine oder andere Weise, bevor er überhaupt merkt, dass sie weg ist. Wir versuchen nach Möglichkeit, ihn lebend festzunehmen, aber wir riskieren dafür kein Menschenleben, verstanden?“

Winter nickte. „Verstanden.“

# 37

Der Dreck und der Kies knirschten nur leise unter Winters Stiefeln, doch in ihren Ohren klang es so laut wie Knallkörper. Als sie sich dem Ende des breiten Vorraums näherte, drückte sie sich mit dem Rücken flach gegen die abblätternde Wand aus Gipskarton und schlich zum Eingang. Mehrere quälende Sekunden lang hielt sie den Atem an und lauschte angestrengt. Sie meinte, das Geräusch ferner Schritte wahrzunehmen, doch es konnte auch von dem baufälligen Gebäude stammen.

Sie legte die Finger um den geriffelten Griff ihrer Dienstwaffe, biss die Zähne zusammen und schob sich vor, bis ihre Schulter gleichauf mit dem Türrahmen war. Weißer Lichtschein fiel auf die gesplitterten Bodendielen des Vorraums, und sie hielt mit zusammengekniffenen Augen Ausschau nach der Lichtquelle – eine batteriebetriebene Arbeitsleuchte. Sie stand an der anderen Seite der Wand und sollte den Eingang ausleuchten.

Das war clever. Der Rest der Kirche lag in Dunkelheit, doch sobald jemand durch den Eingang trat, würde er sich so deutlich abzeichnen, als stünde er in der Abendsonne.

Den Baustrahler dort aufzustellen, war vielleicht clever gewesen, doch es bedeutete lediglich, dass sie schnell sein musste. Wenn sie es vermied, in das Licht zu schauen, würde sie nicht geblendet sein, wenn sie den dunklen Teil erreichte.

Sie atmete noch einmal tief durch, um ihre Nerven zu beruhigen, dann schwenkte sie auf einem Fuß herum und streckte die Arme vor, so dass der Pistolenlauf auf einer Höhe mit dem Altar war. Im nächsten Moment hatte sie den hellen Bereich hinter sich gelassen, ohne das Ziel aus dem Blick zu verlieren.

Im vorderen Bereich der Kirche machte sie erst eine, dann eine zweite schattenhafte Gestalt aus. Ihr Blick stellte sich scharf, und bevor sie die Szenerie bewusst erfasste, richtete sie die Waffe auf den Kopf des Mannes.

Auf *Kilroys* Kopf. Auf den Kopf des *Preachers*.

Das Licht der Arbeitsleuchte wurde vom Stahl der Pistole reflektiert, die er der Frau an die Schläfe drückte, die er als menschlichen Schutzschild benutzte. *Deshalb* hatte er die Lampe aufgestellt. Nicht um sie abzuschrecken, sondern weil er sich Luft verschaffen wollte, um Bree an sich zu reißen.

„So, so." Kilroy lächelte selbstgefällig und schnalzte mit der Zunge. „Wurde auch Zeit, kleine Lady. Ich wurde schon ungeduldig und hab mich gefragt, ob du überhaupt noch auftauchst. Es ist lange her, Winter. Und was für eine hübsche junge Frau aus dir geworden ist."

Sein Blick wanderte wie eine Spinne über ihren Körper, und so sehr sie ihn beschimpfen und auf ihn losgehen wollte, hatte sie doch einen staubtrockenen Mund.

Dieser Mann hatte ihre Eltern getötet.

Dieser Mann hatte ihren kleinen Bruder entführt.

Dieser Mann hatte unwiderruflich ihr Leben verändert und es seinen wahnsinnigen Launen unterworfen.

„Es ist wirklich schade, weißt du?" Er leckte sich die trockenen Lippen. „Schade, dass du dich dazu entschieden hast, den gleichen sündigen Weg zu beschreiten wie deine Momma. Also, deine Momma war eine schöne Frau, ja wirklich. Und du, mein kleines Mädel, bist genau wie sie."

Unmerklich langsam rückte Winter vor und versuchte, das Visier auf die Stirn des Widerlings zu richten. Bree hatte die dunklen Augen weit aufgerissen, verfolgte aber ruhig Winters Bewegungen.

„Wenn du schießen kannst, dann tu's." Brees Stimme klang nicht einmal angespannt, von Panik keine Spur.

„Ja", zischte Winter mit zusammengebissenen Zähnen. Sie war sich bewusst, dass es vor allem darum ging, Brees Leben zu schützen, doch so einfach wollte sie Kilroy nicht davonkommen lassen. Sie *musste* in Erfahrung bringen, was mit ihrem Bruder passiert war, egal wie.

Und da er Bree eine Waffe an den Kopf hielt, musste sie sich beeilen.

„Seid ihr euch da sicher, Ladys?", höhnte Kilroy. Sein leises glucksendes Lachen war unheimlich und verstörend.

„Glauben Sie etwa, ich bräuchte jemandes Erlaubnis, um Ihnen eine Kugel in den verdammten Kopf zu jagen?", fauchte Winter, erleichtert darüber, dass ihre Stimme kraftvoller klang, als sie sich fühlte. „Wissen Sie, dass Ihr menschlicher Schutzschild eine Bundesagentin ist? Wissen Sie, welche Strafe auf die Ermordung eines Bundesagenten steht? Also, das brauche ich Ihnen wohl nicht zu sagen."

„Der Tod", sagte Bree, und als er ihr den Pistolenlauf fester auf die Schläfe drückte, presste sie die Lippen zusammen.

Winter schlug das Herz bis zum Hals. „Sie hat recht, Kilroy", sagte sie. „Darauf steht der Tod. Tod durch die Giftspritze. Und da es sich um ein Bundesverbrechen handelt, heißt das, die Gesetze von Virginia oder North Carolina bezüglich der Todesstrafe finden keine Anwendung. Es ist egal, wo es passiert, man wird Ihnen nach der Verurteilung eine Nadel in den Arm rammen. Und andere Cops nehmen den Tod einer Kollegin nicht auf die leichte Schulter, Douglas, lassen Sie sich das gesagt sein."

„Mag sein." Sein Grinsen wurde breiter, und er gab das gleiche verstörende Glucksen von sich wie zuvor. „Aber ich schätze, du müsstest mich schon in Handschellen abführen, damit es dazu kommt. Und jetzt der Deal, Mädel. Vielleicht kannst du anschließend deinen Schuss anbringen. Vielleicht strecke ich meinen Kopf ja ein bisschen zu weit aus der Deckung, und du knallst mich ab. Wie wär das?"

Winter knirschte mit den Zähnen. „Tun Sie's", erwiderte sie.

„Siehst du das?" Er drückte den Pistolenlauf noch fester gegen Brees Schädel. „Mein Finger liegt am Abzug, siehst du? Ich bin vielleicht ein alter Mann, und meine Reflexe sind nicht mehr ganz so gut wie damals in Vietnam, aber ich bin noch immer schnell genug. Drück ruhig ab, Mädel, wenn du einen Schuss platzieren kannst, aber ich sage dir, was dann passiert. Im Moment meines Todes krampft sich mir die Hand zusammen, und deine Freundin landet neben mir auf dem Boden."

Winter fluchte verhalten, denn er hatte recht.

Der Scheißkerl lachte. „Na ja, vielleicht gelingt dir ein Glückstreffer. Weißt du, wovon ich rede?" Mit der freien Hand drückte Kilroy Bree die Spitze seines arthritischen Zeigefingers auf die geschürzten Lippen. „Direkt hier. Da musst du mich treffen, damit mir der Hirnstamm aus dem Hinterkopf gepustet wird. Kein Zucken, nichts. Diesen Schuss trainieren Scharfschützen beim Militär, und ich wette, das gehört auch zur Schießausbildung für Bundesagenten."

Wieder musste ihm Winter recht geben – das war in Quantico Teil ihrer Ausbildung gewesen.

„Nicht sehr damenhaft, mit einer Waffe herumzuwedeln,

oder? Ich sag dir was, Mädel. Du legst jetzt deine Waffe schön langsam auf den Boden, verstanden? Ich zähle bis fünf, dann blase ich dieser kleinen Lady den Kopf säuberlich von den Schultern."

Auch ohne ihre übersinnlichen Fähigkeiten wusste Winter, dass Kilroy seine Drohung wahrmachen würde.

„In Ordnung!", fauchte sie. Mit erhobenen Armen nahm sie den Finger vom Abzug, ging in die Hocke und legte die Pistole auf den Boden.

Als sie die Waffe losließ, bemerkte sie dicht unterhalb von Brees Bauch eine Bewegung. Bree streifte ganz langsam einen der Kabelbinder ab und krümmte die Finger wie ein Baseball-Catcher, der den nächsten Spielzug ankündigt.

Kein Wunder, dass sie nicht in Panik war, dachte Winter.

„Bitte sehr, Kilroy", höhnte sie. „Darf ich Sie jetzt etwas fragen? Sie haben all die Frauen in den letzten Monaten doch nur deshalb getötet, weil Sie mich in ihnen zu erkennen glaubten, oder?"

Er wollte Einwände erheben, doch sie schnitt ihm das Wort ab.

„Bestreiten Sie's nicht, Kilroy. Sie bauen ab, oder? Vielleicht haben Sie tatsächlich noch so katzenhafte Reflexe, aber ich glaube, besonders klar im Kopf sind Sie nicht mehr, hab ich recht?" Sie lachte derb und schüttelte den Kopf. „Ja, so war es. Wie senil sind Sie eigentlich, alter Mann?"

Seine Miene versteinerte. „Ich bin nicht …"

Sie lachte ihm ins Gesicht. „Wissen Sie, Sie kamen mir immer vor wie ein Monster aus dem Jenseits, aber gerade eben ist mir etwas klar geworden. Sie sind einfach bloß ein alter Mann, der seine Glanzzeit hinter sich hat und verzweifelt versucht, seine Bedeutung zu wahren. Sie haben Angst, nicht wahr, Kilroy? Angst, dass man Sie vergessen wird und dass sich schon morgen niemand mehr an Ihren Namen erinnert."

Bebte seine Unterlippe? Winter beobachtete ihn aufmerksam.

Grinsend musterte sie ihn von oben bis unten. „Oder wenn doch, dann nicht als ‚Preacher'. Nein, bestimmt nicht. Wenn Sie tot sind, wird man eine Autopsie durchführen und die abnormen Veränderungen in Ihrem Gehirn feststellen. Das ist die einzige sichere Methode, um Alzheimer zu diagnostizieren, wussten Sie das, Kilroy? Bei einer Autopsie wird Ihr Gehirn wie eine Fleischwurst in Scheiben geschnitten. Glauben Sie, dass man fündig wird? Ich glaube das jedenfalls."

„Ich ..."

Wieder fiel sie ihm ins Wort. „Und dann geht das an die Presse, und so wird man Sie in Erinnerung behalten. Als einen alten, senilen Mann, der über schlafende Frauen hergefallen ist, weil er eine Scheißangst davor hatte, sich ihnen zu nähern. Deswegen tun Sie das doch, oder? Weil Sie tief in Ihrem Innern Angst vor Frauen haben. Sie sind mit einem solchen Hass auf Frauen aufgewachsen, dass Sie gar nicht wussten, wie Sie den an uns auslassen sollten, weil Sie nämlich glaubten, Sie seien nicht gut genug."

„Es reicht!" Kilroys Schrei hallte mit solcher Wucht von der Decke wider, dass sie meinte, das Dach stürze ein. Er war sauer – geradezu wütend.

Mit einer blitzschnellen Bewegung schloss Bree die Hand um seinen Unterarm, stieß ihn von ihrem Kopf weg und rammte ihm den Ellbogen ins Gesicht. Selbst aus der Entfernung hörte Winter, wie das Nasenbein brach.

Bevor der alte Mann einen Schmerzensschrei ausstoßen konnte, packte Bree nun seine Hand und riss das Gelenk nach hinten. Klirrend fiel die Waffe aus rostfreiem Stahl auf den Boden.

Als Bree die Waffe aufhob, schloss Winter zu ihnen auf, holte weit aus und schlug dem Mistkerl mit aller Kraft ins

Gesicht. Ein sengender Schmerz durchzuckte ihre straff gespannten Muskeln, doch sie verdrängte ihn und holte erneut aus. Als ihre Faust auf seinen Wangenknochen traf, platzte über den Knöcheln die Haut auf.

„Winter!", schrie Bree. „Ich kann schießen, wenn du aus dem Weg gehst."

„Warte!", rief Winter. Er durfte nicht sterben. Noch nicht.

„Nicht", stöhnte Kilroy. „Willst du nicht wissen, wie es deinem Bruder ergangen ist, Mädel?" Er unternahm den aussichtslosen Versuch, sich mit dem olivfarbenen Jackenärmel das Blut abzuwischen.

„Glauben Sie wirklich, Sie sind in der Position zu verhandeln, Kilroy?" Winters Stimme war so kalt, dass sie sie kaum wiedererkannte.

„Glaubst du, er ist noch am Leben?", fragte er höhnisch, und einen Moment lang wollte sie Bree zurufen, sie solle abdrücken. Doch das tat sie nicht. Um Justins willen würde sie dieses kranke Arschloch so lange leben lassen, bis sie die Wahrheit kannte.

Sie krallte die Hand in das Hemd des Mannes und hielt ihn fest, während sie zum nächsten Schlag ansetzte. Der Zorn, der durch ihre Adern pulste, löschte alles andere aus. In ihrem Kopf war kein Platz mehr für rationale Überlegung, als sie die Hand zur Faust ballte.

Das also war gemeint, wenn man sagte, jemand sehe rot.

„Dein Bruder", knurrte der Mann.

„Was?", gab sie zurück. „Sprechen Sie, Kilroy!"

„Er lebt. Wie gefällt dir das?" Obwohl sein Gesicht zerschlagen war und er verzweifelt versuchte, den Blutstrom der gebrochenen Nase zu stillen, triefte seine Stimme vor Hohn.

„Was?"

Sie fühlte sich in die Vergangenheit zurückversetzt, sah

Justins albernes Grinsen vor sich, hörte sein reizendes Lispeln.

*Laff dif nift von der Bettwanfe beifen.*

Sie hörte ihn so deutlich, als stünde er neben ihr.

„Verdammt noch mal, Winter!“, brüllte Bree. „Aus dem Weg! Er hat ein …“

„Ich komme klar!“, entgegnete Winter. „Was zum Teufel reden Sie da, Kilroy? Was haben Sie meinem Bruder angetan? Wo ist er?“, fragte sie mit sich überschlagender Stimme. Trotzdem hatte sie das Gefühl, sie sei nicht laut genug.

Er grinste sie an. „Komm näher, dann sag ich's dir.“

Im letzten Moment sah sie das rote Leuchten unter Kilroys olivfarbener Jacke.

Als sie der Klinge seitlich auswich, flammte in ihrer Achselgrube, dort, wo die Kevlarweste keinen Schutz bot, ein sengender Schmerz auf und fuhr ihr in die Schulter. Sie fasste zum Ursprung des Schmerzes, und als sie die Hand wegzog, reflektierte das sirupartige Blut an ihren Fingern das Licht der Arbeitsleuchte am Eingang.

„Nein!“ Wegen des Adrenalinstoßes klang Brees Ausruf fern und blechern. „Ich habe kein freies Schussfeld.“

Winter kannte den Grund. Der Mistkerl bewegte sich vor ihr, benutzte sie als eine Art umgekehrten menschlichen Schutzschild: Brees Waffe war eine .45er, und wenn sie nicht mit Hohlspitzgeschossen geladen war, würde die Kugel seinen Kopf durchschlagen und Winter treffen.

„Wenn ihr schießen könnt“, rief Bree, „dann schießt, verdammt!“

Sie meinte Aiden und Noah, begriff Winter und fragte sich, wann die beiden aufgetaucht waren.

„Nein!“, schrie Winter, „noch nicht!“

Kilroy nutzte es aus, dass sie abgelenkt war. Sie spürte seine Bewegung eher, als dass sie sie sah, wich einen Schritt zurück und spürte den Luftzug, als die Klinge an ihrer Brust vorbeistrich. Damit kam sie klar. Douglas Kilroy wusste etwas über Justin, und sie würde ihn zum Reden bringen.

Doch er war schneller, zu schnell für sein Alter.

Die Klinge blitzte auf, als er ausholte. Sie ließ sich fallen, ahnte aber, dass es diesmal nicht reichen würde.

*Bäng!*

Der Schuss zerriss die Nachtluft wie ein Donnerschlag. Ehe ihr klar wurde, was passiert war, platzte ein dunkelroter Nebel aus Douglas Kilroys Kopf. Das Jagdmesser fiel klirrend zu Boden und wirbelte Staub auf.

„Nein!“, schrie Winter, als der Mörder zusammenbrach.

Dann erblickte sie Noah, der das angelegte Gewehr sinken ließ. Obwohl es ungerecht war, ihm die vorzeitige Erschießung Kilroys anzukreiden, hätte sie ihn am liebsten beim Kragen gepackt und so lange geschüttelt, bis ihm die Zähne im Kopf klapperten.

„Nein“, wiederholte sie, diesmal viel leiser.

Winters kleiner Bruder war am Leben, doch wegen des einen Schusses würde sie nicht mehr erfahren.

# 38

Drei Monate, dachte Winter, als sie auf den dampfenden Kaffeebecher niedersah. Douglas Kilroy war seit fast genau drei Monaten tot.

Die Ermittlung gegen den Preacher hatte so geendet, wie sie begonnen hatte – mit mehr Fragen als Antworten. Kriminaltechniker hatten sämtliche Orte untersucht, an denen er gewohnt hatte, doch anschließend standen sie mit leeren Händen da. In den Nachrichten war gemeldet worden, die Kriminalexperten hätten mindestens Hinweise auf weitere Ermordete erwartet – ein Manifest, eine Trophäensammlung, ein Tagebuch, irgendwas.

Doch es wurde nichts gefunden.

Einige Reporter und Journalisten glaubten noch immer, die Agents würden einen wahren Schatz an Informationen über das perverse Denken von Douglas Kilroy heben. Winter war es letztlich egal. Der Mann war tot, seine sterblichen Überreste hatte man verbrannt und in einem ungekennzeichneten Grab bestattet. Wenn es Antworten auf die vielen Fragen gegeben hatte, waren sie zusammen mit Kilroy Opfer der Flammen geworden.

Douglas Kilroy, auch bekannt als Barney Fife, Jared Kingston und unter einigen anderen Namen, war tot.

Winter versuchte sich einzureden, sie hege keinen Groll gegen Noah, weil er Douglas Kilroy in den Kopf geschossen hatte. Und wenn doch, dann tue sie ihm eben *unrecht*. Kilroy hatte mit dem Messer ausgeholt, und hätte Noah einen Moment länger gezögert, hätte er Winter die Klinge ins Herz gestoßen. Zum zweiten Mal während ihrer Zeit beim FBI hatte Noah Dalton ihr in letzter Sekunde das Leben gerettet. Und zum zweiten Mal hatte der ehemalige Marine im Dienst einen Verdächtigen getötet.

Aiden Parrishs Entscheidung in letzter Minute, zwei Gewehre nach McCook mitzunehmen, war ebenso klug gewesen wie Bree Staffords Entschluss, nicht auf Kilroy zu schießen, solange Winter hinter ihm stand. Die Waffe, die Bree Kilroy abgenommen hatte, war eines der schwersten Kaliber auf dem Markt. Kilroy hatte keine Schutzweste getragen, und die Kugel hätte ihn vermutlich durchschlagen und Winter getroffen.

Abgesehen von ein paar Fällen, bei denen man DNA-Spuren der Opfer gefunden hatte, wusste man über die meisten vermuteten Morde Kilroys noch immer nichts. Für Winter war der Abschluss der Ermittlungen zur Ermordung ihrer Eltern und der Entführung ihres Bruders zweitranging in Anbetracht des Kummers, den so viele andere Betroffene aushalten mussten.

Sie unterdrückte einen resignierten Seufzer, hob den Becher und trank einen Schluck von dem dampfenden Kaffee. Als sie im Augenwinkel eine Bewegung wahrnahm, lächelte sie Grandma an.

„Wie geht es ihm?“, fragte Winter leise.

Sei es wegen ihrer Schönheitsmittel oder ihrer guten Gene, jedenfalls sah man Gramma Beth ihr Alter nicht an.

Doch im warmen Licht der Vormittagssonne traten die Falten in ihrem Gesicht deutlicher hervor.

„Er wird wieder gesund, Liebes“, sagte Beth, die ihr gegenübersaß. „Die goldenen Jahre sind nicht immer so golden, fürchte ich. Aber er wird schon wieder, keine Sorge.“

Winter glaubte ihr nicht, nickte ernst und richtete den Blick wieder auf den Becher in ihren Händen. „Und was ist mit dir, Gramma? Wie geht es dir? Kann ich irgendwas für dich tun?“

„Ach, nett, dass du fragst, Schatz. Es reicht schon, dass du hier bist. Ich hoffe, du weißt, dass ich das nicht für selbstverständlich nehme. Ich bin sehr froh darüber.“ Der Anflug eines Lächelns huschte über Beths Gesicht, als sie ihren leeren Becher in die Hand nahm und sich hochdrückte. „Soll ich dir nachschenken, Liebes?“

„Nein, danke, Gramma.“ Winter erwiderte ihren freundlichen Blick so liebevoll, wie sie es vermochte. „Mein Becher ist noch gut voll.“

„Vielleicht solltest du schneller trinken.“

„Ich weiß nicht. Wenn ich Kaffee runterstürze, werde ich nervös und kribbelig.“

„Wie schmeckt dir eigentlich die Mischung aus heißem Kakao und Kaffee?“ Gramma kam mit einem frisch gefüllten Becher zurück.

„Ah, ausgezeichnet“, meinte Winter lachend. „Kommt selbstgemachtem Mokka ziemlich nah. Genial, ehrlich.“

Als sie schwiegen, hörte sie die Vögel in einem großen schattigen Baum im Garten zwitschern. Als sie jünger war, hatte sie drei Mal vergeblich versucht, den Baum hochzuklettern. Ein Mal hatte sie sogar versucht, ihren kleinen Bruder mit ihren Kletterkünsten zu beeindrucken. Vielleicht würde es sie es jetzt, da sie ausgewachsen war und sich ein bisschen Muskelmasse zugelegt hatte, endlich schaffen.

Das blinkende Handydisplay unterbrach ihren Gedankengang. Als sie die Vorschau der SMS las, rauschte ihr das Blut in den Ohren.

Während der drei Monate bei ihren Großeltern hatte Winter nicht einmal die E-Mails ihrer Kollegen beantwortet. Auch nicht die von Bree – wobei sie ihr nach deren Eingeständnis erst geschrieben hatte, nachdem Aiden und Noah ihr gut zugeredet hatten. Obwohl sie Brees Offenheit zu schätzen wusste, hatte Winter ihr nicht zurückgemailt. Aiden und Noah hatte sie so hartnäckig ignoriert wie die Anfragen eines Schuldeneintreibers.

Nach und nach waren deren Kontaktversuche zum Erliegen gekommen. In den vergangenen zwei, drei Wochen hatte sie von beiden nicht einmal mehr Mails von beruflichem Interesse erhalten.

Wie sollte sie den Kontakt wiederaufnehmen, nachdem sie ihnen so lange aus dem Weg gegangen war? Was sollte sie sagen? „Tut mir leid, Leute, mein Grandpa ist krank und Kilroy ist tot, deshalb bleibe ich erst mal ein paar Monate hier und drehe Däumchen?"

*Also, das würde bestimmt großartig ankommen,* dachte sie.

Diese Nachricht von Noah aber war anders. *Ich rufe dich an, und du musst rangehen. Es ist wichtig, Winter.*

Als sie den Satz las, meinte sie Noahs missbilligenden Blick vor sich zu sehen. Missbilligung, Enttäuschung, sie konnte nicht mehr sagen, worin der Unterschied bestand. Sie hatte mit sich selbst genug zu tun. Da wollte sie sich nicht auch noch mit den Gefühlen anderer beschäftigen. Nicht einmal dann, wenn sie den Betreffenden als ihren besten Freund betrachtet hatte. Nicht einmal dann, wenn sie ihn aus Angst, ihn zu verlieren, geküsst hatte.

Diesmal vermochte sie sich einen schweren Seufzer nicht zu verkneifen.

„Was ist los, Winter?“ Gramma Beths Augen umschatteten sich von plötzlicher Sorge.

„Ich weiß nicht, Gramma“, antwortete Winter. „Aber ich glaube, ich bekomme gleich einen Anruf.“

„Schatz, das sind doch deine Freunde.“ Beths Tonfall war sanft, aber entschieden. „Du solltest ihnen wenigstens mitteilen, dass mit dir alles in Ordnung ist. Vielleicht postest du mal was auf Facebook.“

Winter schüttelte lachend den Kopf. „Facebook hab ich schon vor Jahren aufgegeben.“

„Ja, das war die Domäne deines Großvaters.“

„Grampa Jack ist bei Facebook?“

Jetzt musste ihre Gramma kichern. „Ach, er hat da gern diese kleinen Farmspiele gespielt. Ich hatte eine Zeit lang auch einen Account, und er hat mir immer Anfragen geschickt, ich solle mich einloggen und ihm Getreide senden oder so was. Dann war ich's leid und hab mein Konto gelöscht.“

„Ich kann's einfach nicht glauben.“ Winter lachte. Zum ersten Mal seit Wochen war ihre Heiterkeit echt. Sie wollte Gramma Beth fragen, welche Spiele Grampa im Laufe der Jahre sonst noch gespielt hatte, doch da summte das Handy.

*Das war's dann wohl.* Sie nahm das Handy zwar in die Hand, machte aber keine Anstalten, das Antwortsymbol zur Seite zu wischen.

„Ich glaube, ich sollte rangehen“, sagte sie. Als sie über den Tisch hinwegsah, lächelte ihre Grandma wehmütig und nickte.

„Tu, was du für richtig hältst, Liebes.“

Winter erhob sich, erwiderte ihren traurigen Blick und nickte. „Ich bin gleich wieder da“, sagte sie. Sie drückte ihrer Grandma kurz die Schulter, öffnete die Schiebetür und trat auf die Veranda hinaus.

Im letzten Moment bewegte sie den Daumen übers Display. Der Anrufer war Noah, doch in der darauffolgenden Stille fragte sie sich, ob es sich vielleicht nur um einen automatischen Werbeanruf handelte.

„Hallo?", meldete sich eine wohlvertraute Stimme.

Winter biss sich auf die Zunge und riss sich zusammen.

„Ja", brachte sie heraus.

Sie erwartete, dass ihr Freund wegen ihrer Abschottung eine Tirade anstimmen und sie fragen werde, was zum Teufel sie sich dabei gedacht habe, als sie vor drei Monaten ohne ein Wort des Abschieds verschwunden war. Sie erwartete, dass er ihr den Kopf waschen werde, doch er tat nichts dergleichen.

Sein Tonfall war klar, kühl, professionell. „Parrish und ich haben wegen deines Bruders Nachforschungen angestellt."

„W-was?" Unwillkürlich geriet sie ins Stottern.

„Wärst du ans Handy gegangen, hättest du als Erste davon erfahren", entgegnete er rundheraus. Sie verspürte einen Anflug schlechten Gewissens.

Zum zweiten Mal erwartete sie, er werde sich über das Thema Freundschaft auslassen. Und zum zweiten Mal wurde sie enttäuscht.

„Wir haben neue Erkenntnisse zu Justin", sagte er in milderem Ton.

Tränen brannten ihr in den Augenwinkeln, als sie zum leuchtenden Grün der Eiche hinübersah, die im Sommerwind schwankte.

Irgendwann einmal, an einem Tag wie diesem, hatte sie ihrem kleinen Bruder gesagt, er solle „zusehen und lernen", als sie tapfer am Stamm der alten Eiche hochgeklettert war.

Jetzt war es an ihr, den Rat zu beherzigen.

*Hör zu und lerne.*

*Ende*

*Fortsetzung folgt ...*

Danke fürs Lesen.

Alle Bände der Winter-Black-Serie sind bei Amazon erhältlich.

DANKSAGUNG

Wie bedankt man sich angemessen bei all den Menschen, die einem geholfen haben, aus einem Traum Wirklichkeit zu machen? Lassen Sie es mich versuchen.

Zusätzlich zu meiner Familie, deren zuverlässige Unterstützung für mich das Fundament ist, auf dessen Grundlage ich meine Gedanken mit genug Zeit und Energie zu Papier bringen kann, möchte ich mich bei den Lektor*innen bedanken, die meine Worte auf Hochglanz poliert haben.

Ein großer Dank gilt meinem Verlag für seine Bereitschaft, das Risiko mit einem Neuling einzugehen, bis ich Selbstbewusstsein entwickelt hatte und eine gestandene Autorin wurde.

Mehr aber als all diesen möchte ich Ihnen, liebe Leserinnen und Leser, danken. Sie haben sich für eine Unbekannte entschieden und diesem Buch Ihr wichtigstes Gut gewidmet, Ihre Zeit. Ich hoffe von ganzem Herzen, dass es sich für Sie gelohnt hat.

Alles Liebe

*Mary*

## ÜBER DEN AUTOR

Mary Stone lebt mit ihren zwei wilden Jungs und einem sehr geduldigen Ehemann in Gesellschaft von zwei Hunden und vier Katzen in den majestätischen Blue Ridge Mountains des östlichen Tennessee.

Als Kind ging sie jeden Abend mit der Frage ins Bett, welche Kreatur wohl im Dunkeln darunter lauern mochte. Erst als sie älter wurde, begriff sie, dass das Wesen, das sie am meisten fürchten musste, der Mensch war.

Heute schreibt sie eindringliche Geschichten mit starken Heldinnen und niederträchtigen Verbrecher*innen. Sie lädt Sie in ihre Welt ein, die mit FBI-Agent*innen und Serienmörder*innen bevölkert ist, niemals aber mit schwachen, hilfsbedürftigen Frauen. Bei ihr können Frauen sich selbst behaupten, sie begegnen den Männern, seien es Helden oder Bösewichter, auf Augenhöhe.

Erfahren Sie mehr über Mary Stone auf ihrer Website.
www.authormarystone.com

facebook.com/authormarystone
goodreads.com/AuthorMaryStone
bookbub.com/profile/3378576590
pinterest.com/MaryStoneAuthor

Printed in Great Britain
by Amazon

26997934R00185